新潮文庫

百万遍 青の時代

上巻

花村萬月著

新潮社版

8015

百万遍　青の時代

上巻

1

今日、三島が死んだ。

画帖の余白に乱雑に書き記し、惟朔《いさく》は鉛筆を灰皿の脇においた。鉛筆の軸にはいくつかの嚙み痕が残されている。癖というほどではないが、ついこのあいだまでは嚙んでいた。強く、嚙んだ。嚙まずにはいられない瞬間があった。

まず軸に塗られたくすんだ緑色をした塗料に含まれる有機溶剤の香りに安らぐ。糸切り歯がしんなりとした軸木にめりこんでいくと、幽《かす》かに渋い、しかも不可解な甘さを含んだぬくもりのある木の香りが口中から鼻腔《びこう》いっぱいに立ち昇り、唐突に旅情に似た不思議な気分が湧きあがる。

最後に芯《しん》の鉛の独特な無味と鉱物質な硬さに、ひんやりとした気分を味わうわけだが、鉛筆を嚙むという行為には、総じて不思議な温かさを感じさせるなにかがあった。

中学の三年間は、そして中学を卒業してからもしばらくの間は、ふとした空白に鉛筆を嚙んでいた。もちろんそれが貧乏揺すりの変形であることは薄々自覚していて、糸切り歯の断面のかたちである楕円の穴が刻印された鉛筆の軸を見ると微妙な嫌悪感を覚えた。だが喫煙が習慣化したいまは、もう鉛筆を嚙むこともなくなった。

冷めたコーヒーを口に含む。無理して飲むブラックもそれなりに馴染むようになっていた。惟朔は鉛筆の古びた嚙み痕をぼんやりと見つめて、自分自身をあらわす人称代名詞についてしばらく考えこんだ。

僕、俺、私——。

ふと顔をあげると、斜めに射しこむ黄金色の西日のなかで、細かい埃《ほこり》が不規則に揺蕩《たゆた》ってきらめいている。窓際におかれた廃物のような茶褐色のドライフラワーに、浮遊する無数の埃がまとわりついているのが逆光のせいでよくわかった。

ガラス越しの西日は過剰なほどに明るいのだが、その芯には強さがなく透明で、かなり斜めの位置から射しこんでいた。惟朔は季節の移ろいを光の角度から感じて、やや感傷的になった。

僕、俺、私——。

カウンターの奥からコーヒー豆を挽く音が洩れ聴こえてきた。かなり強圧的なモーターの唸りだ。埃はその音にあわせて眩《まばゆ》く身を翻すかのようだった。

僕か、俺か、私か。さらには我というささか時代がかった一人称までもが脳裏を掠めたが、なかなか気持ちは定まらない。

それでも大げさにならないようにしようと決めて、自身の感覚が許容できる言葉を絞りこんでいくと、当然ながら俺と僕のふたつが残った。

中学生時代に収容されていた福祉施設では僕という人称を遣《つか》うことを強制されていた。しかし偽悪的な十五歳は、最近は意識的に俺という言葉を遣うように心がけていた。

今日、三島が死んだ。俺は高校をやめた。

さらになにか気のきいたことを書き加えようと気負ったが、なにも思いつかない。とりあえず70・11・25と書きこんで、25という日付を鉛筆で塗りつぶした。秋の終わりはなんというのだろう。頬杖《ほおづえ》をついて考えこんだ。晩秋と書きこみたかったのだが、どうしても思いうかばなかった。

それでも年月日を書き加えたことにより三島が死んだこと、高校をやめたことが厳然たる事実として固定されたような実感を覚え、重みが増したような気がした。惟朔は満足の笑みを泛《う》かべてみた。わざとらしかった。独りで照れた。真顔にもどした。武蔵小金井駅周辺に散っていた新聞の紙面を脳裏に思い描いた。あれらは号外だったのだろうか。それとも夕刊か。

最初のうちは割腹という言葉の意味が判然としなかった。三島由紀夫という小説家が腹を切って死んだということだけは認識できたが現実味がなかった。いったい何があったのだろうか。

惟朔は三島由紀夫の自刃を自分の退学と重ねあわせて、そこに何らかの因縁のようなものを感じていた。それは勝手な思い入れではあるが、十五歳の少年が自らの意思で初めて社会現象的抽象に参画し、接点をもった瞬間であった。

ちいさく溜息をついた。ネルのシャツの腕をまくった。つるりとした痩《や》せた腕に自慢の二十一石、セイコーファイブスポーツが捲《ま》かれている。悪友と組んで万引きしたものだった。

落ち着きのない眼差しを窓外と文字盤、交互にはしらせる。スイッチで切り替えたかのように西日のきらめきは失せていて、通りに面した窓は濃い藍色に染まりかけていた。

五時十分前。改めて時刻を確認してコーヒーを飲みほし、立ちあがる。レジの女は鼻が悪いのか口で息をしていた。付け睫毛《まつげ》の瞳も気怠《けだる》げに薄ぼんやりと惟朔を見あげている。惟朔は将棋を指すような手つきで百円玉を一枚置いて喫茶店を出た。

これから退学届けを提出しにいかなければならない。もっとも、退学届けといっても、べつに書類を持参しているわけではない。担任の教師に持ってこいと命じられた印鑑ひとつをジーパンの尻ポケットにつっこんでいるだけだ。

釈然としないのは、あくまでも自主退学というかたちでありながら、無理遣り退学届けを提出させられることだった。体裁は一身上の都合ではあっても、これでは退学放校処分と変わらない。

それでも放課後の、ほとんど暮れかけた時間を指定してきたのは、なるべく同級生に会わずにすませてやろうという担任教師の配慮らしかった。

だらけた足どりで校門を抜けた。薄暗くなった構内にはまだ生徒がのこっていた。気温は摂氏十度を下まわっているだろう。寒々とした水曜日の校庭には、汚れて毳立《けばだ》ったサッカーボールを懈《だる》そうに追う同級生の姿もあった。顔見知りの先輩が投げ遣りに指示を出している。サッカー部員たちは惟朔に気づくと申し合わせたように曖昧《あいまい》にうつむき、視線を合わせないようにした。

あきらかに彼らは惟朔を恐れていた。惟朔は初等少年院出身であると噂されていた。初等少年院は十四歳以上十六歳未満の少年だけを収容する少年院であるが、惟朔が中学生時代に収容されていたのは教護院に相当する施設だった。彼らは誤解し、過剰反応していたのだ。しかし同級生や先輩の臆病な態度は惟朔の自意識を充たした。

担任の教師は、ほぼ根元まで喫いつくしたハイライトをアルマイトの灰皿に押しつけると、学校を辞めるのはもったいないといった意味のことを案外と親身な口調と表情で呟《つぶや》いた。しかし、しばらく間をおいて険しい眼差しで付け加えた。

「だが、きみの暴力的性向は、許されるものではない」

惟朔はだらけきった恰好で、ことさらな無表情をつくって、教師のかたわらに立っていた。教師は蝶番《ちょうつがい》の具合の悪い事務椅子の背もたれを気にしながら、上目遣いで惟朔を一瞥した。惟朔は反射的に小柄な猫背の教師を威嚇するように見おろした。

ほんのわずかの間ではあるが、睨みあうかたちになった。

教師が頬笑んだ。本心から笑ったのか、つくり笑いであるのか見抜けなかった。それが微妙な苛立ちを生んだ。感情が波立ったのを隠蔽するために演技のあくびを洩らした。なにかというと退屈さ、あるいは興味がないというポーズをつくるのが癖になりかけていた。過剰な多感さを恥じる十五歳は、徹底して無感情な男に憧れていたのだった。

見透かされているような気分がした。早く職員室から逃げだしたかった。ジーパンの尻ポケットをさぐり、わざと雑な手つきで三文判を教師の机の上においた。教師は印鑑にはぁーっと息を吹きかけて書類に判を捺し、途中でその手をとめて印鑑と惟朔を見較べながら呟いた。

「おまえの臀《しり》の熱で、この判子、へんに温かい」

思わず笑顔をかえした。かすかな東北訛りのある初老の担任は笑わなかった。首を左右にふった。印鑑を手のなかで弄《もてあそ》びながら、呟いた。

「馬鹿だよ、おまえは」

刺さった。惟朔はこの教師から愛されていたことを悟った。だから、わざと憎々しげな口調をつくって言った。

「そのとおりですよ、先生。俺は確かに馬鹿だ。馬鹿ですね。とことん馬鹿だ」

馬鹿を連呼すると、気が楽になった。突っ撥ねきれないことは肯定してしまう。居直りや開き直りは敗者の処世術であるが、惟朔にはまだそんな自覚はない。それどころか、なんだか自分が教師の上に立ったような気分になって薄笑いさえ泛かべていた。

教師は背もたれにそっと軀《からだ》をあずけ、インク消しの瓶を弄んでいる。見守っているうちにあの独特な塩素臭を嗅いだような気分になった。よい香りとは言い難いが、なぜかときどき嗅いでみたくなる刺激臭だ。インク消しの臭いはその強烈さを脳裏に刻印することにおいて、懐かしい香りの部類にはいるのかもしれない。教師はちっぽけな瓶を机に置くと、惟朔を見ずに言った。

「とことん馬鹿、か。そうか。自覚があるのか。自覚があるんなら、馬鹿は馬鹿なりになんとかなるもんだ。問題はなあ、自覚のない馬鹿なんだ。憶えておけよ。世の中というのはな、自分が悧巧《りこう》だと信じきってる馬鹿の天国なんだ。惟朔。おまえにも思いあたる節があるだろう。自尊心」

小首を傾げるのも癪《しゃく》だから改めて無表情をつくったが、教師の言っていることの意味はよくわからなかった。しかし自尊心という言葉はなにやら惟朔の痛いところを突きぬけるような強さがあった。反芻《はんすう》した。自尊心。きつく胸に刻みこまれた。

教師はチョークを扱うせいで水分の失せて皹《ひび》割れた指先でハイライトのパッケージを摑《つか》み、一本取りだすと、口の端に咥《くわ》えた。誘いこまれるように惟朔はデニムジャケットの胸ポケットからセブンスターを取りだしていた。狼狽気味に顔をそむけた惟朔を一瞥して、教師は苦笑した。

「馬鹿野郎だな、おまえは。やっぱり自覚のない本物の馬鹿野郎だ。ほら、没収」

惟朔は素直にセブンスターを差し出した。教師はどこか弛緩《しかん》した眼差しでセブンスターを一瞥し、自分の咥えたハイライトにパイプ印のマッチで火をつけた。鼻と口から同時に呆れるほど大量の煙を吐くと、眼でしまっておけと合図を送ってきた。焦っているようにみられるのも恥ずかしいので惟朔はことさらゆっくりとした手つきでセブンスターを胸ポケットにもどした。

「いいか。自分が馬鹿だって自覚があったなら、もうその者は、馬鹿じゃないんだよ。わかるか」

煙を吐きながら独白の口調で喋る教師の喫いっぷりは堂に入っていた。タバコを喫いつづけて数十年。喫煙という行為が完全に日常化していて、惟朔のように特別なことを

するという意識のかけらもないのだ。煙たそうに顔を顰《しか》めたその表情が苦みばしってい
る。気怠げに、不味そうに喫うのがまた恰好よくみえる。口元や目尻に刻まれた皺《しわ》さえ
も独特な重みを醸しだしている。
「自覚しろ、惟朔」
「自覚」
「そう。自覚。それが全てなんだ」
「馬鹿の自覚」
「それだけじゃない。自覚っていうのは自分がどこにいるかってことなんだ。自分がど
の程度かってことを冷静にわかっていることだ。自分にどれくらいの価値があるのか、
そしてどれくらいのことができるのか、なにをしなければならないのか」
「自覚、ですか」
「そう。自覚」
だが惟朔はいい加減に受け答えをしながら教師のタバコの喫いっぷりばかりを注視し
ていた。惟朔には大人びてみたいという強烈な欲求と同時にまだ自分が幼いという自覚
がどこかにあるから、たかがタバコと思いつつもどこか特別な儀式を執りおこなうよう
な大げさに構えてしまうところがあるのだ。教師のようにさりげなく喫えるようになり
たい。そんな願望を抑えきれずに、喫煙における細かい仕草を盗もうと観察し続けてい

ると、灰を落としながら教師が尋ねてきた。

「おまえ、これからどうする」

「絵描きにでもなろうかなって思ってますけど」

「絵描き」

「俺、マンガを描くのがうまいんです。無用ノ介とか」

言いながら脇に抱えた画帖を示すと、担任教師は失笑気味に顔を歪めた。灰皿にむけて投げだすように喫差しのハイライトを置くと軽く前屈みになり、膝のあいだで祈るように手を組んで細く、長く吐息をついた。

得も言われぬ疲労感と虚脱の気配が教師の丸まった背から立ち昇っていた。惟朔はたじろぐというには大げさだが、微妙な怯《ひる》みを覚えた。教師は前屈みになったまま動かない。じっと見つめていると、彼はおもむろに机の上の新聞を摑み、突きだし、示した。

「時代は揺れている。伊藤整が亡くなったと思ったら、こんどは、これだ」

一面には黒地に白抜きのゴシック文字で、大きく〈三島由紀夫、自衛隊市谷東部総監部で切腹〉とあった。ここ数時間のうちに切腹、あるいは割腹という活字を幾度眼にしたことか。たしかに切腹は衝撃的な出来事ではあるが、こうして改めて提示されると奇妙なずれのようなものを感じた。正直なところ、またか、と思った。

「駅のあたりにたくさん新聞が落ちてましたよ。号外なのか夕刊なのかわからないけど、踏まれて足跡だらけだった。切腹。割腹。なんだか腹一杯になっちゃった」

それでも教師が見つめているので、仕方なしにざっと紙面に視線をはしらせるふりをした。

一面を大きく飾っているのは、日の丸の鉢巻きを締め、両手を腰にあてがって上体を反り気味にして自衛隊庁舎バルコニーに立っている三島由紀夫の写真だ。だが、それよりも一面の下段にあるレコード広告の黛《まゆずみ》ジュン、小川知子、奥村チヨ、由紀さおり、四人の女性歌手の新曲およびヒット曲を一枚にまとめたLPレコードのジャケット写真のほうがはるかに惟朔の眼を惹《ひ》いた。

しかし女性歌手ばかりに視線をはしらせているのを見抜かれるのは恥ずかしい。さりげなく視線を移すと、天気予報の天気図の右斜め上に〈幻想は迷惑千万　中曾根長官談〉という見出しがあり、そこだけが突出して眼に入った。

幻想とはどういう意味だろう。考えこんでいるうちに、惟朔は中曾根長官という人物に不思議な嫌悪感を覚えた。

口を窄《すぼ》めてその嫌悪感がいったいどこから生じたものかをさぐっていると、教師がべつの夕刊を差しだし、紙面を指で示した。三島由紀夫の談話が載っていた。惟朔は声にだして読んだ。

「ボクははっきりいってもう自分で終わっちゃったと思ってるんですね。芝居も、長編小説も、何もかも。もうやること何もない、ハハハ——」

名前は当然のこととして、平面的なその顔も薄々思い泛かべることができる。だが三島由紀夫の小説などひとつも読んだことがないし、興味もない。どのような考えをもっている人物かも皆目、見当がつかない。それなのにカタカナで記されたハハハという三島の笑いが強烈に脳裏にこびりついていた。

「ハハハ」

口の中で笑いを反芻してみた。軽やかに笑ってみたかったのだが、抑揚を欠いてやたらと重い。とても笑い声にまで結実させることができない。惟朔は幼すぎた。自嘲の笑いの本質を解さず、その代わりに唐突な、微妙な息苦しさを覚えるばかりだ。

息苦しさには苛立ちと憤り、さらには痛みに近いなにかも含まれていて曰く言い難い切なさが滲《にじ》んでいたが、しかし、そこまで感じとっているにもかかわらず、肝心の自嘲の芯にあるものを捕捉できず、得体の知れない歯《は》痒《がゆ》さを味わっていた。

なぜ自衛隊で演説をして腹を切らなければならないのか。もうやること何もない——からか。それにしては自殺の方法があまりにも大袈裟《おおげさ》かつ大仕掛けすぎないか。

「先生。なぜ切腹したんですか」

教師はそれに答えずに、机の引き出しをひらき、中から茶封筒を掴みとり、惟朔にむけて突きだした。

「旅行の積立金だ。返す」

封筒の真ん中には吉川《よしかわ》惟朔殿、その左下隅には金三千二百六十円也と律儀な楷書《かいしょ》で記されていた。それを確認したとたんに三島由紀夫はどこかに消えていた。息苦しさも切なさも苛立ちも憤りも痛みも疑問も失せた。惟朔は思わず頬がゆるむのを隠せなかった。

「馬鹿野郎。ちゃんと神父さんにわたせよ」

「ところが、先生。これは俺の金なんだ。日曜に農場で働いてもらった金を積み立てたんだから」

はしゃぐ惟朔を一瞥して、教師は舌打ちをした。犬を追いやるように手を振った。

「行け」

「失礼します」

一礼して踵《きびす》を返すと、呼びもどされた。

「惟朔」

「はい」

「おまえには何かがある。あせるな」

「よく意味がわからないけど」

「短気をおこすな。いずれ、仕事ができる」

「なんの仕事ですか」

「ひとかどの」

「ひとかどの」

「仕事だ」

惟朔は黙礼した。ほんとうは黙殺したいところだった。教師が仕事という言葉をどのような意味で遣ったのか、もうひとつ理解できないが、仕事などしたくない。働くのは大嫌いだ。所詮《しょせん》は教師だ。最後の最後でじつにつまらないことを口ばしる。

わざと音をたてて扉を閉め、職員室からでると、廊下が黒く濡れていた。水浸しというには大袈裟だが、履いている来客用スリッパの裏で水音がたった。同じクラスの問題児である岡田が学生ズボンのベルトに濡れたモップの柄をくくりつけて不貞腐《ふてくさ》れたがに股で歩いていた。

「なにしてるの」

「掃除だよ、掃除」

投げ遣りに言い、岡田はベルトにくくりつけたモップを示した。

「実用新案。特許。歩くだけで拭き掃除ができる。天才だな、俺って」

「水をたらして歩いてるだけじゃねえか。床が腐るぜ」

「知ったことか」

「なんでいまごろ拭き掃除なんだ」

「おまえがどう処分されるのか覗いてたら、とっつかまったんだよ」

惟朔は腰に両手をあてがい、反り気味に立った。先ほど教師から見せられた讀賣新聞一面の三島由紀夫の姿を無意識のうちに真似ていたのだ。反りかえったまま、脂が浮いて毛穴の目立つ岡田の鼻の頭を見つめる。

「岡田」

「なに」

「馬鹿だよ、おまえは」

担任教師に言われたのとおなじ言葉を呟くと、岡田はうれしそうに笑った。惟朔の顔を見ないようにして尋ねてきた。

「退学決定か。家裁送りか、年少に逆戻りだな」

「自主退学だよ。それだけだ」

岡田は眉間《みけん》に縦皺を刻んで小首を傾げた。悪ぶっている子供につきもののわざとらしい表情であり、態度だ。自主退学ということに納得していないことを過剰にあらわしているのだ。岡田は念押しをするかのように水浸しにした廊下に唾《つば》を吐いた。唾は微妙に盛りあがって白く泡だっていたが、やがて弾けて廊下を濡らした水分に絡めとられ、消えた。

「ほんとうかよ」

「ああ。ちゃんと見たわけじゃないけど、退学しますって書いてある紙に山口が印鑑を捺したんだ。それで、おしまいさ」

「ひいきだよ。山口はおまえをひいきしてるんだ。職員会議でおまえを辞めさせるなってがんばったらしいぜ。なにが自主退学かよ」

「似たようなもんだぜ。いやだと言ったってどうせ退学させられるんだからな。まあ、掲示板に〈右の者、退学に処す〉なんて張り紙されるよりはましかな」

「惟朔。俺は、おまえが中島をぶっ壊したのを目撃してんだよ」

「中島はぶっ壊れた。俺は退学させられる。これでぜんぶケリがついたじゃないか」

「てめえ。中島は俺のダチだぞ」

惟朔は岡田にぴったり顔をよせた。密着は意識的なものだ。先に相手との距離を縮めた者が優位に立つ。喧嘩の鉄則だ。惟朔は岡田の耳朶《みみたぶ》を舐《な》めるような調子で囁《ささや》いた。

「はっきりさせておこうか。絡んできたのは中島なんだ。喧嘩を売ってきたのは中島だ。中島は俺に言いやがった。なんで登校したんだって。なんでって、俺は一応はここの生徒だったんだぜ」

「でもよお、とっくに辞めたのかと思ってたからさ、いきなり姿を見せたら驚いちゃうじゃないか」

惟朔は中島を壊した日のことをありありと覚えている。九月二十九日、火曜日だった。

夏休み以降高校にはまったく通っていなかったが一応は登校するふりをして、しかし吉祥寺に行って曇り空の井の頭公園で噴水を眺めてしばらく時間をつぶし、空席ばかりのオリオン座の闇の中にその身を隠した。〈大脱走〉は面白かった。かなり昂奮した。チャールズ・ブロンソンが渋かった。マックイーンのようにオートバイを転がしてみたい。〈レマゲン鉄橋〉は前評判ほどではなく、なんとも間延びした戦争映画だった。爆破や破壊などのスペクタクルを期待してじっとスクリーンを凝視していたのだが、いつの間にやらうたた寝をした。

途中で映画館をでたら、大した降りではなかったが雨だった。秋雨だった。冷たいわけではなかったが、夏の雨のような爽快さはなかった。

雨にもかかわらず吉祥寺の街は賑わっていたが、なんだか居たたまれないような気分に陥った。自分が何をすればいいのか、どこに行けばいいのか、あてどもない。ひどく物寂しい。そんな心許ない気分だった。ふと高校に顔をだしてみようと考えた。

いま思えば魔が差したのかもしれない。同級生は惟朔を少年院出身扱いして怖がるばかりで、友人と呼べる存在はひとりもいなかった。所詮は都立の坊ちゃん進学校、不良グループさえも惟朔を避けた。そんな場所に行って気分が安らぐわけがないのだ。しかし人恋しさに負けた。

「俺はおまえらのグループにはなんの興味もなかったし、どうこうする気もなかった。

なんで俺を放っておいてくれなかったんだ」

「おまえがいると、いろいろやりづらかったんだよ」

「意味がわからない」

「カツアゲのじゃまをしただろう」

「俺はたまたま通りがかっただけ。勝手にカッチアゲてればいいじゃないか。なんで俺の顔を見たとたんにやめちゃうんだよ」

「わかんねえよ。ただ」

「ただ、なに」

「なんでもない」

「言え」

「見たじゃないか。俺たちがカツアゲこいてるところを」

「そりゃあ、誰かが凄んでれば、そっちを見ちゃうよ。それだけのことじゃないか」

「でも」

「なに」

「おまえ、冷たい眼をしてた」

「考えすぎって言ってるだろう。おまえらは悪いことをしてるって意識があるから、感じすぎちゃうんだよ」

「そうか」

「そう」

「でも、なんか馬鹿にされているような」

「馬鹿にされるようなことをしてるじゃん」

「まあ、そうだけど、ちょっと違うんだよ。おまえに見つめられると、俺たち、なんだか甘いって言われてるみたいで」

「だからさ、考えすぎなんだよ。おまえたちが勝手に考えすぎて、喧嘩を売ってきたんだ。中島は番張ってる手前、俺に対して恰好をつけなくてはならなかったんだよな。その気持ちはわかるけどさ、降りかかった火の粉は振りはらえって言うじゃないか」

どうやら岡田や中島といった不良たちは惟朔に劣等感を抱いていたようだった。自分たちが中途半端な不良であるという自覚があったのだ。そう考えると不良グループの対応にも納得のいくところがあった。惟朔は念を押した。

「呼び出したのは中島で、喧嘩を売ってきたのも中島だ。そうだろう」

「まあ、そうだけど」

「ひとりで俺に喧嘩を売ってきたのは上出来だよ。でも、中島は最初から逃げ腰だった。だから――」

惟朔は曖昧に口を噤《つぐ》んだ。はなから逃げ腰で、それなりに恰好をつけたら何とか無傷で逃げだしたいという中島の心理を読んだとたんに惟朔は過剰な暴力衝動の中にあり、口の端に笑いを泛かべていることさえ意識して、いたぶるように中島を破壊していた。

「とにかく俺が売った喧嘩じゃない。山口はそのことをちゃんとわかっていてくれたんだよ。だから自主退学ってことになったんだ」

「だからって、あそこまでやることはないじゃないか」

「おまえも中島とおなじ病室に入院するか」

岡田がぎこちなく顔をそむけた。惟朔は過剰にやさしく岡田の背を押した。階段の陰に行き、岡田の背後に密着したまま手探りでベルトにくくりつけられたモップをほどいてやり、ぽつぽつとニキビで緋《あか》らんだ首筋、頸椎《けいつい》の尖りを見つめながら囁いた。

「おまえは勇気があるよ。俺はもう、ここの生徒じゃないんだぜ。俺の趣味は高校生狩りなんだ。とくに、ここ。都立×高校の生徒様が大好きでな」

「惟朔」

「なに」

「俺が勘違いしてた。許してくれ」

「中島は、なぜ入院したんだ」

「勝手に滑って、顎《あご》が折れた」

「かなり悲惨らしいじゃないか。飯が食えなくて、点滴で生きてるんだってなあ」

「俺は、なにも言わない。喋らない」

「助かるよ。これから寒くなる。久里浜の個室はきつそうだ」

「久里浜はともかく、S鑑あがりのおまえには、誰も逆らえないよ」

「S学園は、鑑別所じゃないんだ。S鑑なんて呼ぶのはやめてくれよ」

「そうか。悪かった」

「わかってくれれば、べつにどうってことはないよ」

「とにかく、おまえには逆らえない。身に染みた」

「だったら、なぜ、わざわざ憎まれ口を叩きにきたんだ」

問いつめると、岡田の黒眼がちな瞳に奇妙な羞恥《しゅうち》の色がはしった。

「笑わないか」

「笑わない」

「さようならを言おうかなって――」

惟朔は失笑した。

「あっ、てめえ、やっぱり笑いやがった」

「岡田にさようならは似合わないよ」

惟朔の囁きに、岡田は首まで赤くなった。惟朔が密着させていた軀を離すと、すぐに真顔になった。

「俺、おまえとふたりだけだと、ドキドキする」

「それは、まずいな」

「どうかしてるよ、俺は」

「どれ」

惟朔は岡田の股間に手をのばした。学生ズボンの上からつまんで、揉む。

「柔らかいままじゃないか」

「立つわけないだろう」

「岡田」

「なに」

「あばよ。おまえの顔を見なくてすむと思うと、せいせいするぜ」

「それは、ちゃんと登校してきた奴の言うことだよ。おまえ、結局、正味三日くらいしか授業にでてないんじゃないの」

惟朔は恰好をつけて醒《さ》めた微笑を返し、片手をあげて背をむけた。岡田の視線を背に感じた。俺がS学園出身でなかったら、あいつらのグループにはいって、手頃な不良としておもしろおかしく高校時代を送ったかもしれない。そんな空想をした。それと同時に、不良たちからも煙たがられる存在であることに胸の引き攣《つ》れるような孤独を覚えた。

階段をあがって、うろ覚えの美術部の部室にむかった。廊下には塵と絵の具にまみれたイーゼルが幾つか立てかけてあった。イーゼルは作画中に自然に汚れたというよりも、わざと絵の具で汚したかのような作為が感じられた。

勢いよくドアを開くと、アグリッパをデッサンしていた部員たちが硬直した。女の子ばかりだ。綺麗な子はいない。そればかりか頭が悪そうなくせに生意気そうな女ばかりだ。木炭で黒く汚れたパンくずが床に散乱している。惟朔は呟いた。

「食い物を粗末にするなよ」

だが彼女たちは惟朔の言葉の意味を解さなかったようだ。惟朔自身も心にもないことを呟いてしまったことに対して羞恥を覚えた。しかし即座に気持ちを切り替えて、中指と親指で短くなった木炭を持って眼を見開いている女の子に声をかけた。

「頼みがあるんだけど」

「なんでしょうか」

「スケッチブック、買ってくれないかな」

女の子がきょとんとしている。惟朔は画帖を差しだした。

「ちょっとだけ余計な文句を書いちゃったけど、万引きしたてだから」

「万引き」

「うん。高級スケッチブックだよ」

「――幾らですか」

「百万円」

「ありません」

「じゃあ、十円」

「はあ」

女の子がこわごわと十円玉を惟朔に差しだした。外にでると完全に暮れていた。惟朔はきつく握りしめていた十円玉を投げ棄てようと振りかぶった。思いなおして旅行積立の封筒に入れ、手を顔に近づけて、掌にこびりついた銅の匂いを嗅いだ。

いちども校舎をふりかえらなかった。大股で校庭を横切る。校門を出ると、水道工事がはじまっていた。そのせいで道路は片側交互通行になっていた。待たされている軽トラックの運転手の指がハンドルを小刻みに叩いている。

あたりは一面水浸しだ。地下の配管に事故があったようだ。仕切が立っていて、歩道の情況ははっきりせず、通り抜けられるかどうかわからない。

作業員が思案している惟朔に気づいた。歩道を通れと横柄に言い放った。惟朔は無表情に目礼して軀をななめにして仕切を抜けた。車道は水浸しだったが、歩道はまったく濡れていなかった。惟朔は拍子抜けした。丸まった枯葉が風に転がっていく。

歩道に植えられたプラタナスは枝のあちこちを切断されて原形をとどめていない。捩《よじ》れながら断ち切られ、強引に整形されて奇怪な畸形《きけい》じみた姿をしている。もうそれは樹木と呼ぶのに無理があるほどだった。惟朔は数少ないプラタナスの落ち葉をわざと踏んで歩いた。

バスケットシューズの靴底が減っているせいで、乾燥しきったプラタナスの落ち葉が潰《つぶ》れて粉になる感触がかなり直接的に足裏に伝わる。最初のうちは面白がって風に転がる枯れ葉を追い、跳ねるようにして踏みつけていたが、唐突に馬鹿らしくなった。

「さてと」

口にだして呟いて、茫然《ぼうぜん》とした。まさに茫然という言葉どおり、広大でとりとめのない砂漠のような場所に放り出されたかのような気分だった。それを名付ければ自由とでもいうのだろうか。まさに自由だった。とことん自由だった。だから途方に暮れるしかなかった。

とりあえず俺はどこに行けばいいのか。これから俺は何をすればいいのか。それどころか自分が何者なのか、本当にここに存在するのか、全てが心許なく瓦解《がかい》していった。俺は本当にこの足でプラタナスの枯れ葉を踏んづけて潰していたのだろうか。

全身に不安感が拡がった。それは皮膚の表面を醜く収縮させる鳥肌じみた肉体的な感覚で、担任教師の言っていた自覚ということの全てが自由と引き替えに毛穴から完全に抜けおちていった。

惟朔に絡みつく夜は完全に艶《つや》と色彩を喪って、ただ、ただ冷たい。落ち葉を踏みつぶしていて感じたのは、じつは馬鹿らしさではなかった。虚《むな》しさに囚われたのだ。誰も惟朔のことなど見ていない。誰も惟朔のことなど感じていない。誰も惟朔のことなど気にしていない。世界には光を遮断する濁った膜が満遍なくかかっていて、それにいきなり気づいてしまったのだった。

じっとしていることができなくて、ほとんど無意識のうちに歩きはじめた。三島由紀夫の姿が脳裏を掠める。世界を覆った膜の彼方で三島が演説をしている。両手を腰にやって、軽く反りかえって、ときに大きく拳を振りあげて沈痛な顔をつくり、大袈裟な口調でなにやらまくしたて、訴えている。そんな三島にむけて、惟朔は前屈みになってつんのめるようにして歩きながら、念を送った。送り続けていた。迷惑千万だ。幻想は迷惑千万だ。幻想は――。

気がつくと小金井街道に面したアーケード街を歩いていた。商店街は人工の光できらめいて、玩具店の店先では眼を剝《む》いた猿がシンバルを鳴らし続けている。だが、それらは惟朔とはなんら関係性を持つことができず、惟朔自身も周囲の世界と一切無関係に在るようだった。

たかが高等学校を辞めただけなのに、しかもその高等学校にはほとんど通学していなかったのに、それなのに自分がどこにも属していないという強烈な疎外感に惟朔は世界と現象に対して接点を喪いかけていた。

正直なところ、感情は、もう学校に行かなくてもいいという事実に対して得も言われぬ解放感を覚えているのだ。ところがその解放感がもたらす自由というべきものがきつく、重くのしかかってきているのだ。その重みの本質は、まさに疎外感だった。しかも、その疎外感は自ら吸うシンナーの酩酊《めいてい》からもたらされる、てめえらみんなあっちへ行っちゃえよ、という能動的意志的な拒絶とは正反対の、自分以外の世界と現象から鞭打たれるように加えられた完全な拒絶であった。

しかも自身が実存的無力感の渦中に放りこまれているにもかかわらず、十五歳という年齢ゆえに、惟朔はただただ訳もわからずに鋭敏なアンテナであることをもてあまし、右往左往するばかりであった。

ようやく自分が人混みの中で立ちつくしていることに気づいた。眼前には遮断機がおりていた。武蔵小金井開かずの踏切の前でオレンジ色の電車が行ったり来たりするのをぼんやり眺めながら、惟朔は割腹自殺の意味について考えた。三島由紀夫の世界にも膜がかかっていたのではないか。

国電が走り抜けるたびに線路が上下する。地面が揺れる。風が頬を叩く。見えはしないのだが、車輪と線路がこすれて舞いあがる鉄の粉の匂いがする。人々は苛立たしげに踏切が開くのを待ちわびていたが、惟朔は行き来する電車を見ることで救われつつあった。

父に肩車をされて、都電のパンタグラフから飛びちる火花を飽かずに眺めた幼いころの記憶と、踏切の情景が脳裏で重なっていた。死んでしまったが惟朔にも父がいた。死の直前でキリスト教、カトリックの洗礼を受けた父がいた。息子に旧約聖書の登場人物の名を付けた父がいた。

鉄の匂い、電気の匂い。

それらは髪の匂いにどこか似ている。乾燥した冬の日の、北からの風に髪を乱された瞬間に、顔にかかった前髪から漂う香りだ。だがその匂いに胸をときめかせることには奇妙な抵抗感と羞恥があった。だから惟朔は乱れた前髪を邪慳《じゃけん》に跳ねあげた。

その瞬間だ。立ち眩《くら》みがした。先ほどとはべつの種類の強烈な非現実感に充たされた。疾駆する朱色の帯と化した国電、さらには線路をへだてて建っている西友ストアーやパチンコ屋の建物が滲んで歪んで崩れおち、消えさったような気さえした。

かろうじて呼吸を整えた。

ここで電車に飛びこめば、死ねるのだ。

父は病死した。

三島は自殺した。

では、事故死はどうか。

事故死はあまり恰好よくない。病死は、しかたがないと諦めるしかない。やはり自殺がいちばん恰好いいのかもしれない。自分の意思と意志で、自分自身を殺すのだ。

「なんだ、そうか。もったいないから、とっておこう」

本気で、自殺の権利を考えた。自殺とは権利なのだ。誰が与えてくれたのかはわからないが、せっかくの、究極の権利だ。あっさり使ってしまうのはもったいない。だが三島由紀夫が切腹を選択した気持ちがようやく理解できた。日本人だからだ。日本人なら、切腹だ。切腹に限る。いちばん絵になる光景だ。

微動だにしない遮断機に、どうなっているんだと憤りの声があがった。惟朔はどちらかというと恍惚《こうこつ》として切腹の情景を思い描いていた。ところが具体的な光景を空想するのは難しかった。映画などで見た断片を組み合わせてみたが、曖昧で靄《もや》がかかっているようで、あるいは妙に戯画化された想念が泛かぶばかりで、総体的にはっきりしない。ただ、そうして空想に耽っていると、いきなり三島由紀夫の裸体が迫ってきた。それは古本屋にあった写真集だった。惟朔はその写真集を見たときに嫌悪を感じた。否定的な気持ちになった。だが視線をそらすことはできなかった。モノクロの、毒々しい、しかし無視することのできなかったあの生々しい裸体だ。

あきらかに畸形《きけい》だった。惟朔には明確な言葉にすることができなかったが、直観的に摑みとったその思いをしいて翻訳すれば、三島は自意識の畸形だった。

教師山口は自覚しろ、と諭《さと》した。惟朔には自覚も自意識も似たような言葉に思われる。しかし自覚と自意識のあいだには永久に溶けあうことのない微妙な差があることもなんとなく直覚的に把握できた。

自覚と自意識にはどのような差異があるのだろうか。惟朔は考えこんだ。明確な答えはでなかったが、ひとつだけはっきりしたことがあった。自意識はともすれば畸形に結びつくなにかを孕《はら》んでいる。

ともあれ小説を読んだことのない惟朔からすれば、三島由紀夫はあくまでもあの陰影を強調したモノクロ写真集の映像であり、軀、あるいは筋肉にこだわった畸形だった。惟朔のまわりにも筋肉にこだわっている少年たちがいる。惟朔だって盛りあがる大胸筋に憧れている。だがブルワーカーを押しつけて胸の筋肉をふくらませて悦に入っている少年たちの単純さとはべつの、なにか禍々《まがまが》しいものが三島にはある。それを惟朔は悪意と同質のものとして感じた。見せびらかそうとして捩れてしまった。あるいは見せびらかすには三島由紀夫は複雑すぎた。なにやらあのモノクロ写真集には嘲笑めいたものが横溢《おういつ》していた。

今日、三島は、あのどこか作り物めいた腹筋の盛りあがった腹を切り裂いたのだ。

血はどれくらい流れたのか。

腸は、はみだしたのか。

切開された傷は、何センチくらいの長さがあるのか。刀の切っ先は腹の中のどのあたりにまでとどいたのか。息絶えるまでに、どれくらいの時間がかかったのか。

青梅線だろうか。眼前をチョコレート色をした車両が抜けていった。オレンジ色の新型車両よりもあきらかに上下動が大きい。車体各部に打ち込まれた頭の大きな鋲《リベット》が目立つ。しかも茶褐色に塗られた車体外板は平滑ではなく、かなり烈《はげ》しく波打っている。その車体色は流出したばかりの新鮮な血ではなく、時間が経過してでこぼこに凝固した血の色を想わせた。

なるほど、古いんだ——。

ごく当たり前の感慨と同時に、唐突に三島由紀夫の裸体と血の妄想から醒めた。誰も惟朔の妄想など知りようがないし、気にもしていないのは充分に承知しているが、それなのに得も言われぬ羞恥を覚えた。

惟朔は挑むような眼差しで顔をあげ、遮断機がじわじわと上昇していくのを見守った。完全にあがりきらないうちに人々の群がせかせかと移動をはじめた。その流れに押しだされるようにして惟朔は踏みだした。

あんな軀に鍛《きた》えあげたのは、今日、切腹するためではなかったのか。

どうしたら自分の死に様が絵になるのか、生きているときから真剣に考え抜いていたのではないか。

やっぱり、嗤《わら》ってる。

あの人は俺を嗤っている。

みんなを嗤ってる。

踏切をわたりかけている最中にもかかわらず、ふたたび警鐘が鳴り、遮断機がおりはじめた。引力を味方につけているのだろう、遮断機は上がるときよりもよほど早くおりていく。人々は小走りに踏切を抜けていく。しかし惟朔は頭上斜めから降りかかる威圧的な鐘の音を無視するかのように、ことさらゆっくりとした足取りで線路内を歩いた。線路のふくらみがすりへったバスケットシューズの靴底をとおして土踏まずをじんわりと押しあげる。強引に加速して抜けていく大型トラックが踏切全体に渡された厚板を大きく上下に揺らす。線路を通じてカタン、コトンと電車の走行音が伝わってくる。さらにシグナルの鐘の音が無限に連続して鼓膜に刺さる。

カンカンカンカンカンカンカンカンカンカンカンカンカンカンカンカンカンカンカン
カンカンカンカンカンカンカンカンカンカンカンカンカンカンカン——まだ惟朔は踏切内にいた。視線が微妙に定まらないが、圧迫や不安を覚えているわけではない。警報は電車の影も見えぬうちから騒がしく居丈高に鳴り響くように設定されているのだ。だいたい普段の惟朔は遮断機がおりているときであっても雑に左右を見まわして迫りくる上り下りの列車の間合いをはかり、平然とこの武蔵小金井開かずの踏切を横断し、ごま塩頭の踏切番に怒鳴りつけられてVサインと共に薄笑いをかえしたりしていた。

踏切内に誰もいなくなった。いきなり眼前に幾本もの線路が平行して鈍色《にびいろ》がかった銀に輝く小さな広場が出現した。視線をおとすと、線路を覆っている木材は自動車のタイヤ滓《かす》がこびりついているのか意外な鮮やかさで黒ずんでいた。

眼に映るものすべてに現実味がないのは相変わらずだが、どうしたことか嗅覚だけが尋常でない鋭敏さで、線路を覆っている木材の芯に染みこんだ油脂の、古びて枯れて角が丸く削《そ》げているにもかかわらず微妙に嫌な刺激のある、コールタールじみた腐敗した香りが鼻腔に充ちていた。線路をとおして伝わる列車の走行音が多少大きくなってきたような気もするが、電車が迫りくるであろう新宿方向を確認するのも億劫だ。

ひどく気《け》懈《だる》い。世界から自分が切り離されているという感覚が消えない。なにもかもが面倒な気分だ。それなのに惟朔の心臓は不規則で軋《きし》みそうな鼓動を刻んで疾駆し、そっと指先で触れた蟀谷《こめかみ》のあたりは血が噴きあがりそうなくらいに脈うっていた。

踏切を横断した惟朔は腰を折り、ゆっくりと遮断機の下をくぐった。屈んでいるせいで突きでた臀《しり》を、ごく間近を走り抜けていく列車の風圧が押した。煽られ、バランスを崩しかけたが、かろうじて耐えた。線路と車輪がこすれて立ち昇る微細な鉄粉が周囲に充ちている。血とリンパ液の味と匂いにちかい。たいした時間がかかっているわけではないが、すべてが異様に引き延ばされているかのような間延びした気配がたちこめていた。いまごろになって踏切番の怒号を聴いた。

踏切をあとにして駅北口ロータリーを雑に横切って寂れきった裏路地に入りこんだ。焼き鳥の匂いを嗅いだ。破れた赤提灯のなかで黄金色に輝く電球に一瞥をくれた。青白い煙に混じって焼酎らしいアルコールの香りが漂ってきた。幽かに空腹を意識したが、乱れた鼓動はおさまらなかった。なにに昂《たか》ぶっているのかは判然としない。同時に昂ぶることと自体に疲労を覚えた。なにしろ昂奮の芯にまったく現実味がないのだ。たしかについ先刻までは得体の知れない何かに押し潰されそうになりはしたが、もはやその圧迫自体に飽き果て、いい加減に馬鹿らしくなってきていたのだった。

仲間外れにしたければすればいい——。

世界と現象から加えられた鞭打ちじみた疎外感を惟朔は仲間外れという言葉に置き換えて開き直った。たぶん三島由紀夫は仲間外れだったのだ。そう安直に結論した。傲慢にも三島と自分を同一視し、重ねて切り棄てていた。同時に腹を切ってしまった三島に対して優越感を含んだ哀れみの気持ちさえ覚えた。あれほど重くまとわりついていた疎外感だって、持続しないのだ。踏切という閉ざされた結界のなかで立ち昇る油脂の匂いを嗅いでしばらく辛抱してさえいれば消え失せてしまう程度のものなのだ。正確には背負い続けているうちにその重さがわからなくなってしまう瞬間があるということにすぎないのだが、持続性のなさという実存の欠点を惟朔は感覚的にものにしていた。

切腹って、踏切だったんだ——。

そう胸の裡《うち》で呟いて、ちいさく吐息をついた。しかし、それで気持ちが安らいだわけではない。自身の疎外感、そして三島由紀夫とその割腹に象徴される思いから醒めると、こんどは息苦しいほどに憂鬱《ゆううつ》な気分が迫《せ》りあがってきた。惟朔はじわりと両肩が落ちていくのを意識した。退学放校を福祉施設の園長に告げねばならないという現実が肩にのしかかってきたのだった。

「まいったな。ほんとうに肩が落ちていく」

独白して苦笑を泛かべてみたが、苦笑は笑いにまで至らず、曖昧に崩れ、唇が薄ぼんやりとひらかれたまま、閉じなくなった。

惟朔の立場は奨学生に近い。教護院を経営するキリスト教修道会が惟朔の衣食住、そして高校の学費から大した額ではないが小遣いに至るまでを面倒みてくれていたのだ。それらは惟朔の能力に対する期待からもたらされた一切返還の必要のない善意の金銭であるがゆえに、惟朔に無様な飼い犬のような気分を植えつけていた。

確かに三島由紀夫の裸体、割腹と血の妄想は惟朔の性の根深い部分を刺激し、なおかつ所属を喪った惟朔に覆い被さってきた得体の知れない疎外感に微妙に連繋してそれなりの慰撫を与えはしたが、それらは現実と結果、つまり暴力行為と退学という事実からの逃避であり、無意識的な、しかし心の深い部分からもたらされた強圧的な忘却の側面が強かった。しかし惟朔自身はそれをまったく意識していなかった。

疎外感が消えさったいま、退学という事実自体は不安感まじりではあるものの、惟朔にとりあえず解放感らしき断片を与えつつあった。だが退学から派生する人間関係を主体にした諸々の面倒な現実は尋常でない重量感をもっていた。惟朔はそれに押しつぶされそうになっていた。

そもそも高校に進学する気など毛頭なかった。中学時代の成績はおおむね学年一であったが、それは施設内の教育水準が途轍《とてつ》もなく低いものであったからだ。小学校にも満足に行っていない惟朔が学年一でいられたのだから推して知るべしである。しかし周囲は惟朔に奇妙な期待をかけていた。この子はやればできる、というのだ。

また幼い惟朔があれこれ悪さをして児童相談所に送られて以来、幾度か受けさせられた知能テストの結果がふつうの子供の倍近い水準の成績であったために、教師教官たちの、この子は正しい筋道をつけて機会さえ与えてやれば能力を発揮するという思い込みと期待を常に背負わされていて、それがひたすら惟朔に対する重荷となっていたのだった。

惟朔が衣食住を与えられている福祉施設まで距離にして四キロ弱くらいだろうか。歩くのが速い惟朔であっても時間にして四十分ほど歩かねばならなかった。駅からバスがあったが、惟朔の世話になっている施設では歩くことが当然のことだった。馴れきっている道程である。冗談半分でマラソンの真似事をしてあっさりと走りきってしまえる程度の距離である。ところが今日はことのほか足が重い。暗い溜息ばかりが洩れる。

だいたいにおいて惟朔の不登校は高校の教師からとっくに連絡がいっているはずであった。一日二日高校をさぼったわけではない。入学以来、授業を受けた日数は一週間に充たないだろう。あとはサッカーボールを蹴りに放課後に時々校門をくぐるだけだった。一応は登校の支度をして施設に付属する農場の宿舎をでるのだが、国分寺、武蔵小金井、武蔵境、三鷹、吉祥寺といった中央沿線駅の盛り場で適当に時間を潰して、腹がへれば食物を、退屈に読み物でも欲しくなれば書店で万引きをした。万引きした書籍は古本屋に売って現金に換えた。もちろん学生服で歩きまわっていると補導されてしまうので、いつも下げている偽物のマジソンバッグのなかに普段着をいれていて、駅のトイレなどで着替え、それでも補導員に声をかけられれば、平然と勤労青年であるふりをし、今日は勤めている店が休みなんですなどと頰笑んでみせた。盛り場以外では井の頭公園、小金井公園、あるいは多摩川の河原といったところで本や雑誌を読み散らし、居眠りをした。また、ときには社会にでた施設の同級生を訪ねて彼らが働いている職場にまで遠出をした。中小企業ばかりなので惟朔が漠然と見学をしていてもそれほど邪魔者扱いをされたことがないし、ときには作業を手伝わされた。夏休み以降は暴力沙汰をおこした九月二十九日しか自分の意志で学校に行っていない。ところが収容生であった時分はあれほど口うるさく、往々にして過酷な肉体的懲罰を加えた園長はひたすら沈黙している。施設内農場の宿舎の一室を与えられているとはいえ、一応は施設を卒業したのであり、いまや社会人であるということから惟朔の不登校を黙認しているのであろうか。

だがそうであったとしても園長は惟朔になにがしかの金銭を与え、監督する親代わりの存在であるはずだった。顔をあわせれば惟朔が胸の裡で密かに嘘笑いと呼んでいる、あの柔和な頬笑みを泛かべてお天気の話題をもちだす程度で、不登校にはいっさい触れようとしないのが不気味だ。

もっとも、つい昨日まではその沈黙がありがたく、よけいな忖度《そんたく》をせずに流されるままに過ごしていたのだが、退校処分が決定してしまったいまは、惟朔にそれが重くのしかかっていた。

帰りたくなかった。

逃げ出したかった。

教師教官の露骨な打擲《ちょうちゃく》に馴れきっていたからこそ逆にいまは園長の沈黙が恐ろしい。中学生時分のように殴られることはないだろうが、園長と顔を合わせ、退学を報告することは相手の出方が予測できないだけに絶望的な重荷であった。

心底から実感していた。

暴力や否定だけでなく、善意や期待が人を壊すのだ。

素行不良で送られた児童相談所におけるＩＱをはじめとする種々のテストで突出した成績を残してしまった。レコードホルダーとして扱われた。

小学校は不登校でほとんど真っ当に授業を受けていない。中学は施設に収容されて不登校こそ不可能になったが、授業態度は最悪だった。それなのに、それなりの成績を残す惟朔は良くも悪くも特別扱いされた。惟朔の怠惰と狡《ずる》さ、ある種の傲慢さを嫌悪する教師もいたが、テストの点数だけは認めないわけにいかないようだった。

テストの成績やＩＱなどという陳腐な抽象で人の能力を推し量ってしまう大人たちは、じつは入試に代表される無様な知性計量手段の罠から逃れられない奴隷だったのだ。あれこれ周囲に失望を振りまいてきた惟朔であったが、退校処分でその善意と期待をついに完璧に裏切った。

当初、修道院の人々は惟朔をカトリック系の全寮制高等学校に進学させようとした。惟朔はその善意を恐怖した。全寮制。もう、閉じこめられるのはたくさんだ。嫌悪感に身震いがおきた。

しかし善意の強制力は凄まじいもので、逆らいきれずに一応はその全寮制高校の入試を受けに神奈川県まで出かけた。一時限目の国語は周囲の雰囲気に呑まれて幾つか問題を解いたが、途中で軽い眩暈《めまい》を覚えた。問題文を読む眼の焦点が合わなくなった。鉛筆をもったまま、頭を抱えてじっとしていた。それ以降の科目の答案はほぼ白紙で提出した。ほぼ白紙というのは、解答は書いていないが、暇つぶしに落書きはしたということだ。同じく面接では、僕は就職しますからと面接官に顎をしゃくった。

当然ながら、落ちた。

ホッとした。ところが虚無的な顔で描かれた無用ノ介が『どうってことはねえんだ、どうってことはな』と吹き出しのなかで呟いている落書きのある全寮制高校の英語の答案を突きつけるようにして園長は激怒し、呼びだされた惟朔の母親が泣いた。せめて高校くらい出とかないと――。幼いときに父をなくした惟朔は、母の涙には弱かった。まだ間に合う都立高校の試験を受けた。

そして今日、ついにその都立高校からも追放された。北風に押されながら歩く惟朔の脳裏では、ここ一年ほどの出来事が渦巻いていた。全寮制高校入試を押しつけられて以来惟朔はひたすら他人の意思に従って生きてきたようなものだ。善意だから逆らえなかったのだ。だが、いまや、それらがすべて瓦解した。善意をぶち壊しにした罪悪感と、まだ本格的に迫りあがってきてはいないが解放感の兆しが綯《な》いまぜになってひどく安定を欠いた気分だ。

俺は期待を完全に裏切ってしまった。

俺は、やっと期待を裏切ることができた。

そういった正反対の思いが複合して肉体に影響しているのだろう、脹脛《ふくらはぎ》が尋常でなくこわばっていた。

惟朔は硬直しきった脹脛をだましだましながら西に歩いていた。公務員住宅の密集する団地群の入り口がある交差点を抜け、Y字路を右にとる。周辺の落ち葉はプラタナスと銀杏《いちょう》が入り交じって北風に煽られ、やがては雑然と路肩の傾斜に密集し、不安定に盛りあがっていた。

ゆるく左にカーブしている坂を惰性でくだり、学芸大角と表示のある交差点を横断してほとんど交通のない一キロほどの長さの直線道路に至る。大学の外郭を仕切る長大な金網と郵政省の電波研究所、そして惟朔の暮らしている施設だけがある歩行者もごくまれな通りである。

武蔵野の雑木林がそのまま手つかずで残された広大な一角であった。郵政省の施設があるので道路は金のかかった見事に平滑なコンクリートの特殊舗装であったが、このあたりまでくると街灯はくすんだ白いガラスの笠をかぶった古臭いものがほんの申し訳程度しか設置されておらず、夜はすっかりあたりを浸蝕《しんしょく》し、濁って見通しのきかない黒ずんだ藍色に染めあげていた。

それでも眼を凝《こ》らすと落葉して周辺を覆い尽くしてほぼ乾燥した銀杏の葉をかろうじて見分けることができた。塀越しに雑木林と隣接しているので幽かではあるが土の匂いと植物が分解していくときの腐敗臭を感じることもできる。これは肉などが腐敗していく匂いと違って心地よい香りであるといっていい。

しかし、いまは植物たちの死骸の放つ寂びた匂いも惟朔に精神の安定をもたらしはしなかった。うつむき加減でしばらくいくと、誰が掃き集めたのか、街灯の立つ路肩の傍らに落葉が綺麗な山となっている部分があった。その頂点をかすめるように思い切り蹴りあげた。無数の銀杏の葉が爆《は》ぜるように舞いあがり、やがて振り子のように左右に揺れながら落下していった。

惟朔は顔を歪めていた。右足の親指が同じく人差し指にきつく硬直して重なっている。腓返《こむらがえ》りである。蹴りあげた足が攣ってしまったのだ。痛みと無様さに呪いの呻《うめ》きをあげ、学芸大学のテニスコートに面した金網に背をあずけ、左足の靴底で重なりあった右足指をバスケットシューズの上から幾度も踏んで強引に正常な位置にもどした。

矯正作業はとりあえず成功したかにみえたが、数歩いくとふたたび足指がよじれた。惟朔は泣き顔のまま右足を引きずり気味に教護施設の門をくぐった。

外部からは開かれて見えるが、じつは内側からは収容生の脱走を防ぐための手だてが怠りなく施されていて、だから外からもどった者は否が応でも監視の目のある正面玄関を通らなくてはならない。正面玄関の右側が今夜の惟朔にとっての鬼門、園長室である。

惟朔は玉砂利を踏みしめながらルルドの泉を模した純白の石膏の聖母マリア像の前を抜け、泉という設定である左右対称な扇形をしたちっぽけな池に積もって腐った葉脈の透けた落葉の香りを胸一杯に充たし、聖ドメニコ・サヴィオの立像を一瞥し、その台座に刻まれた〈罪を犯すよりは死を〉という、よく考えると意外に過激な文句を脳裏で反芻し、磨き抜かれた正面玄関に足を踏みいれた。

「いて、いてて――」

わざとらしく声をあげて、玄関先に座りこむ。人の気配に意識を集中する。空気は冷たく微動だにしない。乱しているのは自身の呼吸や鼓動であり、体温だ。とりあえず肩から力を抜き、靴ひもを引き、いいかげんに靴を脱ぐ。靴下は履いていない。

交差して硬直している親指と人差し指を強引に拡げると、その指の股に黒ずんだ褐色の垢のかたまりが見え、これほど冷えきっているのに顔をそむけたくなる蒸れきった腐敗臭を立ち昇らせた。

惟朔は我が足の悪臭に耐え、しばらく足指を揉んだ。凍えていた足指が多少熱をもってくると、腓返りの不安もおさまった。

館内は深閑としている。温度も屋外より低いくらいだ。惟朔は正面にさがる大きな西洋式の柱時計で時刻を確認した。周囲を窺い、ふたたび声をあげた。

「いてて、いてて。攣っちゃったよ。まいったなあ、おお、いてえ」

やはり、人の反応する気配はない。惟朔は脱ぎ散らしたバスケットシューズを右手にもち、綺麗に揃えられてあった来客用スリッパに足を突っこみ、緑色に塗られたコンクリの床を忍び足で歩きはじめた。園長室とは反対の方向である食堂にむかう。

本来は監視があるはずなのだが、正面玄関にはまったく人の気配がなかった。たまたま無人だったのか。それとも惟朔が気づかなかっただけか。あるいは相手にされていないのか。

あの時点で園長が顔を出せば、惟朔は退学処分の顚末を正直に告げていただろう。だが、もう、どうでもよくなってきていた。惟朔の心のなかに強烈な居直りの気持ちが湧きあがってきていた。

退学もなにも、僕は学園を卒業した一人前の社会人である。

だから、いちいち園長先生に報告して面倒をかける必要はない。

これは僕独りで処理すればいいことなのである。

僕に報告の義務などない。

そう胸の裡で連続して呟き、納得した。施設にもどったとたんに俺が僕になっているのがどことなく不服で苛立たしいが、まあ、気が楽になった。逃げているだけなのかもしれないが、いまさえよければいい。なにかあったら、そのときに対処を考えよう。

まったく先ほどまで肩にのしかかっていたものはなんだったのだろう。拍子抜けするほどに軽くなっていた。しかし、緊張がほぐれるのと同時に、眼をあけているのもつらいほどの疲労が脊椎《せきつい》のあたりからじわりと這《は》い昇って首筋のあたりで凝固した。右手に悪臭を放つバスケットシューズを提げ、空腹によじれそうな腹を左手で押さえて顎を突き出し、半分眠ったようなおぼつかない足取りで半地下の食堂に至る階段をおりる。

この建物の基本骨格は、じつは戦中の陸軍の軍事研究施設を元にしているので、当たり前の建物とはずいぶんと構造が異なる。終戦直後にＧＨＱが接収し、それをこの施設を経営する修道会が昭和二十一年に貰い受けた。スタートは戦災孤児収容施設だった。いまでは土地面積六万六千四百平米、坪になおすと二万百二十坪強という広大な敷地に二百名ほどの子供たちが収容されていた。

収容生たちの食事はとっくに終わっていて食堂は完全な闇だ。半地下という構造上、月の光もとどかない。惟朔は手探りで照明のスイッチを探りあてたが、それを上に跳ねあげることはしなかった。疲労しきって投げ遣りな意識の底で、明かりがつけば誰かを呼び込んでしまうおそれがあると判断したのだった。とりあえず人と会うのは避けたい。玄関ロビーから失敬してきたスリッパの底が奇妙に粘って、完全な闇と静寂のなかにおどけた音をたてる。二百人を収容する食堂の床はリノリウム張りであるが、ほとんど陽が射し込まないせいか、いつも微妙に湿っている。しかも食物に付き物の油脂類が湿気の底にこびりついているのだろう、腐敗臭に近い酸っぱい匂いがする。

惟朔の食事は農場生と呼ばれる、福祉施設に附属する農場で働く卒業生たちの食事室に用意されている。収容されている生徒たちの巨大な食堂とちがって六畳ほどの部屋だ。

惟朔は忍び足だったが、床に貼りつくスリッパのぺたぺたぱりぱりという剽軽《ひょうきん》な音がそれを裏切っていた。

完全な闇だ。眼をひらいていても無意味だ。ここまで暗いと、闇にも質量を感じさせる重量感がある。惟朔はバスケットシューズを投げ棄て、真っ直ぐ歩くために食堂の冷たく硬い壁面に片手を沿わせた。

闇と疲労に誘われて、惟朔は眼を閉じてみた。きつく眼を閉じて前進すると、眼球の芯が、ぢん……と痺《しび》れて心地よい。指先が壁面の凹凸をとらえて、ときに掠れる筆のように摩擦が高くなる。その、つつっという感触が奇妙に愉しい。食事室はかなり奥まった位置にある。指先を沿わせて前進しながら、そろそろだろうと見当をつけた。

そのときだ。

壁に沿わせていた手がいきなり盛りあがった生暖かく柔らかいものに触れた。

声さえでなかった。

ほとんど息もとまっていた。

「誰——」

「僕」

「って、誰」

「伊庭《いば》」

「伊庭――さん」

「そう、伊庭」

「なにをしてるんですか」

「せんずり」

「せ――」

惟朔は闇のなかで眼を凝らした。眼はまったく役に立たなかった。改めて自分の指先が触っているものを、その手触りから推理した。面積が広いし柔らかい。どう考えても、自慰に用いるあの部分ではない。

「ひょっとして、これって、伊庭さんのおなか」

「ひょっとしなくても僕のおなか」

同性の股間を直接触らずにすんだ。安堵した惟朔は脳裏で伊庭の体勢を再生、組み立てた。伊庭は壁に密着して立ち、おそらくはズボンおよび下着を膝上のあたりまでずりおろしている。直進しようと壁に手を沿わせていた惟朔は、期せずして障碍《しょうがい》となっていた伊庭の軀、その剥きだしになった肥満気味の腹部に手を沿わせてしまったというわけだ。

「あの……僕の気配に気づかなかったんですか」

「誰かが来ることはわかってたさ。惟朔だとは思いもしなかったけど」

「なんで、しまわなかったんですか」

「だってさ、ここで慌ててちんちんをしまえば、逆に気配で僕の存在がばれちゃうじゃないか」

「そりゃ、そうだけど」

どうやら伊庭はじっと凝固していればやり過ごせるだろうと考えていたらしい。

「惟朔こそ、なんでわざわざ僕の腹に触ったんだ」

「いや、真っ暗なんで、壁伝いにきたわけですよ。じゃないと真っ直ぐ行けないと思ったから」

言いながら、なんで俺が釈明しているんだろうと腹が立ってきた。

「まったく、こんなところでパンツをおろしちゃうなんて、節操のない人だな、伊庭さんは」

「まあね。僕は先祖代々節操がないんだ」

伊庭のへらへらした受け答えに、惟朔は苦笑するしかなかった。

「いつも、こんなところでしこしこやってたんですか」

「いや。このあいだ、気づいたんだよな」

「気づいたとは」

尋ねかえしたが、伊庭は応えず、曖昧にはぐらかす気配だけがとどいた。闇の中でのやりとりは相手の顔がどこにあるのか距離感もつかめず、表情もわからない。なんとも心許ない。そこに沈黙が重なると、じつに落ち着かない。

それに惟朔には伊庭の行為がどうしても理解できなかった。なぜ、こんな場所でズボンをずりおろさなければならないのか。せいぜいが完璧な闇であるということだけで、こんな場所でなにに昂ぶることができるというのか。重ねて問いかけた。

「なにもこんなところでオナニーすることないじゃないですか」

「わかってねえなあ、惟朔は。僕の隣にきて壁に耳をつけてみな」

「なにか聴こえるんですか」

「いいから。つけてみろって」

惟朔は壁にそっと耳を押しつけた。

どうだ、と伊庭が尋ねてきた。

なにが、と問いかえした。

そのまましばらく沈黙が続いた。意識を集中した。コンクリートの壁面の冷たさを感じなくなったころ、彼方から伝わる微細なさざめきを感知した。

「声が聴こえます。女の——声だ」

「そう。調理場で作業しているアスピラントだよ。そそられるだろう」

「そそられる」

「なにを怪訝《けげん》そうな声だしてるの」

「だって、ただの声だし」

「おまえって空想力がないなあ」

「空想力ですか」

こういう場合は想像力というのだろう。しかし惟朔は黙っていた。伊庭がベルトをかちゃかちゃいわせてズボンを引きあげた。高校には女生徒もいる。盛り場をほっつき歩いていれば通行人の半分は女だ。ここに閉じこめられていた中学生時分ならいざしらず、いまさらあか抜けない修道女志望のアスピラントたちの、内容さえ判然としない井戸端会議の声だけを聴いて昂ぶるというようなこともない。

「惟朔、飯か」

「そうです。飯です」

「夕飯か」

くどい。夜の食事は夕飯だろう。

「あっ」

「僕じゃないぞ」

「じゃあ、誰なんです」

「知るわけない」

「なにがなくなってるんですか」

「うん。チキンじゃないかな。骨付き腿肉の唐揚げ」

「伊庭さんが食ったんだろう」

「てめえ、目上の者には敬語だろう」

「ひとの鶏を食うような奴に敬語は必要ねえぜ。このずるせん野郎」

「ずるせん野郎はないだろう」

「どこでもちんちんだしやがって、変態め」

「まあ、まあ。惟朔君。どうせ白色レグホン。しかも産卵率が落ちきった廃鶏《はいけい》だ。食ってうまいもんじゃない」

「うまいか、まずいかは、僕が決めたかったですよ」

「キミの気持ちはよーくわかります。でも、僕には権利があるんだな」

「他人の食事のおかずをくすねる権利」

「いや。僕は自分で殺した鶏を自分の腹にいれて消化しなくてはならない。育成者の責任だな。権利であり、義務だよ」

「はいはい。農場作業御苦労様。レグホンのウンチにまみれて月給七千円ですか。馬鹿じゃねえの。いまどき七千円だってよ」

「惟朔に給料の額をどうこう言われたくはないな。誰かがウンチにまみれなければ牧畜は成りたたないさ。職業に貴賤はないっていうだろう」

「正確にはですね。職業に貴賤はない。給料に差があるだけだ、って続くんですよ」

闇のせいだろうか。なぜか会話はひそひそ声のやりとりになってしまう。なだめるように伊庭が背に手をかけてきた。惟朔は押されるがままに進んだ。手探りをして、農場生用食堂のドアノブに手をかけた。農場生は三人だ。三人とも惟朔よりも一学年上で、施設卒業後も社会には出ていかずに牧畜に従事している。

惟朔には彼らが理解できない。やっと施設から出ていける時がきたのに、自らこの檻の中に残ることを志願した。早朝四時から、夜六時までみっちり作業する。しかも相手は牛や豚といった生き物であるから、満足に休日をとることもできない。それでいて、揶揄《やゆ》したように月給が七千円少々というのだから信じがたい。この額は中卒初任給の三分の一以下だろう。

脚でドアを押しひらき、壁面を手探りし、投げやりに照明のスイッチを入れた。ずっと闇の中にいたので、瞬く蛍光灯の光が眼球の芯に刺さった。惟朔は正面にさがった十字架に一瞥をくれ、さらにその脇をかためる聖母マリアの聖画がおさまった額に視線を据えた。

——主、願わくはわれらを祝し、また主の御恵みによりてわれらの食せんとするこの賜物を祝し給え。

反射的に食前の祈りが泛かび、しかしその最後を強引に端折った。テーブル上に置かれたおかずの皿にはキャベツの千切りしかのっていなかった。千切りの山盛りである。見えすいたことをしやがる——。

惟朔の顔から表情がなくなった。

席は向かって左側、いちばん下座である。惟朔は背もたれのないビニールクロス張りの椅子を足先で引きだして、吐息をつきながら腰をおろした。

伊庭は直接テーブルの上に横座りすると惟朔の御飯茶碗をつかみ、年季の入ったお櫃《ひつ》の蓋をひらき、ほとんど湯気のたたなくなった米飯を山盛りによそってくれた。大根の葉が見え隠れしているみそ汁もさめているが毎度のことだ。

無視してもよかったのだが、惟朔はおかずの皿に盛られた千切りのキャベツに箸の先を挿しいれ、さぐった。

中からあらわれたのは茶色く変色した神経繊維の垂れさがる鶏の腿の骨だった。

箸でつまむ。骨だけになった唐揚げをしばらく凝視し、千切りキャベツのなかに元通り埋める。皿ごとテーブルの脇に押しやり、視野に入らないようにする。

さりげなく、伊庭が惟朔の表情を窺っている。

惟朔は立腹を顔にださぬように気を配り、福神漬けで御飯を食べはじめた。大きめのスプーンですくった福神漬けを飯のうえにのせると、まるで赤インクのような液が米粒を染めていく。その赤い色には不思議な透明感があった。視線が吸い寄せられた。

伊庭をはじめとする先輩たちは過酷な農場作業に従事し、惟朔は修道会の金で高校に通い、衣食住の面倒をみてもらっている。表面上は伊庭たちともうまく付きあっているつもりであったが、現実にはこうした意地悪をされる日常だった。

惟朔は福神漬けだけで淡々と食べ、腰を浮かせてお櫃を引き寄せ、二杯目の御飯をよそった。

とたんに伊庭が、ちいさく、ふふ……と笑い声をあげた。

惟朔は笑いに歪んだ伊庭の顔を一瞥し、御飯にみそ汁をかけた。テーブルに肘をついて雑に流しこむ。胸の裡で沸々と滾《たぎ》るものがあったが、米を咀嚼《そしやく》することでそれをきつく抑えこんだ。

先ほどの闇よりも重い沈黙が垂れこめた。テーブル上に横座りした伊庭の脚が小刻みに揺れる。その貧乏揺すりにあわせて椀のなかに残ったみそ汁に細波《さざなみ》が立つ。惟朔は箸を持つ手をとめて口をすぼめた。しばらく思案した。口をひらいた。

「三島由紀夫が切腹しましたね」

一拍おいて、伊庭は応えた。

「らしいな」

「伊庭さんは、三島由紀夫の小説を読んだことがありますか」

「金閣寺」

「どうでした」

「美意識」

「と、いうと」

「美に対する意識」

惟朔はちいさく咳払いをした。美意識とはどういう意味かと訊いて、美に対する意識と返されてはたまらない。秀才の誉れ高い伊庭は、わからないという言葉だけは発したくないのだ。

「感受性、わかるか」

「はい」

「惟朔にほんとにわかるのかね」

「まあ、そのあたりは突っこまないでくださいよ」

伊庭の瞳に嫉妬が宿っていた。惟朔は胃のあたりにこの年頃らしくない痛みを覚えた。

俺が高校に行かせてくれと頼んだわけではない！　そう怒鳴りつけたかった。逆に、退学になったことを迎合的に口ばしりそうにもなった。気持ちの揺れが顔に出ないように猫まんまを飲み込んだ。

「感受性なんだよな」

「感受性ですか」

「そう。感受性」

「そうですか。感受性ですか」

それでなんとなく終わってしまった。惟朔は三杯目の御飯をよそうかどうか思案した。なにもしていないことに耐えられないので、満腹だがしゃもじを手にとった。

「感受性の過剰な奴が死んでくんだよ」

「ああ、そうですか」

「気がない返事をしやがって。いいか。証拠を示すぜ。まずジミ・ヘン。そしてジャニス・ジョップリン」

「クスリでしょう、相次いで。ひと月くらい前か。あまりピンとこないけど」

「うるせえな。僕は惟朔だけが唯一ロックの話ができる相手と見込んでしゃべっているんだぜ」

「俺はベンチャーズ止まりだから」

「俺？」

「ああ、最近、僕っていうのが照れ臭くて、俺に変えました」

「気取るんじゃねえよ」

「べつに気取っているつもりはないけど」

「まあ、いい。ギター、すこしはうまくなったのか」

「だからベンチャーズ止まりって言ってるだろう」

抑えていたものが弾けかけていた。睨みつけ、手にしていた茶碗をテーブルに叩きつけると綺麗に真っ二つに割れ、押し固められた米飯が茶碗の三角錐のかたちを保ったまま転がった。

2

部屋はせいぜい四畳半ほどの広さで、床も壁面も板張りである。室内に足を踏みいれると、いつだって賽子《さいころ》のなかに迷いこんだような気分になる。そんなほぼ正方形でかたちづくられた空間だ。

南向きの窓際には在日米軍から寄付された鉄パイプ製の軍用ベッドが据えられている。マット代わりに敷かれているのは冷たく湿った煎餅布団で、腰をおろすとベッド底面に市松模様に組まれて張り巡らされている薄い帯状の鉄板の所々にある隙間が臀《しり》にくぼみとして感じられる。

ベッドの脇には古びた木製の机があり、傷だらけの机上には四十ワットの電球がねじこまれたアルミの笠のついたスタンドが置いてある。惟朔はでこぼこに変形したお椀形の笠を爪先で弾いて鈍い金属の音を聴いた。いつもの癖である。それからおもむろにスイッチをひねる。黄色い光が机上の影を追い払う。

教科書はともかく若干の学習参考書をはじめとする書籍のほとんど、そして文具の数々は万引きしたものだ。愛読しているニューミュージック・マガジンも毎月発売日に万引きしているが、それは手作りのちいさな本立てにおさまっている。とりあえず惟朔は机のうえに積みあげられた雑誌のなかから一冊、適当に抜きとった。欠伸《あくび》を中途半端にこらえて膝のうえにひろげる。

少年マガジンに連載されている〈光る風〉という作品が気になっていた。山上たつひこの描く劇画であるが、そろそろ連載も終わるのではないか。そんな予感をもちながらも最新号を入手していなかった。しかも最初から通して読んでいたわけではないので惟朔はその作品内容を正確に把握することができていなかった。畸形児ばかりが誌面に躍るグロテスクな劇画だが、国防隊特務班、インドシナ派兵、旧日本軍の中国における戦争犯罪といった政治的な匂いの横溢する奇妙で不思議な味わいのある作品である。

死ね！　死ね！
おまえら
みんな
死んじまえ！

主人公、六高寺弦のあげる吹き出しのなかの科白《せりふ》を脳裏で繰り返し、雑誌を床に投げ棄てる。そのままベッドにひっくり返った。

力石徹はこの年の春先にあっさりと死んでしまったし、アシュラは死体だらけの曠野《こうや》を着衣の裾を引きずって抜けていく。

惟朔はセブンスターを咥えた。マッチをする。焔《ほのお》を吹き消して硫黄の匂いを愉しんだあと、煙草の煙を肺胞いっぱいに充たす。はじめて喫ったときには吐き気さえ覚えたのに、いまやニコチンが全身に染みわたる快感にちいさく吐息を洩らすようになっていた。

天井を見あげる。ふたたび賽子の内側に閉じこめられたような気分になった。正方形の小部屋に煙が澱《よど》む。農場で飼われているシェパードの雑種が哀しげなヨーデルで遠吠えを繰り返している。

今日、三島由紀夫が死んだ。惟朔は大きく瞳を見ひらいていた。

これは劇画や漫画に充ちみちているつくりごとの死ではない。

だが、なんと、つくりごとめいていることか。惟朔にはいまだに確たる現実感がない。

気持ちは現実と非現実のあいだで揺れて一定せず、整理がつかない。

そもそも人の死は、常に非現実を帯びているものなのかもしれない。なにしろ死を実体験したときには、その人間は終わっているのだから、死を現実としてとらえることなど絶対に不可能なのかもしれない。

惟朔は得意の屁理屈を脳裏でこねくりまわして、壁面のキリスト磔刑像《たっけいぞう》を見あげる。磔刑像は長さ三十センチほどで、各部屋に当初から取りつけられている。この堕落しきった修道院兼児童福祉施設において惟朔にとって唯一神々しく感じられるイコン的な表象である。

真鍮《しんちゅう》のキリストは錆びて黒ずんで、うっすらと埃を纏《まと》って艶を喪い、細木を組みあわせてつくられた十字架に、実際に銅製のごくちいさな釘で両手両足を釘付けにされている。そこにあるのは徹底した西欧流のリアリズムだ。冷静に見つめれば途轍もなく禍々《まがまが》しい宗教なのだ、キリスト教は。その表象に仏像のような柔和さはかけらもない。

なにしろ腰布がずれて陰部が露出しかけているかのような全裸にちかい男の裸体を拝むのだ。しかもその裸体は両手両足を釘で打ち抜かれ、脇腹にも菱形が潰れた形状をした傷が穿《うが》たれている。さらには頭部に荊《いばら》の冠をかぶり、まるで汗が滴るように血を流している。キリスト教は総体的に血まみれであり、いたずらに性的である。

ふと、思う。三島由紀夫はキリストになりたかったのではないか。惟朔自身にはまだ明確な言葉にまで立ちあげるだけの語彙が不足しているが、その拙いが本質的な思考を論理的に翻案すれば、たいがいの人は人知れず死んでいくが、ある突出した人物は、自身の死をエロスを伴うかたちで下々にわかりやすく提示する欲求と宿命をもっているということだ。

死というものを象徴化する。

タナトスに附与されているエロスを露わにしてみせる。

それが十字架であり、割腹である。そしてその象徴化がなによりも宗教家の、そしてたぶん小説家における究極の表現であり、仕事なのだ。

死を象徴化すると、なぜか、どうしてもエロスが立ち昇る。惟朔は言葉にして整理できないまでも直覚的にそれを悟り、死の秘密を垣間見たような気分になった。

とたんに憑き物が落ちたように三島の死が遠のいていた。死とは自慰にちかい。密かにそんな感慨を抱いて、わざとらしく嘘の欠伸を洩らした。灰皿代わりの大皿のうえでほぼ真っ直ぐに煙を立ち昇らせているタバコを手探りで抓《つま》む。

煙を吐きながら、むかって右の壁に後ろむきに立てかけてあるクラシックギターの褐色の胴体に視線を据える。中学を卒業してすぐに母にねだって武蔵小金井駅前の新星堂で買ってもらったクラシックギターだ。定価七千円が七百円引きの六千三百円だった。そんなナイロン弦の張られたガットギターを抱いて、惟朔は独習書を拡げ、ぎこちない指使いで〈禁じられた遊び〉や〈アルハンブラの思い出〉を弾きはじめ、やがてそれに飽いてベンチャーズの曲を弾くようになり、いまではレッド・ツェッペリンやゲス・フー、さらにはキャンド・ヒートなどのブルースっぽい曲を真似るようになっていた。

音楽教師の役目を果たしているのは、トランジスタラジオから流れる在日米軍放送FENの音楽番組で、夢中になってギターソロに耳を澄まし、それをクラシックギターで再現しようと頑張っていた。

施設内の中学でブラスバンドに所属していたので楽譜は読める。低音部を受け持つ楽器ばかりを担当していたのでヘ音記号に馴染みが深いが、ト音記号にもすぐに馴れた。ラジオから流れる楽曲を聴き、その曲をハミングして整理していくと脳裏に大ざっぱな譜面が立ちあがる。あとはその脳裏の譜面に、記憶している細かいニュアンスを付けたして弾くだけだ。だからたいした苦労もなく似たようなフレーズを弾きこなすことができる。

和声の理論に少しばかりあやふやなところがあったが、いまではそれなりに知識も積み重ねた。ギターの指板はピアノの鍵盤ほどではないが、和声の理屈を視覚的にわからせてくれるところがある。

たとえばジミ・ヘンドリックスの楽曲の決めでよく聴かれる和音を手探りで真似していくうちに、一弦と六弦をのぞいた四つの弦で成りたつセブンスコードに行き着いた。そのときには震えあがるような昂奮があった。以来ジミの演奏は惟朔の和音進行理論の絶対的な手本となった。

もっともエレクトリックギターで演奏される音楽をクラシックギターで再現しようとするのには大きな無理があることは充分に承知していたが、金銭的な問題からエレキギターには手がでなかった。いまさら母にエレキを買ってくれとねだるわけにもいかないし、エレクトリックギターで音をだすためにはギターアンプも購入しなくてはならない。自由の音楽と呼ばれるロックは、やたらと金がかかるのだ。

惟朔はちいさく吐息をつくと、トランジスタラジオのスイッチをいれた。ラジオは父の遺品であり、相当の年代物だ。ボリュームの接触が悪いのか、音量を調節しようとすると雑音が混じる。それでも回転するボリュームスイッチを微妙に動かしているうちに雑音は遠のいた。そのかわり、好みの音量からするとかなり小さめの音になってしまった。ハーマンズ・ハーミッツの間抜けなボーカルが幽かに鼓膜を擽《くすぐ》る。このころのイギリスのバンドは日本のグループサウンズじみていて好きではない。さらにリバプール・サウンドは好みではない。ビートルズもあまり趣味ではない。

在日米軍放送を聴くのは、いまは亡き父親の影響が大きい。いまでも惟朔は父が在日米軍放送を進駐軍放送と言っていたのを忘れることができない。惟朔の父は明治生まれにして新しもの好きで、また太平洋戦争中は通訳官をしていて英語を自由に操れたこともあって、いつも米軍放送を聴いていたのだった。そのせいで惟朔は小学校低学年のうちにビートルズやローリング・ストーンズの曲を聴くともなしに聴いていた。エイトビートという名の四拍子は軀に染みついている。

先ほど食堂でジミ・ヘンドリックス、そしてジャニス・ジョップリンの死について伊庭とやりあった。伊庭曰く、感受性の過剰な奴が死んでいく、とのことで、しかし、あまりに単純な伊庭の括り方に惟朔はなんともいえない反撥を覚えた。

しかも、ねちねちと絡んでくる伊庭に、一瞬、我を忘れた。強烈な暴力衝動を覚えたのだが、飯茶碗に八つ当たりをしてなんとか事なきを得た。惟朔はあの瞬間を反芻して胸を撫でおろしていた。喧嘩をしても伊庭に負ける気はしないが、いまは、まずい。自重しなければならない。

伊庭はジミ・ヘンとジャニスの死を深刻そうな眼差しで、しかも得意そうに語ったが、たいしてニュースにならなかったアル・ウィルソンの死のほうが惟朔にとっては衝撃的だった。

アル・ウィルソンはキャンド・ヒートというバンドで唄とハーモニカ、そしてギターを担当していた。ブラインド・アウル、盲目の梟《ふくろう》というブルースマンらしいニックネームをもち、ハープと呼ばれるブルースハーモニカの達人であり、ボストン大学におけるブルース研究家としても有名だった。それだけならどうということもないのだが、じつは、アル・ウィルソンはベンチャーズのドン・ウィルソンの弟だったのだ。

ほんの一時期ではあったが、かなり熱心にベンチャーズの楽曲をコピーしたこともあって、ドン・ウィルソンの弟アルには不思議な親近感を覚えていた。ベンチャーズがどちらかというと単純で聴き流せる音楽を演奏しているのに較べると、キャンド・ヒートはニューロックと呼ばれるジャンルのなかでもかなり渋めの通好みの音をだしていた。噂では白人バンドのくせにジョン・リー・フッカーという黒人ブルースマンと競演したレコードが米国では発売されたらしい。そんな差異はあるのだが、兄と弟がともに第一線で活躍する音楽家であるという好ましい関係に羨望さえ覚えていたのだった。

だからエコロジー研究家でもあったとされるアル・ウィルソンが、そのエコロジーを実践するために常時野宿をしていると聞いたときには変な男だと少々呆れながらも、好意と憧れを抱いた。単純に影響を受けて寝袋《シュラフ》が欲しいとさえ思った。

だから彼が九月三日の朝、寝袋に入ったまま冷たくなっていたというニュースを知ったときには、なんともいえない驚きがあった。

そもそもエコロジーとはなにか。アル・ウィルソンの死を伝えるニューミュージック・マガジン十月号にはエコロジーという言葉に対する明確な説明はなかった。しかし以前からの断片的な情報、自然云々という言葉や寝袋生活からなんとなくアル・ウィルソンの志向が推察できてはいた。

　ところが死因はどうやら幻覚剤の服《の》みすぎであるらしい。自然との共生とやらをお題目に掲げていたわりにその死に様はあまりにお粗末な感じがして、なんだか惟朔のなかでアル・ウィルソンの死はひたすら未消化な感じが抜けなかった。自然志向と幻覚薬がなんら矛盾なく同居してしまう、いわゆるヒッピー・ムーブメントのあり方が惟朔には把握できなかったのだ。

「アルは幻覚剤。俺はアンパン」

　呟いて、惟朔は灰皿代わりの皿にセブンスターを押しつけた。火気には充分に注意する。というのも中学三年のころ、夕の祈りをさぼって悪友とボイラー室でトルエンを吸っていたところ、悪友の吸引していたトルエンが気化して、そこにボイラーの火が引火、悪友の顔全体が焔につつまれたことがあったのだ。

　大事には至らなかったが、なぜか友人の頭髪だけは見事に燃えあがり、ほとんど失われた。漫画で爆発のあとに髪がまばらになって顔が煤《すす》けるという決まりきった絵があるが、あれが実際に起こったのだった。惟朔は慌てて焔につつまれた悪友の顔を学生服で覆ったのだが、その学生服の下でちいさな爆発が起こっていたのをいまでもはっきりと覚えている。とっさに空気を遮断したので爆発自体はすぐにおさまったのだが、焔が鎮まったと思って学生服を剝《は》いだとたんに頭髪が青い焰をあげて燃えあがったのだった。ベッドの下からインスタントコーヒーの空き瓶にいれたトルエンを引っぱりだす。昨夜も吸引したにもかかわらず、空き瓶には綿埃が附着していて、惟朔は舞いあがる埃に顔をそむけた。

世間ではトルエン入手に苦労しているらしいが、施設内では木工所に忍びこめば塗料希釈用のトルエン一斗罐が山積みだ。だからちまちまとビニール袋に小分けして口に押し当て、無駄なく吸うといった涙ぐましい真似をしなくてすむ。ベッドのうえに胡座《あぐら》をかいて、その胡座を組んだ足の中心にトルエンのはいった空き瓶を安置し、揮発するトルエンを室内の空気といっしょに吸引する。アンパンマニアがもっとも憧れる贅沢だ。ただし密閉された部屋でそれをおこなうと危険だ。惟朔自身、朦朧《もうろう》とした意識の片隅で自分が呼吸をしていないことに気づいて愕然としたことがあるので、つまり幾度か死にかかったことがあるので、準備に怠りはない。ほんのわずかだけ窓をあけて、外気の導入をはかる。

惟朔は空き瓶のなかのトルエンに人差し指を浸した。肥後守《ひごのかみ》で切ってしまった指先の傷が治りきっていないのでかなり染みるが、消毒だと割り切ってじっと耐える。気化するトルエンが指先からすうっと熱を奪っていく。この冷涼な感じが有機溶剤を嗜《たしな》むうえでのいちばん重要な愉しみかもしれない。酩酊しきってしまえば、なんだか暑苦しくも感じられる代物であるのだが、まずは鼻先にその指をもっていって甘く冷たい香りを味わう。

シンナー遊びという。

しかし実際に脳に作用するのはシンナーに含まれているトルエンあるいは酢酸エチルである。だから純粋なトルエンは純トロなどと呼ばれてシンナー中毒者にとって垂涎《すいぜん》の的だ。近頃、巷《ちまた》ではシンナーをさらに灯油で割って水増しした粗悪なものまで出回っているという噂だ。

気化した有機溶剤を軽く深呼吸をしながら吸引し、惟朔はいっそのことトルエン売買の商売をはじめようかと思案した。毎年百人以上が死んでいるせいでシンナーの販売および乱用を規制する法律ができるという噂があるが、法律ができる前に荒稼ぎしてしまえばいいのではないか。惟朔は札束のベッドに転がるという陳腐な妄想に耽ってひとりでニヤニヤした。

十分もすると室内全体に気化したトルエンが充満し、やや朦朧としてきた。軀が前後左右に振れている。毛穴からもトルエンが吸収されているかのような気分である。しかし外気を導入してもいるから、ビニール袋から直接吸うのに較べればトルエンの濃度は劣るので、ひと息に連れ去られてしまうような強烈さはない。室内全体にトルエンを気化させる吸引法には独特の柔らかさがあり、贅沢さがあり、優雅さがある。

瞳を見ひらいて気を引き締め、そっとインスタントコーヒーの瓶をかたむける。トルエンを掛け布団のうえにたらす。トルエンは素早く布団綿に染みわたり、その結果、室内の空気と触れあいやすくなり、さらに気化が促進されていく。これほど贅沢にトルエンを消費している者も珍しいはずだ。

夜風が忍びこんできて、惟朔の頬を撫でていく。ロック・ミュージシャンに憧れてのばしはじめた髪を乱す。惟朔は意味もなく頷《うなず》いて、がっくりと首を折る。トルエンが効いてくると睡眠薬を大量に服用して意識が朦朧としているところに、さらに酒を飲んで酔っ払ったような一種投げ遣りな独特の感覚が加わって得も言われぬ陶酔感が訪れる。心地よい陶酔と眩暈に身をまかせているうちに、不思議と幸福な気分になってくる。幸せだ。自分はなんだってできる。神になったとは思わないが、全能であると感じられる。いま、惟朔は、すべてを支配できているのだ。怖いものなどなにもない。高校をやめたことなどたいした問題ではないし、いまならば三島のように腹を切りひらくこともできるだろう。

惟朔は切開した腹の中に手を突っ込んだ。肘まで腕が没している。ほくそ笑んで大腸を摑みだし、しばらく手のなかでぷるぷると揺れる赤茶色を凝視し、それをおもむろに虚空にむかって投げつけた。

すると大腸は大きな弧を描きながら鉄路に変化した。惟朔はトロッコに似たジェットコースターに乗って大腸の線路を疾走し、上昇と下降を繰り返す。重力変化に睾丸が縮み、伸び、縮み、伸び、やがてきつく勃起していることに気づく。トルエンをたらして染みこませた掛け布団に顔面から突っ伏して、自慰に励む。

性的対象は漠然としている。異性の面影云々よりも、トルエンの酔いがもたらす上昇下降の重力変化が性的衝動の核になっているかのようだ。

しかし、途中で、なぜか背を丸めて掛け布団に突っ伏している自分の無様な恰好が他人事のように見渡せてしまい、そのせいか直後に訪れた射精の快感はお粗末で惨めなものだった。

それなのに気分は相変わらず弛緩しきっているにもかかわらず高揚しているという奇妙な相反する状態を保っていて、しかもすべてがどうでもいいという投げ遣りな幸福感に支配されている。

手を汚した精液を、口を半開きにして眺めている。そんな自分に気づいて、惟朔は独白する。

「なんで、こんなこと、するのかな」

トルエンの酔いの支配下にあると、あれこれ真剣に考えはじめても、たいがいの場合、その思考は持続しない。それどころか自分自身の思考を茶化して嘲笑い、放りだすといった独特の精神状態に陥ってしまうことが往々にしてあるのだが、今夜は彼方の虫の声とFENの長閑《のどか》なカントリー・ミュージックに浸りながら、なぜかしみじみと考えこんでしまった。

なぜ、こんなことをするのか。

つまり、なぜ、射精しなければならないのか。

冷静になればこれほど虚しい行為もない。ご褒美に与えられる快感は、いざ味わう段になると、呆気《あっけ》にとられるほどにお粗末だ。それなのに禁欲を続ければ居たたまれない気分になって落ち着きを喪ってしまう。

そこで射精に至る手段をとる。

孤独な手仕事に励む。

惟朔がその方法を偶然に知ったのは中学二年のときだった。以来ほとんど毎日おこなっている。一日に数度に及ぶことさえある。そして、その手仕事に至る前段階や、その過程においてはなかなかに気持ちが昂ぶるのだが、最後のご褒美、射精の瞬間を醒めた気分で分析するとなんだか線香花火じみているのだ。

過程においては矢も楯もたまらぬ衝動に突き動かされて強力な打ち上げ花火を与えられると信じているようなところがあるのだが、最後の最後は、なんだか地味で控えめな快が陰茎からの射出放出感と同時に脊椎を這い昇り、後頭部でちいさく爆ぜるだけである。それなのにそんなお粗末なご褒美の瞬間にちいさく呻いたり痙攣《けいれん》気味であったりする自分の姿を客観視すると腹立ちさえ覚える。

「それとも僕は欲が深いのかな」

みんな、この射出感に夢中であるようだ。もちろん惟朔も夢中なのだが、なんだか納得できない。本質的なところで自分の意志と意思が介在しない苛立ちを覚えている。これを本能などという単純な言葉で括《くく》って納得してしまうことにも抵抗がある。

本能ではない。

もっと根深い、なにか、だ。

ところで――。

呼吸が浅くなっている。

顔面が奇妙に熱をもっていて浮腫《むく》んでいるような実感がある。

冷えのぼせといった言葉を遣っていたのは母さんだったっけ。

ああ、冷えのぼせだ。

僕は冷えてのぼせている。

変な状態だな。

おかしな状態だ。

トルエンを染みこませた布団に顔を押しあてているのだ。気化したトルエンを吸うというよりも、トルエン自体を飲用しているようなものだ。さすがに考えるのが面倒になってきた。

それよりも、なぜか、やはり、呼吸がひどく浅い。

いや、呼吸するのを忘れている。

うん。僕は息をしていないぞ。

息が止まってる。

惟朔は半分閉じかけていた眼をどうにか開いた。なんだか意味もなく愉快なので、どうでもよくなってしまいそうなのだが、必死で気力を振りしぼり、左手首に右手親指をあてがった。

まずい！

脈が途切れがちで、しかもほとんど力を失っている。

心臓がさぼりはじめているのだ。

鼓動を刻むのを忘れている。

しかも――。

呼吸していない。

呼吸ができない。

惟朔自身は息をしようとつとめているのだが、肺が動かないし、喉が詰まったようになって腹部だけが狼狽気味に収縮している。いや、腹筋が痙攣しているではないか。だが、それらは、奇妙に他人事だ。

必死で手をのばし、窓を開け放った。

夜が攻め入ってきたような不安が全身を覆いつくした。

窓などあけるのではなかった。

解放感とトルエンは似合わない。

開放感？

解放感？

どっちだろう。

どっちでもいいけど、閉じこめられたい。閉じこめられていたい。

この部屋に押入がないのが惟朔にとってはじつに残念なことだった。押入の暗がりのなかで思いきりアンパンを気化させて吸いこみたいものだ。

ああ、窓なんかあけてしまって。

夜が入ってくるじゃないか。

図々しい夜が。

濁った藍色をした汚らしい夜が。

気づくと窓外に上半身を乗りだして、なかばぶらさがるような恰好をしていた。

どれほど時間が経過したのかは判然としないが、頭髪が夜露を吸って冷たい。頭が下をむいているので涎《よだれ》も鼻水も額にむかって流れている。

ちょうど腹から真っ二つに折れ曲がるような体勢なので、窓枠に接している肋骨の下部に鈍い痛みがある。しかしそれにも増して覚醒するにしたがって尋常でない肺の痛みが迫りあがってきて、惟朔は呻いた。

息をすると痛む。

いわゆる刺す痛みであり、肺のなかに縫い針を仕込まれたかのようだ。

かろうじて喉に手をやった。

ほとんど無意識のうちに喉仏をさすった。

次の瞬間、吐き戻していた。

みそ汁と胃液の混ざった酸っぱい液体に、中途半端に消化された米粒と甘ったるい福神漬けの断片が合わさって、得体の知れない粘性のある流動物となり、窓外の泥のうえにびちびちと薄汚い音をたてて落下していく。

その跳ね返りが惟朔の顔をさらに汚していき、酸の匂いが強烈に立ち昇る。

苦痛に噎《む》せながらも、しみじみと思った。夜でよかった。暗いから嘔吐物の形状も色彩も判然としない。それが救いだ。

脳裏には福神漬けの赤インクのような染料の色彩が電気刺激のように引き攣れ、渦巻いているが、それを実際に目の当たりにしないですんでいるのはありがたい。

涙を流すつもりは毛頭ないが、涙がとまらない。涎に鼻水、涙に嘔吐物。眼球にまで入りこみ、頭皮にまでそれらが到達していて、この憂鬱《ゆううつ》さは較べるものがない。肺の、正確には肺胞の痛みは常軌を逸している。これほどの苦痛はそうそうあるものではない。軀のなかに刺青《いれずみ》をされているかのようだ。内臓にトルエンで刺青だ。

もう二度とアンパンなんか吸わない。

そう胸の裡で呟いて、かろうじて室内に軀をもどす。

必死の力を振りしぼってトルエンを垂らした掛け布団を引きずり、窓枠に干す。

夜に布団を干すこの光景を誰かが目の当たりにしたら、いったいどのような感慨をもつだろうか。惟朔は第三者になったつもりで自分自身を嗤った。

そのままベッドに昏倒した。また、しばらく意識を喪っていた。一切の記憶が途切れ、暗黒だった。やがて、闇からもどった。顔から頭にかけて汚物まみれである。惟朔はよろけつつも立ちあがり、壁伝いに廊下にでた。宿舎のいちばん東側にある洗面所にむかう。農場で働いている者たちはテレビを見に本館に行っているので、人の気配はない。

頭から水道の水をかぶり、罅《ひび》割れたレモンのかたちをした石鹸を泡だてる。黄色い石鹸なのに、なぜ泡は白いのか。どうでもいい疑問が脳裏で渦巻いて収拾がつかない。それでも冷たさに胴震いが起きると意識はやや透明度を増した。

牛舎で牡牛がひと声鳴いた。惟朔は一瞬髪を洗う手をとめ、耳を澄ます。もう、牡牛は鳴かなかった。ハツこと発情の季節ではないから当然だ、と納得する。かわりに犬の遠吠えが聴こえた。シェパードの雑種で、かなり大型なのだが名前はチビだ。おそらく誰も散歩に連れだしてくれないのだろう。繋がれたままで夜露に濡れるのが寂しいのだろう。高く、細く、切なく鳴いている。

だいぶ意識がはっきりとしてきた。同時に後悔の念が迫りあがってきた。

「こんなことしてたら、俺、ほんとうに死んじゃうぞ」

苦笑まじりに自分を諫《いさ》めるのもなんだか情けない光景であるという自覚をもったが、この年で幾度か無意識のうちに自殺しかけている惟朔の呟きには奇妙な現実感が横溢していて、しかも透きとおった荒《すさ》みとでもいうべき哀しい情感が充ちていた。

惟朔は回想した。回数にしてせいぜい十回ほど吸引したころだった。シンナーに中毒していることを悟った。自慰を覚えたのと同時期、中学二年のころだった。頭が重く、思いもしないときに眩暈の発作に襲われ、指先がふるえるようになり、吐き気と下痢が慢性化し、不眠に悩むようになった。

物忘れもひどく、しかも最近は吸引していないときであっても幻覚が起きるようになってきていた。シンナーが体内をめぐっているときには愉しいお化けとのダンスも、素面《しらふ》のときにあらわれると途轍もない恐怖をもたらした。

だいたいにおいて幻覚は白い布状のお化けであるとかジェットコースターといった幼

く無意味なものが多かった。そのことも自意識過剰で自尊心のかたまりの惟朔を傷つけていた。心のどこかに、こんな幼稚なものに夢中になって——という自嘲と嫌悪があった。

なによりも自分を破壊していることは充分に承知している。実感として吸引するたびに脳が溶けていくのがわかるのだ。有機溶剤である。人体をかたちづくっている炭素をはじめとする有機物を、とりわけ脂質を溶かすのだ。そして脳をかたちづくっているものの半分以上は脂質であるときいた。脳が溶けるという実感は、錯覚ではない。

だが、やめられない。

こうして死にかければさすがにやめなければと切迫した思いにとらわれるのだが、明日の夜になれば、また当然のごとく吸引するのだ。

サッカーボールを追っているときに、唐突に億劫になって、しかもたいして走っていないのにひどく息があがっていることに気づいた瞬間にも、もうアンパンはやめなければと暗澹《あんたん》とした思いにとらわれるのだが、すこしでも手持ちぶさたな時間ができると当然のように吸引している。

エナメル質というのだろうか、前歯が溶けはじめて、歯と歯のあいだにあきらかな隙間があらわれたときには狼狽した。

夜、いつまでたっても眠りが訪れず、ちゃちなお化けの幻覚につきまとわれて心が疲弊しきって、悶々と寝返りをうち、癇癪《かんしゃく》をおこして、もう、絶対に吸わない！　と天井にむかって叫ぶ。

脂気が失せて夏だというのに皹割《ひびわ》れた手指を見つめると、居たたまれなくなって、悲しい笑顔を泛かべて、もう、やめようと決心する。

初対面の女の子に、眼の下の隈を嗤われ、自慰のしすぎであると勘違いされていないかなどとよけいな気をまわす。落ち着きをなくす。最悪だ。

慢性の下痢をこらえきれなくて下着を汚してしまったときには、絶望的な自己嫌悪とともに絶対にこんな無様なものはやめると固く誓った。

しかし、その晩にはもう吸っている。

気化したトルエンが肺胞に至った瞬間に、もう、あの自己嫌悪も、悲しみも、暗澹とした思いも、苛立ちも、狼狽も、すべて消え去っている。命なんて生きることのおまけであるといった意味不明の理屈を弄んで吸う。ひたすら吸う。

命なんて、生きることのおまけにすぎないのだ。おまけなんて惜しくない。本体ではないのだからくれてやる。

命なんて、くれてやる。

誰に。

惟朔は水道の蛇口を右にひねって流しっぱなしにしていた水をとめ、両手をついて汚れ放題の流しを凝視した。

四隅を中心に黒ずんだ黴《かび》がのさばって、本来のステンレスの清冽で冷たい銀色はどこにも見られない。その上にうっすらと歯磨き粉の泡が乾いて白い層状の模様を描いている。汚物で詰まり気味の排水孔からは幽かな腐敗臭が立ち昇っている。流しの上の小窓の桟《さん》にはプラスチックのコップが乱雑に並び、そこには毛の開ききった歯ブラシが突っこまれている。配給品の豚毛歯ブラシだ。

ゴキブリが小窓のすみを横切った。チャバネゴキブリという種類だろうか。触角だけはせわしなく痙攣しているが、その動きは気温のせいか奇妙に間延びしていて、眼で追っているうちにほとんど無意識に拳をかため、繰りだした。

ぺっちん。

情けない音がした。

叩きつぶしてしまってから、顔を顰めた。拳には中指の根元を中心に爆ぜたゴキブリの薄黄色をした体液や、茶色い翅《はね》の断片が附着していて、軀の奥から胴震いが起きそうな嫌悪感が立ちあらわれていた。

ちいさく舌打ちをして、ふたたび蛇口をひねった。レモン石鹸を泡だてる。丹念に手を洗う。泡を流して、矯《た》めつ眇《すが》めつ右手を見つめた。ゴキブリの残滓《ざんし》はきれいに洗い流された。頷いて、無意味な頬笑みを泛かべている自分に気づき、絶望的な嫌悪感を覚える。

「僕は、なにを、しているんだろう」

それでも肺胞の痛みはだいぶましになっていた。意識もしっかりとしてきた。呼吸を深いものに変えて、酸素をさらに補給する。やがて喉に痰が絡みはじめて呼吸が掠れ気味な不自然なものになった。

惟朔は流しに痰を吐いた。

深紅が散った。

なんの色か、わからなかった。

ただ、その鮮やかさに息を呑んだ。

血だった。

痰に混じった血だった。

正確には粘性のある血に痰が混じっているといったところだ。痰をはるかに圧倒する血の量だった。

惟朔は自らの内部からの出血を凝視した。喉からの出血か肺からの出血か判然としないが、血は海星《ひとで》の触手のようなかたちで流しに散っていた。

鮮烈な赤だった。

濁りのない、純粋な赤だった。

これが自分の色彩ならば棄てたものではないと思った。
薄笑いを泛かべた。
腐りきった自分に、この鮮やかな色彩。
凝視し続けているうちに、迫りあがってくるものがあった。
切ない。
遣る瀬ない。
なんだか、ひどく悲しくなった。
滲んでしまった惟朔の涙に感応したのか、農場の犬が遠吠えをかえしてきた。

3

翌朝、惟朔は園長のところに行った。気持ちがかたまっていたので淡々としていた。園長は巨体を揺らし、赭《あか》ら顔をほころばせて惟朔を迎え、その突出した腹に惟朔を抱きこんだ。こういう具合に抱きしめられることはわかりきっていた。顔にはださなかったが、憂鬱だった。幾度、抱きしめられても馴染まない。この習慣は鬱陶しい。てめえも日本に暮らすなら、日本人の風習を身につけやがれ。

胸の裡で悪態をつきながら、惟朔は酸っぱい匂いのする園長に抱きしめられ続けた。スータンと呼ばれる黒い僧衣から幽かに漂う樟脳《しょうのう》の香りだけが救いだ。

やっと解放された。応接のソファーに座るように促された。園長はその昔、学園が火事になったときに取り残された生徒を助けるために焔のなかに飛びこんで、そのときに大火傷を負った。それ以来、幾度も整形を重ねたとのことで、それなりに人の顔としての体裁を整えつつあるのだが、ほとんど失われた頭髪や細かなくぼみの残った額をはじめ細部にはまだまだ引き攣れた大火傷の痕跡がある。惟朔は園長のスータンの襟元から覗く純白のカラーを見つめた。火傷痕の生々しい園長の顔を直視する気にはなれなかったので、折衷案だった。

「トラトラトラはおもしろかったかい」

「はい。本物の飛行機が吹っとぶんで徳岡さんは驚いていました」

十月の初旬だった。施設卒業後に社会にでることなく木工所で働いている徳岡という上級生に、農場の藁小屋と呼ばれる牛舎に附属する藁をおさめたプレハブにギターを持ち込んで、積み重ねられた麦藁をソファー代わりにして簡単に弾けるギター教室と称して三弦と一弦の開放を使った秘密諜報員という曲の導入部の弾きかたを教えていたら園長があらわれ、なぜかそれぞれに千円札を一枚ずつくれたのだった。

そして、テアトル東京で公開されている映画〈トラ・トラ・トラ！〉を観てきなさいと満面の笑顔で命じられたのだった。こっちの意向もなにもあったものではない。ただ、満面の笑みに横溢する善意には逆らいようがない。惟朔と徳岡は一張羅《いっちょうら》に着替えて銀座にまで出向いてテアトル東京の緋色のシートに臀をあずけたのだった。

「園長先生」

「うん」

「僕、高校を馘《くび》になりました」

「馘とは」

「はい。退学処分です。一応は一身上の都合による任意退学ということですが、放校みたいなものです」

「惟朔」

「はい」

「私は知っているんですよ。とっくに知っていた。あなたが暴力をふるって入院させた中島という子のお見舞いにも桜町病院まで行ってきました。そして事を荒立てないようにお願いしたんですね」

なんだ、やっぱり知っていたのか――。惟朔は急にばからしくなり、気のない声で応じた。

「ああ、そうだったんですか」

「そうですよ。担任の山口先生、夏休み前に連絡してくださって、惟朔がほんとうに正味三日しか登校していないって教えてくださったんです」

惟朔は記憶を手繰った。いくらなんでも三日ということはない。

「もう少し、登校したと思うけど」

「サッカーをやりには、あらわれていたんですよね。サッカー部でもないのに。私が言っているのは授業を受けた日数です。授業を受けた」

「知っていて、なぜ放っておいたんですか」

「うん。それだけどね」

「はい」

「自主性ですよ」

惟朔は返事をする気にもなれなかった。それほど見事な肩透かしであった。なんだか言葉の遣い方を間違っているのではないか。そんな気もした。こういう場合に自主性はどことなくふさわしくない。

「なあ、惟朔」

「はい」

「私は大東亜戦争の前に日本にやってきて、それ以来日本という国にいる。私は日本に骨を埋めるつもりだよ。それは日本が好きだからだけど、それだけじゃない」

惟朔は上目遣いでケロイドの残る園長の顔を見つめた。自主性と日本に骨を埋めることとなにか関連があるのだろうか。話が飛んでしまって、園長の真意をはかりかねた。

「惟朔。私の祖国はリトアニアです」

「リトアニア」

鸚鵡《おうむ》返しに繰り返して、しかしリトアニアという国がどこにあるのかは判然とせず、惟朔は曖昧に小首をかしげていた。園長が肩をすくめた。祖国を知らないことを咎《とが》めるかのようだった。奇妙な罪悪感を覚えて、惟朔は釈明の口調で言った。

「名前は聞いたことがあるような気がするんですけど」

「エストニア、ラトビア、そしてリトアニア」

「はあ」

「バルト三国。きいたことはないですか」

「さあ」

「リトアニア語というのは、言語の研究者にはとても大切にされるのですよ」

「はあ」

「つまり、ですね。いわゆる屈折語なんですね。屈折語なんですが、文法的に古いインド・ヨーロッパ語の特徴をじつによく残しているんです」

「はあ」

「屈折語。わかりますか」

「まあ」

「はあ、さあ、まあ――。君は日本語もちゃんと喋れないようですね」

惟朔は苦笑いを泛かべた。園長は惟朔の苦笑いに含まれている迎合を感じとってふたたび肩をすくめたが、機嫌のよい穏やかな声で呟いた。

「屈折語っていうのは簡単にいってしまえば動詞や名詞が活用する言葉のことなんです」

はあ、と喉元まで出かかって、惟朔はそれをかろうじて呑みこんだ。

「それはともかく」

「はい」

きりっとした声を意識して返事をして、惟朔は園長を真っ直ぐに見あげた。園長は惟朔に訴えかけるような視線をむけた。

「リトアニアの人々のほとんどは熱心なキリスト者、カトリックなんですよ」

よけいな相づちを打って話の腰を折らないように意識して、惟朔は黙って園長を見あげ続ける。

「美しい国です。でも、あまり山のない国なんです。いちばん高いところでも海抜三百メートルないんですよ。氷河に削られてしまったんですね」

氷河というひとことを手がかりにして、惟朔はリトアニアを北欧の国ではないかと考えた。

「山はないけれど、沼や湖が三千以上もあるんですよ」

「三千も、ですか」

調子よく合いの手をいれ、ふたたび園長を見あげる。

「豊かな土地なんです。農業に抜群の土がある。夏でも気温は十五度くらいかなあ」

「ずいぶん涼しいんですね」

「そうなんだ。冬は地面が凍りつく。でも、平均してマイナス五度程度。厳しい寒さではあるけれど、シベリアのようなことはないんですね」

惟朔は意図的に唇を軽く尖らせて頷いた。いかにも真剣に話を聞いているという態度を演技しているつもりである。園長は腕組みをすると、胡桃《くるみ》材の巨大な黒光りするデスクに臀をあずけて視線を足許にむけた。

「ドイツとソビエトがだましたんですよ」

いきなりなにを言いだすのか。戸惑いながらも、惟朔は訊いた。

「だました、とは」

「独ソ不可侵条約」

断片的すぎて、手に負えない。上目遣いで園長を一瞥した。

「無理やりソビエトに併合されたのです。ソビエトに併合されて、幾万人もの人々が虐殺されました。キリストの教えを信じている者、教えを棄てようとしない者は、シベリアの収容所に送られて殺されたのです。しかも第二次世界大戦が始まると、攻め込んできたナチスドイツに、さらに三十万人もの人々が殺されたのです」

園長は一息ついて、なぜか小声で付けくわえた。

「ユダヤ人の問題もあるのですがね」

「ユダヤ人とは」

惟朔の問いかけには応えず、ことさらな沈鬱の表情をみせて、園長は指先で赤茶けた鬚《ひげ》を引っぱるような仕草をした。

「そして第二次世界大戦が終わると、ふたたびソビエトのコミュニストたちがリトアニアを支配しました。また信仰に対する圧殺がはじまったのです。ナチスの悪行ばかりが喧伝されていますが、ソビエトのやり方はまた格別なんですよ。シベリア収容所の復活です。リトアニアの人々は蹂躙《じゅうりん》され続けているのです」

屍《しかばね》累々《るいるい》といった不幸なリトアニアの歴史よりも、惟朔はこの国がソビエトに併合されたということからようやくソ連の近くにあるということを悟って、なんとなく胸を撫でおろしていた。

また園長がマルゲビチウスという名前であることから、無理やりソビエトに合併されたと言われているにもかかわらず、園長はソ連の人なのだという短絡した認識をもった。

「じつは、私は、リトアニアがソビエトに占領併合される直前に両親を祖国に残したままアメリカに逃げだしたのです。胸が張り裂けそうでしたよ。お父さん、お母さんを残したまま自分だけが逃げだしたのですから。それは貨物船の荷物、アメリカに輸出される革靴でした。私は獣《けもの》臭い半長靴《はんちょうか》の詰まった木箱にまぎれて、身ひとつでかろうじて祖国を脱出したのです。そのとき、私はもう神父でしたから、そのまま祖国にとどまっていれば処刑されることがわかりきっていたからです。そして神に生かされ、神に命じられるがままに神の信徒として日本に辿り着きました。まだ、大東亜戦争の前のことです。全てはイエズスの思《おぼ》し召しでした」

惟朔はじっと園長を見つめた。こんどは迎合などではなく、真剣な眼差しだった。園長がとんでもない歴史を背負っていることが、その見事に青く透明な瞳からひしひしと伝わってきたからだった。園長が頷いた。表情を和らげて続けた。

「ねえ、惟朔。私の祖国はいまだにソビエトに占領されていて、主イエズスを信じることも許されないのです。両親の生存もはっきりしません。生きているのか、亡くなってしまったのか」

「ひどい話ですね」

「そう。ひどい話です。私は三十年ほども両親に会っていないのです。会うどころか、彼らがいま、どうしているかもまったくわかりません。両親、兄弟——。たとえ亡くなっていたとしても、お墓参りくらいはしたいものです。それも叶いません。コミュニストたちのおかげです。私は、帰るに帰れないのですよ。いいですか。帰るに帰れない。共産主義者たちは神の御国を信じる者を虐殺するのが自らの務めであると固く信じている悪魔の手先なんです。故国に帰れば、私は殺されます」

惟朔は幼いころ、近所にある診療所でよく遊んでいた。そこの医師や看護婦は民主青年同盟の人たちが主で、貧しい人々の診療や治療を一手に引き受けて奮闘していた。だから園長の言うことを率直に受けとることには抵抗を覚えた。

「ねえ、惟朔」

「はい」

「私には帰る祖国がないのです」

惟朔は言葉を喪った。園長の瞳が潤んでいたからである。滲みだした涙のせいで園長の青い瞳はさらに深みを増していて、惟朔を圧倒した。どこか侵しがたい気配さえたたえていた。

「帰りたくても帰れない。正直に言いましょう。私の祖国リトアニアに対する想い、望郷の念は日に日に高まるばかりです。夜ごと、身悶えせんばかりなのですよ。私も、もう七十二歳になるのです。生きているうちに一度でいい。祖国の土を踏みたい」

七十二歳。惟朔は脳裏で計算した。今年は一九七〇年である。すると園長は二十世紀ではなく、十九世紀に生まれたことになる。少し気が遠くなった。

園長が口にする大東亜戦争というのは太平洋戦争のことだろう。記憶が曖昧だが、この夏に戦後二十五年がどうこうというテレビ番組を見た。

七十二引くことの二十五は四十七。園長は日本が終戦を迎えたときに四十七歳だった。太平洋戦争は幾年続いたのだろう。まさか十年も続いたわけではあるまい。おそらく園長は四十代のはじめに日本にやってきたということだ。

惟朔は計算をしている自分に違和感を覚えた。年月という数字は具体性を伴ってわかりやすくはあるが、園長の悲しみをひどく抽象的なものにしてしまうようだ。親指と人差し指で鼻の根元を抓《つま》むようにして目頭を押さえている園長を、そっと盗み見た。

以前、ミサの説教のときに園長は、自分は日本に帰化したからということではなしに、軀の芯から日本人なのだと熱っぽく語ったことがあった。私はまさに青い目をした日本人なのだ、と。単純な外来の信者たちのなかには唇をふるわせて涙ぐんでいる人さえいた。ミサ終了後、外来信者たちは園長を囲んで口々に感動を訴えていたものだ。

園長の望郷の念はなんとなく理解できた。その痛みも充分に伝わってきた。だが、奇妙な違和感を覚えてもいた。いったい、この人は、心の底では、自分をどこの国の人間だと考えているのだろうか。

「惟朔にとって学園は、どんなところでしたか」

「どんなところ、とは」

「学園は帰ってくるところでしたか」

「帰るもなにも」

「なんですか」

「――閉じこめられてましたから」

「惟朔にとって学園は帰るところ、家ではなかったのですか」

「シベリアの収容所」

言ってしまってから、狼狽《うろた》えた。ところが園長は静かに頰笑んだのだった。

「そうですか。正直な言葉ですね」

惟朔は開き直って頷いた。園長は頰笑み続けている。柔和な笑顔である。優しい頰笑みである。だが、その微笑は、受けいれる笑いではなく、突き放す笑顔だった。

惟朔は軽い驚愕を覚えていた。人は相手を突き放すときにも笑う。それは、なんとなく理解していたし、自分自身も相手を冷笑することがあったから納得ずみだ。しかし慈愛に満ちた包容力豊かな頰笑みで拒絶するのはたいした高等技術ではないか。

こうなると言葉を発する気にもなれない。園長は頰笑みを崩さず、惟朔は窓外に漠然とした視線をおくった。磨き抜かれて青褪めた窓ガラスに惟朔の尖った顔が微妙にひしゃげて映っている。ふたりのあいだに接点とよべるようなものはもはやなにもない。

昨日とちがってどんよりと曇ってやたらと空が低く感じられる。園長室の窓からは、ちょうどルルドの泉を模した聖母像が覗けるのだが、木犀《もくせい》の濃緑の葉が風に揺れて純白の塑像である聖母を軽く鞭打っている。あの甘い芳香を発する小さな白い花はとっくに凋《しぼ》んで落ちてしまい、残された萼片《がくへん》も黄ばんで薄汚い。それでも聖母は嫋《たお》やかな笑顔を泛かべ、両手を拡げて全てを迎え入れる体勢をとっている。

沈黙に耐えきれなくなったのは惟朔のほうだった。胸に秘めた企みもあったし、なによりも園長の頰笑みに居たたまれなくなった。その柔和な笑いを破壊したくなった。

「先生」

「なんですか」

「松本清張って知ってますか」

「ああ、知ってますよ。探偵小説」

推理小説だろうと思ったが、あえて口にはしない。わざと探偵小説と言っていることがなんとなく伝わってきたからだ。

「あるとき伊庭さんが、これを読んでおけと、松本清張の〈黒い福音〉という本を貸してくれたんです」

「伊庭――。ああ、農場生の伊庭君ですね」

「はい。僕は小説を読むのはあまり好きではないのですが、伊庭さんがあまりしつこく読んでおけと言うもんですから、しかたなしに読みはじめました」

高校をさぼるのが当然の日常と化した初夏の多摩川の河原、蜜蜂が長閑《のどか》に飛びまわる広大な梨畑の斜面の傍らで、熱っぽく噎《む》せかえる草叢《くさむら》の青々とした香りを胸に惟朔は〈黒い福音〉をひらいた。文庫本だった。かなり分厚かった。はじめはたいして乗り気ではなかったのだ。面倒だった。伊庭がうるさいから斜め読みをして、適当に感想をでっちあげるつもりだった。

ところが、ふと途中でページを繰った巻末の解説に、この小説がある修道会をモデルにして、事実をもとに描かれていることを知ったとたんに、取りこまれた。昼下がりの眩しすぎる金色の日差しに、眼球の芯に鈍い痛みさえ覚えながら貪り読んだのだった。

「なかなか面白い小説でした」

「そうですか。読書はよいことです」

園長の笑顔が一段と見事になった。赭ら顔に泛かんだ笑顔の皺がいよいよ深い。惟朔は下腹に力を込めた。

「先生」

「はい」

「あの小説に書かれていた修道会は、ここですか」

「なんのことでしょうか。私は、その探偵小説を読んだことがありません」

「サレジオ会は終戦後、GHQでしたっけ。アメリカ軍から流れてきた食料品などを闇取引して摘発っていうんですか。されましたよね。砂糖とか、かなり大がかりなものらしかった。大儲けしたんでしょう」

「なんのことですか。わかりませんね」

園長は軽く肩をすくめ、しかしその笑顔はいよいよ柔和である。惟朔はことさら無表情を意識して、核心を突く。

「じゃあ、スチュワーデス殺人事件は」

「スチュワーデス。なんのことでしょう」

「オデリアホームで働いていた女の人が、どこか外国の飛行機のスチュワーデスになったんだけど、オデリアホームで知り合いだったベルギーの神父様と、その、なんていうのかな、ええと」

「なんですか」

相変わらずの笑顔で問いかえされて、惟朔は狼狽した。松本清張の小説ではサレジオ会のことも、神父のことも仮名でぼかされて書かれていたが、高校をさぼっているおかげで暇をもてあましていた惟朔は数日間、吉祥寺の図書館に出向いて、当時の新聞をはじめとする資料をあたって事件の全貌を調べてみたのだった。

それらによるとベルギー人神父は惟朔が世話になっている修道会、サレジオ会にまちがいなく所属していて、BOAC航空のスチュワーデスと幾度も原宿の連れ込みホテルに入ったことが確認されていた。つまり性交渉をもっていたのである。しかも最終的に神父はスチュワーデスを絞殺し、杉並の善福寺川に投げ棄てたのだった。

惟朔は園長の微笑に屈しつつあることを自覚した。どうしても神父が信者の若い女性とたびかさなる性行為をもった、と口にすることができないのである。

「惟朔。どうしましたか」

園長の笑顔はいよいよ慈愛に充ちている。そっと顔を寄せてきた。

「その探偵小説を読めと言ったのは、伊庭君ですね」

微笑はまったく崩れない。いまや仮面じみている。惟朔は頬笑む園長の腐敗臭じみた口臭を避けるために呼吸をとめて、頷いた。すると園長も頷きかえしてきた。一瞬、瞳が笑っていないようにみえた。すぐに顔中が微笑の皺に覆われた。

伊庭に対する復讐は、成功した。おそらく伊庭はこれから先、園長から学園内の危険分子として監視されることだろう。目的は達したのだ。だが、惟朔は気持ちがすぐれなかった。ひどく、すぐれなかった。自身に対する嫌悪感に、胃のあたりが捻れるように収縮した。

惟朔が世話になっていたサレジオ会は、イタリアに本部があり、神父、そして修道士、修道女が世界中で主に慈善教育事業を行っているわけであるが、常に悪い噂の絶えない修道会であった。一般人の想い描く聖なる神の僕《しもべ》といった修道会、そして修道院のニュアンスを完璧に裏切る堕落しきった組織であるようだった。

このスチュワーデス殺人事件の被疑者であるベルギー人神父は警察の追及を撥《は》ねのけ、捜査の真っ最中に唐突に、だが修道院の後押しで合法的に、故国に帰ってしまった。取り調べでは肝心の部分になると日本語がわからないふりをしてとぼけた。また修道会からアドバイスを受けたのだろう、唾液から血液型を調べられるのを避けるために神父は取り調べ中にだされたコーヒーのカップに口をつけることもしなかったし、小便さえも完全にこらえたという。被害者女性の膣内に残っていた精液から加害者の血液型がわかっていたからである。

白い人には勝てない。

そんな気分に覆われた。無力感だろうか。立っているのが億劫になった。

サレジオ会は終戦直後からGHQの物資横流しで莫大な資産を形成し、ときに施設の催事に皇族を招くまでに力をつけた。ベルメルシュ神父は聖職者にあるまじき性交を重ねたあげくに女を絞殺し、しかもあっさりと日本から飛び去ってしまい、事件は迷宮入りとなった。

園長はひたすら柔和に頰笑み続けて惟朔を遮断し、見おろし、完全に弄《もてあそ》んでいる。世間の人々は仏教の坊主に対してはときに坊主丸儲けといった蔑《さげす》みの言葉と眼差しをむけるが、白人の神父に対しては、いまだに聖職者であり、清く正しい生活を貫徹していると盲信していて、意味もなく頭を下げて遜《へりくだ》り、ぺこぺこする。とにかく神様を信じている白い人には勝ち目がない。黄色い人の国で、白い人は神を味方につけて、やりたい放題をして、しかも尊敬を受ける。

「惟朔。残念ですよ」

園長が臀をあずけて寄りかかっていたデスクから離れ、その太鼓腹に惟朔を抱きこんだ。愛情深い仕草と裏腹に、強烈な酸性の体臭が鼻腔に充ち、肺胞を刺した。サレジオ会は神父や修道士の過剰なまでの美食でも有名な修道会である。園長の腹も飽食の果ての肥満である。だが、奇妙に固い腹だ。白い人は肥満しきっても黄色い人とは別種の固さを保つのかもしれない。僧衣のボタンがきつく頬にめり込む。喩《たと》えでなしに吐き気を覚えた。惟朔は園長の腹部のとりとめのない、しかし広大にして強固な楕円に取りこまれて、凝固していた。

いま、園長は絶対に笑っていない。俺を抱きしめてあの青く冷たい瞳でじっと見おろしている。

掌にじわりと汗が滲んだ。恐怖さえ覚えていた。しかし、惟朔を抱きしめる園長の手は較べるもののない暖かさだ。その腕にこもった力は慈愛に充ちみちている。硬直してかろうじて耐えていると、惟朔の頭頂部に園長の声がふってきた。

「すぐに出ていくのです」

「すぐ――」

「そう。いますぐ」

園長の腕に力がこもった。惟朔の肺から空気が押しだされた。

「あなたはここにいては、いけません。わかりますよね」

「はい。わかります」

反射的に迎合すると、園長は抑揚を欠いた声で、早口で捲《まく》したてた。

「そう。いい子だ。惟朔はほんとうに頭のよい子だ。もう、卒業です。個人的な卒業。君は全てを卒業して、もう、ここには帰らなくていいのです。絶対に帰らなくていい。惟朔は、独りでやっていけますとも。ええ、絶対に。さあ、さようなら」

解放された。

奇妙に上気していた。惟朔は園長の顔をまともに見ることができなかった。俯《うつむ》いたまま、ドアにむかった。真鍮のノブが手に冷たい。それで我に返った。掠《かす》れ声でお世話になりましたと挨拶し、そっと顔をあげた。

園長先生は柔和に、頬笑んでいた。

＊

園長室を辞して、あの正方形の部屋にもどって葛藤を覚えた。ベッドに腰かけ、前屈みになって頭を抱えた。強烈な葛藤だった。

ものに対する執着はさほどない。当座を過ごすことのできる現金さえあれば、なんとかなるだろう。不安がないわけではないが、思い悩んでもしかたがない。なにしろ惟朔は学園から追い出されたのだから悠長にあれこれ取捨選択している暇もない。

園長は、たとえばタクシーを呼んで必要最低限の身の回りのものをトランクに積みこむくらいの猶予は、当然ながら鷹揚《おうよう》な笑顔とともに与えてくれるだろうが、だからこそ、素早くこの場を立ち去りたかった。

それに惟朔は、じつはタクシーをどのようにして呼べばいいのか、よくわからなかったのだ。おそらくはタクシー会社に電話をかけるのだろうが、いまさら他人に確かめるのも気恥ずかしい。

なによりも惟朔は生まれてこのかた電話をかけたことがなかった。幼いころ、母方の田舎のお祖父さんの家に電話がはいったが、その黒い機械は子供が触るものではなく、惟朔もとりわけ興味を持たなかった。巷にそろそろ電話機が普及しだしたころには、父親の放蕩のおかげで惟朔の家は貧困のどん底にあり、父親の死後は、悪さがたたって惟朔自身が施設に収容されてしまった。だから電話機に触れる機会が全くなかったわけだ。

引っ越しの方策の見当がつかない以上、大した量ではないが私物を持ち出すことをあきらめるしかない。だから全てのものをこの部屋に残したまま、つまり放りだして立ち去るつもりだった。しかし、ひとつだけ、惟朔を躊躇《ためら》わせ、逡巡させるものがあった。

母に買ってもらったギターである。六千三百円也のクラシックギターだ。惟朔にとっては大切なものである。しかし、これを持ってここから出ていく気にはなれない。

惟朔の脳裏には日活映画の一場面があった。ギターを持った渡り鳥。日本にいるくせにテンガロンハットをかぶってポーズをとり、ギターをぽろんと掻き鳴らす。あんまりだ。無様だ。噴飯ものだ。

惟朔には過剰に体面を気にするところがあった。それは思春期のはじまりとともに惟朔の内部でのさばりはじめ、野方図に増長していき、いまや抑えがきかない状態だ。

自分の持ち物である。しかも母が苦労して買ってくれたギターではないか。なにを恥じることがあるのか。平然とギターを担いで出ていけばいいではないか。そう理性は呟くのだが、その一方で、ギターを持った渡り鳥なんてみんなのお笑い種《ぐさ》だぜ、後ろ指を指されてしまうぞ、と囁く声がして、それを無視できないのだった。

恥をかきたくない。なにを差し置いても恥をかくことだけは忌避したいという気持ちがいささか常軌を逸した強さで惟朔の内面に巣くっていて、それはもうほとんど制禦《せいぎょ》不能といってよかった。

しかも惟朔が問題にしているのは、じつはギターケースがないということである。ケースに入ってさえいれば、ギターを持ち歩くことになんら問題はないのだ。だが、裸のギターを持ち歩くということは、恥である。

これは、もう理屈ではない。理屈になっていない。強迫観念にちかい。

だが、だからこそ始末に負えない。

おそらくは、心の底のどこかに秘められている何かが惟朔の過剰反応をつくりだしているのだ。

だから、じつは、裸のギターが問題なのではない。とにかく恥をかきたくない、という抽象的なその一点に気持ちの全てが向かってしまっている。裸のギターがその象徴を担ってしまって、完全に気持ちが凝り固まって、抑えようがないのだった。

居たたまれぬ気持ちのまま惟朔は手をのばし、太めのネックを摑んだ。胸にニス臭いギターを抱きこんだ。

ハーモニクスを用いて軽くチューニングを確認して、五フレットの一、二、三、四弦を人差し指一本で押さえる。単純で拍子抜けするが、これでG_6のコードである。

さらに人差し指はそのままに薬指で一弦の六フレットを押さえる。これでG_7だ。さらに薬指を一フレット移動させて一弦七フレットを押さえるとGmaj7である。さらに薬指を一フレット移動させて一弦八フレットを押さえるとGの四度にオクターブの音が加わって独特の響きになる。

コード理論とやらは全音半音が白黒の鍵盤で一目瞭然のピアノほど視覚的にわかりやすいわけではないが、フレット上で基音となる音を確定してそれに加える音を実際に押さえてみれば一目瞭然、若干の試行錯誤で自分でコードをつくりだせるわけだが、こんな単純な算数なのに、ほぼ同時期にギターを購入した徳岡先輩は惟朔がいくら丁寧に解説しても理解しなかった。

ただ闇雲に、たとえばビートルズの〈ミッシェル〉という曲の一、二、三弦を用いた導入部の半音進行を惟朔の言うがままにぎこちない指使いで真似するだけである。これはジャズにはよくあるかたちの半音進行で、この理屈をマスターすれば、いくらでも応用がきくと口を酸っぱくしてその理論を解説してあげても、そのとたんに徳岡先輩は痴呆化する。たぶん音楽理論は難しいものと決め込んでいて、はなから覚える気がないのだろう。

惟朔は人差し指を五フレットにおいたまま、薬指を一弦七フレットにもどし、そのまま三フレットFまで平行移動させてメージャーセブンスの響きを掻きならした。〈男と女〉という映画のテーマの一節である。モダンな響きとでもいえばいいのだろうか。ブルースっぽいフラットセブンスの響きとちがって、独特な華麗さがある。だが、しばらく、いっしょにダバダバダと口ずさんで、急にばからしくなった。それでも惰性でペンタトニックとメジャースケールを組みあわせて単音でブルースっぽいアドリブをとった。

唐突に溜息が洩れた。ギターを傍らに立てかけ、ベッドのうえに転がった。天井を見つめていると、ギターが床に倒れて、うつろな不協和音が鼓膜をふるわせた。その響きに胸が軋んだが、見向きもしなかった。

母の顔が泛かんだ。

母子家庭として、いまだに市役所から生活保護を受け、なりふりかまわずに三人の妹たちを必死に育てている母である。

そんな母に無理を言って、甘えて、買ってもらったのだ。よりによって惟朔は、僕をこんな施設に放り込んだんだからギターぐらい買え、とまで言い放ったのだ。

だから、悩んでいるのだ。自分で買ったものならばなんの未練もない。ここに放りだしていってしまう。

しかしベッドから上体を起こして転がったギターを立て直さなかったことで、惟朔の気持ちはほぼ固まっていた。

眼を閉じて、目頭を揉んだ。

ひらいたままの口が閉じなくなった。

なんだか口の中が酸っぱい。

少しだけ、胸が苦しい。

惟朔はだらだらとベッドから起きあがった。床に転がったギターには眼をくれずに、所有している着衣のなかでもましなスラックスを選びだして、穿《は》いた。そのスラックスのうえにさらに千五百円で買ったリーのジーパンを穿いた。同様に上着もましなものを幾つか重ね着した。

リー・ライダースのジーパンは惟朔にとって宝物だった。まだ真新しく、藍色が鮮やかなのが気にいらないが、じっくりと穿き込んでいくつもりだ。シルエットは裾広がりのベルボトムで、裾は鋏で切って横糸を抜き、縦糸を白髪の鬚のように垂れさがらせている。あわせてジージャンも欲しかったのだが、こちらは四千五百円とずば抜けて高価で、手が出なかった。

当座の衣服を重ね着してから、こんどは万引きしてストックしてある腕時計を左右の腕にふたつずつ、計四つはめた。セイコーにシチズン、それぞれがスポーツタイプの自動巻である。

いったん袖をおろしてから惟朔は、いままで特別扱いしてほとんどはめることのなかったシチズンの腕時計を確認するために腕まくりをした。

この腕時計はパラショックという機構をもち、その耐震耐久性には定評があった。惟朔は時計屋のカタログで、京都市役所前でヘリコプターからパラショック機構をもった腕時計を落下させる実験の様子を写した写真を見たことがある。地上三十メートルから落とされたシチズンの腕時計は、それでも淡々と時を刻んだという。

腕時計には強いこだわりがあった。惟朔自身は明確に意識していないのだが、腕時計は施設内における、あるステイタスであったのだ。

施設では月にいちど、第一日曜日が面会日と決められていて、親が面会にくる収容生は父親なり母親なりに会い、四時間ほどの外出が許可された。

親がいない収容生は、幾班かに選別されて修道士に連れられ、武蔵小金井駅周辺や国分寺駅周辺に外出し、修道士監視のもとに月々与えられる些少の小遣いで可愛らしい買い物をした。ただし素行の悪い収容生は面会なし、あるいは外出なし、である。

具体的には品行点というものがあって、最高は十点であるが、そんな者はいたためしがない。十点をとれるのは聖ドメニコ・サヴィオのような聖人だけであると教師は言い放った。ごく稀に優の八点をとる者がいたが、その点数が連続することはなく、七点で良、六点が普通で収容生の八、九割を占め、ここまでは面会や外出が許可される。しかし五点をつけられると親との面会はともかく外出は不許可となる。さらに四点ともなると面会外出なし、ということになった。

それを知らずに訪ねてきた友人の親が肩を落として園内の玉砂利を踏みしめながらと

ぼとぼと帰っていく姿を惟朔も幾度か目の当たりにしたことがあるし、自身が品行点四をつけられて、訪ねてきてくれた母親の顔も見ることができなかったことが中学の三年間で七度ほどあった。面会不許可で、数日後に母親からの差入れの単行本、以前から欲しかったヘディンの自伝を手にしたときには、さすがに泣きそうになった。

残酷なのは、第一日曜日にまったくといっていいほど面会に訪れない親が幾人もいたことだ。施設に収容されているのは若干の孤児と、貧困を含む劣悪にして複雑な家庭環境から不良化した子供がほとんどである。だからじつは親が足繁く面会に訪れるほうが珍しいケースであるといってよかった。

孤児として育った者は、はじめから諦念がある。だが、親がいるのに一切面会にこない収容生は第一日曜日を嫌悪し、拗《す》ねていた。惟朔の母は、必ず面会にきてくれた。いちども欠かさずに面会に訪れてくれた。収容生のなかでは例外的な存在であった。会えないことがあったのは、惟朔の品行が悪くて面会不許可になった場合だけである。惟朔は想像する。母は面会不許可の日、きっと涙ぐんで家路についたのだ。

それはともかく、収容生のほとんどの家庭が貧困に喘いでいるなかで、例外もあった。惟朔は、母が小峰書店刊、五百三十円也の中央アジア探検の記録をせっせと倹約して購入してくれたことを子供心にも理解していた。

ところが、プラチナやセーラーといった万年筆、セイコーやシチズンといった腕時計を所有している収容生もいたのだ。もちろん面会日に親が買い与えたのだ。

万年筆も羨望の的であったが、なんといっても腕時計である。彼らの腕を飾る銀色の二十一石は、それを買い与えてくれる親がいるという証明であり、満足に面会にも訪れない親をもつ収容生、あるいは孤児の収容生、そして惟朔の母のように面会には訪れるが、経済的に逼迫している収容生たちの羨望の的であり、密かに内向する劣等感と憎しみの対象であった。

あるとき、そんな彼らの腕時計がふとした拍子に消えるということが頻発した。あるいは万年筆のペン先が派手に折れ曲がってしまっているという事件も起きた。もちろん嫉妬した誰かが盗んだのであり、ペン先を破壊したのである。

以降、腕時計や万年筆は教務主任が預かるということになった。外出の機会があるときだけ、所有者の生徒に返還されるというわけだ。だが、たとえば遠足で、自動巻だからと腕を大きく振りまわしたりしてこれ見よがしに腕時計をひけらかし、挙げ句の果てに喧嘩沙汰になったりするようなことが絶えなかった。

惟朔自身、母に無理をいってねだって買ってもらったリコーのオートハーフというカメラが京都修学旅行のおり、満足に撮影もしないうちに忽然と消えた。母がどのようにしてこのカメラを買ってくれたかはおおよその見当がついていたから、狂おしいまでに居たたまれなかったが、その一方で、カメラを所有していた自分が悪いという諦めの気持ちもあった。

惟朔は袖をもとにもどして、ちいさく息をついた。さすがに計四本の腕時計はそれなりの重量があり、腕に素敵な違和感がある。惟朔自身は、これらの腕時計はいざとなったら金銭に換えられるから、という言い訳をもっているのだが、じつは収容生時代に欲しくても母には言いだせずに我慢してしまったことからくる歪んだ物欲や劣等感が内向していることに気づいていなかったし、片腕にそれぞれ二本ずつ腕時計をしているという滑稽さにも思い至らなかった。

惟朔は床に膝をつき、ベッド下に隠したトルエンの入ったインスタントコーヒーの瓶を覗きこんだ。このまま放っておくか。

だが、これから先、外で生活すればトルエンの入手が難しくなる可能性がある。そのときは施設内の木工所に忍びこんでトルエンを盗みだすつもりだ。面白いことに施設の建物は内部からの逃亡は難しいのだが、外から入りこむぶんにはそれほど大した関門がないという構造になっているのだ。

とっくにトルエン吸引はばれているのかもしれないが、それでも投げ遣りなことはしないほうがいいだろう。惟朔は手をのばして瓶を摑み、振りかぶり、残ったトルエンを瓶ごと窓の外の枯れたトマトにぶちまけた。トマトは野方図に育ったあげくに茶色く枯れている。そこにかかったトルエンは、枯れ枝を一瞬だが鮮やかな茶色に濡らし、輝かせ、しかし、すぐに揮発して、その甘い芳香だけが残った。

夏には上体を乗りだし、手をのばしてこの枝にたわわに実ったトマトをもぎ、かぶりついたものだ。当初は青臭く、硬いのだが、やがて熟《う》れてくる。放置されたままなので最終的には熟れすぎて鳥がつついた痕や虫食い穴のあることもあったが、腐敗酸敗紙一重のなんとも重量感のある練れた酸味が心地よかった。惟朔はその味覚の記憶を愛おしみ、改めてここから立ち去るのだという自覚をもった。

「さて、と」

呟いて、惟朔は下腹に力をいれた。ドアにむかう。ドアノブに手をかける。

手が動かなくなった。

そっと、踵《きびす》をかえした。

ベッドの傍らに転がったままのクラシックギターを見つめる。

腕組みをしたまま、しばらく見おろし、そっと、その胴のうえに右足をのせた。少しずつ体重をあずけていく。

意外にも中空であるギターの胴体は、惟朔の体重のほとんどを受けて、多少は歪みはしたが、それでも持ちこたえた。惟朔は右足一本に全体重をかけて、ギターの胴のうえに片足で立った。

母を踏みつけた。

躯を上下左右に揺らせた。

ギター弦がこすれ、はじけ、振動し、軋み、泣いた。

足がじわじわとボディトップの蝦夷松材《スプルース》にめり込んでいった。惟朔の唇の端には微笑のような歪みが泛かんでいた。

惟朔の足がボディトップを破壊した。しんなりとめり込んでいった足を引きぬき、加減せずに踏みつけた。

熱中した。

母を破壊した。

ギターの胴体は原形をとどめていない。しかしまだネックが胴と繋がっている。惟朔は踵《かかと》に全体重をのせてネックを蹴り折った。

最終的にギターの胴体とネックはかろうじて弦でぶらさがっているような状態にまで破壊し尽くした。

折れたギター材の断面からハッとするほどに鮮やかな樹液の香りが立ち昇っていた。そこに有機溶剤の甘い刺激臭が絡んでいる。ギターに塗られたニス、安価なギターであったので、おそらくはポリウレタン系の塗料の香りだろう。惟朔はそれらの香りを淡々と嗅いで、微動だにしない。

いまや唇の端に泛かんでいた微笑らしき歪みも消え、完全な無表情だ。

じっと凝固して、ギターだった残骸を見おろした。

破壊されたローズウッドの指板にこびりついた垢が盛りあがって見える。惟朔の研鑽の証だ。弾きはじめた当初は、夢中になりすぎて爪が割れ、指先から血が滲んだものだ。それが一月もすると、丸くこんもりと盛りあがって胼胝《たこ》となった。その後、クラシックギター用のナイロン弦にあきたらず、金属弦に替えて弾きまくったら、指先が割れ、ふたたび血が滲んだ。指板は惟朔の垢をまとわりつかせ、血を吸っているのだった。

胴の内部にたまっていた綿埃が舞いあがって、口中にまで侵入した。舌先で撚《よ》るようにして丸め、吐きだした。自分が息をしていないように感じられた。

この日、この瞬間、惟朔は、最愛の母を棄てたのだった。

4

振り返って学園の象徴である尖塔を見あげた。灰色に澱んだ曇天に突き刺さるように塔は聳《そび》えている。軽く反りかえって重心を後方にかけると、敷き詰められた玉砂利のなかに踵がめり込んで軋み音をたてた。

園長があの硬く漲《みなぎ》って肥満した腹を尖塔の先の避雷針に貫かれて悶死しているところ

を妄想した。避雷針の先端は園長の腹の脂《あぶら》のせいで奇妙に濡れて輝いて、流れだす血は常軌を逸した大量さで尖塔全体を深紅に染めている。妄想はどんどん下卑ていった。塔全体に樹木の根のような大腸が絡みついて周囲は腐った便臭に充ちみちている。しかも園長の着衣はいつの間にか消滅してその陰茎が尖塔よりも高く屹立《きつりつ》勃起し、なにやら白濁した液体を天空にむけて迸《ほとばし》らせている。腐った栗の花の匂いのする打ち上げ花火……なんとも陳腐だ。自覚したとたんに妄想は瓦解した。

視線を地面にもどし、唇の端に作り笑いを泛かべて玉砂利の上に唾を吐いた。虚勢じみていて、すこしだけ遣る瀬なかった。

じっと立ちつくして考えた。

僕は、いや俺は、なぜ、みんなと違うのだろう。

なんで少しずつ外れていってしまうのだろう。

なぜ、みんなと同じように、できないのだろう。

自意識過剰な十五歳である。すべてがうまく動いているときには皆と同じでないことに自負心と自尊心を充たして傲岸に構える一方で、こうして打ちひしがれた気分のときには周囲との差異を思い悩む。

だが、それにしても惟朗は特異だった。幼い頃から周囲に対して微妙な違和感を抱いていた。しかし小学校高学年のころに違和の原因は世界にあるのではなくて自分にあるのではないかという疑いをもった。それはいまだに明確なものではないし、どちらかといえば否定的に捉えるべきものではあったが、ひとたび抱いてしまった疑念は惟朔の心の奥底にきつくこびりついてしまっていた。

周囲も惟朔を異物として扱った。小学校のころは途轍もない問題児だった。入学しての一年生のときには、担任の女教師が登校拒否をする惟朔を毎朝迎えにきてくれて、自転車の荷台に乗せられて彼女の腰にしがみついて一応は学校に行きはしたが、女教師が担任から外れてから以降はほとんど登校していない。たまに登校すれば叱責する男性教師を徹底的にからかってその平手打ちを巧みによけて悔し泣きをさせ、挙げ句の果てに年長の少年たちの手先となって万引きをし、恐喝をおこない、明確な性欲の自覚さえないままに不純異性交遊とやらに耽りもした。妊娠のおそれがないということで、二次性徴以前の惟朔は年頃の不良少女たちにとって恰好の玩具だったのだ。

そういった素行不良や問題行動が重なって小学校高学年のときに、もはや手に負えないと判断されて立川にある児童相談所に送られたときには、知能テストでIQ二〇〇に近い数字を叩きだし、さらに種々の心理テストの結果、著しく道徳心の欠如した特異例的特異児童という重複したまわりくどい表現の御託宣を受けた。その瞬間に母は狼狽し、矯正施設へ惟朔を送致することを承諾したのであった。

以来、惟朔は自分に対する周囲の目や、自分自身の行動とその結果を年齢にふさわしくない客観で判断して、やはり自分はどこか大きく外れているのではないかという密かな自覚と不安をもちつつあったのだった。

たとえば同年代の少年たちにとっては童貞喪失云々が当面の大きな問題であるわけだが、惟朔は小学校高学年のときにすでに異性の肉体を知っていた。性欲自体がまだ明確に立ちあらわれていなかったから自ら求めることもなかったし、なによりも射精を伴わない性交ではあったが、少女たちに導かれて膣壁にこすりつければ逆に終わりのない、烈しい痙攣の連続する際限のない性的快感を味わうことができた。

童貞喪失が挿入して射精をすることによって完結し、成しとげられるものであるならば惟朔はまだ童貞である。しかし女の性器に陰茎を挿入しさえすれば棄て去ったことになるのであれば、惟朔はとっくに童貞ではない。惟朔にとっての童貞喪失とは、そういった奇妙な二者択一的問題であった。

そして、それに対する答えはいまだに得られていない。つまり周囲の少年たちの童貞喪失云々とはまったく違う次元で悩んでいるのであり、性ひとつをとってみても、微妙なものかもしれないが、しかし周囲とは明確な隔たりがあった。

俺は、まわりとは違う——。

そういった自覚は自負の重要な核として存在する一方で、やはり強烈な疎外感のもとにもなっていた。

惟朔は玉砂利を黒く濡らした唾を凝視し続けていたが、ふと我に返った。つまらないことで悩んでしまった。独りで照れた。

教護施設の門から踏みだした。檻の外にでた。向かいの学芸大学のテニスコートでは惟朔とはまったく無縁な階層の男女がラケットを振りまわしていた。惟朔は、時折翻るスコートのあいだから覗ける女の下着を、染みでも附いていないかという悪意をこめた眼差しで見つめた。

やがて露骨な視線に気づいた女子大生が不快そうに惟朔を見やり、さらに彼女の相手をしていた男子学生が惟朔を睨みつけた。彼ら彼女らの身につけている純白は、曇り空のもとで発光しているかのように鮮やかだった。

「お姉さん。毛がでてるよ」

惟朔の揶揄《やゆ》に男子学生が駆けた。惟朔はちいさく咳払いをして準備をした。男子学生が金網に取りついた。その瞬間を狙って惟朔は痰を吐いた。見事に命中した。痰はトルエン仕込みであるから大量である。むかって左の眉根から目頭、そして鼻筋にかけてを緑色じみた痰がねばねばと伝い落ちていく。

男子学生が怒声をあげた。惟朔は欠伸をした。欠伸の演技は得意技だ。男子学生の怒声がさらに烈しくなった。しかし惟朔と男子学生のあいだには金網の柵があった。惟朔は怒声に薄笑いで応え、顔を真っ赤にしてきつく両脚を閉じている女子大生を一瞥した。

綺麗な、つやつやした頬をしていた。ほんとうはその頬に痰を吐きかけたかった。テニスコートにいる男子学生のほとんどが駆け寄ってきて、金網を挟んで惟朔と対峙《たいじ》した。

「S鑑のガキだな」

そんな醒めた囁きがとどいた。S鑑とは教護施設に対する別称であり蔑称である。惟朔は腹立ちと同時に仲間が痰を吐きかけられているにもかかわらず金網に顔を押しつけんばかりにしている不用心な男たちに失笑した。S鑑と口ばしった男の顔面に狙いを定めて痰を吐き、命中したのをじっくりと見届けて、ひとこと呟いた。

「猿」

金網を揺らし、軋ませて怒り狂う彼らの姿はまさに猿じみていた。痰や唾は悪ぶって玉砂利のうえに吐くものではなくて、こういうふうに吐くものなんだ——。そう納得し、惟朔はあっさりと背をむけた。曇天のもとの俯き加減の追放であったが、期せずして賑やかな送別会となった。金網の柵の軋む音と怒声を右ななめ後ろから受けて、そっと学園の尖塔を振り返った。もう、二度とこの檻にもどってくることはないだろう。

「さて、どこに行こうか」

呟いて、惟朔は投げ遣りな解放感を愉しみながら、だらだらと歩きはじめた。文字通りの世間知らずであるという自覚はあった。なにしろ閉じこめられていたのだ。たとえば国電の初乗り運賃であるとか銭湯の代金がどれくらいかといったことさえも知らない。文京区小石川の生まれにもかかわらず東京の大まかな地理の概念さえも施設に閉じこめられて社会との関係を否応なしに断ち切られていた年月のうちに曖昧になり、判然としなくなっていた。

行き先も決めずに武蔵小金井駅から中央線に乗った。なんとなく新宿で山手線に乗り換えた。渋谷に降りたった。誰かが渋谷にはプラネタリウムがあると言っていたのが脳裏に残っていたせいかもしれない。緊張と倦怠の綯《な》いまぜになった奇妙な精神状態のまま渋谷の街を歩きまわった。低く澱んだ曇り空が坂道にくっつきそうな日だった。

やがて脹脛《ふくらはぎ》になんともいえない懈《だる》さを感じたころ、惟朔は宮益坂にあるモデルガン・ショップの店内でうっとりと艶消しの黒に塗られた模造拳銃に見入っていた。

米軍放出品と思われるカーキ色のバッグ類や階級章を剝がされた軍服の類は幽かに湿って黴臭く、しかし店内にはそれを凌駕する機械油の芳香が漂っていたし、火薬の匂いもした。壁面には高価な模造軽機関銃が飾られていた。

店員が声をかけてきた。いい鳧《かも》と思われたのかもしれない。まるで本物の銃を扱うかのような真剣味の滲んだ、しかしどこか芝居がかった顔でショーケースの上に幾つかモデルガンを取りだして、手にとってみろという。好んで銃器関係の書籍を万引きしていたほどである。惟朔は抗うことができなかった。不能状態といっていい。憧れのコルト

45が眼前にある。

惟朔がうっとりと握把を握りしめて遊底を引くと、店員はコルトM1911と正式名称を口にした。惟朔は頷いて、意識してグリップ・セーフティに力を込め、引き金を絞った。もちろん本物の銃とちがってグリップ・セーフティは作動せず、模造弾の先端に火薬は入っていないからハンマーが真鍮《しんちゅう》色をした弾の尻を叩く鈍い金属音が微かに響いただけであるが、模造拳銃とはいえその重量感は圧倒的だった。惟朔は吐息まじりに呟いた。

「手首にずっしりきます」

「でしょう。でね、グリップを木製のやつに換えると、凄く馴染むんだよね。掌に吸いつくんです。木製のグリップは少し汗を吸って汚れてくると最高ですよ」

「はあ――」

身悶えしたいほどの所有欲に水を差したのは店員の木製のグリップという言葉だった。銃本体とオプションの木製グリップをあわせた金額は惟朔にとってほとんど天文学的数字だった。つまり惟朔の所持している全財産をあっさりと凌駕していたのであった。

惟朔はコルトM1911を注意深くガラスのショーケースの上に置いた。涙ぐみそうな気分だった。もちろん強烈な物欲がおさまったわけではないが、親切な店員の眼前でコルトを盗むわけにもいかない。自分には手の届かない代物であると諦めるしかなかった。溜息をついていると、店員がごく小振りな拳銃を差しだしてくれた。

「PPK。ちょっと握ってみてください」

視線はまだコルトに釘付けである。はい、と気のない返事をして、ワルサーPPKを手にとった。おなじ亜鉛合金のダイキャスト製であるのにコルト45の半分ほどの重量感しかない。曖昧に小型拳銃を弄んでいると、店員が囁いた。

「ポリッツァイ・ピストル・クルツでPPK。ダブルオー・セブン、ジェームズ・ボンドの愛用拳銃です」

「ジェームズ・ボンド」

「ショーン・コネリー」

そんなカタカナ言葉ばかりの遣り取りをしたあげくに惟朔は千円札を二枚取りだし、百五十円の釣り銭を受けとり、その手にワルサーPPKのはいった紙袋をさげてモデルガン・ショップをあとにしていた。その足は地面を踏んでいなかった。ふわついていて、ひどく心許なかった。現実感のないまま宮益坂を下り、醤油色をした汁の滾《たぎ》る匂いに惑わされて立ち食い蕎麦で腹を充たして、ようやく我に返った。

「まずい」

思わず声をあげてしまった。咥え煙草で新聞を読んでいた蕎麦屋の店員がまずいのは当然だという顔をして惟朔を見やった。惟朔は愛想まじりの照れ笑いをかえして百円玉をカウンターに置くと、釣りを貰って慌ててガード下の立ち食い蕎麦屋から飛びだした。まずいのは蕎麦ではなくて、自身の懐具合である。惟朔は三千円少々の所持金、つまり高校退学時にもどされた旅行積立金だけで学園を追い出されてしまったのであった。それなのにそのほぼ三分の二がワルサーＰＰＫなるダイキャスト製の玩具に化けてしまい、所持金はいまや千円少々である。

惟朔はほとんど土地勘のない渋谷で途方に暮れた。居たたまれなさと後悔の念に睾丸のあたりがざわつくほどだった。

コルト45ならともかく惟朔はワルサーＰＰＫなど欲しくはなかったのだ。欲しくなかったにもかかわらず、千円札二枚が消えてワルサーＰＰＫの入った茶色い紙袋がその手にある。

紙袋のなかを覗くと、ＰＰＫは仰々しい化粧箱におさまっている。店員がおまけに付けてくれた平打ち火薬は輪ゴムでまとめられていてその表面に塗られた赤い色が毒々しい。惟朔は頭を抱えたくなった。この銃が本物であったなら、長閑な顔をして交差点を横切っている通行人どもにむけて連射しているところだった。そんなことを思うほどに居たたまれず、しかも苛立っていた。

前屈みになって足早に歩き、渋谷駅構内に入った。不安のあまりトイレに逃げこんだ。個室内に立ち尽くし、目頭を揉んだ。誰かの排便と、それにまつわる音や臭いが惟朔のまわりに絡みついた。

　四方を直立した灰色の壁に囲まれて、目頭を揉み続けた。滲んだ涙で指先が濡れた。足許が冷えた。肩が強ばった。

　あちこちで水を流す音が響く。ちいさな咳払いや舌打ちの音も聴こえる。もちろん排尿排便の音も間断なくとどく。だが、周囲の営みのすべては惟朔とはまったく無関係にあった。

　孤独だった。

　これほどまでに鮮烈で輪郭のくっきりとした孤独を惟朔は知らなかった。

　孤独は所持金が底をつきかけていることを意識したときから、惟朔に嫌らしく絡みついてきたのだった。

　もう自分の存在に疑念を差し挟むことなどできなかった。いやというほどに自己がこの世界に存在していることを思い知らされていた。孤独によって自分がここに厳として在ることを、びちゃびちゃと床が濡れた便所でひたすら無力に、為すすべもなく立ち尽くしていることを、惟朔はその肉体に、脊椎の芯に強烈に叩き込まれていた。

　胃が嫌な感じで収縮した。幾度も溜息が洩れた。

　やがて吐き気がしてきた。危険な唾が口中に充ちた。いよいよ胃袋が縮みあがり、なにやら食道を逆流する気配がした。

こらえきれなかった。食べたばかりの掛け蕎麦が口と鼻から溢れでた。生暖かい嘔吐物が便器のうえで爆《は》ぜ、躍った。

洩れそうな呻き声を必死に抑えて、腹に両手を添えて圧迫し、胃を絞りあげるようにして吐いた。いっそのこと、とことん吐いてしまえと思ってそうしたのだが、背筋に冷たい脂汗が滲み、腹筋には鋭い痛みが疾《はし》るほどだった。鼻から蕎麦が垂れさがってじつに惨めだった。それを指先で抓んで苦笑して、さらなる吐き気に身を捩った。なんだか自分は吐いてばかりいると自嘲した。

吐きだしつくした。咳き込みたいのをこらえると、じんわりと目尻に涙が泛かんだ。嘔吐した液体は胃液の混じった濁った醬油汁といった感じで、腰のない蕎麦はやたらと千切れて細かくなっていた。ところが葱《ねぎ》だけは食べたときとおなじ瑞々しさで水洗便器にたまった汚物のうえに浮かんでいた。

立ち昇る酸っぱい臭いがたまらない。この臭いをトイレにいる他の者に気づかれてしまったら恥ずかしい。

独りぼっちの惨めさに、こらえきれずに吐いてしまった者がいる。ここに孤独な奴がいる——。

誰かにそう思われてしまったら、もう耐えられない。

得も言われぬ羞恥心が湧きあがった。嘔吐と孤独を結びつける者などいるはずがないと考える一方で、この期に及んで体裁をかまう自分が鬱陶しく情けなかった。焦って踵でレバーを蹴って水を流した。

意外な勢いで水が迸り、ところが押し流された汚物が詰まって一気に水位が上昇し、一瞬便器から溢れそうになった。反射的に惟朔は爪先立った。だが、その瞬間に詰まりが解消したのだろう、汚物はひと息に渦を巻いて吸いこまれるように便器の穴に消え去っていった。

トイレに紙は備え付けられていない。鼻で息をしているが不恰好だ。途方に暮れたが、すぐに居直って手鼻をかんだ。垂れ落ちた鼻汁には蕎麦の切れ端がまざっていて、無様さに怒りが込みあげた。それでも幾度か手鼻をかんでいると鼻の通りもよくなり、呼吸が楽になってきた。

喉が胃液で灼けている。喉仏を抓むようにして丹念に揉んだ。それから幾度も唾を吐いた。唾液はだらしなく糸を引いて便器に落ちていき、やがて胴震いがおきた。身震いしながら舌の先で胃酸でざらついてしまった歯を探った。そうこうしているうちに肉体的な反応が一段落した。

荷物を置くための棚に安置したワルサーPPKの紙袋にまで跳ねた嘔吐物が附着していた。惟朔は爪先で蕎麦の切れ端と青い葱をはじき落とした。その指先の動きがぎこちなく凝固していった。

目が据わっていた。

金が要る。

今夜の塒《ねぐら》をなんとかしなければならない。

腕時計を売り払う算段をしなければならないだろう。ワルサーPPKを誰かに押しつけてとにかく金に換えなければならない。いや、そんな面倒な手順を踏まなくとも恐喝ならお手のものである。

恐喝——。

小学校時分からの習い性である。しかし、いま、惟朔は恐喝という言葉に嫌悪を覚えていた。惟朔の行ってきた恐喝は生活に困ってする恐喝というよりは面白いからする、つまり遊戯的恐喝であった。金品が欲しいのではなくて自身の権力誇示と単純なサディズムの発散による快感を愉しむ側面が強かった。

ところが、いま、金銭に困って恐喝をなすことを想い描いたとたんに、なんともいえない圧倒的な嫌悪感に支配されたのだ。

もう自分は恐喝に類することを行わないだろう。そう直観した。

追い込まれたときに馴染んだ行動をとることを嫌悪するというあたりが惟朔らしいところではある。権力誇示の恐喝ならば許容できるが、金欲しさに恐喝するというのは無様だ。そう考えたのだった。泥棒の惨めさは泥棒行為自体にあるのではなくて、餓えにあるということだ。

　惟朔は思案した。恐喝が嫌ならば、なんらかの方法で食と住を得なければならない。誰か頼ることのできる者がいるか。

　いちばん楽な解決方法は母のもとに帰ることであるが、惟朔は母に買ってもらったガットギターを踏みつけ、破壊したのである。そこには不明瞭なものではあるが強い訣別の意思と意識があった。いまさら母さんをあてになんかできない——。

　それにしても、これほどまで切実に金が欲しいと思ったことはない。無一文になってしまったわけではない。しかし千円少々という所持金はあまりに心許なかった。施設内にいて三食保証されていたときには千円という金額はそれなりに価値を持っていて小遣いとしては燦然《さんぜん》と輝いていた。

　しかし、この都市の狭間《はざま》でいったい千円でなにができるというのか。孤独なのは今日だけでない。明日も明後日も、そしてさらにその次の日も、つまり永遠に続くのだ。とりあえず差し当たって直面している永遠に対抗するのに千円札一枚は、あまりに微力だ。

　惟朔は小声で独白した。

「なんだか俺、銭ゲバになりそう」

　銭ゲバは少年サンデーに連載されているジョージ秋山の漫画であるが、惟朔の脳裏には唐十郎が扮する映画の〈銭ゲバ〉の姿がありありと泛かんでいた。十一月の一日だったと思う。とにかく日曜日だった。施設に遊びにきた山村に誘われて、まず吉祥寺のスバル座で〈続・猿の惑星〉と〈M★A★S★H〉の二本立てを、さらに立川にまで出向いて東映で〈銭ゲバ〉を観たのだった。

映画のはしごはさすがに眼にきたし、期待していた〈続・猿の惑星〉は第一作の切れ味をまったく喪ったじつに陳腐で冗漫な作品で失望させられた。〈M★A★S★H〉はそれなりに愉しめたが、おもしろさのポイントを微妙に摑めないようなところがあって、微かな苛立ちが残ったものだ。

ところが、あまり期待していなかった〈銭ゲバ〉は不思議な雰囲気のある映画だった。烈しい波が打ち寄せる海辺の寒々とした岩場を行く銭ゲバ、唐十郎のうらぶれた姿にかぶさるように流れた演歌調の『銭ゲバ、ガバ、銭ゲバ』という歌詞の繰りかえしが奇妙に耳の底に残っている。

「銭ゲバ、ガバ、銭ゲバ――」

便所の壁に寄りかかってそこだけ覚えている一節を小声で、しかし投げ遣りに唄って、惟朔は大きく頷いた。

山さんのところに行ってみよう！

たしか〈ふたこたまがわえん〉とか言っていた。〈ふたこたまがわえん〉にあるタカヤマ精機という工場に勤めているはずだ。

急に孤独が引きさがっていった。惟朔の口許には笑みさえ泛かんでいた。

山さんこと山村は、惟朔の同級生だった。中学二年のときに登校拒否と若干の不良行為が原因で施設に送られてきたのだが、かなり肥満していた。ところが施設内における生活が始まって、ふた月もたたないうちに見事に痩せてしまった。標準体型にもどってしまったわけだ。

最初のうちは肥満児をもじって『マンジ』などと呼んでいた惟朔や同級生たちも、あれよあれよというまに標準的な体重体型に落ち着いてしまった山村を目の当たりにして、自分たちの口にしている施設の食事の栄養価についての現実にいささか憂鬱な気分に陥り、自慰を防止するためらしいと仲間たちのあいだで噂されていた過剰なまでのサッカーをはじめとする運動の強制による減量効果に驚いて『マンジ』なる綽名を撤回し、山さんと呼ぶようになったのであった。

惟朔はトイレからでて、幾度かうがいをした。胃液で灼いた喉はいがらっぽく、まだ、なんとなく口臭が残っているようだが、気が急《せ》いて落ち着かない。胸の裡で〈ふたこたまがわえん、ふたこたまがわえん、ふたこたまがわえん〉と連呼して、券売機の前に立ってその所在を調べる。

ようやく探し当てた〈ふたこたまがわえん〉は、二子玉川園と表記し、渋谷から東急東横線に乗って自由が丘で大井町線に乗り換えて五つめの駅だった。そういえば山村は自由が丘にあるというサウナのことを話していた。24と書いてトニホーと読ませると力説していた。

私鉄は国鉄と微妙に雰囲気が違う。乗客のなかでもとりわけ若者は、臀のあたりがダブダブな奇妙に裾の詰まったズボンを穿いている者が多いようだ。惟朔は座席にやや畏《かし》こまって座り、寸詰まりなズボンを穿いた若者と直接視線を合わせないように注意しながらも漠然と観察した。電車が神奈川方面にむかっていることもあり、これがスカマンこと横須賀マンボなのだろう、といい加減な結論をだした。

裾の絞られたズボンの観察に飽きると惟朔はサウナ風呂について思いを巡らした。サウナとは蒸し風呂のことだ。そのくらいは常識として知っているのだが、しかしその実際の様子はまったく判然としない。なにやら箱の中におさまって首だけ出して汗まみれになっている図柄が脳裏に泛かんでいる。惟朔はトルコ風呂とサウナ風呂を一緒くたにしていた。

自由が丘は賑やかな街だった。とりわけチンチンジャラジャラとパチンコの音が姦《かしま》しい。気取った雰囲気もあるが、あまり柄のよい街ではないような感じがした。

大井町線に乗り換えると、さらに裾の詰まったズボンを穿いている男が多くなった。おなじ東京でも地域ごとにファッションがあきらかに違うということに、惟朔はなんとなく新発見をしたような新鮮な気分を味わっていた。

同時に自分は絶対に臀の割れめが見えそうなほどまでズボンをずり下げて穿くことはないだろうと考えた。それ以前に足を通すのも苦労しそうなほどに裾の詰まったズボンを入手する気もない。なによりも異様に細いベルトが気持ち悪い。惟朔のファッションは彼らとは正反対のいわゆるラッパズボン、ベルボトムであり、ベルトもかなり太いものを選んでいた。

電車はおそらく世田谷区を走っているはずだ。しかし窓外の景色はどことなく貧乏くさいもので、まだ中央沿線のほうが雰囲気が明るいようだ。沿線にはときに黒ずんだ掘建小屋のような集落さえ目について、惟朔のもっている世田谷のイメージとは微妙に相容れないものであった。

昼過ぎに二子玉川園の駅に降りたって、惟朔はそのとりとめのなさにさらに力が抜けるのを感じた。なんだか西部開拓時代の街に降りたったような気配である。

ちいさな遊園地がある。だが遊園地で遊ぶ客の気配はない。遊具も動いておらず、灰色の空にのしかかられた遊園地はうらぶれていて、なんだか潰れそうだ。

周辺には遊園地以外にこれといって目立った建物はない。雑草の生えた駐車場に停まっている車もほとんどない。

改めて周辺を観察して、ふたたび遠い田舎の駅に降りたったような錯覚がおきたが、ここはまだ東京都なのだ。しかし多摩川からの川風が冷たく、曇り空と相まっていよいよ侘しさが増してきた。嘔吐による喉の灼けた感じや違和感もおさまって空腹を覚えはじめたが、駅近くの食堂は地を這うようにして迫りあがってくる強風に本日休業の札を乱雑に揺らしていた。

朝方と較べても気温はほとんど上がっていないようだ。惟朔は腕組みをして河面からの寒風に耐え、身を竦《すく》めて思案した。公衆電話がある。電話帳に取りついた。細かい文字を凝視してページを繰る。だが、このあたりにタカヤマ精機はなかった。幾度確認してもタカヤマ精機なる工場は二子玉川園、いや世田谷区には存在しないようだった。

惟朔は呆然とした。山さんが嘘をついたのだろうか。それとも惟朔がタカヤマ精機の所在を聞き違えたのだろうか。こんどは不安というよりも落胆で、その場にしゃがみ込みたくなった。なんだか息をするのも面倒な気分だ。しかし川風は容赦なく惟朔に吹きつけてその体温を奪っていく。

嘔吐して胃の中になにもないことも体感する寒さを倍加させているのだろう。惟朔は胴震いを抑えきれず、俯き加減で独白した。

「情けねえなあ——」

怨めしげに公衆電話に視線をやる。そして、気づいた。電話帳は一冊だけではない。気を取り直してボロボロになった他の電話帳をひらいた。運のいいことに古い神奈川県のものだった。

数分後に惟朔はタカヤマ精機を探し当てていた。指先でなぞって、爪できつくしるしを付ける。タカヤマ精機は東京ではなく神奈川県川崎市、つまり多摩川を渡ったところにあった。最寄り駅はどうやら二子玉川園から一駅の二子新地前であるようだった。

惟朔は二子玉川園の駅舎にもどりかけて、肩をすくめた。たった一駅である。しかも多摩川を渡ればいいだけだ。惟朔は玉川通りから二子橋に向かった。結婚式場かなにかだろうか、富士観会館というビルが多摩川に面してぽつんと建っていた。

どうやら国道二四六は二子橋で多摩川を渡るらしい。かなりの交通量だ。長距離トラックのディーゼルエンジンの真っ黒な排ガスが肺にきつい。惟朔は大型車が抜けていくたびに揺れるお粗末な橋桁や橋脚を意識し、左手の鉄橋を轟音をたてて走り抜けていく田園都市線の列車を横目で見た。

橋の長さは五百メートルほどだろうか。多摩川は汚れきって腐った臭いを立ち昇らせている。羽を休める水鳥たちも、どこか煤ぼけて見え、対岸に渡ったころにはなんとなく僻さを覚えていた。

二子新地前駅は二子玉川園に輪をかけた感じで寂れていた。周辺に商店街らしいものもなく、いきなり老朽化したモルタル塗りのアパート群が建ち並んでいた。そこに鉄橋と二子橋がのしかかるように迫っている。駅前の道路のアスファルト舗装も罅割れて、棄てられたハイライトの包み紙が風に煽られて、まるで惟朔の先導をするかのようにくるくるころころと転がっていった。

惟朔は記憶した所番地と電柱の住居表示を頼りにタカヤマ精機を探した。たいした苦労はしなかった。十分弱で門にタカヤマ精機と墨書された板のさがった町工場が見つかった。そっと工場内を覗きこむと、パートだろうか、おばちゃんたちが足先で器用に足許のスイッチを踏んだり離したりしながらなにやら銅線らしきものを巻き付けてコイルをつくっていた。

やや臆した気分であるが、恰好や体裁をかまっていられる場合ではない。惟朔は敷地内に踏み込んだ。赤白の金魚たちがじっとうずくまるように沈んでいる緑色に濁った池があり、正面玄関の脇にはタイムレコーダーが据えられて、その奥に小窓のついた事務所があった。そこから覗くと、中では藍色の上っ張りを着た数人の女が机に向かっていた。小窓を開いて、すみませんと声をかけると二十代なかばと思われる女が頷いた。

「応募の方ね」

「いえ、応募じゃなくて」

「さっき電話してくれた方じゃないの」

「ちがいます。ええと、あの、山村を訪ねてきたんですけど」

「山村君」

「そうです」

彼女が山村君と言ったことで惟朔はようやく肩から力が抜けるのを感じた。あわてて付けくわえた。

「仕事中にすみませんが――」

「そうねえ。この時刻だと山村君、特注にプレス咬ましてるかもしれないから抜けられるかなあ」

「すみません」

縋《すが》りつくような眼差しであることを意識して惟朔は上目遣いに彼女を見つめた。女は取ってつけたような頰笑みをかえし、立ちあがった。事務所から出てきて、玄関先で惟朔と向き合った。くりっとした二重の眼を見ひらいて惟朔の風体をじっと観察し、あとについてこいと軽く顎をしゃくってよこした。そのどこか横柄な態度が惟朔にとっては心地よいものだった。頼れる姐御といった感じだ。

付き従った惟朔は彼女が足を交互に動かすたびにスカート地に浮かびあがる下着の線を盗み見て、発情した。豊かな臀部であった。タイトスカートの生地を臀の膨らみが交互に盛りあげ、押しあげて、下着の線が露わに浮きあがるのだ。

案内されたのは、意外なことに応接室であった。応接室で向き合うと、女は事務所でみせた投げ遣りな頰笑みとは別な親密な笑みをむけてきた。その顔にはうっすらと化粧が施されていて、なにやら甘い香りがする。惟朔は発情の徴《しるし》である硬直を彼女に悟られまいと軀をやや前傾させて、いささか不自然な体勢のまま愛想笑いをかえした。

「お名前は」

「吉川です。惟朔といってもらえれば——」

「山村君のお友達ね」

「はい」

「座って」

「失礼します」

「ふうん。礼儀正しいのね。同級生かしら」

「そうです」

「山村君、柄が悪いわよね」

「そうなんですか」

「そう。まだ十六でしょ。でも、けっこう威張ってるわ」

喋りながら女は魔法瓶のお湯でお茶をいれてくれた。ちょっと待っていてと囁くように言うと応接室から出ていった。もちろん惟朔の視線はふたたび彼女のスカートの臀に釘付けである。

強烈に湧きあがってきた自慰の衝動を、ジーパンのうえから掌できつく押さえてどうにか耐えた。湯気をあげている茶碗を手にとると、茶柱が立っていた。しかも茶が派手に波打っている。なにごとかと凝視した。なんのことはない、惟朔が貧乏揺すりをしていて、その振動が茶に伝わっていたのだった。それに気づくのが遅れるほどに惟朔はきつく発情していたのだった。

ドアがひらいた。女ではなく、山村であることが物足りなかった。忌々《いまいま》しくさえもあった。惟朔は満面の笑みを演技しながら、自分の身勝手さを胸の裡で叱った。

「惟朔」

「山さん」

そんなふうに施設内にいたときと同じ調子で名前を呼びあって、それから照れた。なぜこれほどまでに照れ臭いのかはよくわからない。しかし、山村もあきらかに照れている。

「ぼろい工場だろう」

「こんなもんだろ」

「そうかな。でも、よくわかったな」

「うん。電話帳で探したんだ」

惟朔は軽々とタカヤマ精機を見つけだしたかのような口調で言った。山村が惟朔に探るような眼差しをむけて呟いた。

「俺、見栄を張って二子新地前じゃなくて二子玉川園って言っちゃったんだけどな」

「そうだっけ。まあ、俺もちょっと超能力を発揮しちゃってさ。でも二子新地前も大差ないじゃないか」

「でも二子玉川園には遊園地があるじゃん」

「遊園地っていったって誰もいなかったぞ」

「まあ、いいや。よく来たな」

惟朔は正直かつ手短に高校を退学になって今朝、学園を追い出されたことを山村に話した。大まかに喋っただけであるが山村は鷹揚に頷いて惟朔の手に鍵をわたしてくれた。

「なに、この鍵」

「俺のアパート」

「寮じゃなくてアパートに暮らしてるのか」

「そう。地図を描いてやるから、先にアパートに行ってろよ。ここで仕事が終わるのを待つのってかったるいだろう」

「うん。有難いよ！」

惟朔の脳裏にあったのは、山村の部屋で先ほどの女の臀に浮かんだパンティの線を思い描いて自慰に励むことだった。ふたたび股間に血が集まってくるのが感じられた。

山村は自宅アパートまでの地図をメモ用紙に描きながら、どうしても今日中にこなさなければならない仕事があるといい、たぶん残業だと嘆息した。惟朔は照れ臭さをこらえて訊いた。

「俺、なんにも食べてないんだ。部屋にあるものを適当に食っていいかな」

「うん。ワンタンメンかなにかあったかな。でも惟朔はガスに火をつけられるの」

「それは失礼だよ」

山村は邪気のない顔で破顔した。惟朔はさらに訊いた。

「なあ、俺をここに案内してくれた女の人、すげえ色っぽいな」

「ああ、真美ちゃんな。タカヤマ精機一のおさせなんだよね」

「おさせ――」

「そう。そういう噂だ。惟朔も素直に頼んだらやらせてもらえるんじゃないの」

「山さんは、やっちゃったのか」

「へへへ。まあな。じゃあ、俺は仕事にもどるよ。なるべく早くもどるようにするからさ。夕飯はいっしょに食おうぜ」

言うだけいうと、山村は駆け出すように工場にもどっていった。惟朔は山村に自慢しようと思っていたワルサーPPKの包みに視線をおとして、ちいさく溜息をついた。膝に手をついて立ちあがり、正面玄関にもどった。小窓をひらいて真美ちゃんにむけて頭をさげた。

「どうもお手数をおかけしました」

すると真美ちゃんは醒めた眼差しで事務的に頷いて、なぜかひとこと、御苦労様と言った。惟朔はだらしなく愛想笑いをかえしたが、真美ちゃんは机上の書類に視線をおとし、算盤をはじきはじめた。惟朔は上目遣いでもういちど頭をさげ、その場を離れた。

山村のアパートまではタカヤマ精機から歩いて十分ほどかかった。多摩川沿いのかなり老朽化したアパートだった。手すりの錆びた鉄の階段をのぼっていちばん奥の部屋だ。惟朔はもどかしい手つきで鍵を鍵穴に挿しいれ、合板のドアを開き、狭い靴脱ぎに運動靴を脱ぎ散らし、六畳一間に駆けこんだ。

即座にジーパンのジッパーを引っぱりおろす。だが硬直は露わにならなかった。ズボンを重ね穿きしていたのだった。苛ついた手つきで触角を解放した。ずっと硬直しきったままだった。畳のうえに敷きっぱなしの煎餅布団に転がった。即座にこすりはじめた。ふと我に返った。硬直して脈打つ触角を握りしめたまま改めて山村の部屋を観察した。

「エロ本はないのかよ」

とりあえず、なにも見つからない。もどかしさに惟朔は舌打ちをし、ふたたび股間の硬直に手を添えた。惟朔は自慰を左手で行う。それは施設内における授業の最中に自慰を行ったことからきている。つまり右手に鉛筆をもってノートをとるふりをしながら、ダブダブの学生ズボンのポケットに突っこんだ左手で陰茎を刺激するわけである。こういった方法は中学時代におけるクラスの流行であり、ジャンケンで勝った者が教壇の真下、教師から死角になる位置に座る権利を得て、手仕事に励んだのだった。

また惟朔は中学二年のときに食堂で上級生と殴りあいをして、相手の鼻を完全に潰した瞬間に自らの拳、小指の中手骨という部分を骨折し、しかし喧嘩における骨折であるから教官に申し出て病院に行くわけにもいかず、そのまま放っておいたことがある。その骨折のせいで、痛みの抜ける一月強ほどのあいだは授業中でなくとも否応なしに左手で自慰をするしかなく、いまや自慰を行うのは完全に左手のみとなっていた。骨折した中手骨はずいぶん後の健康診断のとき、医師に冗談交じりにさりげなく相談をしたら、曲がったまままくっついていて、しかも骨のA角なる法則によって以前よりも強靱《きょうじん》になっていると申し渡された。

閉じた惟朔の瞼《まぶた》の裏側で真美の臀が揺れている。その臀の肉に両手の掌をあてがって拡げれば、そこには色づいて裂けた、濡れた傷口があるのだ。惟朔は小学校高学年のときに毎日のように対面させられた女性器を嫌悪していた。だから女性器が瞼の裏側にあらわれたのは一瞬で、妄想はすぐに臀の柔らかな肉にとってかわられた。惟朔は真美の臀の肉に自らの陰茎を挟みこみ、こすりつけた。

「真美さん」

掠れ声をあげて射精した。精液は派手に飛び散り、自らの顔にかかるほどだった。呼吸を整えながら部屋の天井にぼんやりと視線をやっていると、なんともいえない寒々とした気配が剝きだしの下半身をいたぶりはじめた。惟朔は顔を汚した精液をこそげ落とし、山村の布団にこすりつけた。そんなことをしている最中に、煎餅布団の頭のあたりがごつごつとすることに気づいた。そっと起きあがって敷き布団をめくってみた。

下から小振りなエロ本が数冊あらわれた。エロ本は湿っていた。惟朔は再度、自慰に耽るつもりになり、こんどは胡座《あぐら》をかいてエロ本を拡げた。だが、もう熱気はどこかに消え去っていた。真美さんの面影も曖昧模糊として、現実味を喪っていた。惟朔はエロ本を投げだし、腹に手をあてがって空腹に身悶えをした。

しばらくのあいだ悶々とした。そんな自分が阿呆に思えて、上体を起こした。雲が切れたのか、西日が射し込んで影が濃くなった。安物の窓ガラスにつきものの凹凸がレンズの役目をするのか、光が黄金色に凝縮する場所がある。放りだしたエロ本の、頰骨下部が突出したおにぎり形の顔をしたお姉さんの作り笑いが鮮やかに浮かびあがり、焦げ茶色の乳首が強調された。

凝視していると、すぐに陰った。お姉さんも不明瞭に暈《ぼ》けた。笑っているのか、ふてくされているのか判然としなくなった。ただ印刷の細かな点の集まりだけが残像としてしばらく残った。

湿った敷き布団の上で惟朔はちいさく胴震いをした。六畳一間の北側に流しとガスコンロが据えてある。油脂に分厚く覆われた鋳鉄製の黒いコンロの脇にパイプ印のマッチの大箱が目立つ。立ちあがってガス台の周辺をあさった。たしか山村はラーメンがあると言っていたはずだ。

流しには得体の知れないなにかが白くこびりついたアルマイトの鍋が放置してあった。黒い焦げあとではなく、白い脂身のようなものが万遍なく附着しているのがなんとも不潔な感じだ。

「これを洗う義理はないね」

独白して、惟朔はラーメンの袋を握りつぶした。丹念に麺を破壊していく。手のなかで控えめに響く乾いた音が心地よい。充分に細かくしてから、袋を裂いた。立ったまま、茹《ゆ》でていない麺を抓んで口に運んだ。

こうすると、やがて腹のなかで麺が水分を吸収して膨らんで、意外な満腹感を得ることができる。ぽりぽりとしたいささか過剰な歯応えも、なんとなく物を喰ったという実感をもたらしてくれる。なによりも麺を揚げている油脂の香ばしさと微かな甘さが、練り込まれた塩分と絡みあって思いのほか深みのある味がする。ひたすら嚙みしめれば、澱粉《でんぷん》が唾液で分解されて糖になっていくその味の変化も面白い。腹さえ空いていれば、こんな横着をしても物の味を愉しめるのだ。――そう惟朔は自分を納得させた。

嫌なげっぷを洩らしてから、ラーメンの空袋を背後に投げ棄てる。袋のなかに残っていた麺のかけらが畳のうえに散らばったが、気にしない。パイプ印のマッチの大箱に指先を突っこんだ。マッチ棒を数本とりだし、まとめて雑にこすって火をつける。その火をコンロに近づけ、栓をそっとゆるめる。ガスは酸素供給不足なのか、やたらと朱いひょろひょろとした炎をあげて燃えあがった。しばらく腕組みをして炎を見つめた。

「俺だってガスの火くらい、つけられるんだよね」

頷いて、開けっ放しになっていた元栓に手をのばして火をとめた。まったく手を触れられていないのだろう、元栓には茶色にちかい黄色をした油脂が分厚くこびりついていて、惟朔の指先をべっとりと汚した。

わざわざ元栓を閉めた自分の律儀さに舌打ちをして、桟にかけてある山村の真新しい作業着で指先を拭い、あらためて室内を見まわす。押入の襖《ふすま》の破れめにヘッドを突っこむようにして立てかけてあるフォークギターはヤマハだった。

「生意気だなあ。俺のギターなんてスズキのガットギターだぜ」

そのギターはもう存在しない。惟朔はヤマハのギターを抱きこんで軽く爪弾き、掌によく馴染むネックに感心し、頷いた直後に虚ろになった。してはいけないことが、世の中にはたしかにあるのだ。母に買ってもらったギターを踏み壊すという行為は、してはいけないことの筆頭に位置するようだ。

惟朔はヤマハのギターをもとにもどし、ワルサーPPKの包みに手をかけた。虚ろな気分は持続せず、すぐに退屈に変化した。欠伸が洩れかけた。こらえた。このワルサーは千八百五十円もしたのだ。そう自分に言い聞かせて小型模造拳銃をいじくりまわした。弾倉をはずしたり遊底を引いたりしているうちに、手に機械油の匂いがこびりついた。先ほどの元栓の油脂といい、この機械油といい、油というものはねっとりと指紋の溝にまではいりこんでべとついて、なんとも押しつけがましい。疎《うと》ましくなった。

ワルサーPPKを万年床の上に投げ棄て、真鍮製の銃弾の先端に詰める火薬を、紙火薬から引きちぎる作業に熱中した。爪の先を使って火薬を包む薄紙一枚だけを残すようにする。細心の注意をはらって小さめの疣《いぼ》、あるいは黒子《ほくろ》程度の火薬を取りだしていく。単純作業は惟朔を慰撫した。

全ての火薬を整形し終えてしまっても、山村はもどらない。窓外はとっくに暗くなっていた。惟朔は薄闇のなかで眼を凝らしながら銃弾に火薬を詰めた。

面倒だから一発だけである。銃弾の後部に親指の腹をあてがって撥条《ばね》の反撥を意識しながら弾倉に押しこみ、その弾倉を握把に叩き込む。遊底を引くと装弾された。引き金に指をかける。

ぺちっという軽い音がして、銃口から線香花火のような火花が散った。

それだけである。

ワルサーPPKはブローバックするわけでもなく、薄闇のなかで漠然と凝固してひどくとりとめがない。幽かな硝煙の匂いも空々しい。惟朔は自分の力で遊底を背後に引いてやり、薬莢《やっきょう》に見立てた弾丸がぎこちなく飛びだすのをぼんやりと眺めた。

こんなもん、山さんに見せびらかすわけにはいかないよ――。

惟朔はしょんぼりとしてワルサーPPKを化粧箱にもどし、丹念に整形した火薬もいちいち摘みあげて紙袋に入れた。手持ち無沙汰というには、いささか重い。しかし、とりわけ意味のあることができるわけでもない。こんな空白を味わったことがなかった。倦怠には意外な重量感があり、否応なしに出現した無為には圧迫が附随していた。

何気なく指先に残った火薬の匂いを嗅いだ。そのとたんに思ってもいなかった強烈な失意が肌を波立たせた。あわよくばワルサーPPKを山村に対する手土産にしようと目論んでいたのだが、一足先に社会にでて、ヤマハのギターを買うだけの稼ぎがある山村が、こんなちゃちな模造拳銃をありがたがるとも思えない。

惟朔は万年床のうえに転がった。ふて寝をするつもりだ。下膊《かはく》を組んで枕にし、しばらくじっとしていた。彼方で物音がする。水道管を通してだろうか。蛇口をひねる気配をはじめとするあれこれが、意外に鮮やかな輪郭をともなって、くっきり伝わってくる。アパートの誰かが食事の準備をしているようだ。

夕餉《ゆうげ》というのだっけ――。

惟朔はその淡々とした物音を好ましく感じた。粗末な食事だろう。独りの食事だろう。

たぶん箸の先の塗りが剝《は》げていて、味噌汁をすくうお玉の柄のプラスチックは溶けているし、御飯茶碗もちょっとだけ欠けて、そこから派生した罅には茶色い汚れが入りこんでしまっている。それでも炊きたての御飯は真っ白な湯気をあげて艶々と、甘い匂いを漂わせる。味噌汁の具はとろとろに溶けた玉葱で、御飯とはまた違った独特の甘みがある。味噌の鹹味《かんみ》とその甘みが絡みあうと——。

急に視界が黄色く発光して、我に返った。なかば眠りにおちていたことを悟った。しかも唇の端から涎がたれているではないか。飛び起きたい衝動を隠して、さりげなく涎をこすり、ゆっくりと上体を起こした。山村に声をかける前に頭上で眩く輝く六十ワットの裸電球に視線をやる。

「電気ぐらいつけろよ」

「うん」

まだどこか寝惚けている。欠伸を抑えきれなかった。惟朔は照れ笑いを泛かべて眼をこすった。

「お疲れさん」

ねぎらいの言葉をかけると、山村はちいさく頰笑んだ。そして返事のかわりに肩を落として深い溜息をかえしてきた。惟朔は罪悪感を覚えた。拇指《おやゆび》と人差し指の先で目頭を揉む山村の横顔に泛かびあがった疲労は、尋常ではない。

「きついか」

「ああ、まあ。残業」

山村は口をひらくのも大儀そうである。惟朔はあわてて万年床から畳に移動した。山村は頷き、膝をつくと布団のうえに転がった。惟朔が見守っていると、焦点の定まらぬ視線を天井にむけたまま山村が、すまん……と呟いた。惟朔は首を左右に振った。すまないのはこっちだ。いきなり押しかけて、うたた寝をしていた。

五分ほど山村はじっとしていただろうか。唐突に起きあがった。山村が手を使わずに腹筋だけで起きあがったのを惟朔は見逃さなかった。なんだかほっとした。

「惟朔。トニホーで汗を流そう」

「24か。俺は――」

「なに」

「金がない」

「つまんないことをいうなよ。自由が丘にでてメシだ。それからトニホーだ」

山村に促されて惟朔は身支度をした。といっても、部屋のなかでも律儀に重ねて着ていたジャケットを脱ぎ棄て、重ね穿きをしていたいちばん上のジーパンを脱ぎ、左右の腕にはめていた四つの腕時計を外し、パラショックのシチズンだけをはめなおしてと、あらためて身軽になったのだった。

着ぶくれていた姿はともかく、腕時計を四つはめていたというのは、冷静に客観視するとかなり滑稽な姿である。しかし山村はそんな惟朔の姿を見てもよけいなことは言わず、質問してくることもなかった。脱ぎ棄てられて縒《よ》れたジーパンを黙って見ているだけだ。惟朔は外した腕時計を示した。

「山さん。好きなのをとってくれよ」

「どうせなら、もっと高いやつを万引きしようぜ。さあ」

「ああ」

頷きはしたものの、どことなく気持ちがおさまらない。一方的に世話になるばかりである。時計くらい受けとってもらえないと自尊心が充たされないのだ。だが山村は時計には目もくれず、惟朔は背を押されるようにしてアパートの部屋をでた。

階下で山村は何物かを覆った工事現場用シートに手をかけ、少しだけ得意そうな表情でそれをずるずると引き剝がしていった。惟朔は漫然と見守っていたが、シート下からあらわれたオレンジ色をしたガソリンタンクに気づいて、息を呑んだ。サイドカバーのエンブレムにはホンダの羽根のマークと７５０という数字が刻まれている。眼を凝らして、あらためて７５０という数字を確認した。

「これってナナハンか」

「まあな。Ｋ１」

「ホンダだろう。ナナハンだろう」

勢いこんで問いかけたが、返ってきたのはどことなく醒めた声だった。

「そうだよ。でも残念ながらＫ０じゃない。砂型クランクケースだったら、威張れるんだけどなあ」

「だってナナハンだろ」

雑誌に掲載されていた写真は見たことがあるのだ。退学になった高校でも、かなり話題になっていた。世界初の四気筒エンジンを積んだ七五〇ccオートバイである。最高速度が時速二百キロを超えるというのだから、新幹線並みである。そういった化け物じみたオートバイであるという噂でもちきりだった。

そして、その想像を絶した最高速度からの連想で、惟朔の脳裏におけるナナハンは、地上を走る乗り物のなかでも、もっともシャープであるという先入観ができあがっていた。惟朔はどちらかというと強靱さよりも繊細なものを空想していたのだ。実際に雑誌の写真などで見たところは、余分な隙間の一切ない緻密な造形が際立っていた。

だが、実物は常軌を逸した巨大さで惟朔の眼前に佇んでいる。機械的な鋭敏さよりも、つい擬人化したくなるような不思議な生き物臭さがある。その隆々としたフォルムは施設の牧場で雌牛たちを睥睨《へいげい》していたボスと呼ばれる牡牛に似ている。とりわけ聳《そび》えたつハンドルが角に見えた。わずかに前傾して積まれた四気筒エンジンは巨大なガソリンタンクからもはみ出しかけていて、そのまま猛牛の肩の筋肉の盛りあがりを想わせた。そんなエンジンに細かく刻まれた空冷フィンからは四本の排気管がなだらかな曲線を描いて銀色に輝き、この獰猛《どうもう》な緊張のなかで奇妙に優美だ。上品であるといってもいい。そして、それはそのまま車体下部を這っていき、四本にわかれたマフラーとなって車体後部でちいさく窄《すぼ》まって終わる。惟朔が目の当たりにしたナナハンとは尋常ならざる巨大な鉄の塊であり、その象徴として四本のマフラーの夜を圧する輝きが脳裏に刻まれた。

ナナハンはわずかに傾《かし》いで停まっている。シートを剝がされたばかりなのに、もう忍び寄る夜露にしっとりと潤っているようだ。朱色のガソリンタンクが、とろんと滲んで見える。車体を支えるスタンドが、地面にめり込まないように敷かれている板を無意識のうちに爪先でつつきながら、惟朔はもういちど言った。

「だってナナハンだろ」

「そうだよ。CB七五〇フォアK１」

「新車だろ。ぴかぴか光ってるぜ。高いんだろう」

「値段か。まあな。三十八万五千円」

惟朔は声を喪った。べつに車両価格などどうでもよかったのだ。ただ昂奮のあまり、なにを言っていいかわからないので口ばしったまでだ。しかし実際にその金額を知ると、仰《の》け反《ぞ》りそうになった。しかも三十八万五千という金額は瞬間の驚愕をもたらしたわりに、あまりに高額すぎて実際にはまったく現実感がなかった。

ナナハンの存在感とその車両価格に、まさにあいた口のふさがらない惟朔である。山村は得意そうに一瞥をくれ、指先で速度計をいじりながら、抑えた声で囁いた。

「実際は、只なんだ」

「只——」

「うん。停めてあったから、借りてきた」

「借りてきたって」

「そういうこと。鍵穴にマイナスぶっこんでね」

「鍵穴にマイナス」

ものを考えられなくなった惟朔が山村の口にする言葉を漠然と繰り返していると、山村は作業ズボンの尻ポケットからマイナスドライバーをとりだし、ナナハンのエンジンの左上にある鍵穴に突っこんだ。驚いたことに鍵穴に刺さったマイナスドライバーはあっさりと回転したのである。

直後、惟朔は縮みあがった。ナナハンの斜め後方に立っていたのだが、四本マフラーから途轍もない勢いで排気が吐きだされ、惟朔を直撃したのだった。尋常ならざる排圧だった。声こそあげなかったが、そのチョークされた排ガスの青いガソリンの香りは、トルエン以上の陶酔を惟朔にもたらした。

「エンジン、かかっちゃったよ」

「あたりまえだろ。かけたんだから」

「そうか」

「そうだ」

「凄い。肚《はら》に響く。四本マフラー」

「惟朔」

「なに」

「なんか、さっきから言うことがボロボロだぜ」

「だろう。昂奮しちゃってさ」

「おまえが転がすか」

「転がす」

「運転するかって」

「免許ない」

「おまえ、まだ十五か」

「うん。山さんは」

「とっくに十六だ。六月で十六」

「いいな。免許」

「免許はない」

「ない――」

「なくたって、操縦はできる」

「まずくないか」

「気がむいたら二俣川にとりにいく」

「ふたまたがわ」

「試験場。ラビットで免許がとれちゃうらしい。噂だけど」

ラビットとはなにか。運転免許試験場にラビット――兎という言葉がそぐわない。しかし惟朔は自分の無知をこれ以上、悟られたくないので、疑問を抑えこんだ。さりげない顔をつくって訊く。

「トニホーには、これで行くのか」

「そういうことだ。見ろよ。K0ならレッドが八五〇〇からなのに、こいつは八〇〇〇からだ。タンクも小さくなっちゃったし」

他のあれこれと同様、レッドが八五〇〇、といったこともまったく理解できない。しかし惟朔は知ったかぶりをして回転計を覗きこみ、神妙に頷いた。山村がシートに拳を叩き込んだ。

「ちくしょう、どっかにK0、落ちてないかな」

惟朔は失笑した。山村にとって、路上にあるオートバイや車は駐車しているのではなくて、落とし物だったのだ。山村が腕組みをして、顎をしゃくった。

「K1の唯一の取り柄はクラッチが軽いことだな。五〇ccみたいだぜ」

言われてレバーに手をのばして握ってみたが、かなり重いし反動がある。小首をかしげていると山村が咳払いをした。

「惟朔」

「なに」

「それはブレーキレバー」

「そうか。クラッチって、こっちの棒か」

「恥ずかしい奴だなあ、おまえは。昔から常識がなかったけど、ここまでとはなあ」

「そう言うな。顔が真っ赤になっちゃうよ」

揶揄したわりに山村は淡々としたものだ。アイドリング状態のエンジン振動で揺れるバックミラーを手の甲で拭っている。その顔に惟朔を蔑《ないがし》ろにする気配はかけらもない。拒否や拒絶もない。赤面しつつも惟朔は山村の包容力のようなものに救われていた。思い返せば、施設内でも山村は独特の包容力を発揮して皆から慕われていたものだ。

「なあ、山さん」

「なんだ」

「これは、根元まで握れる」

「だろ。これがクラッチな」

「ウルトラマンはシュワッチだよな」

「惟朔。しまいに怒るよ」

「許してくれ。俺は昂奮してるんだ」

「もう暖まっただろう」

「暖まる」

「うん。エンジンを暖めてるんだ」

「そうするものなのか」

「そう。アイドリングよりちょっと高めくらいでね。オイルを緩《ゆる》くしてやる。でも、K1になったら強制開閉になっちゃって、ちょっとアクセルが重いんだよね。だから横着してアクセルには触らない。クラッチが軽いから、よけいに目立つよな」

言いながら山村はアクセルを開閉してみせた。刺すような爆音が惟朔の鼓膜を貫いた。その瞬間に、難聴である。しかも周囲の空気はおろか、アパート内の植え込みまでもが排圧で烈しく躍り、地面まで震動したからたまらない。惟朔の髪までもが乱された。強烈な、とんでもない雄叫《おたけ》びである。さらに爆音には軋みや、唸りや、金属質の引き攣れといった諸々の複雑な音が絡みついていて、異様な圧力をもっている。こんな凶暴なものに跨《また》がることができるのだろうか。昂奮よりも恐怖にちかい圧迫を覚えた。

調子に乗った山村は、ガソリンタンクに覆い被さるようにしてアクセルを開閉してみせる。右側のメーターの白い指針がエンジンの吼《ほ》え声とともに、うぉん！　と跳ねあがり、ほぼ真上の位置で少しだけぐずついたように揺れて、すっと落ちていく。そんな爆音に同調する指針の動きに恍惚としていると、アパートの窓がカラカラとあいた。

「やべえ。惟朔、乗れ」

山村が踵で後部席の足載せを蹴りだしてくれたことだけは記憶にある。しかし、我に返ったら惟朔は疾駆するナナハン上にあり、山村の腰にしがみついていた。

ようやく景色が見分けられるようになってきた。ナナハンは多摩川に沿った道を疾駆している。傾斜の上から下ってくる対向車のヘッドライトが河川敷を照らした。その瞬間に頭を垂れた枯れススキの群れが視野をかすめた。凍えるというには大袈裟だが、十一月も下旬である。風は冷たい。ただ足の内側だけが幽かに熱い。足載せのステップがマフラーに取りつけられているせいで、マフラーにエンジンの熱が伝わってきたのだろう。

ナナハンは黒々とした田園都市線の高架下を抜け、山村は信号が青になる直前に見切りで発進して二子橋の交差点を強引に右折した。先頭で二子橋に入ったわけだ。一直線の橋のうえで山村がなにか叫んだ。

「なに。どうしたの」

惟朔が長閑に問いかえすと、山村は上体を伏せ、アクセルを思いきりあけた。とたんにナナハンは後輪を空転させ、臀を振った。反射的に山村の腰にしがみついた。烈しく空転してずるずると滑る。まったく路面を嚙まない後輪の気配がシートを通して密着している睾丸や肛門に露骨に伝わって、惟朔は悲鳴をあげかけた。

しかし声もでなかった。

全身の血液が、とりわけ脳の血が加速重力によって頭の後ろに寄り集まって充血してしまったかのようだ。実際に頸骨にかかった加速の重みは尋常ではなく、頭を支えるのに必死だった。しかも、あきらかに視野が狭まっていったのだった。惟朔はこれほどまでに強烈な加速をする乗り物を知らなかった。なにしろ睾丸が腹のなかにめり込んでしまっている。括約筋も痙攣気味に収縮して尻の穴はきつく窄まったきりだ。ジェットコースターなど、まさに子供の遊具にすぎない。桁違いの重力変化は、どちらかというと脳にある血液をあやふやにし、物理的に下半身の性感を刺激するほどだ。

しかし、加速したのはごく一瞬にすぎなかった。橋の中ほどで山村が一気にアクセルをもどした。叫んだ。

「ゼロヨン十二秒フラット！」

我がことのように居丈高で、誇らしげだ。さらに付けくわえた。

「ローとセコでちょびっと引っぱっただけだ。レッドに入れてない。本気でシフトアップしてったら、止まれなくなっちゃうよ」

〇―四〇〇メートル加速が十二秒ちょうどという怪物にとって、五百メートルほどの長さしかない二子橋はその暴力的な力を解き放つには短すぎるのだ。

山村はナナハンに慣れているし、体重を支えてくれるガソリンタンクやハンドルもあるから、雄叫びじみた能書きを口ばしる余裕もある。しかし、惟朔は必死だった。減速を開始したとたんに、こんどは全ての重力が前方に集中し、軀がシートのうえを滑っていった。山村の背中にぴったりと押しつけられてしまい、身動きがとれない。それこそ目玉が飛びだしてしまいそうだ。硬直しながら、前輪の軋む音を微かに聴いた。

惟朔は漠然と物理学の法則を脳裏に描いていた。理屈として漠然と知っていた重力であるとか、慣性といったことだ。これほどまでに強烈な加減速を味わうと、錯覚にすぎないのかもしれないが、物理的な法則を実感として軀で知ることができる。全ては圧倒的なエネルギーのなせる技である。呼吸している自分に気づいたころ、常識的な速度にまで還ってきて、景色がもどってきた。

「飛行機のブレーキといっしょなんだぜ」

「なにが」

「ディスクブレーキ」

またもや惟朔は山村の言っていることの意味がわからず、背後で不明瞭に頷いた。山村も昂奮しているのだろう、委細かまわず、うわずった声で続けた。

「ドラムみたいに巻き込まないから、力がいるじゃん。あまり効いてないみたいな感じなんだけど、ちゃんと速度は落ちるんだよな。変な感じだよ。でも、ディスクだぜ。恰好いいよな。アメリカの写真でな、ロッキードのディスクブレーキに改造したK0があった。ロッキードだぜ。APロッキード」

へえ！ と迎合して歓声をあげると、山村はさらに捲《まく》したてた。

「でもな、雨が降ると怖いよ。殺人ブレーキ。思い切り握っても、こー、とか間抜けな音がするだけでさ、まったく効かないのよ。えっと思っているうちにも、するする前にでてってしまうんだな。まじいよ。雨の日のディスクは。いちど、追突しそこなったよ。盗んだ単車でカマ掘ったりしたら、笑いものだぜ。とにかく殺人ブレーキ。そんな感じでな。だから雨の日は乗らないようにしてるんだ」

やがて山村も落ち着いてきたのか、大きく深呼吸をすると、沈黙した。惟朔は何気なく触れた耳朶がひどく熱をもっているくせに硬直しているのを他人事のように確認した。熱いのに硬い。不思議な反応だ。ともあれ急激な加減速ですっかり軀中の血が攪拌《かくはん》されてしまった。体液というのだろうか、軀のなかの液体をこういう具合に揺り動かされるのは当然ながら初めての体験だ。

惟朔がとぼとぼ歩いて渡った二子橋を、ナナハンはほんの数秒という感じで走り抜けてしまい、とっくに二子玉川園を過ぎていた。どうやら速度というものは時間を加速するらしい。しかし、現実感が希薄なこともたしかだ。ほんとうに二子橋を渡ったのだろうか。速度によって加速された時間は、どうも夢幻じみている。

このあたりはまったく土地勘がないから、どこをどう走っているのかはわからない。ただ山村がメインストリートをできるかぎり避けて裏道を走らせていることだけはなんとなく理解できた。街灯のほとんどない路地は夜が濃い。黄色く滲むヘッドライトの光が不透明にたちこめる藍色の奥の景色を先取りして惟朔に示してくれる。

「なあ、惟朔」

「なに」

「おまえ、半立ち」

「なんでわかる」

「押っつけてるじゃないか」

「ああ、すまん」

惟朔はシートのうえで後ずさって、山村とのあいだに空間をつくった。たしかに半分勃起したような状態だが、それを山村に知られたことに関してはとりたてて羞恥を感じなかった。

「山さん」

「なに」

「半勃起」

「うん」

「思わず半勃起」

「みたいだな」

「なあ、俺、半勃起だよ」

「気持ちはわかるよ」

「橋のうえでスピードをだしたじゃないか。あのときからおさまらないみたい。ずっと半勃起だよ」

「俺は半勃起までいかないけど、なんか滲んじゃうことがあるよ」

「滲むのか」

「滲む。それがパンツを濡らしちゃってさ、時間がたつと冷たくなるんだ。ちょっと侘びしいな」

「射精するのか」

「いや、そういうのとはちょっと違うみたいだな」

惟朔は山村の背後で頷いて、黙った。閑静な住宅街を抜けている。惟朔は首をねじまげて立派な邸宅のシルエットを見あげ、当然のように自分には無縁だと思った。強がりでなしに、宿無しには宿無しの気楽さがある。半勃起を受けいれてくれる友もいる。狂ったように加速するオートバイも凄いが、こうして夜を軀中にまとわりつかせてそっと走るオートバイも素敵だ。

まず、幽かではあるがたしかに線香の匂いを嗅いだ。やがてヘッドライトの光に墓石や卒塔婆が浮かびあがり、山村がひとこと言った。

「九品仏《くほんぶつ》」

「墓場？」

「お寺」

「でかい寺だな」

「ほんとうは城跡なんだってさ。奥沢館っていう城だったらしい」

「詳しいな」

「職場に歴史好きがいてな、うるさいんだ。あれこれ教えたがる」

「いるよな、そういう奴。自分の興味があることは、赤の他人も興味があると思ってやがるのな」

そんな遣り取りをしてしばらくすると、ふたりを乗せたナナハンは白く眩い光のなかにあった。自由が丘だった。人の行き交う繁華街を徐行して、気取って薄黄色と緑色に塗りわけられた、アメリカの屋敷じみた二階建ての建物の前に山村はナナハンを停めた。マイナスドライバーを鍵穴に挿しこんでエンジンを切り、山村が顎をしゃくった。

「俺の兄貴がここで働いてるんだ」

「山さん、兄貴、いたの」

「いるよ。歳が離れてるんだ。八つ」

惟朔はレストランFの建物を見あげて、やや臆した気分になった。傍らのナナハンのエンジンからは強烈な熱気が立ち昇っている。この熱から離れたくなかった。山村が怪訝そうに覗きこんできた。

「どうしたの」

「高いんじゃないの」

「俺の兄貴が働いてるんだよ。たいしたもんじゃない」

「そうか。でも、なんか凄い店構えだぞ」

「いいか、惟朔。洋風だからって特別なことはなにもない。ただのメシ屋だ。しかも、こんなもん、定食屋みたいなもんだよ。俺は兄貴に頼んで割り箸で食ってるもん」

そう言われても、立ち食い蕎麦や汚れた暖簾《のれん》のさがった食堂のドアをあけるのとはわけが違う。メニュー自体も、なにがあるのか判然としない。無知を曝《さら》して恥をかきたくない。惟朔の過剰なる自意識が二の足を踏ませるのだ。

「じゃあ、とっておきの秘密を教えてやる」

「秘密」

「そう。俺の兄貴はここでコックをしている。調理師ってやつだな」

「資格があるのか」

「まあな。食いっぱぐれがないっていうんで取ったみたいだよ。それは、まあ、いい。問題は、だな。兄貴は、なにが嫌いって風呂が嫌いなわけ」

「風呂嫌い」

「そう。半年くらい入らないで平気でいるんだ」

「――まじかよ」

「まじ、まじ。半年なんて当たり前」

いくらなんでも半年ということはないだろう。惟朔は真に受けなかった。だが山村の顔は真剣である。作業服の袖を捲って肘の内側を掌でこする仕草をした。

「いいか。兄貴がこうしてこすると、垢がボロボロ落ちるんだ」

「凄そうだな」

「人目につくっていうのかな。肘の裏側みたいに目立つところはまだいい。兄貴も気がむけば、こうして掌でこすって垢落としをするわけよ。頭は週に一回くらい流しでざばざば洗ってる。顔もそのときに洗うし、髭もまあ剃る。俺の一族ってほら髭が薄いから、あまり目立たないんだよな。兄貴は生意気に舶来もののワンタッチ替え刃。歯糞は爪でほじってるし、目脂《めやに》なんかは起きたときに、枕になすりつけてるよ。問題は膝小僧の裏側とかだな」

「くぼんでるとこだな」

「そう。同じくぼみでも、そこなんかズボンで隠れているのをいいことに、垢擦りもしない。汚れでまだらになってるわけよ。しかも皺になったとこには、垢が詰まって筋になって見えるの。シマウマみたいなのな」

「半端じゃないのね」

「まだ、まだ。こんなもんじゃないんだよね。俺が言いたいのは、兄貴みたいに汚い奴は、なにもしていなくたって爪のあいだに垢がたまるんだ」

「そういうものか」

「たぶん自分の軀に触れると、垢がついちゃうんじゃないの。とにかく、ある日、出勤する前に兄貴は俺に言った。——こうして俺の爪のあいだは垢だらけだけど、調理場で野菜サラダに使うレタスを仕込むと」

「レタスを仕込むって」

「ああ、早い話が八百屋からサラダ用のレタスが山盛りでとどくわけだ。それを手で千切る。ばりばりと千切っていく。千切ってボールかなにかにあけていくわけだな」

「うん」

「すると、だな。レタスの仕込みを終えたころには、つまりレタスを千切り終えたころには、なぜか爪のなかの垢がきれいに消えている。しっとりレタスの威力だな」

惟朔は自分の両手を顔の前にあげ、爪の先を凝視して呟いた。

「汚ねえなあ」

「だろ。だからこのレストランでは、生ものを食ってはいけない。ちゃんと火を通した物だけを食え」

どこまでが事実か判然としないが、惟朔はすっかり肩から力が抜けているのを感じた。山村が背を押した。惟朔はレストランのドアに手をかけた。山村はウェートレスと顔馴染みだった。軽口を叩き、惟朔の前にでて勝手に階段をのぼっていく。

一階はかなり混みあっていたが、二階はあまり人がいなかった。いちばん奥にカウンターがあり、山村は真っ直ぐそこにむかっていった。惟朔はどうせ座るなら、カウンターの丸い椅子ではなく、背もたれのしっかりしたボックス席のほうがいいと思った。カウンターのなかには二十歳前だが、惟朔たちよりは年上といった感じの男がいて、山村に愛想笑いをむけた。

「山さん。お兄さん、呼ぶね」

そう言うと、男はカウンター内の柱にあるインタホンのような機械に口を近づけた。調理場につながっているらしく、狎《な》れた遣り取りをしている。惟朔はカウンターに頬杖をついて、落ち着かない気分を隠して鷹揚《おうよう》さを演技していた。

「山さん。お兄さん、あがってくるって」

なぜか男は嬉しそうに言い、そっと惟朔の顔を盗み見た。惟朔はそれに気づかないふりをしていた。山村はここでも山さんと呼ばれている。年上の男なのに、山さんと口にするその響きには、どこか愛想笑いのような迎合の匂いがする。そんなことを思っていると、山村が惟朔の脇を肘でつついた。

顔をあげた。眼前にはちいさな緑と赤のランプがついたエレベーターがある。男が中指で押しボタンを押している。これは惟朔も眼にしたことがあった。中華料理店だったか。二階に料理を運ぶためのものだ。出前の岡持に毛が生えたような簡単な料理用のエレベーターである。その岡持エレベーターの緑のランプがともり、アルミの扉がひらいた。

呆気《あっけ》にとられた。

料理でなく、人がでてきたからである。

やや長めの髪を七三にわけた白衣を着た男が、軀を三角形に折り畳んでエレベーターのなかに入っていたのだった。男はぞんざいな口調でカウンターの男にエレベーターから降りるのを手助けするように命じている。強引に軀を折り畳んで狭い空間に入りこんだせいだろう、自力ではエレベーターから降りることができないのだ。

まさか人が入ることができるとは。

首を左右に振って異議申し立てをしたいところだが、かろうじてこらえた。

なによりも、こんなものに潜りこんで一階から二階にあがろうと試みる人間が実際にいるとは。しかも、大人、である。出来の悪い魔術を目の当たりにしているかのような苦笑が泛かんだ。

この下唇のとびだした男が不潔日本一という山さんの兄貴なのだろうか。だが、山村とは歳が八つ離れているはずだ。二十代半ばだろう。そんないい歳をした大人が、料理用エレベーターに乗って出現するような子供じみたことをするのだろうか。まだ信じがたかった。

それでも惟朔は如才なく苦笑を頰笑みに切りかえ、上目遣いで頭をさげた。山村の兄は、頭髪をぴちっと撫でつけて、山村の言うほどには不潔に見えない。だが髪が異様につやつやしているのは、洗っていないせいかもしれない。貧弱な無精髭がまばらに顎の周辺を飾っている。その丸まり方はたしかに不潔な雰囲気に充ちている。

「兄貴。こいつ吉川。吉川惟朔。S鑑で凄く世話になったんだ」

山村の兄は、頷き、カウンター内で並んでいた男に横柄に顎をしゃくった。男は一瞬だけ惟朔に値踏みの眼差しをむけた。惟朔が無表情に見つめかえすと、満面の笑みをかえしてカウンターからでていった。そのまいなくなるのかと思ったら、忠実《まめ》な仕草でグラスに氷を入れ、水を注いで惟朔と山村の前に置いた。

「兄ちゃん。賄《まかな》いは、なに」

「ハンバーグ」

「惟朔。ハンバーグでいいかな」

「あ、なんでもいいよ」

山村が悪戯《いたずら》っぽい眼差しで訊いた。

「兄ちゃんがつくったの」

「俺が賄いなんかつくるかよ」

「だよね」

惟朔は山村の悪戯っぽい眼差しが兄の手に注がれているのに気づいた。ハンバーグというのは肉をこねるはずだ。サラダのレタスといっしょである。惟朔が俯き加減で含み笑いを洩らすと、誘い込まれて意味もわからずに山村の兄も笑った。

「吉川くん」

「はい」

「ハンバーグだけど賄いなんだ。味見をしたらやたらとナツメグ臭くて、ちょっとね。

取り柄はでかいだけ。なにか俺がつくってやろうか」

「いえ、兄貴にそんな迷惑はかけられませんよ」

兄貴と呼ばれた山村の兄は、さっきまでとはまったくべつの親愛の情をその眼差しにあらわしている。狎れた口調で、しかしある尊敬のニュアンスを忘れない。自分には世渡りの才能があると内心、惟朔は得意になった。

うまく相手の気持ちを操ったという自負はあった。だがそれ以上に山村の兄は調子に乗りやすいところがあるようだ。惟朔の視線を受け流すように軽く反りかえって、しかし、さりげない調子をつくって言った。

「この店、俺が私物化してんの。遠慮しなくていいよ。好きなもの、お食べ。いい肉がはいってんだ。但馬《たじま》の雌、三歳、未経産。フィレ。しかもシャトーブリアン」

「ひょっとして牛肉ですか。俺、牛、苦手なんです」

「なんで」

「ちょっと臭いから」

「臭いのは牧草だけで育てられた牛。あれは牧草の匂いなんだよ。穀類だけで育てた但馬牛は、別物だ」

「そうなんですか」

「ああ。松阪牛なんて偉そうに言ってたってそういう種類の牛は存在しないの。松阪の牛は、但馬牛なんだから。但馬牛を松阪で育てただけ」

但馬だろうが松阪だろうが知ったことではない。惟朔は煮え切らない笑顔を返しておいた。世渡りが巧みなのはいいが、ひたすら笑顔をつくり続けているような気がして、やや疲労感を覚えた。それでも精一杯の笑顔をむけていると、山村の兄が眉間に縦皺を刻んで嘆息した。

「どうせ、オーダー、ねえんだ。味のわからねえ貧乏な客ばかりだからな。気取ってやがっても懐具合が不自由が丘な奴ばかりなんだよ」

自由が丘という地名にかけたのだろうか。惟朔は一瞬思案した。爆笑するのはやめて、軽い笑い声をあげておくにとどめた。

「このあいだも客に熟成具合を見せたわけ。いかがでしょうか、ってね。久々の注文だから、気合いも入るじゃん。ちょうど十二日目で抜群のタイミングだったんだ。もう一日たっちゃったら、ちょっと脂の状態がアレしちゃうってぎりぎりのところ。ほんと、抜群のタイミングだったんだ。いわゆるイノシンたっぷりって状態でさ、ちょっともったいないけど、まわりを贅沢に削いで焼けば、最高の味なわけだよ。そうしたら腐ってるんじゃないかって吐《ぬ》かしやがった。刺身じゃねえんだからよお。それに鮪だって寝かせるじゃねえか。悲しくなるよな、無知ってやつは。丹精こめて寝かせたのに、最悪だったな。頭にきたから、お客様は新鮮な肉がお好みですかって訊いて、その日にとどいたホルスタインの去勢牛を焼いてやったんだ。肉質にもよるけど、ばらつきがひどくて最低一週間ばかり寝かせてかろうじて食える代物だよ。ほんとはもっと寝かせなければまずいんだけどさ、でっけえブロックでくるから冷蔵庫の場所をとるわけ。はっきり言って邪魔なんだ。ランチセットに使う屑肉《くずにく》だから、そのまんまじゃ、歯も立たない。見てくれは血も滴るどころか、血まみれよ。そうしたら野郎、レアで焼いてくれなんて気取りやがって、口の端を血で汚して、さすがに新鮮な肉はうまいときたもんだ。彼女も満足げに頷いていたけどさ、俺がきちっと筋に包丁、入れてなければ、まあ、嚙み千切れないような代物だぜ。憂鬱になるよな」

どうやらステーキの話をしているらしい。惟朔は曖昧に頷いた。もう笑いはおさめていた。思ったよりもよく喋る人だ。山村は兄がいかにもいい加減な人物であるがごとく語ったが、調理に関しては並々ならぬ自負と自信があるようだ。垢だらけかもしれないが腕の立つ調理人である。そんな気がした。惟朔はあらためて山村の兄を尊敬の眼差しで見あげた。山村の兄は拇指と人差し指で厚みを示して、さらに捲したてた。

「遠慮するな。焼いてやる。とことん分厚く切って。ものがいいからよお、五センチくらいに切ってレア。片面だけ焼いて、和紙をかぶせておいてもいいんだ。中心が温かくなれば、ちょうどだからな。また炭もいいのが届いたんだよ。ああ、焼きてえなあ。うまく焼けば、ほんとうに箸で切れるぜ。通ぶって内臓肉なんて吐かす馬鹿もいるけどよ、大蒜《にんにく》で誤魔化すような安い肉じゃない。お薦めは洋辛子。それと塩だけでいただいてくれ！　たまらないぞ」

惟朔は山村の兄の顔から視線をはずした。今朝まで学園の牧場に隣接する宿舎で暮らしていたのである。そこでは幾度か乳のでなくなった乳牛を屠畜するのを手伝ったことがある。自給自足的な原則で運営されている修道会附属農場である。自分たちで潰して、自分たちで喰うという至極真っ当なことをしているのだが、おかげで命であるとか弱肉強食の意味は、肌で理解している。

山村の兄がすすめてくれる但馬牛は、あの皮膚がたるんで瞳の濁った、老いた乳牛の成れの果てとちがって大層おいしいことだろう。惟朔の知っている牛肉とは、独特の臭みのある、いくら嚙んでも肉の繊維がぱさぱさと口中にとどまってなかなか喉にまで落ちていかない寒々とした代物だ。

最上の肉を食する機会である。だが、あえて牛肉の塊を食べたいとも思わない。感傷的になっているわけではないが、ハンバーグのように肉の原形が判然としないもののほうが気が楽だ。カウンターの木目を見つめていると、山村の兄が小首をかしげて惟朔を窺ってきた。

「じゃあ、フォンデュなんてどうだ。グリュエールチーズのいいのが入ったんだぜ。ちょっと風が冷たくなってきたしさ。フォンデュはいいな。それに、なにか――」

山村の兄が顎をしゃくると、先ほどの男が小走りに、焦り気味にメニューをもってきた。惟朔はあわてて、ハンバーグでいいですとメニューを押しもどした。山村が助け船をだしてくれた。

「兄ちゃん、気を遣うなよ。俺たち、これから先もさんざんお世話になるわけだからさ、質より量だよ」

山村の兄は無表情になったが、それでもちいさく頷いた。下階に通じているマイクに向かってハンバーグの焼きかたに細かな注意を与え、付け合わせの野菜を多めにするように命じた。その好意が身に染みた。若干の自己顕示もあるかもしれないが、精一杯もてなしてくれようとしているのだ。惟朔は申し訳なさに頭をさげた。

「兄貴、せっかく気を遣ってもらったのに、すみません」

頬笑みが返ってきたのでほっとした。山村がさりげなく話題を変えてくれた。

「そんなことよりな、兄ちゃん。惟朔はギターがうまいのよ」

「いや、大したことはないです」

山村の兄が鷹揚な口調で訊いてきた。

「どんなのを弾くの」

「ええと、ベンチャーズとか」

あえて無難にベンチャーズと言うと、山村の兄は真っ直ぐ惟朔を見据えた。

「そうか。俺な、勝ち抜きエレキ合戦にでたことがあるんだぜ」

山村が補足する。

「これでも兄ちゃんはギタリストなんだ。あの汚い爪さえ切れば、抜群の腕だよ」

「汚い爪って、なんだよ」

「いや、その、伸びすぎてるじゃん」

「ごちゃごちゃ言うな。気がむいたら、嚙み千切ってる」

惟朔は思わず繰り返した。

「嚙み千切る」

「そう。ある程度、伸びてきたら、齧《かじ》っちゃう。糸切り歯のあたりでガシガシッてな。カルシウム補給だな」

「カルシウムって、自分の爪ですよ」

「だからいいんじゃないか。拒絶反応はいまのところ、ない」

惟朔は咳払いをした。小学生のときに爪を嚙み千切る女の子がいた。いつも爪を嚙んでいて、指先から血が滲むこともよくあった。あの鮮やかな血の色彩が脳裏をかすめた。

女の子は爪だけでなく、自分の下膊《かはく》を嚙んで、幾つも痣《あざ》をつくるといった自虐的なことをした。なぜ、そんなことをするのかと尋ねたら、女の子は、途方に暮れた顔をしただけで、なにも答えなかった。いつも汚れたスカートを穿いていた。いま思い返せば、顔や肌も薄汚かった。

惟朔の家も貧しかったが、女の子の家の貧しさは、惟朔の家の貧困とはどこか質が違うといった印象を、幼かった当時の惟朔も感じていた。惟朔は女の子の名前を思い出そうと記憶を手繰った。三年二組、山本幸子《さちこ》。アイウエオ順で並ぶと、いつも惟朔の前にいた。痩せて汚れた女の子だった。なぜか親しくなり、一時期、いっしょに遊んでいた。

山村の兄が爪を噛み千切るのは、あの幸子と同じ理由からだろうか。

惟朔はさりげなく山村の兄の指先を盗み見た。薄汚いところなど、幸子と山村の兄はわりと共通点がある。しかし、根っこにあるものは似ているのかもしれないが、同じ爪を噛み千切るのでも、まったく別物のような感じがする。山村の兄は血が滲むまで爪を噛まないだろう。あんな惨めな女の子に幸子と名付けた親の心が理解できない。それとも幸せの子という名前には両親の切実な希《ねが》いが託されていたのだろうか。

山村が兄からギターの弾きかたを講釈されている。その遣り取りが耳に入ってきて、惟朔は物思いから覚めた。フェンダー系のネックもいいが、モズライトの細いネックならさらに左手拇指でも六弦を押さえやすいといった、かなり高度なことを山村の兄は喋っている。幸子の爪のことよりも、勝ち抜きエレキ合戦だ。十歳くらいだったろうか。まだ施設に送られる前に、友達の家のテレビでいちどだけこの番組を観たことがある。水を向けると、山村が得意そうに言った。

「兄ちゃんは、エレキ日本一決定戦まで進んだんだぞ」

「ほんとうですか」

山村が嘘をついているとは思わなかったが、思わず尋ねかえしていた。決定戦まで進むということは、並みの腕ではないのだ。山村の兄はゆったりと頷き、遠い眼差しをした。

「ほんとだよ。昔、働いていた鋳物《いもの》の会社でバンドを組んでたんだ。終業後なら工場でモラレス掻き鳴らしても文句言われないから、必死に練習したなあ。正直に言えば、でかい音を出せることが単純に嬉しくてさ。で、みんながおだてるから調子に乗って出場したら、あれよあれよって感じでうまくいっちゃってな。決定戦では〈キャラバン〉をやるか〈十番街の殺人〉をやるか悩んだな。けっきょくボロをださないために〈キャラバン〉はやめて〈十番街の殺人〉を演奏したんだ。安全策ってやつだな。わかるだろ」

「はい。〈キャラバン〉はノーキー・エドワーズ以外が弾くと、なんか変なんですよね」

「わかってるじゃん。そうなんだよ。〈キャラバン〉はノーキーのものなんだよ。あれはチェロキー・インディアンの血が流れてないと弾けないの。だから〈十番街の殺人〉。でもな」

「でも？」

「うん。演奏中にドラムが落ちた」

「なんですか、それ」

「落ちたというのは嘘だけど、大太鼓が台の上にちゃんと固定されてなかったんだ。太鼓って一段高い台の上で演奏するわけよ。で、ドラムの奴がペダルを踏むと、ベードラがじりじり前進してっちゃうわけだ」

「はあー、たまらないですね」

「たまらないよな。太鼓の奴はベードラが落ちたら洒落にならないじゃないか。で、そっちにばかり気を取られるからリズムがガタガタ。俺もベースの奴も、なんかおかしいなあって後ろを見ると、太鼓の奴が涙ぐんでやがるの」

　山村の兄は一息いれて、からっとした声で笑った。

「決定戦だもん、ただでさえ緊張してるのに、泣きかけてるんだぜ。俺たちも狼狽《うろた》えちゃってさ、なにがなんだかわからないうちに演奏は終わったよ。もうボロボロでさ。穴があったら入りたい気分だったなあ」

　エレベーターに乗ってハンバーグがあがってきた。惟朔は眼を剝いた。草鞋《わらじ》ほどもある巨大なハンバーグだった。銀の皿からはみだしかけている。艶やかな焦げ茶色から盛んに湯気があがっていて、しかもたっぷりとかかった茶色いソースはまだ泡だっている。その酸っぱい香りがたまらない。惟朔は口中に湧きあがった生唾を飲んだ。山村の兄がカウンターの男に命じた。

「メートル。ドミグラと溶けあうとうまいからな。栄養もあるし。たっぷり、のっけてやれよ」

「はい。山村さん特製、メートル・ドテル・バター」

巨大ハンバーグのうえにパセリらしい緑の散ったバターが大量にのせられた。それがじわじわと溶けていく様子は、なんだか居たたまれないような、貧乏揺すりをしたくなるような強烈な誘惑に充ちている。

パンにするかライスにするかという問いかけを無視して山村がハンバーグにむしゃぶりついた。惟朔もそうしたいところである。しかし、かろうじて耐えた。丁寧な口調でライスを頼んだ。山村が俺も！　と、ひと声あげた。

カウンターの男が白い皿を左掌のうえに載せて、しゃもじをぺたぺたと動かしていく。なにを考えているのか、山盛りのライスをピラミッド状に整形しながら、賄いのなかでもハンバーグは特別に人気があるといった意味のことを控えめに呟いた。

惟朔は、ようやく賄いとはコックさんなどが自分たちで食べるための料理であるということを推察することができた。そうでなければ、これほどまでにだいそれた大きさのハンバーグなどあり得ない。食うに困らないどころか、これほどまでに充実したものが食えるのである。いっそのこと調理師になろうかと思うほどだ。

「ナツメグが臭すぎないか」

山村の兄が問いかけてきた。惟朔は口いっぱいにハンバーグを頬ばったまま、首を左右に振った。ナツメグがなんであるのかよくわからないが、確かに不思議な香辛料の匂いがきつい。しかし、それは食欲を刺激しこそすれ、臭すぎるという感じはしなかった。ハンバーグに集中する山村と惟朔を前にして、山村の兄はふたたび勝ち抜きエレキ合戦の思い出を語りはじめた。食欲に囚われきっている惟朔の脳裏の片隅を、鈴木やすし、ジュディ・オング、さらには浜口庫之助《くらのすけ》、福田一郎、沢田駿吾、金井克子、寺内……といった人名が抜けていき、最後の寺内で、我に返った。顔をあげる。

「寺内タケシですか」

「そう。寺内」

「審査員ですよね。なんて言ってました」

「俺たちの演奏か。演奏以前だって。なんで決定戦に残ったかわからないって苦笑いしてたよ」

「ひどいですね」

「しょうがねえよ。リズムがあれじゃ」

「太鼓が落っこちそうだったって、審査員に言わなかったんですか」

山村の兄は肩をすくめた。それから、ちいさく溜息をついた。

「フィンガーズってバンドがチャンピオンになったよ。慶応の奴らだった。成毛滋《なるもしげる》か」

その名前は惟朔も知っていた。現在は日本におけるニューロックのギタリストの第一人者である。

「成毛滋って、あの成毛ですか」

「そうだよ。あの当時から凄いテクニシャンだった。めちゃくちゃ指が動くんだ。そのくせ、正確。たしかブリヂストンの社長かなんかの孫なんだよな」

「ブリヂストン」

「うん。正確なことは知らないけど、とにかくブリヂストンだよ。俺たち工員バンドとはわけが違うよな。あとは寺尾聰《あきら》とかな。サベージか」

山村の兄のどこか自嘲気味な口調を聞き流し、惟朔は物思いに耽った。小学校の三、四年のころだった。ベンチャーズが来日してしばらくして、エレキが凄まじいブームとなっていた。不良の音楽として、社会問題化していたような記憶もある。

惟朔がはじめて生でエレキギターの音を聴いたのは臨海学校だった。夜の稲毛海岸に盆踊りの舞台じみたステージが設《しつら》えられていて、その上でアロハシャツを着たエレキバンドが真夏にもかかわらず〈霧のカレリア〉という曲を弾いていたのをいまでもはっきりと覚えている。〈霧のカレリア〉は途中からロシア民謡の〈走れトロイカ〉のメロディーに曲調が替わるので、真夏の海岸で耳にする〈霧のカレリア〉は、なんとも奇妙なものだった。

山村の兄は抑えた口調で、だが熱心にベンチャーズについて語っている。やや鼻についてきたナツメグの香りを意識しながらも惟朔はハンバーグにのめりこみ、物思いに耽り続けていた。

狭苦しい都営住宅で、仕事をまったくしない父が、トランジスタラジオを耳に押しつけるようにして、いつも米軍放送を聴いていた。そのせいで惟朔は小学校低学年のうちからベンチャーズに限らずありとあらゆる洋楽の洗礼を受けていた。

父の洋楽狂いはあるとき、突然はじまったのだが、戸惑う母に向かって父曰く『俺はせっかちだから、このテンポが合うんだ』と説明していた。母は父の変人ぶりに慣らされていたから、近所の迷惑にならない程度の音でラジオを聴いてくださいと哀願するだけだった。

しかし五十を過ぎた父は耳が遠くなっていたのか、かなりの音量でトランジスタラジオを鳴らした。否応なしに惟朔は洋楽に馴染んだ。ビートルズ、ローリング・ストーンズ、エルビス・プレスリーやカントリー・ミュージック、リズム・アンド・ブルース、ジャズ。あるいは無数の映画音楽や、シャンソン、カンツォーネと呼ばれるジャンル、ジリオラ・チンクェッティといった女性歌手の名前をいまでもはっきりと記憶している。

だが、惟朔自身は中学を卒業した直後からベンチャーズはもちろんビートルズでさえも、どこか違和感を覚えるようになっていた。理由ははっきりとしないのだが、強いていえばポピュラーすぎるという曖昧な否定の気分があった。風呂屋の富士山の絵のようなニュアンスで捉えているのだ。そこには年齢なりの気取りと思い上がりもあるのだが、惟朔自身はそれに気づいていなかった。

山村の兄が口を噤《つぐ》んでいた。惟朔は自分が満足に相槌を打ちもせずに物思いに耽り、ハンバーグにのめりこんでいたことに思い至った。ハンバーグ自体はおおかた平らげてはいたのだが、バターの溶け込んだブラウンソースの味は濃厚で、だからライスにそれを絡めて夢中になって口に運んでいたのだった。惟朔はよけいな言い訳をせずに頭をさげた。

「すみません。食うのに夢中で受け答えがいい加減になりました」

「気にするな」

「いや。ちょっと失礼でした」

唇の端にハイライトを咥えた山村が割り込んだ。

「兄ちゃんが垢抜けないんだよ。ベンチャーズもいいけどさ、俺たちは腹が減ってんだ」

「ああ、すまん」

「山さん、それはないよ」

「なんだよ、惟朔は兄ちゃんの味方か」

「敵とか味方とかじゃなくてさ、一宿一飯の恩義かな」

「なに、古臭せえこと言ってるんだよ」

「うん。俺、ハンバーグには思い出があるんだ」

惟朔は一息ついて、話しはじめた。山村の兄はもちろん、あれこれ世話を焼いてくれているカウンターの男もじっと耳を澄ましてくれている。

「俺の親父って、俺が小学五年の五月二日に死んだんです。病気で死んだんだけど、俺の誕生日が二月五日で、その数字を反対にした日に死んだんで、なんかオヤジが死んだ日をすごくはっきり覚えてるんですよね」

「そうか。吉川くんのお父さんも亡くなってたのか」

「はい。山さんの親父さんも山さんがちいさいときに亡くなってるんですよね」

「最悪な親父だったよな。新潟一の穀潰《ごくつぶ》し」

山村の兄が呟いたが、山村はおそらく幼くて父親の記憶がないのだろう、タバコの煙を鼻からたなびかせながら不明瞭に頷いただけだった。細かいことは覚えていないが、たしか山村は父の顔も覚えていないと言っていたことがあった。

「俺、親父とほとんど一緒に暮らしていないんですよ。小学校にあがるちょっと前になったら、いきなり出現したって感じで、いっしょに都営住宅に住むようになったんです。ええ。抽選に当たったんです。母子家庭に優先的に当たるってやつだったかな。そこに親父が転がり込んできたって感じ」

「それ、正しい親父の姿だな」

山村の兄の言葉に、惟朔は苦笑いを返しておいた。山村の父も相当のならず者だったのだろう。惟朔の父も、最悪の人だった。大人がしっかりしているなんて、まったくの幻だ。惟朔にいわせれば、大人は子供以下である。

「俺の親父って、いろんな国の言葉が喋れてちょっと恰好いいんだけど、仕事、しないんですよ。毎日家にいて、畳のうえに腹這いになって、ラジオをでっかい音で鳴らして、だらだら原稿書いてるだけ。一家で暮らしだしてから、いちどだけ、どこかに勤めたことがあるんだけど、すぐに馘《くび》になって、馘になったその日に、原稿用紙を会社の紙にたくさんコピーしてもどってきて、それに中国のお話を書いていました」

コピーされた原稿用紙は青みがかった紫色をしていた。あまり使い勝手がよさそうではなかったが、父は得意げだった。リコピーと言っていたか。じわりと湿っていて酢にちかい香りがしたものだが、写真でもないのに複写できるのは子供心にも不思議だった。いまだに仕組みがわからない。

山村の兄が口の中で中国の話と呟いて、尋ねてきた。

「お父さん、小説家なのか」

「さあ。よくわかりません」

「わからない？」

「わかりません。職業、ぶらぶら、ってとこですかね」

たしかに父は小説を書いていたが、成功していたとは言い難い。それどころか貧困のどん底にあった。父の死後、民生委員のすすめもあって生活保護を受けるようになったら、とたんに生活が楽になったものだ。それほどまでにひどい生活を強いられていたのだ。だから、あまり深入りしてほしくない。

惟朔がとぼけると、父の職業については、なし崩しに曖昧になっていき、誰もそれを追及しようとはしなかった。相手が喋りたがらないことは、訊かない。このあたりは複雑な家庭環境をもつ者同士のいいところである。

「とにかく頭はいいんですよ」

「インテリなんだな」

「インテリって、こういうときに遣うんですか」

「そうだよ」

「じゃあ、俺の父親はインテリですよ。凄えインテリ。ぶらぶらしてるくせにやたらと威張ってて、お袋や俺を仕込むわけですよ。教育するって言うのかな。やることないから、あれこれ押しつけてくる。それはいいんですけど、自分がどっかに出かけるときに、退屈しのぎかなあ、俺もいっしょに連れていくことが多かったんですよ」

「それはお父さんが吉川くんを可愛がってくれていたんだよ」

「そうなのかなあ。よくわからないけど、俺のほうは緊張しましたよ。手のひら、汗びっしょり。で、死ぬ一年くらい前だと思います。親父が急に俺を神田に連れていってくれたんです。そのころ俺は立川の先、東中神《ひがしなかがみ》ってところの都営住宅に住んでいたんですけど、幾度か中央線に乗っているうちに駅の名前を全部覚えちゃったんですよ。で、電車のなかで退屈だから親父に駅の名前を並べあげたんです。ちょっと得意になってたところもあったけど、親父は黙って聞いていて、最後に言いました。——覚えたのは、まあ、いいとしよう。しかし口にしたのは最悪だ」

山村が首をかしげた。

「なんで」

「わかんない。叱られたってわけじゃないけど、なんか俺、硬くなっちゃったな。気まずくなっちゃって、あとは沈黙だけですよ」

「それは、知ってるからって喋るんじゃないってことだろ。知ったかぶりの見苦しさってのとはちょっと違うけど、吉川くんの親父さんは、正しいよ」

「正しいですか」

「正しい。いいか、吉川くん。知ってても知らんふりしてるんだ。それがいちばん恰好いい」

山村の兄の言うことは、なんとなくわかる。惟朔は黙って頷いた。しかし、それにしては山村の兄は牛肉やベンチャーズについてよく喋ったが。

「なんか話が逸れちゃいましたけど、その日の昼は、神田のレストランに連れられていきました。なんか山小屋みたいな感じの店です。柱が太くて黒くて、壁が白く塗られていたのを覚えています。じつは、レストランにはいるのは今日が二度目です。俺、親父に連れてってもらったレストランが、初めてだったんですよ」

「なんだ、ほんとに惟朔はレストランにはいったことがなかったのか」

「うん。神田のレストランは親父といっしょだったからわくわくしたけど、緊張はしなかった」

「なんだよ、俺といっしょだと緊張するのかよ」

「いや、そういうことじゃないけどさ、山さんは慣れてるじゃないか。兄貴も働いているしさ。俺は、ちょっと怖かったよ」

「まあ、いいや。なんか納得できないけど、先にいけ」

「うん。また笑われちゃうかもしれないけどさ、その神田のレストランで、生まれて初めてハンバーグを食べたんだ」

「てことは、今日が生まれて二度目」

「そう。生まれて二回目のハンバーグ」

「レストランもハンバーグも二回目かあ」

　山村の兄が頬笑んでいる。カウンターの男も柔らかく笑っている。少々恥ずかしいが、実際にそうだからしかたがない。

「そのときのハンバーグは、たぶん今日食わせてもらったのの三分の一もなかったな。ちいさくて、黒い鉄の皿のうえに載って、じゅくじゅく音をたててた。今日食わせてもらったのよりもソースが甘かったような気もする。とにかく俺、もう夢中だったよ。世界にこんなに美味しいものがあったのかって感じでさ、眩暈がしちゃいそうだった」

　山村の兄と視線があった。山村の兄は微笑を引っこめ、黙って頷いてくれた。

「俺、感動しちゃって、親父に言ったんですよ。美味しいねえ、お父さん、美味しいねえって。幾度も幾度も繰り返したんです。美味しいねえ、お父さんって。そうしたら」

　山村が眼で問いかえしてきた。

「うん。親父の野郎、いきなり怒りだしたんだ。――たかが食い物で、男が騒ぐんじゃない」

　あのときの父の冷たく突き放した口調を真似て言うと、山村が大袈裟に仰《の》け反《ぞ》ってみせた。惟朔は憤懣やるかたなくなって、やや声を荒らげた。

「それは俺もたしかにくどかったかもしれない。でも、美味しいって言っただけだぜ。ガキが初めて食ったハンバーグがあまりにうまかったから、その感激を口にしただけだよ。それなのに……」

そこまで言って、ふと気づいた。神田のレストランにおける昼食であるが、食事をしたのは惟朔だけであった。父は、食べていなかった。黙って見守っていただけである。父は自分の昼食を抜いて、惟朔にハンバーグを食べさせてくれたのだった。

山村の兄が咳払いをした。

「俺が言うことじゃないけどさ、吉川くんの親父さんは、吉川くんにハンバーグをいつも食べさせてやれないから、その、なんて言うのかな、情けなくなっちゃったというか、苛立ったんじゃないのか」

「そんなんじゃないですよ。実際は、そんなんじゃないんです。あのクソ親父は――」

自分が食えなかったから、腹が減って苛々して怒ったんです。そう悪態をつくつもりだった。しかし喉が詰まったようになって、なぜか唇がふるえてしまった。惟朔はそれを誤魔化すために爪楊枝を使って、ことさら大袈裟に歯の隙間をほじった。

山村がハイライトを灰皿に押しつけ、軽く伸びをすると満腹のゲップを洩らし、満足の吐息をついた。カウンターの男が黙って後かたづけをはじめた。惟朔は山村のハイライトに手を伸ばし、一本抜きとった。山村の兄がレストランの名のはいったペーパーマッチを投げてくれた。

惟朔の父は明治の生まれで、母と三十近くも歳が離れていた。惟朔と妹、そして母を都下府中市にある母子寮に放り込んでおいて、自分は好き勝手をしていたが、惟朔が小学校にあがる半年ほど前に突然姿をあらわし、昭島市東中神の都営住宅で一家水入らずの生活がはじまった。

いや、たしかに形態だけは離散していた家族がようやく一家水入らずの生活をはじめたといえるのだが、現実は六畳と四畳半の二間しかない狭い木造住宅において、いままでほとんど馴染みのなかった父と額を突きあわせて暮らさなければならなくなったということであり、それは惟朔にとって地獄のような生活であった。

父は惟朔に英才教育を施したのだ。たとえば惟朔は小学校にあがるころから掛け算九九を暗唱できた。掛け算の意味や概念が理解できていたわけではない。ただ単純に九九を丸暗記させられたのだ。

父は暇にあかせて古いカレンダーから数字を切りとって厚紙に貼りつけたものをつくって、それを唐突に惟朔の眼前に呈示する。棒状の厚紙の先に1から9までの数字が貼りつけられたものが二組みあって、それがランダムに差しだされるのである。いつくるかは、わからない。寝起きはおろか、極端な場合は寝入ってからいきなり叩きおこされ、数字を示された。

眼前に呈示された数字が8と4だとすると、どのような情況であっても反射的に32と答えなければならない。間違えると九九を最初から全て暗唱させられた。寝入りばなを叩き起こされたあげくに、寝惚けたまま満足な答えもできずに、そのまま朦朧とした頭で、しかも父に対する恐怖から緊張しきって九九を暗唱させられるといった情況は、なにか過ちを犯すと問答無用で腕立て伏せを百回といった体罰によく似ていて、しかし、よりたちの悪い精神的拷問であった。

それを小学校にあがったばかりの惟朔に行ったのである。あるとき、さすがに見かねた母が意見してくれたが、そのとたんに母は父に殴り倒された。だから惟朔はいまだに大きめのゴシックの数字を眼にすると、嘔吐感にちかい嫌悪と恐怖、そして憎悪を覚えるのだ。

父が死んでから、母がこぼしていた。惟朔自身はもう記憶がないのだが、就寝後の九九に対する恐怖から、惟朔は幼児にあるまじき不眠に陥っていつまでも寝付かず、ようやく眠れば、寝言で九九を叫んだあげくに魘《うな》されて飛び起きるといったことがしばしばあったらしい。

さらにはこの時期、父は惟朔に旧仮名遣いの新潮や岩波の文庫本を与えた。もちろん小学校にあがったばかりである。ひらがなはともかく漢字が読めるはずもない。このときも母は、それはあまりに無茶です、と泣きながら意見をした。しかし父は、そんなことは百も承知だと嘯《うそぶ》き、ひたすら黙って字面を追えと惟朔に命じたのだった。

読むのではない。見るのである。正座して漢字を見つめろというのだ。明治男の面目躍如である。

いまでもあの常軌を逸した強制読書の情景を思い泛かべると、胃のあたりがきつく収縮する。だが、驚いたことに惟朔は小学校の二年あたりから、文庫本をそれなりにという注釈がいるにしてもかなり自在に読めるようになっていたのである。

教師たちは、学校で読めと父に命じられ、わたされた文庫本を、休み時間にしかつめらしい顔をして読み耽る惟朔を哀れに思い、家庭訪問のおりに、まだ年齢的に読解力がついていかないなどと意見をしてくれたものであるが、もちろん父は教師の言うことになど耳を貸すはずもない。しかも実際は、惟朔は、それ相応に書物の内容を理解していた。

それどころか、たとえばポーのあるものやコナン・ドイルの諸作などは惟朔に得も言われぬ愉しみと昂ぶりをもたらしていた。空想を刺激され、慰撫され、夢中になったといっていい。

だが、だからこそ、父の死後、惟朔は読書とほとんど縁がなくなった。書籍に対しては愛憎相半ばする複雑な気持ちがあり、その根底には強烈な嫌悪がある。

小学五年の五月二日、見事に痩せ細って衰弱した父が、ここはアメリカ……といった意味不明の譫言《うわごと》を洩らしながら息絶えたとき、逆に惟朔は息を吹き返した。それ以降ほとんど小学校にも通わなくなり、悪友やそれに輪をかけた悪い先輩たちと付きあい、挙げ句の果てに児童相談所から悪ガキを放り込む児童福祉施設に送られた。

つまりようやく自由を獲得して、自由に振る舞ったら、不自由になった。

惟朔は年齢にふさわしくない自由の意味さえ直観して、さらに施設がキリスト教カトリックの経営であったことから善と悪、とりわけ偽善に類するあれこれを常に思考させられて、しかし煉獄という曖昧な境界があるにせよ、天国と地獄といった単純な二元論には冷笑をむける、微妙に拗ねた十五歳に育っていた。

ただし幼いときに父に仕込まれたデカルト的な物心二元論は、惟朔の心に強烈な楔《くさび》を打ち込んでいて、なかでも明確な言葉にできないにせよ、宇宙とでもいうべき世界とその原理は、精神と物質との二実在にあると信じきっているようなところがあった。

それなのに、たとえば寝床にはいってうつらうつらしているときには、物質と精神といったふたつの実在ではなく、そのどちらでもない第三の実体によって世界がかたちづくられていて、自分という存在は、その超越した存在の見ている夢の断片のようなものだといった一元的な直観に囚われて恍惚とすることもあるのだ。

惟朔はそれが本質的な宗教的感情の萌芽であることに気づいていない。ただ超越した他者に身をゆだねきってしまう快感にうつらうつらと揺蕩《たゆた》うのみである。

「兄ちゃん、俺と惟朔はトニホーに行ってるよ」

山村の声に、我に返った。喫いかけのハイライトがほぼ原形を残したまま灰になっていた。惟朔は山村の兄に、あわてて愛想笑いをむけた。山村の兄が頬笑んだまま、尋ねてきた。

「吉川くんは、ときどき違う世界に行っちゃうのか」

惟朔のかわりに山村が答えた。

「そうなんだ。S鑑にいたときも、こいつは特別扱いされてたよ。授業中なんかも、眼をあけたまま寝ちゃってさ、先公も匙投げてたな。勉強はできるからさ。悪さばかりしてるくせに、席次はずっと一番だから、すっげー甘やかされてたんだ」

「勘弁してくれよ」

「ばか。俺なんかけっこうむかついてたんだぜ。惟朔は年上に可愛がられるんだよ。そのあたり、すごくうまいと思うよ。自然に取り入るんだよな。おまえ、ほんとうに意識してないのか」

図星を指されたので、惟朔は狼狽気味に憤った声をあげた。

「ふざけるなよ。俺は、先公とか大嫌いだった」

「けどよ、俺が同じふうに眼をあけたまま寝てたら、ぶん殴られてるぜ。おまえはよく、いい夢見たか、惟朔は起きたまま夢が見れていいな、なんて言われてたじゃないか。頭を撫でられたりしてただろう」

惟朔は頭に手をやった。なんとなく自分で自分の頭を撫でた。

「ああ、まあ、なんか撫でられたような気もするな。でも夢を見ているわけでもないんだけど――」

「なんか空想の世界に行っちゃうんだよね」

「そうかなあ」

惟朔は首をかしげた。自分自身の感覚では、空想や妄想とは微妙に違うような気がするのである。

「俺って、空想してるのかなあ」

「違うのか」

「うん。まあ、よくわかんないや」

そこで山村が立ちあがった。惟朔もあわせて立ちあがり、山村の兄に丁寧に、しかし過剰にならぬように気を配って礼を言った。こういった気配りがあるから年長者に可愛がられるのだろう。それは漠然と意識していた。

しかし、意識することからくる悪臭をごく自然に排除する才覚が惟朔にはあった。年長者にそれを見破られても、平然と年長者の胸元に飛びこんでいくような心的技術である。見破られた瞬間に、私はあなたが大好きなのです、と念じるのが骨《こつ》だ。抑制された含羞《はにか》みのある愛嬌がすべてに勝つといったことを直観的に把握していたのである。

惟朔は、そういった細かな心の襞を読む術や遣り取り、心的有り様の事例のほとんどを父に強制された読書で身につけていたことに気づいていなかった。もっとも無意識のうちに身につけていたからこそ、惟朔の狡さを見破った年長者も、惟朔を受けいれてくれるのだろう。

また惟朔自身も、こういった狡さが通用するのは自分が若いうちだけであるといった悟りをもっていた。つまり相手が惟朔を弱者として認識しているうちだけに通用することなのだ。自分に向かって頬笑みかけてくる赤ん坊を気に食わないと殴りつけることができる者は、そうざらにはいない。だからこそ、若いうちはこの方法を巧みに用いなければ損だと思っていた。

惟朔は、概ねそういった狡さを肯定的に利用していたが、もちろんときには自己嫌悪を催すこともあった。しかし不要な争いをするくらいならば、自分が好ましく感じる相手に対しては、自身を弱者に見せかけて相手も自分も心地よく過ごすことができればいいと考えていた。

そんなことよりも、赤ん坊を気に食わないからと殴りつけることができる者は、真の強者ではないか。善悪でなく、殺す力だ。本質的な力というものは、このようなものではないか。

惟朔は夢想した。可愛らしく好ましい赤ん坊もいる。しかし、どう贔屓目《ひいきめ》に見ても昆虫に毛の生えたような程度の赤ん坊もいる。それなのに人々は、相手がただ赤ん坊であるというだけで頬笑みを泛かべる。惟朔は頬笑みを泛かべるかわりにその赤い顔面に拳を叩き込む。

「惟朔。おまえ、ますます病気がひどくなってるみたいだな」

レストランの階段をおりきったところで、山村が惟朔の顔を覗きこんできた。我に返った惟朔はたまらず赤面した。同時に自分自身に対して強烈な不安を覚えた。——俺はどこに行くのだろう。

＊

その方面の御指導により、刺青、雪駄履きの方、入場をお断り致します——という張り紙が目についた。雪駄には右あがりのカタカナでセッタとふりがながふってあり、全体的に不揃いな、なんとも投げ遣りな文字だった。その方面の御指導があったから、仕方がないから書いたのだ。そう山村が断言した。

「だってよお、ここはいつだって刺青の方が平然と御入浴していらっしゃるんだぜ」

惟朔としては、刺青よりも、雪駄履きの方の入場お断りというほうがおかしかった。雪駄というのがどのような履き物なのかよくわからないが、眼前には真新しいスチール製の下駄箱がずらっと並んでいる。入場者はここで履き物を脱がざるをえないのだから、なにを履いていたって受付の人間にはわかるわけがない。

「なあ、山さん。雪駄ってなんだ」

「知らないのか」

「——知らない」

「健さんが履いている草履《ぞうり》のようなもんだ」

「健さん」

「そう。健さん扮する花田秀次郎が、池部良の風間重吉と並んで夜道を殴り込みに向かうんだ」

「なんの話だ」

「昭和残侠伝《ざんきょうでん》のクライマックスだよ。ふたりともわずかに外股でな。その雪駄の動きが粋なのよ」

山村はいきなり刀を構える恰好をして、惟朔を睨みつけた。

「死んでもらうぜ」

「——なんで」

小首をかしげると、山村が舌打ちをした。

「だめだな、閉じこめられてた奴は。世間知らずもここまでくると哀れだぜ。こんど、連れてってやるよ」

「映画か」

「そう。映画」

「山さんとは銭ゲバ、観たよな、立川で」

「ああ。地味な映画だった。映画はやっぱ、ヤクザ物よ」

「そうか。ヤクザ物か」

「ヤクザ物だ。健さんの背中にはな、一面に刺青があんのよ。唐獅子《からじし》牡丹《ぼたん》」

「唐獅子ボタン」

ふたたび惟朔は小首をかしげそうになったが、かろうじてとぼけた。唐獅子になにやらスイッチでもついているのだろうか。しかし怪訝そうな顔をしたり、へたなことを尋ねると、さらにバカにされてしまう。ここは沈黙あるのみだ。

「せぇなでないてえるからじしぼたあん」

眉間に縦皺を寄せて、いきなり山村が唄った。惟朔は呆気にとられてそれを見つめていたが、そこに、いきなり罵倒の言葉がかぶさって、山村の顔がぶれた。

「なりきってるんじゃねえよ、小僧が」

山村は小突かれた後頭部を押さえて、大袈裟に顔を顰《しか》めつつ、愛想笑いを泛かべている。いかにもちんぴらといった風情の男が、下駄箱に草履を投げ込んで、鍵もかけずに受付に向かっていった。山村は、その背を睨みつけて、小声で呟いた。

「いつか、ぶっ殺してやる」

反射的に惟朔は首をすくめた。穴のあいているバスケットシューズを下駄箱におさめると、アルミの突起を押して、鍵を引き抜く。手のなかで鍵を弄んでいると、山村が袖を引いた。先ほどのちんぴらの下駄箱を開く。

「これが雪駄だよ、鋲打《びょうう》ちってやつだ」

「鋲打ち」

「ああ。滑り止めなんだろうけど、武器になるんだよ。ほら、裏に鋲が打ってあるからさ、これで顔なんか叩かれたら大変。ほっぺ、削れちゃうぜ」

惟朔はちんぴらの雪駄を下駄箱の中から抜きだした。その表面は、足裏のかたちを写したかのように黒く汚れていて、腐った汗の臭いがした。小脇に隠すようにして、さりげなくゴミ箱に放り込む。傍らで山村が、くくく……と忍び笑いを洩らした。

受付では支払いを含めて、すべて山村が行ってくれた。惟朔は背後に立っていただけだが、かなり緊張した。山村が千円札をだしたのを盗み見て、たかが風呂屋なのに、なんて高いんだと不安が増した。

脱衣場には湿気が充ちていて、黄色いバスタオルが至る所に乱雑に散っていた。薄汚い光景であるにもかかわらず、惟朔にはそれがなんとなく豪勢にみえた。スチール製のロッカーは、下駄箱と同じ塗装と造りで、真新しく、塗料の匂いがした。

惟朔は躊躇っていたが、山村はあっさりと服を脱いでいき、ロッカーの中に投げ込んでいく。最後にブリーフを叩きつけるように放り込んだ。ただし股間をタオルで押さえて隠している。

「なに、だらだらしてんだよ」

惟朔はしばらく思案したあげく、タオルで隠された山村の股間を一瞥して、内緒声で尋ねた。

「山さんは、剝けてるのか」

「惟朔は剝けてないのか」

「頭はでてるけど、ちょっと――」

「ふーん。まあ、いいんじゃないの。なよなよしてないで、早く脱げって」

意を決して惟朔は全裸になった。そのまま行こうとすると、山村が顔を顰めた。

「前ぐらい隠せって」

「そうするもんか」

「当たり前だろう。マナーだよ、マナー」

山村に促されて惟朔は備え付けのタオルで股間を押さえた。それから首をすくめるようにして山村の後に従う。無力感を覚えないでもなかったが、ようやく開き直りの気分も湧いてきた。

浴場はかなり広かった。浴槽もいろいろなかたちのものが五つほどあるようだ。陰ができたら大事とばかりに天井にはやたらと照明の数が多く、その白っぽい光と絡みあうようにして派手に湯気がたちこめている。あちこちに大きな観葉植物の鉢が設えられていて、立ちこめる湿気の中で緑が艶やかだ。惟朔は入浴している男たちの股間を盗み見ながら山村に従った。概ね露わだが、中には惟朔と大差ない状態の者もいる。

いちばん大きな浴槽の前で、惟朔は山村に倣《なら》って屈みこみ、桶に湯を汲んで股間を流した。そのとき素早く盗み見た山村の股間だが、かなりの余剰に覆われて、まるっきり子供の状態だった。

俺のほうがましじゃないか——。五十歩百歩という言葉が脳裏をかすめはしたが、とたんに気が楽になった。

股間を流したいちばん大きな浴槽にそのまま軀を沈めるつもりでいたのだが、山村が顎をしゃくった。それぞれの浴槽からは湯が豪勢に溢れだしている。タイル上を流れていく湯は足裏になんとも心許ない感触をもたらして、惟朔はどこか浮ついた歩調で山村に従った。

それは気泡の烈しく爆ぜる、白く泡だつお湯だった。浴槽自体はあまり大きくない。山村が愛想笑いと共に頭をさげると、気泡の盛りあがる白い濁流に沈んでいた中年男が場所を空けてくれた。

惟朔も中年男に頭をさげ、山村のとなりにそっと軀を沈めた。気泡の力が凄まじく、軀が浮き気味になった。肌が波打つほどの気泡が幾筋も噴きだしている。驚愕したが、いちいち報告すると山村に笑われそうだから、努めて無表情をつくった。

「惟朔」

「なに」

「腰や背中にうまく当てると、凝りがほぐれるぜ。たまらんね」

「ああ。気持ちいいなあ」

同意しはしたが、じつは凝りというものがどのような状態を指すのか、惟朔にはよくわからない。山村も同じではないか。そんな気がした。それでも骨盤と脊椎の交わるあたりの左右に気泡をぶち当てていると、腹の芯にまで、ぢん……と染みてくるような快感がある。薄く瞼を閉じてうっとりとしていると、山村が耳許に口を押しあてるようにして囁いてきた。

「この泡を肛門にあててみな」

「肛門――」

「うん。ケツの穴掃除。うんこ掃除。俺はいつもやってるぞ」

惟朔は露骨に顔を顰めてやった。いちいち報告するな、と睨みつける。しかし、しばらく間をおいて、さりげなく噴出口に尻の穴をむけた。あまりまともに当たりすぎると肛門に鋭い痛みが疾るほどであるが、微妙に角度をずらすと、なかなかに快感である。

口を半開きにして、あー、とか、うー、といった母音中心の呻きをあげていると、山村が惟朔を揺すった。下駄箱で山村の頭を小突いたちんぴらがふたりの眼前に仁王立ちだ。前も隠さず、その痩せ細った軀に不釣り合いな大きさを誇示している。

惟朔は表情を消して黙礼し、気泡の湯からでた。ちんぴらは白濁した湯面に軀を沈め、独占し、大袈裟に頭を反りかえらせた。山村が囁いた。

「野郎、ズル剝けだった」

「むかつく」

短く吐き棄てた。しかし雪駄をゴミ箱に棄ててやったことを思い返すと、含み笑いが洩れた。同じことを山村も考えていたのだろう、含み笑いをかえしてきた。惟朔はふやけて早くも白くなりかけた掌に視線をやりながら、ふたたび山村の後に従った。

木のドアが開かれたとたんに、途轍もない熱気がおしよせた。即座に唇が乾く。汗などが乾いた匂いだろうか、独特の臭気が充ちている。惟朔は怯んだが、山村は大股で、平然と奥に進んでいく。惟朔は山村に倣って雛壇のいちばん上に考える人の体勢で座り、目頭を揉んだ。

木製の密室の中で、人々は概ね薄眼を閉じてうなだれ、顎をだし、ときに天を仰いで嘆息するような吐息をつく。大量に汗をかいているのだろうが、即座に蒸発してしまうのだろう、あまり発汗の実感はない。

　やや手持ち無沙汰な気分のまま蟀谷《こめかみ》をいじり、熱気に耐える。眼球が乾いてぱりぱりになってしまわないのが不思議だと思いながら、壁にさがる温度計と砂時計に視線をやる。驚いたことに温度計は摂氏九十五度ほどを示していた。あらためて意識して息を吸うと、熱気に肺がきな臭くなった。首を左右に振って頭皮から滴る汗を飛ばす。

「驚いた。こんなになってるのか。こんどこそ正真正銘の初体験。サウナ初体験だ」

　正直に惟朔が呟くと、山村が投げ遣りに頰笑んだ。恍惚としているのか、憔悴《しょうすい》しているのかよくわからない表情である。惟朔はそろそろこの熱気の中にいるのが辛くなってきていた。まだ、頑張るのか――と、山村の顔色を窺う。山村は惚《ほう》けたように首を折り、微動だにしない。

　惟朔たちよりもあとから入ってきた肥満した中年男が立ちあがり、濡れタオルを積みあげられた石のうえで絞った。じゅわっと蒸気が立ち昇る。男は虚脱した足取りで出口にむかい、億劫そうにドアを押した。それに誘われるように幾人か立ちあがり、サウナの中は惟朔と山村だけが残された。

　ふたたび山村の顔を窺う。山村は肩で息をしながらも、鼻の付け根あたりを拇指と人差し指で指圧している。惟朔は呆れた。まったくたいした忍耐力だ。仕方がない。腹をくくって、じっと耐えていると、あのちんぴらが入ってきた。

とたんにだらけていた肌が覚醒した。ちんぴらはあたりを睥睨し、惟朔と山村にむけて露骨に舌打ちをした。

もう出よう。惟朔は眼で促した。山村は惟朔を見つめかえしたが、すぐに視線をそらした。そのまま考える人の体勢をとり続ける。しかたなしに惟朔は山村に付きあったが、喉の渇きが耐え難くなってきていた。

ちんぴらは山村と惟朔を睨《ね》めまわして、意味不明な薄笑いをその唇に泛かべている。熱気のせいか、惟朔はすべてがどうでもよくなってきた。顔をあげ、じっとちんぴらの裸体を見つめる。

ちんぴらの軀には惨めで中途半端な藍色の線が刻まれていた。未完成の刺青だった。筋彫りといえば聞こえがいいが、いったい何を彫ろうとしたのかよくわからない。それほどに中途半端な代物だった。

惟朔の視線に気づいたのか、ちんぴらの表情が険しくなった。どうにでもなれ、と居直ってちんぴらを見つめ続けていると、山村がそっと肩に手をおいてきた。

「惟朔。行こう」

惟朔はあらためてちんぴらの顔を見つめた。ちんぴらは作為丸出しで、声をたてずに嘲笑ってみせた。惟朔の肩におかれた山村の掌に力がこもった。

「惟朔」

黙って山村に視線をもどす。山村が重ねて言う。

「行こう」

惟朔はちいさく頷いた。

もうサウナの熱気も感じなくなっていた。

脊椎の芯から冷めていた。

それでも惟朔は山村に背を押されて、サウナから出た。とたんに目がまわりそうになった。

「山さん、我慢強いなあ」

「筋彫りか」

「いや、サウナ。俺、もう立ってられないくらいだぜ」

「俺だって必死だったんだよ。でもよ」

「なに」

「サウナ初体験の惟朔には負けられないじゃないか」

惟朔は眼を剝いた。膝に両手をついて前屈みのまま、首を左右に振った。嘆息した。

「くっだらねえー」

腹の底から苦笑が迫りあがってきた。

「なんで、そんなつまらねえ意地を張るんだよ、山さんは」

「くだらねえかなあ」

「くだらない。俺は山さんが動こうとしないから、まだまだ我慢しなくちゃいけないのかなって、悩んでて、出るに出られずって感じでさ、必死で耐えてたんだぜ。もう少しで気を喪うところだったよ」

山村が満面の笑みを泛かべた。誘われるように笑いかえすと、傍らの浴槽に突き落とされた。浴槽には冷水が満たされていた。

＊

「惟朔、機嫌を直せってば。兄貴とここで待ち合わせなんだよ。いなくなったら、まずいって」

「知るか、バカ野郎。ふざけんなよ。誰が水んなかに突き落とされて、へらへら笑ってられるかよ」

惟朔は下駄箱に鍵を叩き込んだ。山村を見ずに声を荒らげ、捲したてる。

「山さんは俺がなにも知らないからって、図に乗りすぎだぞ。舐《な》めんじゃねえよ。ちょっと早くS鑑《う》を出ただけじゃねえか。威張りやがってよお。知ったかぶりしやがって。もう友情も失せた。てめえなんて人間の屑だ。最悪だ。まったく天国と地獄だぜ」

「天国と地獄。どっちが」

惟朔はサウナの熱気と冷水の満たされた浴槽を交互に思い泛かべた。投げ遣りな溜息が洩れた。おもしろがって山村が、しつこく訊いてきた。

「なあ、惟朔。どっちが天国で、どっちが地獄だよ」

「どっちも地獄。てめえは悪魔」

「おお、そこまで言うか」

「うるせえよ。俺にかまうなよ」

それでも大声をだしているうちに、だんだんと気持ちがおさまってきていた。しかし、簡単に許すと、山村は調子に乗る。惟朔は憤りを演技し続け、荒い声をあげ続けた。

山村の表情が変わった。

やりすぎたのかと、惟朔は思った。

違った。

山村の視線を追った。

あのちんぴらだった。口の端にタバコを咥えてふかしながら、ふたりのほうに近づいてくる。

「小僧どもが、なにを騒いでやがる」

ちんぴらが口のタバコを吐きだした。火のついたタバコは山村の顔をかすめて飛んでいき、床に敷かれたカーペットをじりじりと焦《こ》がした。惟朔はサウナで弛緩した肌が張りつめるのを意識しながら、化繊《かせん》の燃える悪臭を漠然と嗅いだ。山村が靴をとりだした。

「惟朔。靴を履いてしまおう」

「ああ……うん」

曖昧な返事をしながら、山村の状態がひどく危険であることを惟朔は悟った。履こう、ではなくて、履いてしまおうである。惟朔は反省した。水風呂に突き落とされたことを責めすぎた。その鬱屈《うっくつ》がちんぴらに向かいかけているのだ。

「おい、小僧ども」

山村を制して、惟朔が答える。

「なんですか」

「おれの雪駄、しらねえか」

「なんのことですか」

「だから、おれの雪駄だよ」

「ないんですか」

「ねえんだよ」

惟朔とちんぴらの遣り取りに、山村は薄笑いを泛かべながら黒革の作業靴に足を突っこんだ。作業靴の爪先には、どうやら鉄板が仕込まれているらしい。山村は丹念に靴紐を締めあげていく。臨戦態勢を整えているのだ。惟朔は一宿一飯の恩義に報いたいと思案した。素早く自分のバスケットシューズに足を突っこんだ。ちんぴらに顔をむける。

「おかしいですね。兄貴、鍵をかけたんですか」

「鍵なんか、かけるかよ、バカ」

「そうですか。おかしいですね」

おかしいですね、と繰り返しながら、ちんぴらに近づく、惟朔がなにかするつもりであることに気づいた山村は、じっと様子を窺って、即座に動ける体勢をとってくれている。惟朔は雪駄をさがすふりをしながらちんぴらの脇をすり抜け、自分と山村とのチームワークが万全であることに得も言われぬ喜びを覚えていた。

灰皿は高さ六、七十センチほどの鉄の脚のうえに載っている。惟朔は雪駄をさがすふりをしてちんぴらの傍らで腰をかがめた。掌の汗を軽くズボンの太腿にこすりつけ、灰皿の脚を摑む。鉄のひんやりとした感触が掌に馴染む。

「おかしいですねえ」

呟いて、振りかぶる。

後頭部に叩き込む。

かーん、と金属質の、しかし間抜けな音がフロアに響いた。

同時に喫殻《すいがら》が飛び散った。灰が舞いあがり、充満し、惟朔はちいさく噎《む》せた。

握り拳を突きあげて山村が声をあげる。

「惟朔選手、ホームラン。ホームランです」

惟朔が頬笑むと、山村は頷き、昏倒しているちんぴらの前に立ち、作業靴の踵でその顔、頬骨あたりを踏み抜いた。

山村の後ろで惟朔はじっとちんぴらの状態を観察して、山村がやり過ぎる前にそっとその背に密着した。

「もういいよ、山さん。ぶっ壊しすぎるとまずいからさ」

山村はいったん退いたが、距離をとって男の鼻を蹴りあげた。削げた鼻の一部が血といっしょに綺麗な放物線を描いて飛び、下駄箱を汚した。

「いいって、いいって。もう、いいって。誰かくる前に逃げだそうぜ」

山村は昏倒してちいさく痙攣しているちんぴらに囁いた。

「S鑑あがりを舐めるなよ」

さらに、声を荒らげて付けくわえる。

「筋彫りのぴらちんが！」

惟朔は山村の背を押した。小走りにその場を逃げだした。走りながら、山村が、もうトニホーには行けないな――と、嘆息した。

トニホーのビルから走り出た。異様に高揚した、しかも子供じみたはしゃいだ気分だった。山村も惟朔もきゃっきゃっといった具合に猿のような奇声をあげて絡みあい、路側帯に停めたナナハンのもとに駆けた。

山村が鍵代わりのマイナスドライバーを鍵穴に突っ込んだ瞬間だ。周囲を五人ほどの男に囲まれていた。

毛穴が収縮した。

水風呂に叩き落とされたときよりも烈しく鳥肌が疾っていった。

惟朔はその粟立った肌を掌でこすって、素早く囁いた。

「さっきのぴらちんの仲間かな」

「まずいな」

そう応えた山村の顔色は真っ白だ。惟朔はビルの壁面に軀をあずけるようにして、男たちに向き直った。とっさに泛かべたのは愛想笑いだった。

「どうかしましたか」

にこやかに問いかけると、いちばん背の低い男が一歩前に進んで、惟朔に負けない愛想笑いを返してきた。ただし、その瞳はまったく笑っていない。

「僕たち、そのナナハン、どうしたの」

惟朔が曖昧に小首をかしげると、山村がとぼけた声で答えた。

「これですか。知りませんよ。俺たち、ただの通行人だから」

とたんに背の低い男が声を荒らげた。

「通行人が、鍵穴にマイナス、ぶっこむのかよ」

同時に他の男たちが輪をせばめてきた。惟朔は思わず貧乏揺すりをしていた。どうやら姿かたちからもこの男たちは先ほどのちんぴらとは無関係であるようだ。盗まれたナナハンを探していて、路肩に駐車しているのを発見し、網を張っていたのだ。だが、トニホーの下駄箱にはちんぴらが転がっているのだ。店の人に発見されて警察を呼ばれてはまずいし、ちんぴらの仲間があらわれたら、もっと始末に負えない。

そっと山村を窺った。白かった顔色が青くなっている。眼は完全に据わって、見ひらかれている。しきりに唇を舐めまわし、左手の掌の汗を作業ズボンの太腿にこすりつけている。右手にはいままでナナハンの鍵穴をこじっていたマイナスドライバーをナイフのように握り、構えている。臨戦態勢である。

ここで騒ぎを起こしてはまずい。惟朔はとっさに思案し、愛想笑いを崩さぬまま、男たちに提案した。

「ここであれこれするのも目立ってまずいでしょう。どこか人気《ひとけ》のないところに行きましょうよ」

すると背の低い男がついてこいと顎をしゃくった。そのとたんに山村は気がゆるんだようだ。その手から、あっさりとマイナスドライバーを奪われていた。いわゆる坊ちゃんタイプの若者たちであるが、意外に喧嘩慣れしているようだ。

惟朔と山村は車に乗せられた。運転席と助手席にひとりずつ、リヤシートの真ん中に惟朔と山村、そして両脇をふたりの男が固めている。左右から男たちが無理やり軀をねじ込んできたのだ。なんとリヤシートに四人乗りである。しかも後部の窓がやたらと傾斜している平べったい車で、後頭部が窓ガラスにぶつかった。窮屈すぎて首も満足に動かせないのだが、車内に光が射して、背後のナナハンのヘッドライトが灯るのがわかった。惟朔は漠然と考えた。――あの背の低い男はナナハンに跨って、ちゃんと足が地面に着くのだろうか。

「山さん。あんこがでちゃうよ」

あまりの狭さと圧迫に、おどけた声をあげると、山村が抑えた、しかし昂ぶった声で呟いた。

「117クーペだぜ。ジウジアーロだぜ。G161W、1・6リッター直列四気筒DOHCだぜ」

「なに言ってるんだよ」

「だからジウジアーロ」

「まだ十時にはなってないだろう」

惟朔の返事に、車内に笑いが弾けた。なんと山村までもが窮屈そうに身を捩って笑っている。惟朔は得体の知れない恥ずかしさを覚え、赤面したが、それは徐々に憤りに変わった。

車はいつのまにか動きだしていた。エンジンの音が車内に籠もっているが、走り自体は滑らかだ。腹立ちのせいで、いつ車が走りはじめたのか記憶がない。それも癪《しゃく》に障って、むっとして斜め下を睨みつけていると、山村が囁いてきた。

「惟朔。これはいすゞの１１７クーペって車で、イタリアのジウジアーロってデザイナーがデザインした車だよ」

「——人の名前なのか」

「そういうこと」

「まぎらわしいな」

「よく駄洒落で何時やろ、ジウジアーロなんて言うけどさ、ほんとに『十時にはなってないだろう』なんて言う奴がいるとは思わなかったな」

ふたたび車内にくすくす笑いがおきた。惟朔は精一杯凄んだ。

「てめえら、うるせえよ。だいたい山さんはどっちの味方なんだよ」

「とりあえず俺は１１７クーペに乗れてうれしい」

「——山さんはいわゆるカーマニアってやつなのか」

「いや、いわゆらないよ。俺はエンジンマニアだな。エンジンがついてるなら、なんだっていいんだ。Uコンのエンジンだって好きだもん。でもよお117クーペは乗ってみたかったな。なんてったってジウジアーロだもんな。ぺったんこで恰好いいだろう」

「頭がぶつかるぜ」

「そこが、いいんじゃないか」

すると、運転している若者の肩が得意そうに動くのがわかった。どうやら山村も運転している若者も、この車の窮屈さを有り難がっているようだ。それにしても山村がエンジンマニアであるとは知らなかった。福祉施設にいたときは、そのような話はまったくでなかった。どちらかというと理系の会話は苦手だったような気がする。おそらくは施設からでて、誰かに影響されて、エンジンマニアになったのだろうと惟朔は推理した。

それにしてもマニアというのはおかしな人種だ。後頭部がリヤの窓にぶちあたり、こすりつけられるのがいいと吐かすのである。いまや117クーペの車内にいる若者たちと山村のあいだにはある連帯感のようなものさえできあがっていて、惟朔は微妙な疎外感を覚えていた。

どうやら車は、多摩川にむかっているようだ。惟朔は窮屈さに耐えて、車内にときどき射し込むナナハンのヘッドライトの光に意識を集中した。

なぜ、あの男は、ナナハンに乗るのだろうか。自分の背丈にあった手頃な大きさのオートバイがありそうなものであるが、ひょっとしたら背のちいさい者ほど大きな物を好むのかもしれない。とにかく巨大なナナハンと、おそらくは身長百五十センチそこそこの小柄な男の取り合わせが奇妙であり、正直なところ鬱陶しい。

惟朔は背の低い男と巨大なオートバイという取り合わせに、サディズムとでもいうべきものを微妙に刺激されているのだが、もちろん自覚はない。ただ得体の知れない苛立ちに貧乏揺すりをしそうになって、それをかろうじて抑えているのであった。

山村は運転席の男に117クーペの実際の操縦性などを丁寧語を遣って尋ねている。運転席の男も満更ではないらしく、あれこれ細かいことを答えている。それによると最高速度は一九〇キロほどで、ゼロヨン加速は一六秒台後半といったところらしい。いちばんデザインで美しいのは平べったいバンパーとのことだが、自分の愛車の弱点をあげつらって微妙に貶《けな》すことまでもがマニアの愉しみらしく、その、どうしようもないよ――といった投げ遣りな口振りまでもがどこか誇らしげである。車内の雰囲気は和気《わき》藹々《あいあい》としたもので、ナナハン盗難のけりをつけるといった緊迫感や殺伐とした気配はいまやきれいになくなっている。

だからこそ、惟朔は、背後に付き従うナナハンの男が気になった。あの男は、巨大なナナハンに跨ることで自分の背丈を取りもどそうとしているのだろうか。足の先も満足に地面につかないであろうその姿を空想すると、ひどく滑稽である。惟朔は思いきって声をかけた。

「あの、いいですか」

「なに」

助手席の男が振り返った。惟朔は演技で頭でも掻きたい気分だったが身動きがとれないので口だけ動かした。

「あの、訊きたいって思ってたんで訊きますけど、後ろからついてくるナナハンの人は、なんでナナハンに乗っているんですか」

質問し終えてから、変な日本語だと思った。助手席の男は頓着せずに答えた。

「チビだからだよ」

「――やっぱり」

惟朔の隣の男が、独白の口調で呟いた。

「哀れなもんだ」

「哀れですか」

「不細工って言ったほうがいいか」

それきり、会話は終わってしまった。奇妙な沈黙が車内に充ちた。やがて山村の隣の男が、抑えた、しかしあきらかに嘲りの調子の笑い声をあげた。同時に惟朔の隣の男がリヤシート四人乗りを嘆いた。すると山村の隣の男が笑いをおさめて嘆息した。

「まったく、あのチビスケのせいで、ひでえめにあってるな。背中、汗びっしょりだぜ。

たまんねえよ。なんで、おまえたち、よけいなことをしたんだよ」

「よけいなこと、とは」

「なんで単車を盗んだんだよ」

惟朔は生真面目な調子を意識して言った。

「なんでって、足が着くからです」

車内に笑いがおきた。惟朔をのぞく全員が笑い声をあげていた。相変わらず背後についたナナハンの、ヘッドライトの黄色い間の抜けた光が車内に射し込んでくる。

車は多摩川に沿う堤の通りから逸れ、ススキの群生する河川敷《かせんじき》に乗りいれた。未舗装の地面の凹凸が臀を突きあげ、リヤウインドウに幾度も頭をぶつけた。それは脇を固めている男たちのほうが深刻らしく、ゆっくり運転してくれと泣き声をあげていた。

おりろと命じられて、河川敷に立ったときには、なんともいえない解放感があった。男たちが伸びをするのを横目で見て、控えめに伸びをする。ススキの群生をお辞儀させて吹きぬけていく凍えた川風さえも心地よい。惟朔は傍らの山村にそっと耳打ちした。

「チビ」

まず小男を倒してしまおうという意味である。山村は即座にウインクを返してきた。

惟朔たちの気配に気づいたのか、男たちが間合いをつめてきた。

四人の男に囲まれて突っ立っていると、そろそろとナナハンが近づいてきた。地面の凹凸にあわせてヘッドライトの光が上下する。未舗装の河川敷である。そのとんでもない馬力と重さに、ゆっくりと走らざるをえないのだろうが、かなり無様な眺めである。

山村がナナハン上の小男を一瞥して、これ見よがしに口の端を歪めた。笑っているのだ。惟朔も地面に視線をおとして声にださずに笑った。惟朔と山村を監視している男たちも失笑一歩手前といった微妙な表情をしていた。惟朔は悪意をこめて呟いた。

「なんか小猿がでっかい丸太のうえに跨って必死に川下りをしているみたいですね」

笑い声こそおきなかったが、惟朔と山村を囲んでいる男たちのあいだに、あきらかに投げ遣りな空気が泛かんだ。

117クーペを運転していた男が舌打ちをした。惟朔のとなりに座っていた男は大きな欠伸を洩らした。助手席の男は、なかなか近づいてこないナナハンにむかって、なにをとろとろしてやがる――と、小声で毒づいた。山村のとなりに座っていた男はタバコに火をつけて、あらぬ彼方を見ている。

惟朔は推測した。男たちは小男に頼まれて盗まれたナナハンを探すのに付きあったが、もはやいい加減面倒になってきている。希望的観測ではあるが、一気に小男に襲いかかって打ち倒してしまえば、男たちは戦闘意欲を喪うだろう。小男を倒したら、あとは逃げるのみである。

このあたりの機微は山村も福祉施設内で鍛《きた》えられ、充分に理解しているであろうから、案ずることはない。問題は四人の男たちがどれくらい友情に厚いかである。小男を倒しても戦闘意欲を喪わないとしたら、山村の手からマイナスドライバーを奪ったところからみても、惟朔と山村はまちがいなくいわゆるフクロの状態にされてしまうだろう。ナナハンが停止した。小男は素早く腰をずらして、シートから車体左側に臀を投げだすような体勢で地面に爪先立ち、車体を支えた。その姿はバレリーナを想わせた。器用なものである。

山村のとなりに座っていた男が手首のストロークだけでタバコを投げ棄てた。その朱色の輝きを眼で追ってから、ゆっくりと小男のほうを向いた。

「みっちゃん、なにとろとろしてんのよ」

「ごめんよ。ごめん。スクランブラーじゃないからさあ」

「逆ハン切って、すっとんでくればいいじゃない。いつも世界一のライダーみたいなことを言っててさ」

仲間の皮肉な口調に、小男はあわててナナハンからおりた。サイドスタンドを蹴りだして、ナナハンの車体をあずける。すがるような笑いを泛かべて、仲間の男たちに近づく。惟朔は山村と顔を見合わせた。男たちも天を仰いだ。情況を理解していないのは、小男だけであった。

先の尖ったサイドスタンドは、ナナハンの重量を支えきれずに地面にめり込みつつあった。その巨体がゆっくりと傾いでいく。小男が気配に気づいて振り返ったときには、その巨体は北風に靡《なび》く枯れ草の地面に転がっていた。

ハンドルが地面に刺さっていた。巨大なオレンジ色のガソリンタンクが地面と接している。惟朔は漏れたガソリンの甘い香りを胸に充たした。腰をかがめて、目星をつけていた石を摑む。教科書で馴染みの石器とそっくりの石だった。

小男はナナハンのほうを向いている。つまり惟朔に背を向けている。惟朔は先の尖った石を振りかぶり、とっさに思案して、小男の肩口に叩き込んだ。

明確な衝撃は感じられなかったが、小男は倒れたナナハンに覆い被さるように昏倒した。後頭部に石を叩き込まなくてよかったと胸を撫でおろした。

「惟朔！　やばいよ」

山村が叫び声をあげて、小男を抱き起こした。水ぶくれのできた小男の頰を一瞥して、ようやく悟った。小男はナナハンのエンジンのうえに倒れ込んだのだった。エンジンは空冷である。途轍もない高温になっている。肉の焼ける匂いが揮発するガソリンの芳香に絡まって立ち昇った。

男たちは愕然とした表情で立ち尽くしている。肩口を砕かれて、顔や胸部を火傷した小男は、山村に抱かれて瞳を見ひらいている。惟朔は山村に眼で問いかけた。山村は即座に頷き、小男を放りだした。駆けたのは川の方向である。

惟朔と山村は、駆けた。川の流れにむかって駆けた。水飛沫《しぶき》をあげながら、全力で駆けた。駆けながら山村にむかって顎をしゃくった。山村が先に川を横切った。

走ったまま川を渡りきれると思い込んでいたが、いきなり川底が消えた。先を行く山村も水の中に姿を消していた。狼狽した。流れのなかに沈んだ。すこし水を飲んだ。なんとも臭い水だった。藻が腐ったような臭いと化学薬品のような臭いが一緒くたになった悪臭だった。

おそらくは川砂利採取のせいだろう、思いのほか深い多摩川の川底だった。ときどき探ってみるのだが、まったく足が立たない。惟朔は平泳ぎで河面を進んだが、途中から横泳ぎに変え、すこし流されながらも、神奈川県側に泳ぎ着いた。惟朔と山村は四つん這いで川岸を行き、同時にススキの群生のなかに倒れ込んだ。曇っていた。星はまったく見えない。

「山さん」

「なに」

「靴を履いたまま泳ぐには、平よりも横泳ぎだな」

山村は応えず、黙って天を仰いだ。

惟朔も沈黙した。

秋の虫の声が姦しい。ごくまぢかで鳴き騒いでいる。ふたりの吐息が重なった。ぴったりと息が合っている。なんとも奇妙だ。惟朔は意識的に呼吸をずらした。やがて烈しく胴震いした。

十一月下旬の夜の川泳ぎである。歯の根があわない。山村が起きあがり、溜息まじりに服を脱ぎはじめた。見守っていると、作業ズボンのポケットから濡れた札をつまみあげ、苦笑し、くしゃみした。

惟朔も山村に倣って着衣を脱ぎ、全力で絞った。地面に音をたてて水が落ちた。惟朔は闇の中で眼を凝らして、山村の縮こまった陰茎を指さし、笑った。もちろん自分の陰茎もとことん縮まり、睾丸など腹のなかに潜り込んでしまっている。

絞った服をふたたび身につけ、重く痼《しこ》った脹脛を意識して堤の斜面をのぼった。ときどき震えがおきる。歯がガチガチと音をたて、鼻水が流れだす。軀をちいさくして、きつく腕組みをして歩く。

山村のアパートに辿り着いたときには、寒さと疲労に、意識が朦朧としていた。ただ、ときどきゲップとともに迫りあがってくるハンバーグステーキのソースの酸味と、ナツメグの香りだけが明確に意識された。

服を借りて着替え、一息ついた。黄色い裸電球の真下で、山村が首を左右にふった。深刻な顔つきだ。

「惟朔、まずいよ」

「うん、やりすぎた」

「あいつらは、ちんぴらとはちがうんだからさ。まちがいなく警察沙汰だぜ」

「だろうな」

「金、貸してやるからさ、おまえ、朝早くここから出ていけよ」

惟朔は曖昧に頷いた。そうするしかないだろう。しかし、せっかく居場所ができたのに、もう、立ち去らなければならなくなった。溜息を呑みこんで、惟朔は頭の後ろに手を組んだ。畳のうえに転がった。三島が死んで、高校を退学になって、まだ二日しかたっていないのだ。

「波瀾万丈ってやつだな」

裸電球から眼をそらして呟くと、山村がうんざりとした顔をむけた。

5

翌朝、目覚めると雨が降っていた。寝直してしまいたいところだが、そうもいかない。山村は口を半開きにして熟睡していた。惟朔は山村の前歯を見つめた。タバコの脂《やに》だろう、年輪のかたちに茶褐色の汚れが附着している。惟朔は無意識のうちに爪の先で自分の前歯をこすった。

山村を起こさないように、そっと身支度をした。服は借り物なので少々大きい。腕時計はパラショックだけをはめて、のこりは山村の枕許に置いた。まだ濡れている服はワルサーPPKと共に昨夜から目をつけていた大きな布製の手提げ袋に入れた。無断であるが、施設の生活では自分の物と他人の物との境界が曖昧で、その性癖が抜けていない惟朔は、とりわけ気にすることもなくVANという英文字のはいった袋を借用した。

傘をどうするか、思案した。狭い玄関口には少々汚れた黒い傘が三本立てかけてあったが、差すのが面倒なので、借りずにそのままアパートをあとにした。

淡々としたもので、とりわけ感慨もない。自分の行為と結果であるという諦念が心の奥底にあって、仕方のないことだと割り切っていた。ただかなり肌寒い。惟朔は身を竦《すく》め気味に二子新地前駅まで小走りに駆けた。

渋谷にでた。とりとめのない自由が雨の湿気と一緒くたになって覆い被さって、見事に空白だ。湿った駅構内のベンチに座ってぼんやりしていた。

惟朔と同じくらいの年頃の少年たちが足早に抜けていく。通学だろうか。申し合わせたように濃紺のバッグを提げている。MADISON SQUARE GARDENと書かれた白い文字が眼前で無数に躍る。

濡れた階段で転ぶ人もいた。誰もが無視する大都会の孤独などという大仰な言葉が胸を掠めたが、転んだ中年男は、周囲のみんなに助け起こされてひどく照れていた。大きな欠伸をした。演技だ。もう臀にベンチの木の痕が刻印されたかのようで、座っていることに苦痛を覚えた。しかし行くあても目的もないので、座っているしかない。

やがて、人々の忙しく行き交う姿が幻影じみて感じられてきた。惟朔は眼前に張り巡らされたスクリーンに映る光景を見つめているだけだ。ただ、ときにどういう具合か通行人の持つ傘の滴が惟朔に降りかかり、そのときだけは世界がじわっともどってくる。

昨夜、眠る前に山村が二万円貸してくれた。だから金銭的な不安はない。惟朔の記憶では、就職した同級生の初任給が一万七、八千円といったところだった。二万円といえば惟朔にとってかなりの金額だ。

濡れた髪は、まあ乾いたが、足先などの末端は冷たいままだ。惟朔は山村の寝顔を反芻していた。ふと、山村は眠ったふりをしていたのではないかという気がした。なんとなく頬笑んだ。笑いはすぐに凝固した。頬笑んだまま、立ちあがっていた。

駅構内を適当に歩きまわって、手頃な喫茶店を見つけた。店内に入って待ち合わせの客をさがすような演技をして、わざとらしく舌打ちをする。それから傘立ての中からゆっくりと自分の好みの傘を選ぶ。先のことを考えて持ち運びに便利なように折り畳み傘を盗んだ。

「なんである、アイデアル、だっけ。傘は天下の回りもの、か」

戯《ざ》れ言《ごと》を呟く自分が、少しだけ可哀想に感じられた。傘泥棒のちっぽけな昂ぶりもしょんぼりと凋んでいった。傘は手にいれたものの、雨のなかを歩くのも面倒だ。東急文化会館にむかった。

パンテオンで上映している〈アドベンチャー〉という作品にも心を惹かれたが、三千頭の牛の暴走という謳い文句にのってジョン・ウェイン主演の〈チザム〉という西部劇を観ることにした。

格闘シーンや牛の暴走場面など、それなりに愉しめたが、ジョン・ウェインは苦手だ。なんともいえないずれを覚えた。ジョン・ウェインがいくら恰好をつけても不細工な中年親父にしか見えないのだ。ヒロイン役の女優も惟朔にとっては姦しい白人のおばさんにすぎない。二度目を観たときには、あまりの退屈に欠伸が洩れた。うたた寝をした。

三度目の上映で、ジョン・ウェイン扮するチザムという名の主人公が殴りあいをして階段から落ちる場面で、階段を落ちてきたのはスタントマンであり、画面下にその姿が消えて、立ちあがったときにはジョン・ウェインと入れ替わっていることに気づいたときには心底から馬鹿らしくなった。

鼻で笑って、いきなり寒々としたものが突きあげてきた。行き場のない自分がいったい誰を笑うことができるのか。そんな孤独と自嘲の思いだった。

惟朔は徹底して誰にも相手にされていないことを過剰に意識し、自覚して、最終上映が終わるまで渋谷東急の暗闇の中に身を潜めていた。

空腹が限界に達していて、チザム、ジョン・チザムとコーラスが連呼する映画の主題歌が頭のなかでエンドレスで響き、しかも胸の裡には対象のはっきりとしない漠然とした怨みの感情が滾っていた。VANの袋ごと胸に抱きこむようにして持ったワルサーPPKが本物であったらと希っていた。

*

昼はいい加減に電車に乗って、適当に降りた街の適当な映画館で眠り、夜は渋谷にもどって坂道を彷徨《さまよ》い歩く。疲れ果てた明け方には宮下公園のベンチに座って前屈みになって地面を睨みつける。夏とちがって夜明けが遅いことを呪う。

二日のあいだ、惟朔はどす黒い汁の立ち食い蕎麦だけを食べ続けて、さらにどす黒い苛立ちと対象不明の静かな怨みを醱酵《はっこう》させていた。

眠りに入った溝ノ口の映画館だが、丹波哲郎の出演していたマカロニウェスタン〈五人の軍隊〉がなぜか印象に残っていた。丹波哲郎はひとことも喋らない役だった。惟朔もこの数日というもの、言葉らしい言葉を一切発していなかった。

その日の渋谷の街は、なぜかいつもよりも人出が多かった。〈新 荒野の七人〉があまりにも駄作だったのと、連日の映画館泊のせいで臀や腰が限界にきていたのとで発作的に前線座から飛びだしたのだが、あまりの人混みに惟朔はよけいに苛立った。

日曜であることに気づいたのは、午後になってからだった。多少は雲がでているが、晴れているといっていい。

唐突に渋谷から離れたくなった。行くあてもなく国電に乗った。夕刻には武蔵小金井に舞い戻っていた。朱に染まったすじ雲の大層美しい夕暮れだった。退学になった高校に忍びこんだ。教職員用のトイレの中に隠れた。

便所の冷たい壁に背をあずけ、仄《ほの》かに浮かびあがる大便器を睨みつけ、焦った手つきでワルサーＰＰＫに弾丸を装塡《そうてん》し、遊底を引き、引き金を引く。薄闇の中に線香花火じみた火花が散って、情けない発射音がトイレ中に響いた。全弾撃ちつくした。たちこめる硝煙に咽せかけた。便器のなかにたまっている水に、オレンジ色をした火花が爆ぜるのがぼんやりと映っていたのだが、眼を閉じてもその鈍い朱色が見えた。

火薬の炸裂する音を聞きつけて、用務員がやってくるかもしれない。いまになって息をひどく荒らげていた。それを無理やり抑えこむと、ワルサーＰＰＫのグリップを握った掌に大量に発汗した。それとは対照的に干涸《ひか》らびたように感じられる唇を舐めまわした。

しばらく息をころしていた。

誰もやってこなかった。

人の気配は一切ない。

大きく息を吸って、ワルサーPPKを大便器にむけて投げつけた。便器を叩き割ったつもりだが、床の小便臭いタイルに当たってちいさな罅をいれただけだった。

錯乱した。

静かに狂った。

迫りあがってきたのは自慰の衝動だった。

緊張のせいか充分な硬さを保ち得ず、弛緩と中途半端な硬直が交互に訪れ、しかしそれでも惟朔は闇雲にこすりあげ、トイレの壁面にむけて射精した。

放たれた精は数日分の濃さがあり、だらだらと壁面を伝い落ちていく。惟朔は掌にこびりついた陰茎の汗臭い臭いと精液の匂いを胸に充たし、個室からでた。

トイレの水道で頭を洗った。床を水浸しにして、さらに腋窩《えきか》や股間も洗った。レモンのかたちをした黄色い石鹸を使った。水道の水は冷たく、幾度も胴震いがおきたが、気分が吹っきれていた。

武蔵小金井から中央線に乗って立川で青梅線に乗り換えた。東中神で下車する。ここは施設に放り込まれる前、小学校時代を過ごしたところであり、母や妹が暮らしている都営住宅がある。

しかし母のところに帰る気はなく、駅から十分ほどの松ノ湯という銭湯にむかった。小学校のころの同級生の中でも中心的な立場にあった松下美子という女子に会いにいったのだった。美子は松ノ湯の一人娘である。

しばらく思案して、まずは番台に行って来訪を告げた。番台にあがっていた美子のお母さんはニコニコしながら裏にまわりなさいと言った。娘とちがって少し面長である。銭湯の裏には燃料の材木などが山積みにされていた記憶がある。

言われたとおり銭湯の裏に行き、意外なほどに青臭い匂いのする建築廃材の傍らに立っていると、サンダルの音がカラカラと心地よく耳に響いた。

美子が駆け寄ってきた。地面には小石が突き固めてあり、惟朔は俯いてバスケットシューズの踵でその硬い感触を確認し、そのまま美子のサンダルから覗ける足指に視線を移動させた。彼女からは湯の香りがした。まだ髪が濡れていた。

「吉川くんなの」

「うん。久しぶり。松下、元気か」

「まあね」

顔の輪郭は小学生のころと大差がないのだが、それでも美子はずいぶん大人びて見えた。惟朔は尋ねた。

「高校だろ」

「うん」

「S高？」

それしか知らない地元の高校の名をだすと、美子は大げさに顔を顰め、サンダルの爪先で地面を蹴った。

「まさか。あんな柄が悪いとこ。冗談じゃないわよ」

その剣幕に気圧《けお》されて、なんとなく迎合していた。

「ここいらへんのランクっていうの、よくわかんないからさ。松下なら、もっといい高校に行ってるよな」

当然だといったふうに美子は頷き、表情を砕けたものに変えた。

「吉川くんはどうしてるの。施設に入れられちゃったんでしょう。急に富士見小からいなくなって、みんな噂してたんだよ」

「どんな噂だ」

「ワルにかけては、ちょっとずば抜けてたって」

美子の眼差しには微妙に揶揄するいろと迎合とがあり、しかも優しさがあった。惟朔は自尊心を充たされて、肩から力が抜けるのを感じた。

「俺、ワルかったかな」

「かなり、ね」

「おまえ、大人っぽくなったね」

「吉川くんも変わったね」

「俺、変わったかな」

「なんか尖ったよ、とんがってる、背が高くなって痩せたってこともあるけどさ、施設のなかで苦労したんでしょう」

「うん。まあ、そうかな。俺、じつは、その施設から高校に行かしてもらってたんだけどさ、馘になっちゃったんだ」

「退学ってこと」

「そう。一応は任意退学なんだけどね」

この期に及んで任意退学と口にする自分が情けない。美子は口許に微笑を泛かべて一歩近づき、囁き声で言った。

「お家に帰ってきたのね」

「帰りたくないんだよね」

「でも、それしかないでしょう。吉川くんのお母さん、いつもあなたのことを心配していたよ」

「勘弁してくれよ」

「なぜ」

「おふくろのことは、言うな」

「わかった。ごめんね」

なんとなくお互いに沈黙してしまった。声を荒らげたことを反省して、夜空に視線をやると聳えたつ煙突からもくもくと煙が立ち昇っている。風呂桶がタイルにぶつかる音だろう、ときにコーンという響きがここまでとどいてくる。

美子はじっと惟朔のことを窺っている。惟朔は躊躇いを振り棄てて、ことさらな無表情をつくって訊いた。

「おまえのとこにきたのは、山本の住所を知りたかったからだよ」

「山本って」

「山本幸子」

美子が小首をかしげた。惟朔は顔が赤くなるのをとめられなかった。美子はじっと惟朔を見つめたが、よけいな詮索をせずに背をむけた。すぐに手帳を手にしてもどり、山本幸子の住所を教えてくれた。歩いていける距離なのでホッとした。

「清風荘か」

「うん。十月に同窓会やったのよ。さっちゃん、綺麗になったよ。スタイル抜群」

「ばかやろう。そんなんじゃねえよ」

思わずぞんざいな口調で凄んでしまい、我に返って礼を言った。

「いろいろありがとうな。頼れるのがおまえしかいなくてさ」

美子はサンダルを履いた足をことさら内股にして、黙って惟朔を見つめている。

「これからもいろいろ世話になるかもしれないけど」

惟朔は上目遣いで頭をさげた。美子は柔らかく頷いた。

「うん。いいよ。あたしは幹事役だし。惟朔も同窓会に出なよ。案内はお母さんのところに送ってるんだよ」

惟朔は逃げるように松ノ湯をあとにした。最後に吉川くんではなくて惟朔と呼び棄てにされたことに昂ぶりを覚えていた。ちょっと始末に負えない感情の波立ちかただ。しかし松ノ湯の煙突の先しか見えないあたりまで歩くと、昂ぶりはあっさりとおさまっていた。惟朔はほとんど無意識のうちに一線を引いていたのだった。

松ノ湯の一人娘である美子は、クラスのなかでももっとも裕福な家の娘だった。しかも勉強もでき、クラスをまとめる統率力もあった。

階級という言葉の正確な意味を知らない惟朔だが、階級自体には敏感だった。昭島市東中神周辺は米軍立川基地に接し、その基地騒音の凄まじさは常軌を逸していた。

このあたりはもともと旧日本陸軍航空隊の基地があったところであり、立川飛行機、昭和飛行機といった民間航空機工場の進出で栄えた土地でもあった。

戦後は東中神駅周辺を中心に旧軍施設の建物などに住み着いた在日韓国朝鮮人たちが

集落をかたちづくり、さらにその外側に二家族で真ん中から区切られた一軒の木造平屋に暮らす東京都の都営住宅が造られ、少し離れた場所には公務員住宅と呼ばれるモルタル二階建ての住宅が整然と建ち並んでいた。

惟朔の一家は父が他界し、惟朔が施設に収容されて以降も母と妹たちが都営住宅に住んでいるのだが、惟朔が小学校低学年だったころは住宅周辺の道は未舗装であり、当然ながら下水道などとはまったく無縁だった。当番制でドブさらいが日曜日ごとに各家庭に割り当てられて、どの家がサボったサボらないと争いの種になっていた。

惟朔もときどきドブさらいに駆りだされたものだ。裸足で生温い汚泥のなかにはいり、その生活排水や生ゴミの悪臭に鼻が麻痺してしまえば、どろんこ遊びの延長である。ボールのように固まった蚯蚓《みみず》を弄んだりした記憶がある。

ところが公務員住宅の敷地内にはたしかにマンホールの蓋があった。公務員住宅の子弟はドブさらいを知らないだろう。

道路の舗装ひとつをとっても公務員住宅周辺は惟朔が物心ついたときからコンクリートで舗装されており、やがて都営住宅周辺の道路が黒いアスファルトで舗装され、ところが在日韓国朝鮮人の集落内だけはいつまでたっても泥道のままであった。つまり、それぞれの地区が置かれた立場が小学生であった惟朔にも鮮明にわかってしまうのだった。

銭湯を経営する美子の家は、そういった階級のわかりやすい東中神においても別格だった。韓国朝鮮人の集落には案外と手製の風呂があったりしたのだが、都営住宅には風呂がなかった。数百世帯が暮らす大規模都営住宅が背後に控えている松ノ湯は独占企業のようなものである。

惟朔は夜道を歩いた。白い笠のついた街頭の黄色い光がまばらになってきた。私道なのだろうか。美子から教わった住所から見当をつけて辿り着いた清風荘は舗装の途切れた桑畑の脇道に沿ったその奥にぽつんとあった。

「二階六号室」

呟《さ》いて、錆びた鉄階段を、なぜか忍び足になってのぼる。いまになって関東ローム層の赤土独特の酸っぱい乾いた匂いが鼻腔に充ちてきた。一階にも二階にも部屋が六つあった。六号室というからには端のどちらかの部屋だろう。ところが左右の端、どちらの部屋にも表札がない。しかもどちらの部屋にも明かりがついている。惟朔はコンクリートで雑に固められた外廊下を幾度か行き来し、間違ってもともとだと開き直って、左端の部屋のドアをノックした。

反応がない。

明かりはついているのだが、まったく反応がない。

焦《じ》れた。

右側の部屋を訪ねてみようと体勢を変えた瞬間だ。

「誰」

と、短く声がした。

惟朔は咳払いをした。なぜ人はこんなときに決まりきったように咳払いするのかな。そんなふうに自分を観察し、気を取り直した。わずかではあるが痰が絡んでいた。だからそっと床に吐いた。咳払いを正当化し、それから、声をあげた。

「山本さんのお宅ですか」

「──はい」

「夜分遅く申し訳ありません。小学校のときに幸子さんと同級生だった吉川と申すものですが」

すらすらと敬語がでてきたのは、施設内で教えこまれた賜物である。道徳の授業があり、園長先生にむかって実際に種々の挨拶をさせられたのだった。

「惟朔くん」

「うん」

ドアがわずかに開いた。

「おう」

横柄な声が洩れた。

「うん」

と、幸子が応えた。惟朔はことさらに居丈高な調子で言った。

「近くまできたから、訪ねてみた」

幸子の眼差しに思案のいろが掠めるのがみてとれた。惟朔はあわてて迎合した。

「ずいぶんしばらくぶりなんだ、こっちに帰ってきたのは。でも、家に帰るよりも、なぜかおまえの顔が見たくてさ」

「なんでここがわかったの」

「松ノ湯」

「松下さん」

「そう」

「じゃあ、あたしよりも先に松下さんのところに行ったんじゃない」

「だって、行かなければ、山本の家がわかんないじゃんか」

「あたし、一人暮らしなんだよね」

思い詰めたような幸子の眼差しに、狼狽した。そういえば幸子は、正確な場所は忘れてしまったが、以前は韓国朝鮮人の集落のなかの西立川寄りの一角に住んでいたはずだ。

「おまえ、家族と一緒じゃないの」

「家、でたんだよ」

「働いてるのか」

幸子は不明瞭に笑った。惟朔の質問には答えずに、囁き声で呟いた。

「お父さんが――」

「なに」

「なんでもないよ」

上目遣いでじっと見つめてくる。もともと痩せた女の子だったが、小学生のころからそのまま背丈だけが伸びた印象だ。

ただ美子が言っていたように、すらっと手足が長く、背丈は一メートル七十ある惟朔と遜色がない。薄い眉の下の黒眼がちの瞳が夜の藍色に染まったかのように輝いていて、どちらかというと薄い唇がくるっと捲れあがる瞬間がある。そのときに覗ける前歯が眼球の芯に沁みそうなほどに白い。なんだか正視を躊躇わせるような気配がある。

「不恰好な話だけどさ」

「なに」

「うん。俺、行くところがなくて渋谷で寝てたんだ」

「渋谷」

「なぜか、おまえのことばかり考えてたんだよね。なぜだろう」

惟朔の正直な気持ちである。しかし、そう問われても、答えようがないだろう。幸子は戸惑いと逡巡をその瞳いっぱいにあらわし、しかし性格的なものなのだろうか、それとも保身のなせるわざなのか、曖昧で摑みどころのない笑顔を泛かべた。親愛というよりも、距離を感じさせる、あるいは距離をつくるための微笑である。

「惟朔くんはS鑑をでたの」

「あたりまえじゃん」

「喧嘩、強い？」

「弱い」

はじめて笑顔を見たような気がした。幸子が俯き加減で笑っている。

「惟朔くん、富士見小にいたころも口だけだったもんね」

「そういう目で見てたわけ」

「ううん、ちがう。惟朔くんは、いつもあたしを庇《かば》ってくれた」

そうかな、と首をかしげそうになったが、適当にとぼけた。

虐《いじ》めた記憶ならある。みんなといるときには適当に距離をとっていたが、ふたりだけになると、つい虐めてしまった。

栄養がたりないせいか動きは大儀そうで鈍いし、いつも汚れたスカートを穿いていたし、髪も顔も手も、膝小僧も、どこもかしこも薄汚れてくすんでいた。それに苛立ったのだ。惟朔は幸子の指にそっと視線をむけた。

「おまえ、爪、綺麗になったね」

幸子はそれには応えず、やや頬を緊張させた。

「冷えるでしょ」

「ああ、まあ、ちょっと。でも野宿してたみたいなもんだから、平気だ」

「はいる？」

「どこに」

「部屋」

「いいのか」

「――いいよ」

「俺、女の部屋にはいるのって初めてなんだよね」

いささか下卑た笑い声をあげかけて、それに気づいて、惟朔は焦り気味に表情を引き締めた。

脱ぎ散らした惟朔のバスケットシューズを幸子が揃えてくれた。惟朔は背後から膝をついた幸子の姿を観察して、あらためてなんともいえない息苦しさを覚えていた。

跪《ひざまず》いた幸子の軀の線には、意外な女が匂い立っていた。腰が細くて、それこそ折れそうに見えるほどなのに、臀は思いのほか張りつめていて、逆ハート形に締まって大層美しいかたちをしていた。

「おまえジーパン似合うね」

振り返った幸子は、あの不明瞭な笑顔を泛かべた。

「あたしね」

「うん」

「なんとしても家を出たかったの」

「いい部屋、借りられたじゃん」

「お家賃払うの、けっこう大変だけど、家を出なければならなかったの」

「そうか」

漫然と返事をした惟朔は、幸子の思い詰めた気配に気づかなかった。それよりも幸子の部屋に興味がいっていて、遠慮なしに観察していた。

「きれいにしてるな」

「なんにもないから」

「おまえ、さあ」

「なに」

「むかし、ちょっと汚れてたじゃん」

「うん」

返事をした幸子は、いままで泛かべていた曖昧な笑顔を引っこめていた。

惟朔はその切実な眼差しに息を呑んだ。頬や口許に笑いをこびりつかせていない幸子は顔の左右が見事に対称な、冷たい美しさに充ちていた。四十ワットの裸電球の真下で、惟朔は幸子の美貌を再確認し、狼狽しかけていた。

「あたし、家にお風呂がなかったし」

「俺の家もねえよ。都営だし」

「お風呂に行くお金も貰えなかったの」

「そうか。俺の家もよく風呂に行く金がなくてさ、流しでおふくろに洗われたりした」

「あたしは、家では絶対に肌をだすことはできなかったんだよね」

「なんのこと」

「──なんでもないよ」

惟朔にそれなりの人生経験があれば、いままでの幸子の言動から、幸子と父親の確執、そこに微妙に漂う性的なニュアンスに気づいたのだろうが、まだ世界が自分を中心にまわっていると信じこんでいる幼い惟朔には、当然ながらそういったことに気づく余裕がない。

「おまえ、朝鮮人だろ」

「うん」

不安そうに幸子が見つめた。

「だめ？」

「だめなことないよ。告白します。俺の初恋の人は朝鮮の女の子でした」

茶化して言ったが、顔が赤くなるのをとめられなかった。しかしその赤面は羞恥からのものというよりも、甘酸っぱい追憶がもたらしたものだった。

「そんなの、知ってる。片山さんでしょ」

「あれ、知ってたか」

幸子は答えない。惟朔はその女の子に会いたくて、悶々とした日々を過ごした。毎日夕刻になると落ち着かなくなって、雨降りの日であっても家を出たのだった。そのことを幸子にむかってなんの衒《てら》いも照れもなく語りはじめた。

「名前も知らなかったんだ。そばかすだらけの子で、ある日、第二都営の公園で、ブランコをこいでたんだ。夕方だった」

幸子が醒めた声で受けた。

「惟朔くん、初恋なんてあったの」

「まあな。小学三年だったかな。おなじクラスになるとは思わなかったなあ」

「惟朔君はませてたものね」

皮肉っぽい幸子の声である。けれど惟朔は幸子に受けいれられた安堵もあって、とめどもなく喋る。

「そばかすがね。片山はそばかすだらけの女の子だったんだよ。俺、そのそばかすを見ると」

しかたがないな、と頷いてやるやさしい幸子だ。

「俺ね、ほんと、なんか胸がきゅって縮こまっちゃうんだよね」

「そばかすを見るときゅってなるの」

「変だろ。おまえ、気にならなかったか。片山のそばかす。ほんと、すっげー、そばかすなんだよね。でも、いつも髪の毛を後ろに束ねてた。黒いゴムでね、まとめてるの。隠さないんだよ。だからそばかす丸出し。でもね、なんか雰囲気が涼しいんだよね。なんなんだろうね。俺、片山の首筋やほっぺのそばかすを見ると、もう、たまらなくてさ。俺よりも歳が上だったんだけど意識しだしてからは、誰にも言えなくなっちゃったし、ひと声もかけられないし。ただ、今日は来るかなって、じっと第二都営の公園で待ち伏せだよ」

「惟朔くん」

「なんだよ」

「お茶もださなくてごめんね」

「気にするなよ。喉が渇いたら、水道があるって」

「あたし、お金、なくってさ」

「金、ないの？」

幸子は恥ずかしそうに頷いた。

「なにも買えないの。惟朔くんがきたときも、電気を止められるのかなって勘違いしちゃって、怖かったの」

惟朔はズボンのポケットをあさった。二日間の野宿で三千円弱遣っていた。食事はすべて立ち食い蕎麦だし、ロードショウで観たのが〈チザム〉だけなので、意外に残っていた。惟朔は小銭も余さずすべてを幸子の前に押しやった。

「やるよ」

「やるって……」

「気にするな」

「だって、全部だよ。惟朔くんのお金、全部でしょう」

「うるせえよ。ごちゃごちゃ吐《ぬ》かすな。やるって言ったら、やるんだよ」

「受け取れないよ」

「幸子。てめえ、ぶっ殺すぞ」

冗談まじりに凄むと、幸子はあわてて湿った札や小銭を揃えた。惟朔はそんな幸子の手の動きをじっと見つめた。

「おまえ、ほんと、爪、綺麗になったね」

「惟朔くんに怒られたんだよね。爪を食うなって」

「だって、おまえ、噛みすぎて指から血がでてただろ」

「うん。やめられなかったの」

「爪だけじゃねえよ。腕を噛んで痣《あざ》だらけだっただろう」

「そうなの。あのね」

「うん」

「中二まで噛んでたの」

「だめだよ。中二までなんて。進歩がないって」

「うん。ある日ね、やめた。やめられた」

「そういうもんかもしれないね」

「お父さんが脳溢《いっけつ》血で動けなくなったから」

「へえ？」

　間抜けな声をあげて、惟朔は幸子の顔を見つめ直した。

「おまえ、父ちゃんが動けなくなったら、噛まなくなっちゃったわけ」

「そう。安全になったから」

「わかんないよ。おまえの言ってること」

「でもね、じっと見てるのよ。動けないくせに布団の中からじっと見てるの」

「親父が？」

こくりと幸子が頷いた。

ようやく惟朔にも父と娘の関係の危うさがわかってきた。理解できたのと同時に、言葉がなくなった。

「視線だけでも、きつくて。だから、どうしても家をでなくちゃならなかったの」

惟朔は憮然として頭の後ろに手を組んだ。そのまま、畳のうえに転がった。天井からさがる裸電球が微かに左右に揺れている。眩しい。顔を顰め、横を向く。

幸子と父の関係が朧気《おぼろげ》ながらもわかってきて、もっていきようのない怒りと苛立ちを覚えるのと同時に、しかしそれよりも畳に軀を横たえていることが心地よく、不思議な安堵感があった。

「なあ、幸子」

「うん」

「俺ね、行き場をなくしちゃってさ、ずっと映画館で寝てたの」

実際は正味二日間だけなのだが、いまや惟朔の実感ではそれこそ一月ほどを映画館で寝たような気分になっている。畳の平滑さを背中いっぱいに味わいながら、浮かれた調子で声をあげた。

「寝るもんじゃないね、映画館なんて。腰が曲がっちゃってさ、足は痺れるし、なんかケツっぺたに椅子の撥条《ばね》のかたちが刻み込まれちゃったみたいになっちゃって。ほんと、つらかったなあ」

「苦労したんだね」

「そうなんだ。凄い苦労した」

「可哀想」

惟朔は弾かれたように軀を起こした。

「俺、可哀想か」

「うん。あたしにあんなによくしてくれたのに、S鑑に入れられちゃったし」

「俺、おまえによくしたか」

「惟朔くんだけだったよ。富士見であたしと口をきいてくれたのは」

いきなりだった。幸子の顎に梅干しのような皺が刻まれた。

啜《すす》り泣きだした。

惟朔は落涙する幸子を茫然と見守った。

幸子は掌で雑に涙をこすりながら、しゃくりあげる。

「あたし、みんなから汚いって言われて、みんな、あたしのこと、汚いって。女の子も男の子もあたしのこと、避けた。気持ち悪いって言われたよ。先生だって、あたしを見ると笑ったもん。笑って避けたんだよ。あたしだって、綺麗にしたかったよ。でもね、お母さんは家から出てっちゃったし、あたしはどこにいていいかわからなかったし、家にはお金はないし、お父さんとふたりだけで、お父さんはあたしを、あたしを」

　いまだかつて知らなかった悲哀が幸子の全身から立ち昇っていた。人はこれほどまでに悲しいのだ。これほどまでに痛いのだ。これほどまでに裂けていくのだ。

泣くしかないのだ。

　幸子は、泣くしかない。

　それが直截に胸に染みこんできた。

　泣くしかない――。

　居たたまれず、怒鳴りつけた。

「うるせえ」

「だって、あたしだって汚いのなんていやだったよ。汚いのなんてさ、いやだったもん」

「うるせえって言ってるだろう」

　惟朔は幸子の頬を張っていた。涙で濡れていたので、とても大きな音がした。幸子は瞳を見ひらいて、泣きやんでいた。惟朔は目頭に滲んでしまった涙を雑にこすった。

「こい」

「――なに」

「うるせえよ。黙ってこい。俺の膝の上に座れ」

「なんで惟朔くん、威張ってるの」

「てめえがめそめそ泣くからだよ。うだうだ言うと抱っこしてやらねえぞ」

「抱っこ」

惟朔は鷹揚に頷いて、胡座をかきなおした。幸子が拇指の先を口にいれた。

「爪」

「あたし、噛んでた?」

「ああ。ガキじゃねえんだからよ」

「あたし、噛んでないよ」

言いながら、幸子は自分の指先をじっと見つめた。惟朔を見ずに、訊いてきた。

「ほんとうに抱っこしてくれるの」

「うん。おまえ、ガキじゃん」

「さっきはガキじゃねえんだからって怒ったじゃない」

惟朔は面倒になってきた。とたんに幸子がすりよってきた。惟朔は幸子を横抱きにした。意外に重い。痩せているのに柔らかい。睫毛が長い。首筋にうっすらと蒼い血管がはしっている。その下に迫りあがった鎖骨の曲線が嫋《たお》やかだ。

息苦しい。惟朔も幸子も照れていた。とりあえず子供にするように幸子の頭を撫でてやった。

「おまえ、髪の毛、細いね」

「そうかな」

「あ」

「どうしたの」

「静電気。見えた」

「嘘だ」

「嘘じゃないって。俺の指にパシッてきて」

「どんなだった」

「青かった。青白い。真っ白かな」

「あてになんないね」

「とにかくちいさな雷様だよ」

惟朔は幸子の頭を撫で続けた。先ほどのように放電こそしないが、惟朔の指先の動きとは無関係に髪の毛が躍る。幸子の頭には不思議で繊細な生き物が棲んでいる。この生き物はとてもいい匂いがする。惟朔の頭皮の脂ぎった臭いとは別物だ。惟朔はこの香りを胸の裡で静電気の匂いと名付けた。

「どうだ」

「うん。なんか楽」

「そうか。いいなあ」

「羨ましい？」

「うん。俺なんか、誰にも相手にされてないもんな」

「そんなことは、ないよ」

「――みんな、俺を追い出すんだ」

惟朔は高校、園長、山村、と指を折って数えてみせた。幸子は意味もわからぬまま、憮然とした顔をした。

「許せないな、惟朔を蔑《ないがし》ろにするなんて」

「おまえ、俺様を呼び棄てか」

「ごめんなさい。惟朔くん」

「まあ、いいや。それより、蔑ろって言い方、いいな」

幸子がきょとんとした顔をした。惟朔はあわてて釈明した。

「いや、俺だって蔑ろにするって言葉くらい、知ってるよ。でも、実際に遣ったことはないのね」

幸子はふたたび拇指の先を口のなかに入れた。惟朔は、もうそれを制止しなかった。幸子の舌先が微妙に指先と絡みあい、唾液が控えめに爆ぜるのを見守った。以前のように血が滲むまで嚙むことはない。それがなんとなくわかった。

そんなことよりも──。

「幸子」

「なに」

「もう、降りろ」

「なんで」

「ちんちんが硬くなってきた」

微妙な間があった。

我に返った。

あまりにも不用意で率直な言葉だった。肉体の接触による反射的な反応であったのと、幸子が安らいだ顔をして、幼児のような甘え方をしていたので、性的な意識が立ちあがる前に自身の状態を躊躇いなく口ばしってしまった。なにごとに対しても、惟朔にはそういうところがあった。包み隠すということが苦手なのだ。あるいは隠すという発想がない。正直の上に馬鹿がつくとよく嘲笑われたものだが、そういったところに妙に無防備なところがあった。硬くなったことはまぎれもない事実であるが、なんの考えもなく口にしてしまったことを惟朔は悔やみ、狼狽した。

そっと幸子の顔を窺う。

幸子は先ほどと同様に拇指を口のなかに入れていたが、浅く挿しいれたそれを、もう舐めてはいなかった。だが緊張しているという雰囲気ではない。逆に惟朔のほうが恥ずかしさでいっぱいで顔に血が昇るのをとめられなかった。

「ごめん」

惟朔の口から、うわずった謝罪の言葉が洩れた。惟朔の意識とは無関係だった。これも反射運動のようなものだ。幸子が口から拇指を抜いた。唇をすぼめて逆に惟朔の顔色を窺ってきた。

「あたし、降りたほうがいいかな」

惟朔は答えられなかった。凝固したまま背を伝う緊張の汗だけを意識し、黙って横抱きにした幸子を支えていた。幸子がそっと惟朔の耳朶に手をのばしてきた。

「熱い」

ひと息おいて、繰り返した。

「熱くなってる」

囁きながら、惟朔の耳朶を弄ぶ。幸子の指の動きにあわせてその軀が微妙に揺れる。指の筋肉の動きが微かな振動となる。幸子の臀にまでそのわずかな揺れが伝わって、密着している惟朔を刺激する。本来ならば気づかないほどの揺れであろうが、過敏になっている惟朔はますます狼狽した。

息苦しくなった。呼吸が浅い。蜂谷が暴れている。その脈動の合間を縫うようにして、風の音が耳につく。北風だろうか。

「ねえ、惟朔くん」

「なに」

「キスって、したこと、ある」

「ある」

これも反射的に、間髪を容れずに答えてしまったが、すぐに後悔した。あれをキスといっていいのだろうか。惟朔には異性とたくさんのキスを重ねた過去があるが、そこには意志というものが介在していなかった。キスをした、というよりも、キスをされた、と表現したほうが正しい状況だった。

しかし、いまさら発言を撤回できるはずもなく、また釈明すればするほど立場が危うくなっていくであろうことも直感できたから、居直った無表情をつくってとぼけた。幸子は黙って惟朔の顔色をさぐっていたが、やがて呟いた。

「なんだ、あるのか」

「おまえは」

「なにを」

「なにをって、キス」

とたんに幸子は口を噤んでしまった。惟朔は居たたまれなくなって、幸子の顔を凝視した。噤んだ口の端に幽かな歪みがあらわれている。惟朔は幸子の薄い唇に泛かんだ歪みの意味を考えた。考えながら、わざと眼の焦点をぼかしてみた。ぼんやりと滲んで曖昧になった幸子の顔に泛かんでいるのは、頰笑みにちかいものだった。

しかし単純に頰笑みと断言するには、もっと複雑ないろがあらわれているのが感じとれて、惟朔はそこに異性の持つ、男には有り得ない深みのようなものを感知していた。一筋縄ではいかないな、そんな印象だ。

だからといって、幸子が拗ねているとか狡猾であるといったふうにみえているわけではない。唇に泛かんでいるのは歪みとしか表現できないものであるのに、歪みのなんと美しく艶《なま》めかしいことか。

惟朔はもはや狼狽を克服しつつあった。幸子の臀に密着している自身の硬直に対してはきつい羞恥を覚えているのだが、こういう場合には、ちんちんが硬くなってきた——と呟いてしまった瞬間の、あのなにも考えていない率直な気持ちがいちばん正しいということがわかってきたのだった。恥ずかしいことこそ、隠さずにありのままに。羞恥のあまり隠そうと足掻《あが》けば、よけいに抜き差しならなくなる。だから、わたしのちんちんは硬くなりましたと告白して、そこから先は相手に委《ゆだ》ねてしまえばいいのだ。

木枯らしが野方図に吹きつけて、窓枠が頼りなげに振動している。猛《たけ》る風にじっと耳を澄ます。幸子は先ほどよりもほんのわずかだが微妙に力をこめて惟朔に軀を寄せ、やはり風の音に耳を澄ましている。

じっとしているうちに、惟朔は自分と幸子の呼吸に幽かなずれがあることに気づいた。ずれがあるのは当然であるが、どこか気に入らない。焦れた。惟朔が自身の呼吸を幸子にあわせて修正しようとしたときだ。幸子が一瞬息をとめ、間合いをはかり、惟朔の呼吸にぴたりとあわせてきたのだった。

驚愕したというにはおおげさだが、惟朔は軽く眼を見ひらいていた。幸子の唇には、こんどは明確な頬笑みが泛かんでいた。まさに息が合っているのだ。惟朔は性的な気分も忘れて充実を味わっていた。

気分が、いい。こういう気分を幸福というのだろうか。和らいで、安らいで、合一感がある。軀と心の芯でなにやら痼《しこ》っていたものが、すうっとほぐれて消えていく。

次の瞬間だ。

階下でなにやら烈しい金属音がした。

惟朔と幸子は顔を見合わせた。

その間にも、がんがらがん……と、風に煽られてなにやら金切り声をあげて転がっていく。

「きっと金盥《かなだらい》。下の真ん中の部屋の人、ドアの横にさげてたもん」

惟朔と幸子はお互いに曖昧に視線をそらして、同時に失笑した。息だけでなく笑いのタイミングまで合っているのでふたたび顔を見あわせた。

見つめあった。

もう、笑っていない。

幸子がゆっくりと眼をとじた。それに連動しているかのように、ちいさく唇がひらかれて、濡れた舌先が覗けた。思いのほか尖っていて、緋《あか》い。

誘いこまれた。

重ねていた。

触れあっていた。

しばらく、そのままでいた。行儀よく唇をあわせて、じっとしていた。

やがて戸惑いが這い昇ってきた。

吸うべきか。

それとも軽く触れあっている舌先をさらに侵入させるべきか。

じっとしているのはあまりに芸がない。しかし過去の体験から得た技術はあまり用いたくない。露骨に性的なあれこれを試みて幸子に嫌われたくない。ある程度のぎこちなさを演技しようと決めた。打算である。

それでも惟朔は吸うことよりも侵入を試みることにした。侵入は幸子の肉体を欲していることの率直なあらわれであるが、惟朔自身には自覚がない。精一杯抑制して、前触れとして軽く、しかもおどおどと幸子の舌先を押してやると、幸子の唇から力が抜け、さらにその全身から力が抜けていった。まるで軀中の関節が外れたかのような幸子の姿である。腕に抱えている存在は、いまや完全に惟朔のものなのだ。惟朔は押し入った。舌先に男の意志が宿っていた。力の加減がきかず、打算は霧散し、箍《たが》が外れてしまった。きつく挿しいれた。

それから、さぐった。幸子の口腔内のすべてを知ろうと、さぐりつづけた。幾度も歯並びを確かめた。惟朔のような不細工な八重歯は、ない。物足りないくらいに綺麗な楕円を描いていて、どうやら虫歯もないようだ。歯並びに飽いて、舌をさぐってみた。すると即座に絡みあわせてきた。

追った。

逃げた。

さらに追うと、逆に迫ってくる。

惟朔は息苦しさを覚えて、しかし、のめりこんだ。ふと我に返ったのは、血の味がしたからだ。

顔を離して、まず自分の唇を舌で舐めまわして調べた。調べながらその眼は幸子の唇に据えられていて、惟朔は彼女の下唇が裂けていることを他人事のように確認していた。

「でてるな」

「ほんと」

「かなり、だぞ。俺がやっちゃったのかなあ。ごめんな」

「いいの。ねえ」

「なに」

「吸って、いいよ」

「血」

「そう」

惟朔は逡巡した。幸子が毅然とした声をあげた。

「ねえ、吸って」

「でもな」

「なに」

「かなりでてるんだ」

「だから、どうしたの」

「うん」

幸子が見つめてきた。血は顎の下まで流れ、しかし唾液と混じりあっているせいか桃色じみた濃淡のある、不明瞭な模様をつくっている。惟朔がその淡い帯状の血に指を伸ばしかけた瞬間だ。

「朝鮮人の血は吸えないの」

「幸子」

「なに」

「そういうことを言うな」

「でも、そうなんでしょう」

「俺はそんなこと、考えてなかった」

「そうかな」

惟朔は対象のはっきりとしない、しかし強い苛立ちを覚えた。幸子の顔から視線をそらし、しばらく脳裏で渦巻く言葉を手繰った。自分の気持ちを伝えられそうな記憶に行き当たった。

「谷岡先生は、おまえたちを特別扱いしたよな」

幸子は下唇を口のなかに巻き込むようにして血を啜り、ちいさく頷いた。

「先生、いまは八王子の小学校の校長先生だよ」

「嘘つけ」

「ほんとう」

「だって先生は、いつだってニッキョーは出世できないって得意そうに」

「口だけよ」

「そうか。そんな気はしたけど。ところで」

「なに」

「ニッキョーってなんだ」

「共産党」

「共産党がなんでニッキョーなの」

「日本共産党だから」

日本共産党。略して日共。単純な略語だった。惟朔は肩透かしを喰わされた気分を覚えるのと同時に、自分の無知に微妙な羞恥を覚えた。

「まあ、いいや、そのことは。それより、谷岡がおまえたちを特別扱いしたことだ。俺は気にしてなかったんだよ。おまえたちの国のことなんか。だってさ、黙ってりゃあ、わかりゃしないじゃんか。そりゃあ、おまえたちの住んでるとこがずば抜けて汚ねえってことは、わかってたよ。松木君やサーカスの尾上っていただろう。猿。俺はあいつらと仲がよかったから、いつもいっしょに遊んでたし。はっきりいって、あそこは、どろどろでぐちゃぐちゃだったもんな。でも、俺たちの住んでた都営住宅だって休みの日になるとドブさらいばかりで、似たり寄ったりじゃないか。小学三年のころか。谷岡が急におまえたちに朝鮮の歌を唄わせたりしたのは。チャンベッサンとかいうわけのわかんない歌だ。ピョンヤン我らが、とかいう歌もあったかな」

「あれはね、あたしたちも恥ずかしかったんだよ」

「だろ。俺はおまえや新井なんかが引き攣《つ》れた顔をして朝鮮語の歌を唄うのを聴いて、なんだかひどいめにあってるみたいに感じたもんな。はっきりいって、虐められているみたいだった。谷岡は民族の誇りをもってほしいとか言ってたじゃん。ぜんぜんわけがわかんなかったよ。いまも、わかんないけど。なんだ、民族の誇り。俺たちは、おまえたちが俺たちと違うのかって漠然と感じてさ、ちょっと羨ましかったな。谷岡は朝鮮人を特別扱いしたじゃないか。おんなじような貧乏たれなのに、なんでおまえたちだけ民族の誇りで華々しく扱われるのかなあって」

「気持ちよかったのは、日本人の先生だけだったのよ」

惟朔は頷いた。

谷岡先生には悪意があったわけではない。

善意だったのだ。

最悪だ。

惟朔はもう喋るのが面倒になっていた。朝鮮人だろうがインド人だろうがアメリカ人だろうが中国人だろうがアフリカ人だろうがヨーロッパ人だろうが好ましく感じた女の血なら吸える。吸わなかったのは、出血が思いのほか大量だったので手当をしたほうがいいのではないかと考え、戸惑ったせいだ。それ以上の理由はない。

まず、首筋に流れた血を舐めていった。血の味に肌の香りと味が混ざって、新たに首筋を噛み千切りたくなるほどの昂ぶりを覚え、軽く歯をたてた。幸子が苦痛に呻いた。我に返ったが、歯から力は抜かない。ちいさな喉仏の脇を噛みながら舐めるという器用なことを続けた。

惟朔は女の肌の匂いと味というものを初めて知ったのだった。それは血の味よりも、いや血と絡まっているからこそ鮮烈で、なんだか生きることの原点に還ったかのような気分をもたらしてくれる匂いであり、味だった。惟朔は気づいていないが、それは子宮に通じる香りであり、味であるのだ。異性の肌に触れたいという欲求の奥底には、つねに生の根源に触れたいという希いがこめられているのだ。

首筋から顎にかけての血を舐めつくし、顔をあげて唾液で艶《つや》やかに輝く幸子の顎を一瞥した。産毛が濡れて光って見えた。鼻の下や顎に、光の加減でようやく発見できる程度の産毛が生えているのだ。産毛は綺麗な半透明の乳白色をしている。しかも惟朔の唾液で濡れているではないか。なんだか愛おしくて居たたまれなくなった。惟朔は無意識のうちに自身の股間をさぐってきつく握った。それから幸子の下唇の、縦にひらいたその裂けめを覆いつくすように、惟朔は自らの唇をあてがった。必死に抑制してそっとあてがって、しかし温かく生々しい血の味が口中に拡がったとたんに心が爆ぜてしまった。唇に力をくわえる。抑制を欠いた、強引な力だ。それは血を搾《しぼ》りだすような圧迫であり、惟朔はいまや狂乱する吸血鬼の気持ちを理解して、音をたてて吸っていた。

狂おしくなった。

硬直した股間に痛みを覚えるほどだ。

唇をあわせて血を吸いつつ、畳のうえに幸子を押し倒し、ねじ伏せ、軀を重ねた。幸子の両脚を割り、そこに軀をねじ込んで、これからの行為を暗示する体勢をとり、そのものの動作をしてみせた。意識的でもあり、無意識的でもあった。着衣の上からとはいえ、惟朔の硬直は幸子の傷口にきつく密着した。やがて着衣の上からの接触に焦れ、手探りで幸子の穿いているジーパンの金属ボタンをはずした。さらにジッパーをおろした。

一切の抵抗はなかった。惟朔は急く気持ちを隠して、しかし唐突に唇を離し、幸子のジーパンをおろし、下着の中に指を挿しいれ、いきなり触れた。

あのぬめりが指先にまとわりついて、惟朔は大胆な気分になった。昂ぶりは烈しいが、ぬめりを感知したとたんに、余裕ももどっている。そっと指を動かしてみせた。

幸子が硬直した。惟朔をじっと見つめてきた。その左右の手は惟朔の腕をきつく摑んでいる。惟朔の中指は幸子の核心をそっと圧迫する位置にあったが、幸子があまりにきつく腕を摑んでくるので、指先を大胆に動かすのは憚《はばか》られた。

視線が絡んだ。惟朔は自分が感じている戸惑いを率直に、その眼にあらわした。すると幸子の腕から徐々に力が抜けていった。自由にして、と幸子の眼が囁いている。惟朔は眼で頷きかえし、幸子の傷の奥の窄《すぼ》まりにまで一瞬、指をすすめた。しかし惟朔はそれだけで指先をはずし、その指先の移り香をそっと嗅いだ。

控えめだった。旺盛ではない。しかし汗にちかい、しかしそれよりも複雑で微妙な、酸っぱさと甘さの複合した秘めやかな風情があった。指先をしゃぶりたくなった。それほどに、好ましい。

幸子が顔をそむけていた。惟朔は悪ぶって見おろし、幸子の穿いているジーパンの裾に手をかけた。思いのほか腰が張っていて、そこにジーパンが引っかかったようなかたちになり、いささか手間取った。苛立ちを圧しかくして、完全に脱がせた。さらに下着に手をかける。惟朔は素早く確認した。下着のその部分を濡らしたぬめりは大層旺盛で、惟朔は自分と同じ歳の幸子に得も言われぬ若さを感じたのだった。

伸びやかな幸子の前に、痩せた貧弱な軀を曝《さら》すのには若干の抵抗と羞恥があったが、惟朔も脱いだ。畳のうえで幸子が身を竦めるようにして震えていた。惟朔の軀にも鳥肌が立っていた。大股で移動し、見当をつけた押入をひらくと真新しい布団が丁寧に畳まれておさまっていた。それを投げ棄てるような勢いで拡げ、シーツの乱れたままの布団のうえに幸子を安置し、さらに毛布で覆った。

毛布から首だけだして幸子が見つめている。惟朔は脇から滑りこむように毛布のなかに入った。ところが敷き布団が冷え切っていて、思わず身悶えしてしまった。幸子が密着してきて、惟朔の肩口のあたりで小刻みに揺れだした。こんどの揺れは震えているのではなくて、声をたてずに笑っているのだった。

布団の冷たさがふたりの過剰な熱をうまい具合にさましていた。あれほど出血していた幸子の唇の傷も、縦に白くぱっくりと開いてはいるのだが不思議と血の滲みだす気配はない。惟朔と幸子は肌と肌をきつく密着させて木枯らしの吹きつける音に耳を澄ました。飛ばされた金盥はどこまで転がっていっただろうか。

「あした、畑仕事をしようとしたら、畑の真ん中に金盥がおっ立ってて、おっちゃん、びっくり」

「おっ立ってるの」

「そう。意味もなくおっ立ってる。なんだか弓の的みたいな感じでさ、ぼんやり立ってるのね。で、蹴っちゃうとがんがらがん」

意味のない言葉の遣り取りに、幸子が意味もなく笑う。独りで耳を澄ます木枯らしは胸を締めつけ掻きむしっていくのに、ふたりで密着して暖めあいながら耳を澄ます木枯らしは、ふたりの心の距離を縮める手助けをしてくれる。

「ひゅうひゅうって泣いてるね」

「ざまあみろ」

惟朔は細く長く吐息をついた。やっと暖かくなってきた。ようやく暖めてもらえた。

惟朔の腕のなかで軀を胎児のように丸めて密やかな笑い声をあげる異性によって、根深くこびりついていた緊張と疎外感がじわじわとほどけていくのが実感としてわかった。

「おまえ、軀は暖かいけど、手とか足の先はいつまでたっても冷たいね」

「冷え性なのね」

「足の先、俺の股のあいだに突っこめよ。そう。もっと奥まで、そう、うわ、冷てえ！　半端じゃないな。俺もタバコを吸うようになってから、足の先とか、いつまでも冷たくてさ。タバコっていいとこないね」

「でも、やめられないでしょ」

「うん。でも、まあ、ニコ中ってほどでもないし」

「意地悪して、灰皿、だしてあげなかったんだ。灰皿、ほしい？」

「いいよ、とりあえず」

「ははは。もともと我が家には灰皿などないのであった」

「それより、おまえ、ほんとうに部屋とか綺麗にしてるね」

「そうかな」

「ほんとうは綺麗好きだったんだな」

「あのね」

「うん」

「あたしね、お家を掃除したら怒られたんだよね。すごいちいさいころ、怒られて、殴られて、顔が腫れて、アオタンなんてもんじゃなかったな。で、熱がでて、寝込んじゃったことがあるの。舌も殴られたときに嚙んじゃって、千切れかけちゃってさ、歯も折れたよ。子供の歯。乳歯っていうのかな。それだから、まあ、いいけど。だから掃除できなかったの、お家」

「なんで」

「わかんない。お父さん、埃をたてるなって怒鳴って、あたしを殴って、それで綿のでた臭い布団にくるまってお酒を飲んで、ゴミのなかで寝てたんだよ。なんか一日二十時間くらい寝てたんだよね。床ずれができてるのに起きないで、お酒飲んで白目を真っ赤にして寝てるの」

「俺な、おまえの親父の気持ちも少しはわかるよ」

「――ほんとうに？」

「うん。あまり綺麗にされちゃうと、自分の匂いがなくなるじゃん。散らかってるものを整理されちゃうと、落ち着かないぜ。部屋って汚いくらいのほうがホッとするのな」

「そうかなぁ。あたしは、やだな。絶対にやだ。お父さん、自分の吐いたゲロのなかで寝てたよ」

「ゲロかよ。そこまでいくとなあ」

「冗談じゃないよね。髪の毛、乾いたゲロで固まってんだよ。ゾッとするでしょ」

「まあな。男のなかの男だぜ」

「あたしは、綺麗な部屋に住みたい。貧乏は生まれつきだからいいけどさ、ちゃんとお掃除したお家に住みたいな。お掃除するのは貧乏もお金持ちも関係ないでしょ」

惟朔は幸子に頬ずりをして、囁いた。

「汗臭くない布団て、ずいぶんしばらくぶりって感じだぜ」

「惟朔くんの寝床って、どんな感じ」

尋ねられて、言葉を喪った。追い出されて、行き場を喪って、寝床を喪ったのだ。惟朔の眠る場所は、映画館の撥条《ばね》が臀に当たる座席であり、公園の木のベンチだった。

「ねえ、惟朔くんの寝床」

「俺の寝床は、灰色だな」

「灰色」

「そう。シーツがさ、軀の恰好に灰色に汚れてるんだ。俺は寝相がいいほうだから、シーツにミイラの棺桶みたいな跡が残ってるわけ。左右対称っていうのかな、整った乱れのない汚れ」

「でも、汚れなんでしょう」

「うん。あくまでも汚れ」

「小学生のときのあたしよりも汚いね」

「おまえは汚くないよ」

「ほんとうに、そう思う」

「思う。さっき匂いを嗅いだじゃん」

　幸子は顔をそむけた。惟朔はかまわず続ける。

「お風呂に入ってないじゃん、おまえ。でも、あまり匂わない。俺は知ってるんだ。女のここが凄く匂うのを」

「凄く匂うの」

「人によってぜんぜん匂いの強さが違う。おしっこの匂いはべつだぞ。おしっこの匂いはおいといて、凄く匂う奴は、信じられないくらい匂うんだ。腋臭《わきが》みたいなものかなあ。普段は澄まして、すかした顔してても、なんかお腹のなかが腐ったような匂いのする女もいるぞ」

「なんで、そんなこと、知ってるのよ」

　惟朔は思案した。よけいなことは口ばしらないほうがいいという保身がはたらいた。だから甘え声をつくった。

「なあ、幸子。ちんちん触ってくれよ」

「触ってほしかったら、なんで知ってるのか言え」

「ばかだなあ、一般論だよ。一般論。わかるか、一般論」

「わかるよ。一般論でしょ」

「そう。一般論」

なんとなく煙に巻いて、惟朔は幸子の手首を摑み、自身の硬直に誘導した。

「俺も幸子を触ってやるからさ、おあいこだな。触りっこしよう」

「――うん」

それから五分間ほど、ふたりは指先を用いあった。とはいっても、はじめのうちは、幸子は惟朔をぎこちなく握りしめているだけであった。惟朔はどのように手指を用いるかを事細かに教えこんだ。幸子はぎこちない手つきながら、それによく応えた。もう、言葉はいらない。小刻みに接吻をし、吐息を荒らげていく。やがて幸子が真っ赤に上気して泣きそうな声をあげた。

「惟朔くん、おかしいよ」

「なにが」

「だって、変だよ。なんで知ってるのよ」

「なにが」

「だから、その、あたしのこと。あたし、おかしくなっちゃうよ」

「どう、おかしくなるの」

「声。声がでちゃうよ。我慢できなくなっちゃうよ」

「だせよ。だしていい」

「やだ。絶対に、やだ」

「でも、俺はさ、おまえがどんなになってるか全部わかっちゃうんだな」

優位に立っているという自覚から醒めた眼をして横柄に反りかえっていると、幸子が手から力をゆるめた。幸子の指が惟朔から離れた。きつく握られ、刺激されていた惟朔は物足りなさに焦れた。

「なんだよ、もっといじってくれよ」

「うん。あたしもいじってくれる」

「いじってやる」

「声がでても、嫌いにならない」

「声をだしていいんだよ」

「なんで」

「そういうもんだから。声どころか、大暴れする女だっているんだから」

すると幸子がじっと惟朔を見つめてきた。またよけいなことを言ってしまった。惟朔はその視線にたじろいだ。

「惟朔くんは、ほんとうに悪いんだね」

「なにが」

「S鑑に送られたときは可哀想だって思ったよ。無実の罪で」

「無実なんだよな、俺」

「嘘だ。無実なんかじゃない。すごく悪いんだよ、惟朔くんは」

「なんでそんなことを言うんだよ」

「だって……」

惟朔は開き直って指先に神経を集中した。すぐに幸子がしがみついてきた。一応は惟朔の硬直を握ってはいるが、もはや握っているだけで自身に与えられた刺激に応じて雑に握力が変化するだけである。

自らの欲求を圧しころして、惟朔は指先で奉仕し続けた。さらに五分ほどで、幸子は敷き布団のうえを微妙にずり上がっていき、畳に後頭部を軽く打ちつけ、虚脱した。惟朔は幸子の顔を窺った。黒目が喪われて死体に見えた。惟朔は自らの仕事に満足し、指先に集中させていた意識を解放した。

指先のみで幸子を殺した。それによって覚えている万能感はかなりのものであるが、やや虚しい気分だ。この瞬間、惟朔は十五歳という年齢を超えて、普遍的な性の不幸な側面を垣間見て、臆していた。

さて、これから、どうするか。

もはや熱狂はない。愛情を忘れて技巧で処理した性は、どこか寒々としている。それは幼いときに身に染みていたはずだ。なぜ、当初の衝動のままに軀を重ねなかったのか。後悔ばかりが迫りあがって、惟朔を憂鬱が包みこんでいく。

じっと幸子を見つめていると、ようやく黒目のもどってきた幸子が、頷いた。その仕草に不思議な労《いたわ》りを感じた。惟朔はやや力をなくしていた自身に手を添えて、そっと幸子のうえに軀をあずけた。

幸子が温かく惟朔を包みこんだ。惟朔は肘をついて幸子によけいな体重をかけないように気を配り、見つめた。

「惟朔くん、初めてじゃないんでしょう」

「うん」

「手慣れているっていうのかな。驚いちゃった」

「責めてるのか」

「ううん、あたしは怒ってないよ。でもS鑑て男の子ばっかりでしょう。いつ覚えたのかなあって」

「まだ富士見小にいたころだよ。小五か」

「え」

「だから、小五のとき」

「小五って小学五年生」

「うん。Rって知ってるか」

「服の会社でしょう」

「工場が昭島にあるの、知ってるか」

「工場」

「なんか染めてるのかな。工場のまわりが川になってて、紫色をしたお湯が凄い勢いで流れてた」

「紫色のお湯」

「日によって色が違うのね。赤いときもあれば、黄色いときもある。でも紫色の印象が強いな。あの工場のことを思うと、いつも濁った紫色だよ。嫌な臭いがするんだな。鼻に刺さるんだ」

廃液は派手に湯気をあげて、赤紫色の濁流となってコンクリートで仕切られた川を流れていく。周辺に充ちるのは化学薬品の鼻をつく臭いである。惟朔はその流れをなかば顔をそむけつつも飽かずに眺めたものである。臭いといい色彩といい、立ち昇る烈しい湯気といい、たしかにあの光景にはスペクタクルといっていい昂ぶりをもたらす独特の毒気があった。

「惟朔くんは学校をさぼって、工場見学をしてたのか」

「まあな。俺って学校、ほとんど行かなかったな」

「なんか得意そう」

「いや、ちゃんと学校には顔をだしたんだよな」

「うん。惟朔くんは、一応は学校までくるんだけど、いつも偉そうにランドセルを投げて尾上くんたちとどこかに消えちゃった」

「サーカスの尾上な」

「尾上くんは日本人でしょ」

「どうでもいい。そんなこと、考えたこともなかった」

「尾上くんは日本人なの」

「なんだっていいじゃんか。そんなことよりな、尾上の家に遊びに行ってさ、お母さんにそうめんを御馳走になったんだ」

「あたしもいたよ。いっしょにいた」

「そうだっけ」

「そう。尾上くんのお母さんて、惟朔にとって、どうだった?」

「よくわかんない。痩せてけっこう美人で、色っぽいっていうのか。なんか、つるつるの腋下を見せつけるような感じでさ。尾上にはあまり似てなかったな。尾上は猿じゃん。いっしょにいたなら、そうめんに一升瓶から醤油をどぼどぼかけて喰ったの、覚えてるか」

「覚えてる。塩辛かったよね」

「塩辛いなんてもんじゃないって。もう、眩暈《めまい》がしたよ。醬油をそのままだぜ。しかもそうめんがひたひたになるくらいに醬油をかけられちゃってさ、でも出されたものを食べないわけにもいかないじゃないか。必死の思いで呑みこんだなあ」

「サーカス団の人ってお酢を飲むっていうけど」

「醬油はあんまりだよな」

とりとめのない会話を続けながら、すこし柔らかくなってくると惟朔は動作した。それで硬さを取りもどし、ふたたび会話をはじめる。性の衝動よりも、言葉を交わすこと自体がなによりも心地よいのだ。

「惟朔くんもサーカスに入ればよかったのにね」

「うん。醬油そうめんさえ喰わされなかったら、いまごろサーカス団に入って空中ブランコでも決めてたな」

「あたし、尾上くんの家の鉄棒で惟朔くんが大車輪ていうのかな、くるくる回ってるの、見たことがあるよ。凄いなあって感心した」

「猿だって思ったんだろう」

「そんなこと、ない。あたしも遊んでほしかったけど、あるころから遊んでくれなくなっちゃったじゃない」

尾上の家の庭には父親がつくったという鉄棒があった。遊びの道具ではなくて、鍛錬のためのものだろう。水道配管の亜鉛管などを組んでつくったものだが、子供の背丈には高すぎる鉄棒で、惟朔たちは盗んできた牛乳の黄色い木箱を積んで、それを踏み台にして鉄棒にぶらさがって遊んでいた。惟朔は尾上から大車輪を習った。じつは自在に逆上がりができる程度の少々の適性と恐怖心を克服する思い切りさえあれば大車輪自体はそれほど難しいものではなく、ただ年齢的に惟朔たちは握力がともなわず、くるくる回っているうちに手が鉄棒から外れて飛ばされてしまうので、手拭いで鉄棒に手を縛りつけて大車輪に励んだものだった。

「尾上の野郎な、俺の手を鉄棒に縛りつけてばっくれたんだぜ。悪ふざけにもほどがあるって。俺、ほんとうに猿みたいに鉄棒にぶらさがってさ、助けてくれーって。そのうち腕が抜けそうになってきて、凄い痛いんだよ。痺《しび》れちゃうしさ。で、俺って馬鹿だから、ずいぶんたってから、ふと気づいたんだよ。逆上がりをして、お腹で鉄棒の上に乗っかってれば、そんなに疲れないじゃん。ところが、もう、腕に力が残ってなくてさ、いくら頑張っても逆上がりができないんだ。もう涙がでそうだったな。あんな苦しいことは、なかった」

鉄棒にぶらさげられたまま、滲んでしまった涙の彼方に見た夕陽の色はいまでも忘れられない。自身のおかれた窮状とは無関係に空は長閑な朱色に染まって、鴉が間の抜けた声をあげて飛んでいた。

「でも、惟朔くんは尾上くんの腕を、肩だっけ、脱臼させちゃったんだよ」

「なんで、知ってるの」

「有名だよ。惟朔くんの悪ガキ伝説」

「でもな、最初にぶらさげられたのは俺のほうなんだ。だから尾上が手拭いで結わえてぶらさがったときは、俺が錘《おもり》になって、尾上の脚にさらにぶらさがってやったんだ。尾上は手が抜けるとかいって泣いてさ、俺の顔とかに涙がぽたぽた落ちてきたんだ。そうしたら、ほんとうに腕が抜けやがった。まいったよ。救急車だぜ」

「うん」

「それなのに、仲がよかったね」

なんとなく得意な気分だ。惟朔は幸子の内部のきつい収縮を意識しながら、すこし動作を烈しいものに変化させた。

「おまえ、ぜんぜん感じないの」

「あたし、こっちは苦手。惟朔くんに」

「手でされたほうがよかった」

「——うん。ごめんね」

「あやまることはないよ。俺は正直に言うと、うまく言えないけど、いい気分だ。なんか世界の天辺にのぼったような気分だな、幸子を見おろすのは」

「変な喩え」

「変かな」

「変だよ。惟朔くんは、昔からちょっとずつ変じゃない」

「そうかなぁ」

「そんなことより、R。どうなったの」

「ああ、そうか。尾上の知り合いのお姉さんがRで働いてたんだよ」

「お姉さん」

「そう。Rって二十四時間仕事をしてるんだ。交代制っていうのかな。二十四時間働かされてるの。だから二十四時間お風呂が沸いてるわけ」

「なんのこと」

「だから、お姉さんのいる女子寮に遊びに行って、仕事をあがったお姉さんたちといっしょにお風呂に入りにいって」

「なんか、あやしい」

「まあな。はっきり言います。惟朔様はお姉さんたちに悪戯をされました」

「なにをされたのよ」

「きつい顔をするなよ。あのな、小五でもな、硬くなるんだよ」

それは、最初のうちはほんの軽い冗談だったのだろう。女工たちは幼い惟朔や尾上の陰茎が刺激に応じて硬直することを知り、弄んで、秘めやかな笑い声をあげていたのだ。

だが、四人部屋の女子寮で、ある日惟朔とふたりだけになった十九歳の女工が惟朔を刺激し、そして用いたのだった。惟朔は茫然としたものだ。自身の軀の一部がお姉さんの毛に覆われた複雑な傷口めいた部分に呑みこまれて、お姉さんは圧しころした泣き声をあげて惟朔を抱きしめたのだった。

小学校五年である。まだ射精をともなわない惟朔は、彼女たちに使われた。十代後半の娘たちの旺盛な性欲に呑みこまれた。さらに彼女たちは各々の経験にあわせて惟朔にあれこれの技法を教えこんだ。

「俺さ、じっとこらえてたんだ。五百円、貰えるから」

「ひどいね」

「よく、わかんないけど、まあ、つらかったな。嫌だ、嫌だと思いながら、五百円札欲しさにじっと我慢してたんだけど」

「惟朔くんは、気持ちよくなかったの」

「ああ、気持ちよかったよ。際限なくいく感じっていうのかな。終わりがない感じで、怖いくらいだった。なにしろ発射しないからさ、いくらでもＯＫなんだ。でも、嫌だった。心底から嫌だった。生臭くて、吐き気がした。あいつら、臭いんだ！」

惟朔は苦行の果てに貰えるであろう五百円札で、尾上をはじめとする仲間たちに駄菓子やらなにやらを奢《おご》ることだけを脳裏に想い描いて、その異様な熱気に耐えたのだった。なにしろ惟朔を用いたのはその女子寮の同室の四人だけでなく、いつのまにかそれに倍する数にふくれあがっていて、惟朔の奪いあいで喧嘩が起きる始末であったのだ。

「なんかね、おぞましいっていうのかな。もう、ただの弱い者いじめだよ。だから俺は女になんの期待もないのね」

「そんなこと、言わないでよ」

「幸子は、べつ。おまえだって無理やり」

「言わないで」

「ごめん」

惟朔は口をすぼめて、幸子を窺った。それから黙って動作した。幸子がそっと惟朔の腰に脚を絡ませてきた。惟朔は幸子に体重をあずけた。よけいな気配りをやめると、一体感が増した。接吻した。きつく舌を絡ませあった。切なく、哀しい味がした。

性の交わりなのに、Rの紡績工場の女工たちと交わったときのような嫌悪感がない。女工たちも切実だったが、それは獰猛《どうもう》といっていい切実さだった。常に惟朔の顔をそむけさせるような強圧的な身勝手さがあった。

だが幸子の切実は控えめで、そこはかとない悲しさを滲ませていて、なんだか凍えたように透きとおっている。しかも女工たちのような鈍重な不潔感がない。

惟朔は幸子になまなましい生き物としての女を見るよりも、一切のくもりのない鉱物質な清浄を感じとっていた。

澄み切っている。

冷たい。

その表面は張りつめた柔軟で覆われていても、芯にあるのは硬質な宝石だ。

しかもその透明な宝石は全体的に艶やかに青褪めていて、とりこんだ光を複雑に屈折させる。それは射しこんだ光が思いもしなかった方向から一切の衰えもみせずに放射されるような屈折であり、透明度である。光が単調に抜けてぼやけてしまう窓ガラスのような単純さではない。

氷の女王という言葉が漠然と脳裏を掠めた。惟朔は女を超えた存在を組み伏せているかのような昂ぶりに支配されて動作を烈しいものに変化させていった。もはや精神的な余裕などない。

じつは、惟朔は女工たちとの行為のせいで女性の肉体に対して強烈な嫌悪感を抱いていたのだ。たとえば惟朔は悪友たちからヌード写真などをわたされたときは、内心の嫌悪を隠して皆と同様の態度、具体的には昂ぶりのこもった抑え気味の歓声と、裸体に対する集中、そして微妙な照れを演技した。

しかも、あるころからは、この程度の裸ではなにも感じないね、といった無関心さまで演ずるようになっていた。また実際に生身の異性に対したときでも、醒めた、落ち着き払った態度で接することができるようになっていた。

悪ぶっているわりには経験不足な悪友たちは、惟朔が女に動じない男であるという評価を与えてくれたが、動じないのではなくて、じつは込みあげる嫌悪感に軀が逃げていたのだった。それを過剰に隠蔽《いんぺい》しようとしていたからこそ、逆に異性に対して臆するところのない態度、どちらかといえば無礼な対応ができたのだ。

なにしろ女というものは、いくら表面を繕っても、一皮剝けば欲望の抑えのきかない乱れきった傷口をもった存在である。惟朔にはそんな年齢にふさわしくない見切りがあって、だから異性にどのような態度にでてこられても狼狽することはないのだ。

つまり惟朔は異性に幻想を抱いていなかった。惟朔にとっての異性とは欲望を丸出しにして迫る生臭い女性器だった。

精神的に未成熟な惟朔は、性の諸相にあらわれる表裏が許せないのだ。人生には裏と表があるという当然のことが、思春期なりの過剰な潔癖さのおかげで耐えられないものとなっていたのだ。

しかも惟朔本人には抑制しがたい性欲が横溢して、毎日必ず自慰に励むし、それは一日に一度や二度ではすまないこともある。惟朔は自らの性欲と、それらに対する嫌悪感との板挟みになって悶えていた。

いや、自身の性欲にはわりと鷹揚で、自慰に対する嫌悪感は人並み以下であったかもしれない。他人に見られでもしたら、その無様さを呪ってしばらく立ち直れないかもしれないが、誰にも気づかれずに密かに行うぶんには、自慰は惟朔のもっとも大きな愉しみであった。つまり自己愛的であった。

惟朔が板挟みになって悩み、苛立っていたのは、嫌悪の対象にすぎないはずの異性に、ときに強烈に性的衝動を突き動かされるからだった。

作動する惟朔にあわせて、幸子が揺れる。遠慮会釈なしに杭を打ちつけるような惟朔の動作が、幸子の体勢を乱れさせる。左右にわかれた幸子の乳房の表面が微振動し、そこに惟朔の首筋からの汗が滴り落ちる。惟朔も幸子も無言で、ただただ痙攣的な動作に埋没していく。

きつく眼を閉じている幸子の眉間に刻まれた縦皺には、年齢を超越した深み、強いていえばなにやら禍々しくさえ感じられる悩ましい美しさが凝固している。

苦悶にちかいその表情は、歪みであるのに、美しい。歪んでいるからこそ、美しい。心の奥底深くに澱んでいた毒にちかいなにかが眉間の縦皺に集まってきていて、それが整いすぎといっていい幸子の表情を巧みに壊している。

その美に気づいたとたんに、惟朔は自分の充血が限界にきて、兆しが脊椎を疾っていくのを感じた。

「幸子、俺——」

即座に幸子が瞳を見ひらいた。

一瞬の凝視ののち、きつく惟朔を抱き寄せてきた。

たまらず惟朔は、幸子の最奥に自らをぶつけていった。惟朔の喉の奥から雄叫び、あるいは吼え声にちかい呻きが洩れた。その呻きは極力抑えられてはいたが、惟朔の味わっている快の深さを如実にあらわしていた。

惟朔は幸子のうえに墜落した。虚ろに眼を見ひらき、肩で息をしている。ほとんど真っ白になってしまった頭の片隅で、汗によって幸子の肌と自分の肌が密着接着されていることに安堵していた。

「惟朔くん」

「——なに」

「気持ちよかったの」

「声がでたのは、はじめてだ」

「どういうこと」

「うるせえな。はじめてってことだよ」

「ねえ、気持ちよかったの」

「ああ」

「どんなふうに」

「ああ」

「ああ、じゃなくて、どうだったの」

「おまえはどうなんだよ」

「あたしは、うれしかったよ」

「気持ちいいんじゃなくてか」

「気持ちは、いいよ。ずっと、よかった」

なんとなく釈然としない幸子の言葉であるが、それよりもあまりに激烈な射精感と、その後の虚脱感である。惟朔は幸子に全体重をあずけたまま荒い息を吐きつづけていた。

「ねえ、惟朔くんの息が擽《くすぐ》ったいよ」

「ああ、ごめん」

あやまって、顔をずらして、またぜいぜいとした息を吐く。こんどは冷たく糊のきいたシーツを吐息であたため、濡らしていく。

やがて、一瞬だが眠りにおちた。

まだ完全に覚醒しないまま、惟朔は幸子に声をかけた。

「重いか」

「いいの。重いの、好き」

ふたたび微睡《まどろ》んだ。

ふと我に返った。こんどは完全に目が覚めた。

「幸子」

「なに」

「俺、おまえのなかに」

「そうね」

「——やばいだろう」

「だいじょうぶだよ」

「そうなのか」

「そう。へいき」

だが惟朔は、なんとなく不安の解消されないまま、そっと幸子から軀を離した。黙って天井を見つめる。

「ねえ、惟朔くん」

惟朔はしばらくあいだをおいて、返事をした。

「なに」

「惟朔くんはさ、絶対にさ、いまが絶対にはじめてだよ」

「なんのことだ」

「だから、その、経験」

「経験」

「体験か。体験よ」

惟朔は苦笑まじりに頰笑んだ。よほど幸子の収縮がきつかったのだろう、いまになって惟朔の根元や周辺に、鈍痛によく似た違和感がおこっていた。

「俺にとって、おまえが、幸子がはじめての女ってことか」

「そうだよ。小学五年のころのことなんて、絶対に違うよ」

惟朔は雑に頷いた。逆らう理由がないという程度の消極的な肯定だった。

「ねえ、冗談で言ってるんじゃないよ。ちょっと起きて」

ひどく気怠い。しかし幸子の気配に圧倒されて、惟朔はだらだらと上体をおこした。

幸子が鋭くひと声あげた。

「みて」

幸子は掛け布団を撥《は》ねのけて、大きく両脚を拡げたのである。

惟朔は初めて幸子の軀に穿《うが》たれた傷口に対面したのだった。

「ねえ、見えるでしょう」

惟朔は気圧されてしまい、黙って凝視するのみだった。

流れだしているのである。

惟朔が放った精が幸子の胎内から流れだしている。

幸子の傷口は全体に充血しているのか、血の色に染まって開ききって、そこから不規則に惟朔の白濁が流出している。その白濁は真新しい純白の敷布に染みこんで敷布を透きとおらせ、その下の敷き布団の青と緑の市松模様をその表面にぼんやりと浮かびあがらせている。

惟朔はぎこちなく咳払いをした。神妙な声を意識して、訊いた。

「わかるのか。でてくるのが」

「わかったの。驚いたわ。あ、って感じで惟朔くんがあたしのなかから流れ落ちちゃったの」

「そうか」

「ねえ、惟朔くん」

「なに」

「これは、はじめてでしょう」

「どういうことだ」

「だから、こういうふうに流れだしているのを見るのは」

「——まあ、はじめてだな」

「でしょう。だって小学五年の惟朔くんは、相手のひとにこれをあげられなかったはずだもの。こういうのは、でなかったんでしょう。だから」

「だから？」

「いまのが絶対にはじめてだよ。いまが惟朔くんの初体験」

なんといえばいいのだろう。惟朔の胸の奥からなんともあたたかな蜜柑の香りのような気配が迫りあがってきたのだった。惟朔は自分が独りでないこと、しかも他人の自尊心にとっても必要な存在であることを直観的に理解して、いまだかつてない充足感に包みこまれていったのだった。

惟朔は加減せずに布団のうえに仰向けに上体を倒しこんだ。肺にきた衝撃が心地よかった。手探りで掛け布団をたくしあげ、幸子と自分の軀を覆いつくし、さらに幸子にむけて腕をのばした。幸子は惟朔の腕が首筋に侵入してきたとたんに、惟朔に密着してきた。

「腕枕してくれるの」

「もう、されてるじゃねえか」

「あたしね」

「なに」

「されるのって、はじめて」

惟朔は黙って幸子の首にまわした腕に力をこめた。幸子はそのまま引き寄せられて惟朔の腕に頬をきつく押しつけられた。惟朔は頭上で黄色い光を放っている裸電球から眼をそらし、父の腕枕を思った。

惟朔は父親に可愛がられていたのだ。よく胡座をかいた父に抱きかかえられ、父は無精鬚で惟朔の頬をこすりあげたものだ。夜は夜で、せまい都営住宅の六畳間に家族全員が横になり、惟朔はいつだって父の筋肉質な腕を枕に眠りについた。

過剰な英才教育で惟朔を歪めた父であったが、惟朔に対する愛情も過剰であった。さらには期待も。

父の鬚が頬に刺さり、こすれるとき、そしてなかば強引に腕枕をされて父に密着して眠るとき、惟朔は得体の知れない、しかも抜きがたい違和感を覚えていたのであった。それは羞恥にごくちかいものだった。しかし微妙に羞恥とは違っていた。つまり、じっと耐えているうちに、徐々にその落ち着きのなさが解消されていくといった種類の感情ではなかったのだ。

腕枕。

鬚による愛撫。

それらは頬笑ましい家族愛の象徴であり、父性愛の発露であるはずなのに、父の愛情には、どこか惟朔をじわりと追いつめていく圧迫があった。

惟朔は幸子を腕のなかにきつく抱きかかえて考えた。いつの日か、幸子は惟朔の腕に重みを感じるのではないか。自分が父の筋張った腕から感じたような、支えられているにもかかわらず、支えてくれるその腕が心にとって重くのしかかってくるという。

しかし、惟朔はその思いをすぐに打ち消した。なぜなら、幸子は幽かな寝息をたてている。惟朔に包まれるようにして、ちいさな握り拳の人差し指あたりを前歯にあてるようにして、不思議な微笑を泛かべて規則正しく胸を上下させている。惟朔は幸子の肌が綺麗にゆるんでいることを実感したのだった。

俺は幸子に安心を与えられる——。

誇らしい気持ちだった。だが、困ったことがおきつつあった。惟朔の軀がふたたび熱をもってきたのだ。幸子は健やかな寝息をたてている。惟朔は自分の熱と硬直をもてあましている。

こらえていられたのは、せいぜい数分程度だった。惟朔は体勢を入れ替え、半覚醒状態の幸子の下腹に自らの意志をきつく押しあてて身勝手な意思表示をし、許しを得ないままに強引に押し入った。

6

十二月になった。午後まで惰眠を貪っていたが、寝過ぎで腰に懈さを覚えたのと、見事に晴れわたっているので、惟朔は寝床から抜けだし、幸子のサンダルに無理やり足を突っこんで散歩にでた。

背丈は惟朔と遜色ないのに、幸子のサンダルはやたらとちいさく、華奢《きゃしゃ》だ。すぐに足が痛くなった。おまけに部屋の中は陽射しのせいで温室のようだったが、外はかなり冷えるのだ。掌と掌をこすりあわせると、すぐにつるつるになった。

惟朔は空を仰いだ。くすんだ白い飛行機雲が蒼穹《そうきゅう》を断ち割るように一直線に横切っていく。昨日今日と見事な日本晴れではあるが、北から吹きつける風がひどく刺さる。いよいよ冬の到来を実感させられた。首を竦めて東中神駅周辺を歩きまわり、南口にあるちいさな書店を覗いた。小学校の東側をはしる道路に面した馴染みの書店である。

書店の建物の隅には雨に濡れて色が滲み、萎《しお》れてしまった新装開店の花輪がまだ片づけられずに残っていて、一歩店内に踏み入れると書籍の匂いと建材のニス臭い匂いが濃厚に絡まっていた。

そっと深呼吸をすると、昴ぶりと落ち着きといった相反する気配が微妙に胸の奥から迫りあがってくる。

いい香りだった。書籍の万引きが常習化していた惟朔であったが、きちっと金を払って〈新譜ジャーナル〉を買った。

「おじさん、いつごろ、きれいにしたの」

「うん、ついこのあいだだよ。残念だな、もう少し早くくればね」

「なに」

「新装開店の記念品」

「もらえたの」

「そう。蛙の文鎮」

「いらない」

「ははは。元気そうだね」

「まあ、なんとか」

「お父さんには御世話になっていたからね」

「――父さん、金もないのに、本ばかり買い込んでた」

「でもね、お腹をいっぱいにするよりも大切なことがあるんだよ」

「おじさん」

「なに」

「俺ね、施設に放り込まれたでしょう。そのときにね、父さんが大切にしていた〈ヘンリー八世〉っていう本を、家からそっと持ちだしたんだ」

店主は白髪まじりの髪を手櫛でそっとうしろに撫でつけ、黙って先を促した。

「青い、くすんだ空色の表紙のちいさな本。なんか表紙が気にいってたんだ。ずっと気になっていたから、自分の物にした。中身は読んでない。古い字だからね、ちらっと見ただけで、もうたくさん」

「いつか、読むさ」

「どうかな。俺、本は好きじゃない」

店主は頷いた。惟朔は〈新譜ジャーナル〉を小脇に抱えるようにして、書店をあとにした。北風に軀を縮めながら、考えた。店主はなぜ頷いたのだろう。本は好きではないと言ったときに、首を縦に振るのにはどういう意味があるのだろう。

店主は、いつか読むと言った。だが、残念ながら、〈ヘンリー八世〉は施設内の検閲で発見され、教務主任が預かるということで持ちさられ、それきりになってしまい、いまや惟朔の手許にはない。なにしろ母が差し入れてくれたヘディンの自伝にだって丸く大きな藍色の検閲の印が捺されているような環境である。

シェークスピアなら〈ベニスの商人〉の話くらいは知っている。〈ヘンリー八世〉は子供には早い本だったのだろうか。惟朔は漠然と持ちさられたまま行方のわからなくなってしまった父の遺品に思いを馳せ、幸子のアパートにもどった。

畳のうえに腹這いになって〈新譜ジャーナル〉を拡げる。観客として実際にウッドストックのロック・フェスティバル会場にいた日本人の体験記が掲載されていた。その男の文章は惟朔を苛立たせた。日本人のリズム感を徹底的に否定していたのである。

体験記の底に流れているのは、日本人は絶望的である、というニュアンスであった。惟朔はその意見になるほどと肯きながらも、では、このように皮肉な調子で日本人のリズム感を否定する貴様は、いったいどこの国の人間だ、という微かな憤りを覚えた。

音楽関係者、とりわけロックのジャンルに身を置く人間は、自分が日本人であることも忘れて、平然と日本人のリズム感を嗤い、嘆くのが流行っていた。

それはまさに流行であった。日本人のリズム感は欧米の白人、あるいは黒人と違って当然であるのに、日本人は所詮は盆踊りの前乗りから抜けでられないと失笑気味に眉間に縦皺を寄せてみせるのだ。それは自らを日本人以上の存在とし、名誉白人的な地位を獲得するための劣等感まじりの陳腐な策略として機能した。

そこには、たとえばフランスに旅行した日本人が、帰国後に日本人をどこか醒めた、軽蔑した眼で一瞥して、だから日本人は……と失笑するのと同様な滑稽さがあった。惟朔は赤塚不二夫を尊敬していたが、それはひとえに〈おそ松くん〉に登場するイヤミというキャラクターゆえであった。

それなのに、惟朔の内部にも日本人のリズム感は盆踊りから抜けでられないと嘆く売国奴と同様の劣等感が巣くっていて、なかなか日本語で唄われる音楽に馴染めないのであった。

また英語なりなんなりで唄われているぶんには断片的にしか意味がわからない。あるいはベンチャーズのように器楽演奏のみならば漠然と聴き流すことができる。しかし日本語の歌は、意味が脳裏にこびりついてきて、それがひどく鬱陶しい。

惟朔はどのような安っぽい歌謡曲の紋切り型の歌詞であっても、そこに意味を見いだしてしまうようなところがあった。

意味というものは始末におえない。

こびりついて、侵蝕してくる。

意味に囚われるくらいならば、徹底して無意味でありたい。

じつは惟朔は逆説的に意味の奴隷であったのだ。だからこそ自らが奴隷であることを意識しないままに、すべてのセンスに対してNOと拒否することのできる自分を夢想するのだった。

〈新譜ジャーナル〉には楽譜が載っている。惟朔は腹這いになったまま、掲載されている楽譜のなかのAmのコードではじまる〈サテンの夜〉という曲を脳裏で演奏してみた。

ごく単純なコード進行ならば、頭のなかだけで演奏できる。甘いが、悪くない。巧みなメロディーラインに感心した。しばらくそれを愉しんだが、惟朔は心底からギターが欲しくなってきた。

やがて倦怠がすべてを覆いつくして、投げ遣りな自慰を行った。そのまま座布団を並べた上に転がってだらだらしているうちに暗くなり、幸子がもどった。幸子は昨日から立川の喫茶店でウェートレスのアルバイトをはじめたのだった。

「疲れたか」

「ちょっとだけ」

「そうか」

そんな遣り取りのあと、惟朔は幸子の手首を摑んだ。幸子は逆らわず、素直に惟朔の上に体重をあずけてきた。接吻をし、慌ただしく下半身から着衣を剝ぎ、ひとつになる。飽くことのない夜がはじまる。

＊

惟朔と幸子は少しでも二人だけでいられる時間があると、切実な眼差しで見つめあい、肌をあわせた。惟朔十五歳、幸子十六歳、密着したまま幽かに汗をかいて、重なったままちいさく寝息をたてる毎日だった。十二月二十五日には、初雪が降った。ホワイトクリスマスである。その夜も惟朔は幸子を幾度も啜り泣かせた。

幸子は多少体調の悪い日でも決められた休日以外は一日も休まずに律儀にウェートレスのアルバイトにでたが、惟朔は周辺の小学校時代の悪友を訪ね、シンナーやトルエン、ボンドを入手し、それを昭島の不良じみた子供たちになかば無理やり売りつけることで金を稼いでいた。

その稼ぎは呆れるほど短い実働時間であるにもかかわらず、じつは幸子がウェートレスのアルバイトで稼ぐ時給の積みかさねよりもずっと多額であり、遠慮する幸子に衣服や化粧品を買ってやり、その身を飾ってやることが惟朔の愉しみにもなっていた。

もちろん惟朔自身も、入手した有機溶剤のなかでも良質で混じりけのない純粋なトルエン、いわゆる純トロだけを選びだして吸っていたが、幸子に見つかるとひどく叱られた。だからトルエン吸引の回数は、以前に比べるとはるかに減少しているといってよかった。ただし不純物の多いシンナーやボンドを嫌ってトルエンのみに固執する有機溶剤純血主義は、その効きめの確かさと引き替えに若干だが惟朔の前歯を冒しはじめていて、幸子は溶けかけて隙間のできた惟朔の前歯を見るたびに、悲しい眼をするのだった。

眼に見えるかたちでのトルエン吸引の悪影響は溶解しつつある二本の前歯であったが、有機物を溶かす液体を気体にして吸引しているのである。当然ながら脂質である脳もかなり冒されていた。

だが自分の脳が溶けていくということは、じつに気持ちがよいことでもあるわけで、惟朔は有機溶剤の作用で一切の思考と記憶を忘却する、いわゆるしらけの瞬間に、すっかり筋肉の落ちてしまった自分の腕を他人の腕のように、焦点の定まらない蕩《とろ》けた眼差しで見つめるのだった。

惟朔は暇をもてあますとトルエンを持参して映画館の闇の奥に軀を沈めた。吉祥寺ムサシノ、渋谷前線座、そして幸子がアルバイトをしている関係で立川名画座、その三つが惟朔の好みの映画館であった。二階席まである前線座など百七十円で深海の底の底に身を潜めているかのような安堵を味わうことができた。

年が明け、一九七一年になった。正月一日にもかかわらずアルバイトをしている喫茶店が店をあけるというので、幸子は普段よりも身綺麗な恰好をして入念に化粧をし、昼過ぎに清風荘をでていった。

なんとなく幸子と二人だけのお正月といった、家庭的な雰囲気を求めていた惟朔はかなり不機嫌になった。正月早々店をあけるなど非常識である。部屋をでていく幸子を憮然として見送ったが、結局は幸子を追うようにして東中神から電車に乗って、立川駅に降り立った。

幸子が働いている駅北口の喫茶店は、晴れ着の女性が目立ち、意外なほど混みあっていた。幸子は仕事中ということもあり、またウェートレスという立場をよく自覚していて微妙によそよそしく、眼で一瞬合図を送ってきはしたが、惟朔を客扱いした。また店で働いている男たちが幸子を過剰にやさしく扱っているのを目の当たりにすると気持ちが波立つのを抑えきれなかった。

「幸子。俺は名画座で映画を見て帰る」

あえて周囲に聞こえるように名を呼び棄てにして大股で喫茶店を出た。困惑の笑顔を見せた幸子の顔が脳裏にいつまでもこびりついていた。

正月であることを意識しているのであろうか、名画座にかかっていたのは〈ネレトバの戦い〉と〈西部開拓史〉の二本で、どちらも大作を謳う大味な作品だった。まだ〈西部開拓史〉のほうが主題歌を知っているだけ親近感を持ったが、〈ネレトバの戦い〉の上映中はトルエンの幻覚で、お化けといっしょにジェットコースターに乗って闇のなかを疾走していた。

帰途は惨めさがひとしおだ。有機溶剤独特の吐き気と頭痛をそっと隠し持って力ない足取りで歩く。

歩道を前からやってくる影が狼狽気味に惟朔をよける。惟朔はのろのろと立ち止まり、よけて足早に去っていく女の子のコートの背で躍る黄色いマフラーを焦点の定まらない眼で睨みつける。

蛇行気味に歩いていることを頭のどこかで意識しているのだが、北風に煽られて両脇をころころと吹き飛ばされていくプラタナスなどの枯れ葉にまで悪意を感じてしまう惟朔だった。

「みんな、俺を追い越していくんだよな」

独白して見あげると、アパートの幸子の部屋にはもう明かりが灯っていた。清風荘の鉄階段をのぼりはじめて数段で、肺に刺すような痛みが疾り、それは胸全体にじんわりと拡がっていった。

そのまま動けなくなり、手すりに摑まって前屈みになって小刻みな息をして激痛に耐えていると、頭上からカンカンと小気味よいサンダルの音が響き、惟朔は幸子の体温にそっとやさしくくるまれているのだった。

「また、やったのね」

「やっちゃった」

「なんでなの」

「わかんない。寂しいんだ」

「寂しい」

幸子は階段の途中で惟朔を支えたまま立ち止まり、さらに口のなかで、寂しい——と溜息まじりに繰り返した。

惟朔は、涎をたらしながら、わかんない、わかんない、わかんない、と幼児化した甘えた口調で呟き続けた。

こんどの幸子の溜息は、大きかった。

「わかんない、か。ねえ、あたしのほうがわからないよ。わかんないのはあたしのほうだよ。惟朔もあたしのお父さんも、自分の軀に悪いってわかってて無茶をする。でもね」

「でも」

「あたしはお父さんの飲んでいたお酒のほうがまだましだと思う。惟朔の吸ってるのは、最悪だよ。お酒もバカになるけどさ、溶けないもの。ねえ」

「はい」

「返事だけはいいんだから。ねえ」

「うん」

「あたし、頑張って働くから。惟朔はもうおかしなものを売らなくていいよ。あたしは早番と遅番、続けてやろうと思ってるの。たくさん稼いであげるから。だから、そのお金で惟朔は前歯を治そうよ。差し歯っていうのかな。あるんだって。喫茶店のオーナーが話しているのを聞いたのよ。知り合いが喧嘩で歯を折られちゃったんだって。保険がきかないらしいから、前歯二本で二十万くらいかかるって言ってたけど、本物の歯とまったくいっしょに見えるんだって。あたし、頑張るよ。頑張って働くからさ、その汚い歯を治して、もうトルエンはやめようよ」

惟朔は動けなくなった。

「ねえ。そうしよう。べつに惟朔に働けなんて言わないからさ。お家でぶらぶらしていていいのよ。ただ、もう、あれはやめようよ。やめてください。お願いします」

惟朔は自分の目から落ちた涙が、赤錆の浮いた階段を濡らすのを見つめた。幸子が惟朔を胸に抱きこんでくれた。セーターの毛糸が惟朔の頰をちくちく刺して、惟朔は声をころして泣きだした。

＊

昭和四十六年の正月の晩をさかいに、惟朔は中学生時代より続けてきたトルエン吸引をやめたのだった。

溶かしてしまった脳細胞はもとにもどりはしないが、脳のどこかが、溶けてしまった脳細胞の代理となって働くのだろうか、極端に遅くなっていた動作などが一月めくらいから徐々に機敏さを取りもどしていくのが自分でもわかった。同時に食欲ももどってきて、幸子と待ち合わせをして廻る鮨などを食べると、二十皿くらい平然と平らげるようになっていた。

「いくら一皿五十円だからって、二十四皿はないわよ」

「でもよお、幸子が食っていいって言ったんじゃないか」

膨れっつらをして言い返すと、幸子の瞳にあらわれるのは母親のような満足の気配である。そんなとき惟朔は安堵する。最初のうちは迎合があった。計算もあった。だが、いまやすっかり幸子に依存しきっている惟朔である。しかし、なにくれとなく世話を焼き、甲斐甲斐しく面倒をみる幸子も惟朔に依存しているといえた。

部屋にかえると、惟朔はテレビにしがみつく。幸子が退屈だろうと、ちいさな白黒テレビを買ってくれたのだ。父親が生きていたときは主義と貧困で家にテレビがなく、施設に放り込まれてからは某家電メーカーから試作のやたらと大きな操作ノブのついたビデオ録画機が寄付されて、それで録画された番組だけを見せられた。録画された番組は編集されていた。つまり性的な場面や暴力場面が欠けおちた味も素っ気もない番組を見せられたのだった。

日曜洋画劇場で〈夕陽のガンマン〉をやった晩など、期待のあまり居住まいを正して鑑賞したのだが、耳に馴染む映画音楽のできのよさに較べて、かなり地味な作品で、肩透かしの思いだった。月曜ロードショーで〈飛べ！　フェニックス〉を見たときは、それほど期待していなかったのだが、男だけのドラマに感動させられた。とにかくテレビに夢中になっているうちに二月五日がやってきて、惟朔は十六歳になったのだった。

誕生日のプレゼントはモデルガンだった。コルトピースメーカーという西部劇によく登場する回転式拳銃で、四千円くらいするはずだった。

立川にモデルガンをおいている店を見つけたときには、欲しいと呟きはしたが、まさか実際に手にはいるとは思っていなかった。そのずしりと手首にくる漆黒の金属の重みは、ちっぽけなワルサーPPKとはまったく別物の質感と重厚さだった。

惟朔は歓喜して大作りな銃を構え、真鍮を削りだした弾丸の先端に大量の紙火薬を詰めて試射して、アパート階下の住人に怒鳴られた。幸子は階下の住人に丁寧に頭をさげ、惟朔を諫めはしたが、ずっと年上の女のような鷹揚さで騒ぎやまぬ惟朔を見つめるのだった。

惟朔がイニシアチブを取れるのは、もはや性の現場だけであった。際限ない交わりの結果、いまや幸子は大人じみた性感を覚えるようになりつつあり、ときにその目尻に幽かだが涙をにじませるほどに乱れることさえあるようになってきた。

幸子はたくさんの男に言い寄られているようだった。しかしいつも決まりきった時間に部屋をでて、必ずおなじ時間に、なかば駆けるようにしてもどってきた。惟朔は鉄階段を駆けあがる幸子の金属質の靴音を確実に聞き分けられるようになっていた。

預金額が二十万になったら惟朔の歯を治すのだと幸子は郵便貯金をはじめていた。いくら見つめたって増えるわけではないと惟朔は冷やかしたが、幸子の給料は、出入りのはげしい喫茶店のアルバイトによくある週給制なので、幸子自身にとっては、通帳の額面の変化はそれなりに見応えがあるようだった。

部屋にもどると跪くような体勢で、まず惟朔の上唇を指でまくりあげて歯並びを剝きだしにし、もう片方の手に持った通帳に記載された金額と惟朔のみそっ歯じみた前歯を交互に見て、頑張らなくっちゃ……といったふうに呟いて、深く頷くのだ。

幸子は早番と遅番を連続してこなし、ひたすら倹約に励んでいた。唯一の無駄遣いと贅沢は、誕生日のコルトピースメーカーと、週にいちどの休みの日に惟朔といっしょに廻る鮨を食べることくらいであった。

元旦には烈しい嫉妬の焰を燃やした惟朔であるが、二人の関係に母性じみた気配が介在しはじめ、しかも性の交わりにおいて幸子が狂おしいまでに惟朔に対する固執をみせることで、あのときのような気持ちの乱れを感じることはなくなっていた。

建国記念日の前の晩である。喫茶店からもどってまだ着替えもしていない幸子にむかって惟朔は言った。

「なあ、モデルガンが禁止になったんだってさ」

「どういうこと」

「犯罪に使われるから、禁止だって」

するとゆき子のほうが気色ばんだ。

「ピースメーカー、お巡りさんに取りあげられちゃうの」

「そんなことはないだろうけど」

「隠して持っていたら、犯罪になっちゃうわけ」

「いや。わかりゃしないよ」

「なんか、怖いよ」

「絶妙のタイミングだよな。だって、これから先、モデルガンはぜんぶ銃口をふさがれて、しかもなんか金色のペンキで塗りたくられちゃうらしいぜ」

「金色」

「そう。やっぱ、ピストルは黒でしょう。ガンブラックですよ」

惟朔は満足げに頷いて、幸子にピースメーカーをわたした。当然ながら幸子はモデルガンに興味などない。しかし惟朔の口調を真似して、ガンブラックですよとおどけ、惟朔の眉間に銃口を押しつけたのだった。

「手をあげろ」

「姐御、堪忍してください」

「堪忍ならんな、この極悪人め」

次の瞬間、惟朔の眼前で朱色が爆ぜた。

眉間に派手な火花がぶつかり、轟音が顔面を這い伝うように背後に抜けていき、鼓膜が痺れた。

驚愕して、惟朔は腰を抜かしてしまった。

発射音のせいで、耳がよく聞こえない。

硝煙の匂いが部屋のなかに充ち、天井のあたりで青白い煙がゆるやかな楕円を描いている。

それを茫然と見あげ、惟朔は息をするのも忘れて、撃たれた眉間をそっと指先で押さえてみた。

ひりひりするような気もするが、火傷をしたと騒ぐほどでもないようだ。

安堵しつつ、幸子を指さして、声にならない声をあげる。それはまさに声にならない声で、唇がぱくぱくと動いただけであった。

やがて、遅れて、声がでた。

「おまえなあ――」

だが、幸子のほうが驚愕の度合いが大きかったようだった。というのも呆れるほどに唇が戦慄《わなな》いている。言葉を喪って、瞳いっぱいに涙があふれているのだ。

ひりつく眉間を押さえながら、幸子を慰めようと言葉を探しかけたときだ。階下から階段を駆け上る音が響いてきた。大股な足音がひと息に近づいてくる。そして玄関先で怒鳴り声がした。

「こら、てめえ、夜中に撃つなって言っただろうが」

惟朔は眉間を押さえたまま苦笑まじりに立ちあがり、ドアをひらいた。灰色の作業服を着た中年男が惟朔を睨めまわした。

「おい」

「すみません」

「素直だな」

「はあ」

「でもなあ、何時だと思ってんだよ。てめえ、やんちゃがすぎるぞ」

「以後、気をつけます。じつは」

「なに」

「暴発しちゃったんですよ」

惟朔が中指の先で撃たれた眉間をマッサージしながら言うと、背後から幸子が飛びだしてきた。

「すみません。あたしが撃っちゃったんです。まさか弾が入ってるとは思わなかったんですよ。あたし、撃っちゃったんです。惟朔を撃っちゃった」

中年男は顔をくしゃくしゃにして泣きじゃくる幸子に、戸惑いの眼差しをむけ、ちいさく咳払いをした。

「泣くなよ、姉ちゃん。よくわけがわからんけどよ、どうせ、このアンパン小僧が悪戯したんだろうが」

すると、幸子は男をキッと見据え、さらに一歩踏みだしたのである。

「この子は、もう、アンパンなんてやってません」

男は雑に頷くと、舌打ちをし、肩をすくめた。それから惟朔の顔を指差した。

「おい、兄ちゃん。おまえの眉毛、焦げちゃってるぞ」

惟朔は眉間を押さえていた中指をそっと移動させた。眉毛に触れると、なるほど微かではあるが灰が舞いおちた。

7

傍らで幸子がやや苦しげな寝息をたてている。三月一日深夜、正確には二日午前であるが、惟朔は右の耳に挿しいれたイヤホンで土居まさるのセイヤングを聴き、左の耳で幸子の寝息に耳をすましていた。呼吸は不規則だが、熟睡しているようだ。

イヤホンから月光仮面と赤胴鈴之助の主題歌が流れたときには懐かしさのあまり、思わず布団のなかで声にださずに口だけ動かして唱和したが、やがて深夜放送から意識が離れていき、惟朔は幸子の気配にばかり集中するようになった。

迫りあがってきたのは強烈な自慰の衝動である。意を決し、幸子に背を向け、気づかれぬように手早く行った。脳裏に思い泛かべたのは、山村が働いている二子新地前のタカヤマ精機で事務をしている真美ちゃんという女性である。

惟朔は真美ちゃんのいささか過剰ともいえるほどに豊かな臀部を包みこんだスカート、そこに浮かんだ下着の線の記憶を手繰り、くりっとした二重の瞳を脳裏に描いて密かに手指を用いた。

罪悪感と焦りのせいか、すぐに爆ぜた。ブリーフを旺盛な徴《しるし》で汚して、息をころして虚脱した。真美ちゃんと幸子は較べものにならない。幸子の左右対称な白磁のような完璧さからすると、真美ちゃんは微妙に歪んだ粘土細工のような存在である。

それなのに真美ちゃんを思い泛かべて発情していたのである。疲れきって熟睡している幸子を起こすことを躊躇ったわけではない。そっと体を重ねれば、幸子は絶対に拒絶しない。それは、わかりきっている。

だが惟朔は幸子ではなく、真美ちゃんを欲していたのだ。勝手に空想と妄想の羽をのばして、真美ちゃんのルーズな愛嬌を思い描いて発情した。久々の自慰であった。快は深かったが、後味はあまりよいものではなく、布団に軀がめりこんでしまうような奇妙に重い濁りが全身に残ってしまった。

惟朔は幸子の寝息を確認して、闇のなかにうかぶ電灯のスイッチの紐の先に視線を据えた。先端に下がっている釣鐘状のちいさな樹脂は青白く幽かに発光している。じっと凝視していると白みがかった緑色にも見える。仄かな蛍光色は摑みどころがない。

ブリーフに染みた精が冷たくなって、なにやら嫌悪に近い罪悪感が皮膚をわずかに収縮させていく。終えてしまうと、なぜ、真美ちゃんに発情したのか、よくわからない。用済みになった真美ちゃんは、腐りかけた泥人形のようで、もはや惟朔を惹きつける要素のかけらもない。

惟朔は幸子に背を向けて、考えこんだ。かったるい。生温い。刺激が欲しい。惟朔は長閑な毎日の積み重ねに苛立ちはじめていたのだ。大袈裟なことをいえば、幸福に焦れていた。そそがれる愛情が重く感じられはじめていた。

完全にトルエンをやめた。東中神周辺の悪友にも会わなくなった。幸子の望むままに行動し、部屋に引き籠もっていた。それはだらけながら凝固しているような状態である。清風荘の六畳間は、いつしか惟朔を閉じこめる檻と化していた。まだ真新しい畳の匂いが立ちこめるこの部屋を、惟朔は微妙に嫌悪しはじめていた。

幸子のことが大好きだ。その心にも、軀にも溺れている。Rの女工たちから受けた仕打ち、女という性に対する嫌悪も幸子と抱きあうようになって、ほぼ消え去った。傷は癒えたといっていい。だが、こんどは幸子の性に絡めとられてしまっているという自覚が、薄々とではあるが惟朔の内側から這い昇ってきているのである。

至高の存在として幸子がある。惟朔の心のどこかには、十六歳にして幸子と一生このままであっていいという希いと覚悟さえ生まれていた。それなのに、このままではいられない——そんな得体のしれない、しかし心の奥底からの突きあげが惟朔を烈しく揺さぶる瞬間があるのだ。

愛《ラブ》。

そして平和《ピース》。

さらには自由《フリーダム》。

近頃、周囲で姦しいほどに喧伝されている三点セットである。惟朔は幸子との愛と平和の渦中にある。誰もが羨む愛と平和である。だからもう充分に満腹しているのだが、自由だけは電灯の紐の先端の合成樹脂の蛍光色のように遠い彼方に薄ぼんやりと浮かんで、摑みどころがない。

惟朔は行きたい場所に行けるのだ。したいことができるはずである。幸子だってそれを邪魔しはしない。つまり自由なのだ。

ところが実際には微妙に幸子の顔色を窺って、物わかりよく自らすすんで六畳間に幽閉されて、二階の窓から見おろす乾ききった黄褐色の畑や背の低い桑の木の雑に整列する景色だけを自分の世界として認識し、ただ無意識のうちに放たれる独り言だけを友として、ときどき窒息しかけて、それに気づかずに大欠伸《おおあくび》をする。自由は、かなり深々と惟朔を侵蝕していた。

惟朔は居たたまれなくなって反転し、胎児のように軀を丸め、きつく幸子に密着した。すると幸子は夢現《ゆめうつつ》のまま手をのばして、惟朔の頭をそっと撫でてくれた。ほとんど反射運動にちかい幸子の手の動きを、惟朔は自分に都合よく解釈した。――許されたのだ、と安堵した。

許された。なにを。

惟朔は幸子の体温に包まれて考えこむ。自慰は裏切りか。裏切りだろう。自慰は密かなる裏切りだ。惟朔は裏切りの本質を自慰というかたちに矮小化《わいしょうか》して納得し、表面上は穏やかといえる日々が続くことに腐心する。

幸子はブリーフの汚れを呆れたような眼差しで見やり、唇の触れそうなくらいにまで顔を近づけて中途半端に乾いた精液の匂いを嗅ぎ、その染みを丹念に手洗いする。夢精したという惟朔の言い訳を疑いもしない。

惟朔はブリーフを手洗いする幸子の背に充満する幸せに臆して俯き、幸子はブリーフのかたちを整えて窓際に干してから健気にウェートレスの顔をつくって出勤し、惟朔はそれを鷹揚な笑顔で送りだす。

だが惟朔は破壊衝動と紙一重の倦怠をもてあまして、笑顔を泛かべながら引き攣れているといった状態であった。幼いころにいつも周囲から指摘され、叱られていた貧乏揺すりが復活していた。

*

雛祭りの日に雨が降って以来、快晴が十九日連続した。清風荘の周囲の畑は乾燥しきって、ところどころに罅割れが毛細血管のような模様を描くようになった。風の強い日は部屋の窓からちいさな竜巻がふらふらと蛇行し、移動していくのを見おろすことができるほどで、土埃がひどく、外に干した洗濯物がうっすらとくすむほどだった。

ようやく雨の降った二十三日の午後、惟朔は胡座をかいたまま小刻みに揺れていた膝頭を自ら押さえ込んだ。抗《あらが》うことができなくなったのだった。小銭を掻きあつめたとたんに降りしきる氷雨《ひさめ》に吸いこまれた。幸子のちいさなサンダルをつっかけて、外にでた。東中神駅前の電話ボックスにこもった。

ボックス内は独特の匂いがする。電気の香りに、微妙な人いきれのような気配が絡まっている。父が生前、問わず語りに、雪の晩に行き場をなくして電話ボックスのなかで夜を明かしていたが、警邏《けいら》中の警官に追い出されたといったことを愚痴っぽい口調で語っていたのを思い出し、惟朔は自分を父の境遇になぞらえて大きく深呼吸をした。

気温はせいぜい五度ぐらいまでしか上がっていないだろう。春とは名ばかりの、冷たい雨が電話ボックスのガラスを濡らしている。惟朔は流れ落ちる雨と、その雨滴によって歪んでいる駅前の灰色に沈んだ景色を切迫した眼差しで眺め続けた。

電話をかけ慣れていないので、緊張していたのだ。誰も見ていないにもかかわらず自意識過剰な状態に陥って、ひどく鼓動を速めていた。意を決してダイヤルしたのは山村の働いているタカヤマ精機である。呼び出し音三回で相手が受話器をとった。

「はい、毎度有難うございます、タカヤマ精機でございます」

毎度有難うございます、という言葉は予測していなかった。まるで商店のような愛想のよさである。プレスやフライス盤といった重々しい機械の並んでいる雰囲気に似つかわしくない。惟朔は一瞬、頭のなかが空白になってしまい、詰まった息を吐いた。狼狽といっしょに勝手に声がでた。

「吉川と申しますが、山村君はいらっしゃいますでしょうか」

「あら」

「あ、どうも。真美さんですか」

「そうよ。だめだよ、仕事中に電話してきちゃ。山村君、外せないかもしれないよ」

「すみません」

「急用なんだ」

「ええ、その――」

「わかった。呼んできてあげるから、ちょっと待っててね」

叱るわりに先まわりして気をきかせてくれる愛想のよい真美ちゃんである。惟朔はちいさく安堵したが、受話器からはなにも音がしなくなった。漠然とコインが電話機のなかに落ち込んでいく音だけが周期的に伝わる。惟朔はコインの落下音に居たたまれなくなってきた。貧乏性だと自分を嗤うのだが、居たたまれない気分は消えない。同時に真美ちゃんが自分のことを覚えていてくれたことに、にんまりと笑ってしまいそうな充足感を覚えていた。

「おう、惟朔」

「すまんな、仕事中」

「うん。ちょっと困るぜ」

「――かけなおそうか」

「それほどのことでもない。なんだ、なにかあったのか」

「いや。べつに」

「うまくやってるみたいじゃん。ちょっと心配してたんだぜ。いま、どこよ」

「東中神」

「それって、どこ」

「東京。立川の先」

呟いて、雨に烟《けぶ》る駅前を徐行して抜けていく黄色いタクシーのテールを眼で追う。山村が思案している気配が伝わった。惟朔は念押しするように説明した。

「中央線で立川乗り換え、青梅線。二駅めなんだけど」

「わかんねえよ、そんな田舎」

「田舎っていったら、二子新地前のほうが」

「なに」

「なんでもない。いい勝負か」

「惟朔、顔だせよ」

「ほとぼりはさめたか」

トニホーにおける筋彫りのちんぴら、そして盗んだナナハンにまつわるあれこれが鮮やかに脳裏を抜けていく。もう四ヶ月ほどたったのか。多摩川を泳いで逃げたのだが、もはや現実味は薄い。それは山村もいっしょらしく、投げ遣りな口調で応えた。

「しらない。どうでもいいじゃん。とにかく顔だせよ」

「うん……」

惟朔が煮え切らない返事をしていると、山村が勢いこんで言った。

「糸居《いとい》がよ、いま、登戸《のぼりと》の宇喜多《うきた》組にいるんだぜ」

「糸居、ヤクザやってんのか」

「そう。I会系宇喜多組。地元ではけっこう有名な組なんだ。出目健《でめけん》の奴、盃《さかずき》貰ったって威張ってやがった。俺はせいぜい準構成員てやつで使いっ走りだろうって莫迦《ばか》にしてやったんだけどさ、なんか逆に凄まれちまって、むかついてるんだ」

出目健こと糸居健は施設内で同級生だったが、それほど深い付き合いはなかった。くりくりとやたら大きな目をした、背の低い、なにをやらせても中途半端でいい加減なところのある少年だった。

勉強もできなければ、運動もできない。そのくせちんけな窃盗に類することがやめられない手癖の悪さで、皆に軽蔑されていた。人一倍悪さはするくせに喧嘩が弱く、はったりをかますのも苦手で、うまくいかないと、いつだって曖昧な、泣きそうな笑顔を泛かべていた。

とにかく周囲を気にして様子を窺ってばかりいて常に一歩引いているようなところのある影の薄い少年だったが、その突出気味に大きい眼球のせいで図らずも目立ってしまい、施設内における虐めの恰好の餌食となり、同級生どころか下級生の視線にまで怯え、狼狽えているようなところがあった。

「なあ、惟朔。おまえ出目健にヤキいれたことがあったじゃん」

「え、まあ、ヤキってほどじゃ」

「あのガキ、S鑑じゃ、いつだってへらへら涙目で笑ってやがっただろ。ところが、いまや、生意気にもほとんど笑わないんだよ。惟朔、またヤキいれしてやれよ。出目健を笑わしてくれよ」

　背後から、山村君はあいかわらず柄が悪いわねえ、という真美ちゃんの声が聴こえた。

山村が得意そうに念を押した。

「なあ、惟朔。俺も付きあうからよ、出目健を笑わせようぜ」

「本物のヤクザになっちゃったんなら、そうもいかないよ」

「よく言うよ、無謀君が」

　ムボー君と聴こえた。惟朔は苦笑いした。手持ちの硬貨が残り少なくなってきた。勢いこんで言った。

「出目健のことはともかく、近いうちに遊びにいくよ」

「おう。待ってるぜ」

「じゃ」

　山村がなにか言うかと思って耳をすましたのだが、ほとんど間髪を容れずに電話が切れた。あっさりしすぎていて、余韻がなく、心許ない気分で取り残された。天井を叩く雨音が姦しい。惟朔は電話ボックスのなかに立ち尽くし、降りしきる雨に視線をやり、ちいさく吐息をついた。

　いまさらのように糸居健の泛かべていた笑いが必死の保身であったことが理解できて、不可解な罪悪感が迫りあがってきた。

　糸居の笑いは、笑顔なのに泣き顔と大差なかった。その笑いが気に喰わなかったことは確かである。なんとなく癇《かん》に障るところがあったのだ。

　だが、おもしろ半分に狙いすまして左右の眼を殴りつけたことは、どんな理由をつけても正当化できない。――おまえの目はでっぱってるからへこましてやるよ。そう冷たく言い放って殴打したのだ。

　さらに惟朔は鮮やかに青痣の浮かびあがった糸居の両眼を見据えて、その顔にフェルトペンでメガネの蔓《つる》を描きたして、サングラスをかけてやったなどと嘯《うそぶ》いたのだ。アオタンのサングラスをかけられた糸居は声もあげずに腫れあがった両目から涙を流した。中学二年の夏である。

　誰からきいたか忘れたが、太陽が眩《まぶ》しいせいで人を殺してしまう小説があるらしい。惟朔の場合は、あまりに蒸し暑かったから出目健を殴った。太陽が眩しいのと五十歩百歩のような気もするが、蒸し暑いという理由にはなんら含みがなくて無様な感じがする。

　惟朔は力なく唾を吐いた。電話ボックスの床に落ちて白く泡だった唾は濡れて黒々とした床面に絡めとられ、すぐにその鮮やかさを喪った。どういう経緯でヤクザの盃を貫ってしまったのかはわからないが、いま糸居に会ったら、惟朔はどんな態度をとるのだろうか。

山村は『のぼりとのうきた組』と言っていた。のぼりとは神奈川だろうか。おそらく神奈川の地名だろう。うきた組とは、どういう字を書くのだろうか。周期的に強まる雨足といっしょに冷気が足許から迫りあがってきて、惟朔は烈しく胴震いした。

急に狭苦しい空間にいるのが耐えられなくなった。惟朔は脚で電話ボックスのドアを蹴りあけ、傘を差さずに首を竦めるようにして前屈みになって駅舎まで駆けた。路線図をしばらく凝視して、登戸という駅を発見した。南武線と小田急線が交差する駅で、多摩川を渡ってすぐである。

確認すると、気が楽になった。駅員から切符を買い、鋏を入れてもらい、跨線橋《こせんきょう》を駆けあがり、濡れたホームに立って小刻みに足踏みをしながら電車がくるのを待つ。湿った雨の空気と吐きだす白い息の境界が判然としないほどにあたりはしっとりとしている。チョコレート色をした電車がホームに滑りこんできたときにはすっかり凍えきっていた。

幸子の働く喫茶店に行き、黙ってコーヒーを飲む。惟朔はごく自然に幸子にむかって頬笑みかけ、幸子も職業的慇懃《いんぎん》さのなかにも溢れんばかりの愛情をあらわして、惟朔にコーヒーを運ぶ。

躯も温まった。張りつめていた頬もゆるんでいる。カップの底に残った茶褐色を飲み干して伝票を摑んで立ちあがろうとすると、幸子がさりげなく近づいてきて囁いた。

「あたし、今日は、あがる」

つまり遅番には出ないということである。惟朔は頷き、一言も発さずに代金を払い、傘立てから自分の傘を抜きとり、喫茶店をあとにした。立川駅北口には第一デパートや高島屋があるので暇つぶしをするのは苦にならない。ふたりのあいだでは待ち合わせ場所も決めてあった。

第一デパートの百円均一の売り場を眺めているうちに時刻になった。待ち合わせ場所のパーラーでふたたびホットコーヒーを啜っていると、幸子が小走りにやってきて、しかし席には座らずに上気した頰のまま惟朔を見おろした。惟朔は濡れた幸子の靴の爪先を一瞥して訊いた。

「どうした」

「うん。きいて」

「まあ、座れよ」

すとんと座席に腰をおろし、幸子は惟朔に顔を寄せて言った。

「あのね、今日、オーナーに訊いたの。差し歯は幾らかかるのかって。正確な額ね。そうしたらね」

「うん」

「いけそうだよ」

「ほんとか」

「ほんとう。でも、一本だけだけどね」

「一本だけか」

「そうなの。どうする」

「どうするって、一本だけじゃ」

「だよね。でも、あたしは、一本だけでも入れてあげたいな。まずは右からかな」

惟朔は苦笑まじりに前歯をさぐった。エナメル質が溶けて象牙質と呼ばれるあたりが剝きだしになっているのだろう、すっかり隙間ができている。強く息を吸ったり冷たいものを飲んだりすると沁みるし、隙間には指先の肉が挟まってしまうほどで、グラグラと前後に頼りなげに揺れる。しかも薄汚い黄色に変色しているはずである。自己愛の強い惟朔であるが、さすがに最近は鏡を見るのが嫌になっていてあえて確認していないのだが。

しばらく前歯を弄んでいた。漠然とその揺れを指先に感じていた。幸子はテーブルに頰杖をついて惟朔を見つめている。

和んでいたのだ。

悪くない気分だった。

ところが、唐突に千切れた。

幸子の視線から曖昧に顔をそむけて、罅《ひび》割れた。

世界から色彩が喪われた。

そのとたんに、幸子が勢いこんで話しかけてきた。職場の愚痴をはじめとした愚にもつかないことの羅列である。

惟朔はすべてを把握していた。幸子の言葉も、幸子の履いているバックスキンの靴の爪先が黒々と濡れて毳立《けばだ》っていることも、斜め前の席に座った中年男が夕刊を読むふりをしながら幸子を盗み見ているのも、飲み干したカップの底にふやけたコーヒー豆の欠片《かけら》らしきものが残っているのも、なにを塗りつけているのかわからないが幸子の唇がつやつやと血の色に潤っているのも、ケーキ売り場から甘ったとろく乳臭いクリームの匂いが流れてくるのも、パーラーの壁面に取りつけられたガラスの花瓶にささっているのが造花であることも。

だが世界は色彩を喪ってしまい、その白黒の世界がネガフィルムのように反転して微振動している。

色をなくした世界はその小刻みな振動と共に、圧倒的な重量で惟朔に迫る。惟朔の躯には黒灰色をした鉛の錘《おもり》が無数に括りつけられていた。その錘は、笑顔からもたらされるものだった。

笑顔。

幸子が幸福いっぱいの笑顔で迫る。

ねえ、惟朔。惟朔の歯が綺麗になったら、あたしたち結婚しようよ。

ああ、結婚な。

式なんてどうでもいいけどさ、あたし、ウェディングドレスは着たいな。純白のウェディングドレス。写真館で記念写真を撮るだけでいいのよ。ねえ。ふたりの記念写真。いいでしょう。

純白な。純白か。純白。そんな金、ないだろ。

ううん、貸衣装でいいのよ。高島屋にあるんだよ。いちばん上の階。写真も撮ってくれるのかな。これから見にいこうか。見せてあげるよ。ウェディングドレス。綺麗だよ。レース。すごく綺麗なんだよ。

ああ、幸子には純白、似合いそうだな。

そう思う？

惟朔は口を噤《つぐ》んで、かわりに満面の笑みをかえした。

この場から逃げたい。

逃げだしたい。

柔らかく頬笑んでいる幸子の愛情に背を向けたい。

理由は、わからない。

ただ、重い。

押し潰されそうだ。

思考の筋道を喪った顔が、かろうじて判断する。幸子は惟朔のためにだけ、存在している。そういうふうに見える。惟朔に対する愛情が幸子を柔らかく頰笑ませる。

それなのに、幸子の内側には、なぜか惟朔がいない。

純白がたなびく。

ウェディングドレス。

純白どころか、幸子が透明だ。まったくの透明だ。

恐ろしい。

だから惟朔は頰笑み続けた。

気を取り直して、笑顔を絶やさずに受け答えをした。ひたすら快活に言葉の遣り取りをした。

いまごろになって自分がトルエンの毒に犯されて、狂いはじめているのではないかと考えた。しかし、それは的はずれだ。これは後遺症などではない。幸子の重みが惟朔を潰しかけているのだ。

立場や情況はまったく違うが、糸居健の笑顔を自分に重ねていた。頰笑みたくない。

笑いたくない。

笑うということは、息を吐かなくてはならないということだ。

息を吸っては笑えない。

だから惟朔はひたすら息を吐いていた。息苦しい。幸子は苦しくないのだろうか。

なぜだろう、世界は死体だった。死体なのだ。純白の幸子を前にして惟朔は真っ黒を纏《まと》った死体だった。

＊

第一デパートのパーラーで襲われた幻視はじつに強烈で、それ以来、さらに惟朔は落ち着きを喪った。ところが幸子は幸福に冒されてしまったのか、以前の過敏さを綺麗に棄て去って、そんな惟朔の様子に一向に気づかないようだ。

「すごい風。春一番かな。洗濯物。見て。ねえ、見てよ。まずいな。まずいわ。はためくっていうの。シーツ。見て。バサバサって窓に打ちつけられてるじゃない。早くしないと飛んじゃうよ」

解説するような口調で言いながら、幸子が洗濯物を取りこんでいく。シーツや下着や、ジーパンなどが昨日から干しっぱなしになっていたのだ。手際よくリズミカルに窓際に投げられていく洗濯挟みを惟朔はぼんやりと見守った。

強風のおかげか、洗濯物は完全に乾ききって、強《こわ》ばって感じられるほどだ。惟朔は投げだされた洗濯物の山から太陽の香りを嗅ぎとり、大きく深呼吸をした。陽の匂いは、幸子の皮膚に唇を這わせたときの香りを思い起こさせる。緻密な肌に唇を這わせると、惟朔の唇はまるで消しゴムになったかのような弾みかたをする。肌とこすれた唾液が独特の香りをたてる。赤ん坊の匂いに近いのに、性的な香りである。

「おい」

「なに」

「こい」

「だめ」

「いいから、こいって」

「もう、だめだってば。休みじゃないの。休めないの。遅番だけ出てくれっていわれてるのよ」

「またかよ。今日は月曜じゃないか。話がちがうだろう」

「しかたないよ。それに頑張れば、どんどん貯金も増えるし」

西日を浴びて、幸子の腕の産毛が金色に輝いている。淡く細く頼りなげなので普段はまったくわからないほどなのだが、意外な密度で密生しているのがわかった。惟朔は幸子の体毛の煌《きら》めきに発情を加速され、強引にのしかかり、密着した。

抗う口調と裏腹に、すぐに幸子は協力の体勢をとり、腰を浮かせた。さらに幸子は自らの手を用いて惟朔を解放し、惟朔の過敏な部分を刺激し、惟朔が息を呑むと満足げに頷いて導き、おさめた。

惟朔は幸子の潤いに絡めとられた触角を意識し、ゆっくりと動作しはじめる。上体を離して結合している部分を凝視し、確認する。惟朔の器官は充血しきって強ばるばかりでじつに無様であるが、だからといって否定的な感情がおきるわけでもない。幸子の傷口は開ききって内側の血の色を露わにして切実だ。惟朔の動きにあわせて幸子の背の下で乾いた洗濯物がかさかさとこすれ、秘めやかな音をたてる。

「惟朔」

「なに」

「いっぱいだよ」

「そうか、いっぱいか」

「惟朔があたしのなかでいっぱい」

「変な恰好だよな。下だけ裸」

客観的な惟朔の言葉に、幸子が鼻梁《びりよう》に複雑な皺を刻んだ。

「ばか」

「――おまえには純白が似合うな」

「なんのこと」

「シーツ。おまえの軀の下にシーツ」

「なんだ、洗濯物か。ウェディングドレスのことかと思っちゃった」

惟朔は応えず、幸子から顔をそむけるようにして一直線に動作した。最近の幸子は惟朔の腰や脚に自分の脚を複雑に絡ませてくる。しかも啜り泣くころになると、肌がほんのりと色づいてくる。しかもその瞳から黒目が喪われるころになると、以前はまったく感じられなかった独特の淡い体臭がたちあらわれるようになった。惟朔はその香りに弱い。その香りを嗅ぎたいがために、こうしているようなところさえあった。惟朔は幸子のわずかに汗ばんできた腋窩の和毛《にこげ》に鼻先を挿しいれて、その幽かな香りを吸いつづけ、動作をさらに烈しくした。

卓袱台《ちゃぶだい》の上のコップに入った水が、惟朔の動きにあわせて揺れている。安普請《やすぶしん》だと胸の裡で笑い、しばらくのあいだちいさな水面《みなも》の楕円の波紋を上目遣いで見つめて時間稼ぎをし、あらためて幸子の瞳から完全に黒目が消えたのを確認し、惟朔は加減せずに爆ぜさせた。

その瞬間だ。幸子がきつく反りかえり、ぶつかってきて、接している部分に鈍い痛みがはしった。

かなり長い時間、注ぎこんだ。幸子はそれを胎内に取り入れようとするかのように収縮する。やがて幸子が小刻みに痙攣を続けているのを意識したまま、全体重をあずけるようにして微睡《まどろ》んだ。

「せっかく洗ったシーツに染み」

幸子のぼやく声を彼方に聴いた。惟朔は覚め、そっと幸子からはなれ、天井をむいて傍らに転がった。幸子が愛おしげに口唇を用いて惟朔を浄《きよ》めはじめた。このような行為があることを喫茶店で耳にして、それ以来、行うようになったのだ。

だが、これをされると惟朔はふたたび勢いを取りもどしてしまうのだ。こうされることで自尊心を充たされ、得も言われぬ満足を覚えるのだが、しかし、ときに収まりがつかなくなってふたたび力を盛り返してしまうことがある。

「だめ。もう、あたしは行かなくちゃ」

ふたたび体重をかけようとして拒絶され、惟朔はちいさく舌打ちをした。幸子が母親のような手つきで惟朔にブリーフを穿かせる。それから幸子は、ちいさな手鏡を卓袱台において、顔をつくっていく。たいした化粧をするわけではないが、幸子の整った顔立ちはじつに化粧映えがした。

「惟朔、行ってくるね」

腰をかがめて、口づけをしてきた。惟朔が漠然と応じると、いったん口を離して要求する。

「唾。唾をちょうだい」

ふたたび唇を重ねあう。惟朔は舌先を用いて幸子の口中に唾液を押しこむようにする。幸子は惟朔をきつく吸う。そしてあからさまに喉を鳴らす。いきなり唇を離す。咎めるように言った。

「ああ、汚しちゃった。惟朔のがでてきちゃったよ」

決まり文句のような幸子の科白《せりふ》である。惟朔の精が流れだして下着を汚してしまったというのだ。

下着を身につける前にきちっと後始末をすればいいのに、幸子はどうも惟朔の精液で自分の下着を汚すことが好みであるようだ。幸子は自分の性器が惟朔の精液で粘ることを好むのだ。

女という性は、根深い。少なくとも惟朔よりもずっと生々しい。汚しちゃったと文句を言いながら、汚れを愛おしんでいる。無理やり毎晩銭湯に惟朔を誘い、しつこいくらいに自らの軀を磨きあげるくせに、汚れを忌み嫌っているわけではないのだ。

こういう固執の仕方は、惟朔にはない。惟朔にとって汚れは汚れであり、それを放置しているとしたら、ただ単純にものぐさであり、面倒だからである。

しかし幸子は自らの汚れを嫌悪する一方で惟朔の汚れを放置し、意識的に自分の軀に触れさせて、それでよろこびを覚えるのだ。トイレに入ったときに下着に染みた惟朔を指先でこすり、それを鼻先に近づけて匂いを嗅ぐと告白されたことがある。惟朔は鼻白み、臆してしまったのだが。

幸子は腰を中心に身を捩《よじ》って顔を顰めている。対処不能といった諦めに似た感覚と、迫りあがる不安感を惟朔は薄笑いを泛かべてごまかし、いささか邪慳《じゃけん》に手を振った。幸子は腕時計を一瞥して、眉間に縦皺を刻んだまま惟朔を睨みつけた。しかしその眼差しの奥には惟朔に対する媚びが溢れていた。

惟朔は身じろぎもせずに幸子の足音が遠ざかっていくのに耳をすました。鉄の階段をリズミカルに下っていく。その音が小さくなっていき、消えた。惟朔は天井をむいたま、あたりに散乱している取りこんだ洗濯物を適当に引き寄せ、軀を覆った。しばらく微睡むつもりだった。だが性交後の気懈《けだる》さは残っていたが眠気はきれいに消滅していた。目頭を揉み、滲んだ涙を洗濯物で拭いた。連続して溜息をついた。洗濯物が吸いとった陽射しの香りを全身にまといつかせて、じっと天井を睨みつけていた。

窓ガラス越しに射し込む西日の熱が惟朔を暖めていく。数日前から春めいて、とても暖かい日が続いているのだが、今日はとりわけ暖かい。惟朔は首だけねじまげて壁から下がるカレンダーに視線を据えた。交わったあとの虚脱のせいか、意識は揺らめくばかりで今日の曜日が判然とせず、それ故に今日が何日かわからない。

惟朔は快晴の天気とは裏腹にどんよりと曇っている頭をなんとか醒めさせようと意識を集中し、今日が本来ならば幸子の休日である月曜日であることにようやく思い至った。休みなのに遅番に出てくれと頼まれて、幸子は出勤したわけだ。

今日が月曜日であるとすると、三月の二十九日ということになる。

「二十九日。三月二十九日。——じき、四月だぜ」

思わず独白して、跳ねおきていた。幸子が古道具屋から買い込んできた衣装ダンスをあさる。衣服の奥に隠された薄緑色をした郵便貯金の通帳と印鑑を盗みだす。いままで惟朔は通帳を覗いたことがなかった。気にもとめていなかったのだ。

だが、その名義を一瞥して、胸が苦しくなった。吉川惟朔——。預金通帳の名義が惟朔になっていたのだった。

「俺の歯を治すための貯金だもんな。当然だよな」

悪ぶって呟いてみたのだが、胸苦しさは消えない。幾度か唾を飲みこんだ。それから溜息をついた。自分が最悪の人間であることが実感された。

通帳の名義が山本幸子であったならば、多少は盗みだすことを逡巡したであろう。惟朔は真美ちゃんなり誰かに頼んで預金をおろしてもらおうと企んでいたのだった。

しかし惟朔名義であるならば、なんら問題はない。そう自分を納得させようとしたのだが、罪悪感に睾丸が迫りあがっていた。罪の意識が性的な感覚に近いことを惟朔はいまさらのように悟って、左手で雑に股間を揉んでいた。

盗まなくてはならないのだ。

裏切らなくてはならない。

盗むことによって俺も幸子も新たな道を歩みだすことができる。あらためて、そんな身勝手な屁理屈で自分自身を説得し、頷き、通帳を繰って預金額を確認すると八万三千六百円あった。真新しい吉川の印鑑と通帳を交互に見つめる。まだぎりぎりで金をおろせるだろう。

＊

一抹の不安があったのだが、若い男の郵便局員は事務的で、あっさりと金を引き出すことができた。名義が惟朔のものであるから当然ではあるが、じつは指先が小刻みに震えていたのだった。

八万三千円。幸子が昼も夜も働いてつくった金である。惟朔はそれをわざと握りつぶすようにぞんざいに扱って、ジーパンのポケットにねじ込んだ。

東中神駅で電車を待つあいだ、六百円だけ残っている預金通帳と印鑑をゴミ箱に叩き込もうとした。できなかった。六百円が惜しいのではなく、通帳が幸子の命のように感じられたからである。

それなのに惟朔は幸子の金を盗み、逃げだすのである。

俺は一生この預金通帳を胸に抱いて生きていくつもりだ。そんな決心をして、ベンチに座った。身じろぎもせずに凝固して向かいのホームを睨みつけていると、立川行きの茶色い電車がホームに滑りこんだ。

列車の巻き起こす突風が惟朔を打ち、伸ばしはじめた頭髪を乱した。惟朔は立ちあがらず、見送った。

線路と車輪が摩擦して立ち昇る強烈な鉄の匂いだけが鼻腔の奥の奥を刺激して、惟朔は涙ぐみそうになっていた。

いまなら、帰れる。

もどることが、できる。

正直に告白すれば、幸子は許してくれるだろう。そして、いままでどおりの生活が続くだろう。

いままでどおり……。

惟朔はポケットにねじ込んだ札にそっと指先を触れさせた。雑に重なった札は早くも湿っていた。惟朔は自分の軀から放たれる湿り気を嫌悪した。次の電車がくるまで十分ほどある。しかし、こうしてベンチに座っていると永久に電車に乗ることができないのではないか。

奥歯を嚙みしめて、立ちあがった。白線のところにまですすんだ。首をねじまげて線路と枕木を見つめる。

いますぐ清風荘に駆けもどりたい。そして幸子の赤ん坊になる。幸子に生活のすべてを依存し、微睡んで生きていく。理想の生活ではないか。それに、いつまでもぶらぶらしているわけではない。時期がきたら働きにでるだろう。アルバイトといった不安定なものではなくて、立川の職業安定所に出向いてきちっとした正社員になる。ボーナスを貰える身分になる。それは惟朔がもっとも嫌っている生活なのだが、それを幸子のために敢えてすることは、じつは男らしい行為なのではないか。毎朝きまった時間に起きて会社に出勤する。吊革に摑まって満員電車に乗る。小走りに会社まで駆け、タイムカードをタイムレコーダーに挿しいれる。ガッチャンと強圧的な音がして、時刻が刻印される。いまだかつてタイムカードになど触ったことがない。子供のころ、遊びに行っていたRの工場の女工が、タイムレコーダーに縦長のカードをぶち込んでいるのを見守っていたことがあるだけだ。だが、あの瞬間、なにやら女工たちの軀が揺れたように見えたものだ。きちっと働くことの重さが、あの揺れに滲みだしていたような気がする。俺もガッチャンという衝撃音と共に揺れてみせる。無遅刻無欠勤、残業につぐ残業、幸子を養う。そのころには幸子によく似た赤ん坊がいて、よだれかけを吐きもどした母乳で濡らしている。それを見守って頬笑む俺。なんだか莫迦らしくも凛々しいではないか。そうだ。帰ろう。清風荘にもどろう。幸子のために犠牲になることは、決して悪い生き方ではない。

電車が滑りこんだ。

ドアが開いた。

惟朔は淡々とした足取りで乗り込んで、がらがらの車内を見まわし、吊革に掴まった。電車が動きだした。立川基地に着陸するグローブマスター輸送機が夕焼けのなかにその巨大な姿をあらわした。

8

罪悪感は、持続しないものである——。

南武線の車中で、惟朔は他人事のように納得していた。砕けた言いかたをすれば、「やっちゃったんだから、しかたがないじゃない」

と、いったところである。いちばん前の車両の乗客は惟朔も含めて三人だけである。それぞれが鉄路の継ぎめを拾う車輪の単調なリズムに身をまかせ、なかば催眠状態におちこんだかのように自分に沈みこんで、周囲のことが念頭にない様子だ。だから惟朔は気楽に、なかば意図的に独り言をしていた。

「終わっちゃったんだから、もう、ぐずぐずいわない」

さきほど多摩川を渡った。南武線に乗るのは初めてだ。電車はけっしてだらだらと徐行して走っているわけではないが、民家などがまばらなせいだろうか、あまり前に進んでいる感じがしない。立川駅で登戸まで幾駅あるか数えたところ十一駅あって、その時点でうんざりした気分になったが、それをそのまま引きずっているせいかもしれない。

南武線というと、漠然と府中の競馬場を思い出す。惟朔が小学生のころだ。惟朔たちを統《す》べていた親分格の不良少年が南武線に乗って競馬場に行くと言っていた。窓外は暮れはじめ、淡い藍色が均一に滲みだし、座席に浅くだらけて座った惟朔の顔が向かいの窓に薄ぼんやりと映っている。

あらためてジーパンのポケットの中の札に触れてみる。幸子が一生懸命に働いて稼いだ金であるが、札は札である。所詮は紙切れにすぎない。もはや罪悪感を喚起する力を喪っていた。惟朔はさらにだらけて座り、投げ遣りに考えた。

どちらかというと、熱しやすく冷めやすいというのか、持続しないほうである。そのせいだろうか、早くも幸子に対する罪悪感が薄らいできたのは。

いや、ことによってはいつまでもねちねちと異常に執着する。自分でもその執着を制御できない場合がある。しかし、まあ、おおむね淡泊だろう。

いや、違う。淡泊ではない。見切ってしまえば平然と投げ出すが、そこに至るまでは、やや正気ではないようなところがある。その集中は、いささか狂的で、まさに寝食を忘れて夢中になるのだが、こんなものかと全体が見渡せたとたんに、まったく執着を喪ってしまう。

つまり性格的にスイッチの入と切を操作するような極端なところがあるのだ。電源が入っていれば、脇目もふらずに疾駆するが、スイッチを切ったとたんにぴたりと停止する。今回も、あっさりと気持ちが切り替わっていた。

「それにしても罪悪感てのは、根性がないよな」

呟いて、惟朔は笑った。薄笑いである。もっと居座るのではないかと危惧していたのである。ずっと心の奥底に潜んで、そのくせちくちくと爪を立ててくるのではないかと畏《おそ》れていたのだ。

ところが、もはや罪悪感のかけらもない。たとえば誰かに殴られたことなどは、そのときの恐怖や不安と一緒にずっと心の奥底に傷となって、それが時に応じて怒りや苛立ちといったかたちで出現し、掌にいやな汗を浮かびあがらせ、発作的に自分の部屋の壁を殴打したり、喫茶店の看板を蹴破ったり、あるいは弱そうな相手を選んで肩がぶつかったという古くさい因縁をつけて、自分の味わった恐怖と不安をその者に転嫁するといった行動にでるわけだが、それが持続してしまうのは自分が被害者であるからだ。だが、罪悪感というのは、自分が加害者であるからこそ抱く思いであり、そして殴りつけたほうであるからこそ簡単に忘れることができるのだ。

「よし。俺は加害者になるぞ」

独白した惟朔の唇は薄笑いを泛かべていたときよりもさらによじれ、醜く歪んでいた。あえて罪悪を矮小化していた。たとえば神に対する罪といった意識上の問題、倫理に関する本質からは完全に目を背けていた。しかも惟朔はなかばそれを自覚していて、向かいの窓に映った奇妙にアンバランスな顔を居直り気味な肯定の気持ちで見つめたのだった。

しばらく自分の顔を凝視した。人並みはずれて自己愛の強い惟朔であるが、それ故に自分の顔があまり好みではなかった。自分の顔をうっとりと眺めることができたのは、せいぜい中学二年くらいまでであった。それ以降は、髭を剃るために鏡に向かうことでさえ苦痛になっていたのだ。だから葛藤がおきていた。自分の顔は嫌いではない。だが、あまり見たくない代物である。しかし耐えて凝視し続けた。

限界がきた。もう、見たくない。軀を反転させた。窓の外を眺める子供のような座りかたをして、過剰に伸びあがって窓を開け放った。

覚悟を決めた惟朔にぶち当たってきたのは思いのほか暖かい春の夜風だった。

――なんだ、春じゃないか。

そんな気分で、肩から力が抜けた。午後からは雲がでてきたが、その雲が午前中の快晴と強かった陽射しをそのまま大気のなかに封じ込めているような気がする。今日は今年いちばんの暖かさではないか。

とたんにはしゃいだ気分になってきた。窓外を飛び去っていく電信柱の勢いに電車の速度を実感し、まず、印鑑を投げた。躊躇いはまったくなかった。嚙み終えたガムを口から吐くように、ぽい、と弾くように投げ棄てたのだ。

印鑑は即座に薄闇に溶けて消えた。投げてから、自分名義の印鑑であることに思い至った。これから先も使うことがあるだろう。もったいないことをした。

だが、自分名義というならば、この通帳もそうだ。惟朔は六百円だけ残っている貯金通帳を一瞥した。郵便局で係りの者を前にして緊張してしまい、解約というひとことを発することのできなかった自分のだらしなさを反芻した。

舌打ちをした。それから通帳をまっぷたつに裂いた。裂いたつもりだったが、通帳はごく細い糸で綴じてあり、その糸が意外なほどの強度をもっていて、完全にまっぷたつにすることはできなかった。

この細糸が幸子の執念であるかのように感じられて、惟朔はすこしだけ狼狽した。だから完全に引き千切れないまま、中途半端に投げ棄てた。

背後に吹き飛んでいくものとばかり思っていたのに、通帳は印鑑と違って即座に夜に溶けなかった。細糸でつながった左右が蝶の翅《はね》のように揺れて、暴れて、白と緑の残像を惟朔の網膜に刻みつつ不規則に舞い、しばらく夜の帷《とばり》に絡みつきながら宙にあったのだ。

しかし、それこそが、惟朔が心の奥底に抱いている罪悪感の投影であって、棄ててはいけないものを棄てようとしていることに対する躊躇いの無意識の視覚化であった。

実際は、残像を追い払って目を凝らすまもなく、背後に吸いこまれて、消えた。惟朔は時間が間延びして感じられたことにいささかの驚きを覚え、自分の視覚を疑い、目頭を揉んだ。

呼吸を整えて丁寧に窓を閉め、そっと正面を向いて座り直した。さりげなく乗客の様子を窺った。誰も惟朔のことなど気にしていなかった。得体の知れない疲労感だけが残っていて腰や脹脛が重いが、惟朔は開き直って足を投げ出し、過剰にだらけた。

通帳と印鑑――。無意味なことをした。だが、幸子に対する裏切りという本質的な罪悪感を払拭するためには、こういった単純ではあるが、より罪悪感をもたらす行為が必要だったのだ。

それに気づかぬ惟朔は、口を半開きにして浅い呼吸をし、いささか虚脱気味である。電車は神奈川県に入ったのだろうか。思考の焦点の定まらぬまま、ここがどのあたりか、漠然と考えた。惟朔の頭のなかの地理では多摩川を渡ったら即座に神奈川県であるが、実際は、まだ東京都の南多摩郡である。

虚脱は、徐々に深まっていった。それはたちの悪い倦怠に近かった。惟朔は通帳と印鑑を投げ棄てるのと同時に、なによりも大切なものを投げ棄ててしまったことに気づいていなかった。

しかも投げ棄てることによって惟朔は人の心を踏みつけにすることに対してある本質的な無感覚を獲得したのだ。

成長過程においては誰もがこの他者に対する哀しい無感覚を獲得せざるをえないが、とりわけ惟朔は、自己防衛もかねて強力な無感覚を手に入れたのだった。そして、その無感覚を得た代償が、この虚脱であった。

すっかり草臥《くたび》れはてて登戸駅のホームに降り立った。完全に暮れていたが、空気はまま暖かい。立川寄りの線路にかぶさる照明の黄ばんだ光にまとわりついて不規則に飛びまわる影は、羽虫を求める蝙蝠《こうもり》だろう。藍色をした琺瑯《ほうろう》の駅名プレートの四方が欠けているのを一瞥し、惟朔は吐息をついた。

ホームが微妙に歪んでいる。惟朔は靴底を前後に動かし、こすりつけて足裏の感触から確認した。もとあったホームの上に、後から手仕事でコンクリートを盛りあげて成形したのだろう。駅に佇む人々は誰もがどこか俯き加減で、申し合わせたように薄闇にタバコの先のちいさな朱色の火を浮かびあがらせている。

小田急線登戸駅と交差しているのだから、もう少し大きな駅であり、周辺には繁華街が拡がっているのだろうと想像していたが、現実は寂れていて、ひどく色彩に乏しい街であるようだった。遊園地がありながら北風ばかりが幅を利かせていた二子玉川園によく似た投げ遣りさが漂っている。寒くないことだけが救いだ。

両端が黒ずんですっかり光量の落ちた駅舎の蛍光灯の下、手持ちぶさたな気分で惟朔は鼻の頭を弄びながら駅構内を見まわしていたが、唐突に気づいた。

出目健こと糸居健が登戸の宇喜多組というヤクザの盃を貰ったということを山村からきいて、なんとなく登戸にやってきてしまったが、出目健の居場所がわかっているわけではない。宇喜多組はどこですか、と交番で訊くわけにもいかないだろう。惟朔は自分の間抜けさに失笑した。同時になんだか面倒な気分になってきた。

「もう、帰っちゃおうかな」

呟いて、立ち眩《くら》みに近い揺れを感じた。帰れるわけがない。なぜならば通帳と印鑑を車窓から投げ棄てたのだから。つまり幸子の心を投げ棄ててしまったのだから。

惟朔は口をすぼめて即座に立ち眩みから立ち直った。先ほど獲得した他者に対する無感覚の効果である。他者に対する無感覚は、それが身近な者であればあるほど強く作用するという側面があるようだ。惟朔が幸子をここまで蔑ろにできるのは、自身と一体であるという身勝手な錯覚があるからであろう。無感覚は、場合によっては同一視から成りたっているということだ。

だからといって気分が楽になったわけでもない。幸子に対してはうまく無感覚を作動させることができたが、いま惟朔自身が渦中にある徒労に対しては、後悔と持って行き場のない苛立ちが強烈に覆い被さってきていた。電話をかけることには若干の躊躇いの気持ちがあるが、山村が残業していることを期待しながら惟朔は薄汚れたピンクの公衆電話にとりついた。呼び出し音がむなしく響く。もう諦めようと思ったときに相手がでた。

「はーい。タカヤマだけど」

男の声だった。期待はしていなかったが、真美ちゃんの声でなかったことに微妙かつ身勝手な腹立ちを覚える惟朔であった。

「夜分、おそれいります。ええと、山村君はまだいらっしゃいますでしょうか」

「アホ」

「はあ」

「なに、気取ってんだよ。俺様が山村様だ」

「なんで山村が電話にでるの」

「なんでって、失礼な奴だな」

「ああ、すまん。俺、惟朔」

「わかってるよ。いま、残業抜け出して事務所でビール飲んでんだ」

「いいのか、ビール」

「ビールと焼酎、チャンポンだ」

「すごいな。山さん、飲めるのか」

「いっいいっ烏賊《いか》くさーい」

「いかくさいって、なにが」

「気にするな。かけ声ってやつだ。ちょうどスルメを囓ってたんだわ。いま、工場は俺と係長だけしかおらんわけよ。で、係長が飲めってんだからよ、これが飲まずにいられますかってんだ。ねえ、係長。なにしろよお、特注のトリガーがはいっちゃって、今夜は帰れそうにもないんだよ」

「なに、トリガーって」

「引き金」

「なんで、引き金」

「自衛隊。またの名を大日本帝国国防軍。国防軍の小銃だ。歩兵は下っ端、ロボット三等兵。しょせんは蟻《あり》んこ、使い棄て。地べたを這って、悲しきライフルマーン、鬼畜米英アカを撃て！　てなわけでさ、トリガーに滑り止めの溝、刻んでから全体に磨きをかけるのよ。それが一万七千個だぜ。いかにNCだって一万七千個を二人でやらせるってのは、あんまりですよ。酷ってもんだ。ねえ、係長。あ、聴いてねえな、このアル中。しかし税金で一万七千個か。豪気なもんよ。でもさ、日本て、そんなにたくさん兵隊さんがいたっけな。ねえ、ねえ、係長。係長ってば。日本の兵隊って何人？　三人？　無茶ですって。五人はいるでしょ、中卒でだまされて入隊させられちゃった陸自のとろくさい鉄砲玉。専守防衛、知ってるか。黙って殺されろ、ってんだよ。係長、ねえ、係長、ロスケが攻めてくるんでしょ。おい、惟朔。ロスケだぞ。バスケじゃないぞ。ロスケです。で、手を抜けないわけよ。お国のためだろ。俺と係長で玉砕ってわけだ」

よく喋る。なにかに取り憑かれているかのようだ。いささか呆れて惟朔は呟いた。

「お国のためって柄かよ」

「侮るなって。俺はな、赤尾敏《びん》先生の演説、毎週渋谷で聴いてるんだからな。毎週ってのは嘘だけど。いいか、惟朔。赤尾先生のお言葉に耳を澄ましてるのはなあ、ハチ公だけじゃないってことだ。ああ、チクショウ、俺、大日本愛国党に入っちゃおうかな。反ソ決死隊のほうが似合ってるかな。クッソォ、こんなとこでトリガー、磨いてる場合じゃないよな」

アカオだのアイコクトウだのハンソだの、わかったような、わからないような曖昧な気分ではあるが、惟朔は質問を呑みこんだ。よけいなことを口にすると、核心からどんどんはずれていく。聞き齧りを捲したてているだけなのだろうが、山村の剣幕にも押され気味だ。惟朔はふたたび喋りはじめた山村を制して、手短に世話になっている女のところから逃げ出して登戸にいることを告げた。

「惟朔、てめえ、女がいたのか」

「うん」

「おまえの面倒なんか、みてやるんじゃなかったな」

「そんなこと、言うなよ」

「てめえ、俺なんか毎晩毎晩ズルセンこいてよお」

「ズルセン」

「センズリだよ。トゥエンティー・センジュリー・オブ・トイレットペーパー」

「山村」

「なに」

「俺、ついていけないよ」

「ついてこなくていいよ」

「あの」

「なに」

「十円玉がなくなりそうなんだ。頼む。出目健の居場所を教えてくれ」

「どーしようかなあ」

「意地悪するなよ」

「じゃあ、彼女を紹介するか」

「おまえ、真美ちゃんがいるじゃんか」

「あんな阿婆擦《あばず》れ、冗談ポイ。ケツの穴にまで毛が生えてやがって、その縮れっ毛によお、うんこ拭いたチリ紙が丸まって垂れ下がってるって」

「頼む！　しゃれになんないよ。最後の一枚だ」

「野垂れ死ね」

あろうことか、山村はそう言って、電話を切ってしまったのである。惟朔は手のなかに一枚だけ残された、汗ばんだ銅貨を溜息まじりに見つめ、酔っ払いとはまともに口をきけないということを悟らされたのだった。あらためてかけなおしてもいいが、あんな酔っ払いのために札をくずすのも腹立たしいし、いくら迎合とお追従の言葉を吐いたところで、あの状態では当てにできないだろう。

それにしても銃の部品らしいトリガーとやらに溝を刻んだり磨いたりするのに酔っぱらっていて大丈夫なのだろうか。仕事になるのだろうか。銃とは精密機械であると惟朔は思うのだが、じつは、わりといい加減な機械なのかもしれない。

惟朔は苦笑まじりの泣き顔でベンチに腰をおろした。屋根の張り出しの先に、左側の大きく欠けた、やたらと細い三日月が顔をだしている。時刻は七時半をまわっていた。こうしていてもはじまらない。とりあえずなにか食べよう。惟朔はひとり頷き、立ちあがり、ポケットに手を突っ込んで札の感触を確認しながら登戸駅構内を後にした。

駅前をいい加減に行くと、屋台が開店の準備をしていた。立ち働いているのは、年季の入ったジーパンを穿いた三十年輩の痩せた背の高い女性である。真新しい白い長靴が薄闇のなかでやたらと目立つ。軽く力んで、プロパンのボンベを転がしていく。惟朔が見守っていると、真っ赤で細長いラーメンの提灯がさがった。

惟朔は屋台に馴染んでいた。小学校をさぼって立川の諏訪《すわ》神社にでかけ、そこで店開きしているおでんの屋台に入り浸っていた時期がある。はんぺんばかり食べるので、屋台の親父にはんぺん小僧と呼ばれて可愛がってもらっていた。親父は惟朔が学校をさぼっていることは一切咎めず、ただ、友達だけは裏切るなといったことをくどくどと教えた。

追憶まじりで、惟朔は色の抜けた藍色の分厚い暖簾《のれん》をくぐった。初対面の人間に対しては失語症気味なところのある惟朔であるが、なぜかこういう場所だと、割合なめらかに口が動く。

「もう、いいですか」

「いいよ」

「ラーメン、ください」

「はい。前金」

「前金ですか」

「そう。初めてでしょ」

「はい。登戸は初めてです。友達を訪ねてきたんですけど」

惟朔がポケットから札を抜きだすと、屋台の女性が頬笑んだ。

「ごめんね」

「なにが、ですか」

「昨日、食い逃げ野郎がいてさ、それで、つい意地悪なこと言っちゃった」

「だしたついでだから、払います」

「うん。はい、お釣り」

「どうも」

「まったく、食い逃げ野郎、いい根性してるよ。見つけたらリンチだね」

「リンチかけますか」

「絶対」

「おっかないですね」

「まあね。まだ沸騰してないから、ちょっと待ってちょうだい」

「わかりました」

背もたれのない、座面がドーナツ状のパイプ椅子に惟朔は腰をおろした。女は腕組みをして湯気をあげはじめた寸胴のなかを見つめている。あらためて盗み見ると、細面のなかなか美しい女性である。すらりとして、凛々しい。目元が涼しげで、控えめな化粧が好ましい。リンチにかけるなどと物騒なことを言うようには見えないが、そういう科白までもが彼女の口からでると好ましいものに変化するようだ。

小股が切れあがったいい女、というのは、こういう人のことをいうのだろう。そんな生意気なことを思いながら、爆ぜるような黄金色に輝く裸電球のもと、テーブル代わりに渡された板に染みた諸々の複合した粘るような温かな匂い、黒く抉《えぐ》れたタバコの焦げ痕、眼前の四角い罐に入った黒胡椒の鼻の奥を擽る刺激的な香り、合成樹脂の笊《ざる》に盛られたゆで卵の鈍い白、円筒の容器にきれいに詰めこまれた無数の割り箸から立ち昇る森の匂い、そしてスープの寸胴のなかで踊る赤や緑、透明がかった灰色といった野菜くずや白っぽい褐色にくすんでしまった哀れな鶏ガラの姿、それらの混濁が醸しだす独特の有機的な匂い、そして屋外であるにもかかわらず、しっとり湿った温かな湯気に充たされている屋台の屋根の下、発電器の唸《うな》りと、微かな排ガスの青い匂い、そういった諸々に包まれて、惟朔は脊椎の芯で強《こわ》ばっていたものがやんわりとほぐれていくのを感じた。

「お兄さん」

いきなり声をかけられて、惟朔はやや緊張した。顔をむけて、はい、と返事をしたつもりだが、喉仏が動いただけで、明確な声にはならなかった。

「いくつ」

「歳ですか」

一瞬、若造に見られたくないという気持ちから鯖《さば》をよもうと思ったが、女に対しては正直な年齢を告げたほうが可愛がられるという計算がはたらいた。女性に対して突っぱる奴は、じつは経験不足であるという認識が惟朔の内側にあったのだ。

「十六です」

「若いね。ははは、あたしの半分だ」

「じゃあ、お姉さんは三十二ですか」

「ううん、三十一」

「ごめんなさい」

「あやまることはないよ。あたしが十六のときは、なに、してたかなあ。ろくなこと、してなかったな」

言いながら、木箱のなかから白い粉をふいたような麺を摑みとり、軽く掌でこねて寸胴の湯のなかに投げ入れようとしたが、ふと、小首を傾げて訊いてきた。

「おなか、すいてる」

「はい。かなり」

「じゃあ、二玉ね」

「ふたたま」

「若いんだもん。それくらい食うよね」

「いただきます」

「いいねえ。礼儀正しいねえ。うちの若い衆に見習わせたいね」

「若い衆」

女は寸胴に麵をふたつ投げ入れた。端が糸でつながった菜箸を巧みに操る。麵をほぐしているのだが、見惚れてしまうほどの無駄のない動きと箸捌《さば》きで、銀色に泡だつ湯のなかで麵が一方向に流麗な曲線を描いて回転しながら踊りだした。しばらくしてから、惟朔の若い衆というひとことに呼応するのだろうか、独白の口調で呟いた。

「こういう商売って、ヤクザだからさ」

「お姉さん」

「なに」

「質問していいですか」

「いいよ」

「もし、あの、失礼な質問だったら勘弁してください」

「どうかなあ。ことと次第によっちゃ、アレしちゃうかもしれない」

惟朔は彼女の顔色を窺った。窺うまでもなく冗談であることがわかった。彼女はちいさな真鍮の柄杓で丼に醬油ダレを注ぎ、味の素を小匙一杯そのなかに落とし、さらにスープを注いでから惟朔のほうをむいた。

「じつは、僕の友達は、最近、登戸の宇喜多組というのにお世話になっているそうなんです。宇喜多組、ご存じですか」

「ああ、知ってるよ」

「ご存じなんですか」

「いいねえ、ご存じですかって。まったくうちの若い衆にも、そういうふうに喋らせたいもんだ」

「ひょっとして、お姉さんは」

「うん。まあね」

麵が茹であがった。柄のついた金属の笊で掬《すく》ったとたんに、惟朔と彼女のあいだに湯気の幕が立ちあがった。彼女は軀全体を上下させて素早く湯を切るとスープの入った丼のなかで麵の状態を整え、シナチクやチャーシューを盛りつけていく。

「はい、おまちどお」

「いただきます。凄え！　これじゃチャーシュー麵じゃないか」

「まあ、食べなって」

丼を受け取った。麵が二人分入っているので、小振りな丼からスープがあふれて、流れて落ちてしまった。女が手をのばして布巾を使い、素早く拭いてくれた。惟朔は割り箸を割った。丼に集中した。煮干しだろうか。くどくはないが、とてもしっかりとした酷《こく》がある。

「誰に用があるの」

「はあ。出目健です」

「出目」

「いや、その」

「出目、出目、ね。あの子か。糸居とかいったかな」

「そうです。糸居です。糸居健です」

「役に立たないんだよね」

「え」

「だめな子だよ」

「だめですか」

「だめだねえ。とんだ厄介、背負いこんじゃったよ」

「お姉さん」

「なに」

「偶然食べたラーメンの屋台で、こうして友達の居場所がわかって、俺はなんていうのかな、神様っているんじゃないかって思ってしまいました」

「じゃあ、健、つれて帰ってよ」

「そうはいきません。俺も宿無しです。行き場がないんですよ」

「うちも慈善事業、やってるわけじゃないからね」

口調は冷たいが、惟朔を受け入れる温かさが滲んでいた。惟朔は彼女に親愛の頬笑みをむけ、まだ半分ほどしかたいらげていない丼にむかった。両手で顔を覆うように丼を持ち、やや伸びてしまった麺を啜り込み、汁もあまさず飲みほして、満足の吐息をつく。

「健に会いたいのね」

「お願いします」

「会って、どうするの」

「とりあえず、今夜、泊めてもらおうかと思ってましたけど、だめならだめで、まあ、なんとかします」

「あんたって、健のいた悪ガキ施設の同級生か」

「そうです」

「あんたや健みたいのは、はっきりいってこういう世界が馴染んじゃうんだろうけどさ、あまり関わらないほうがいいよ。堅気っぽい商売をしてるのは、あたしだけだからさ。所詮はヤクザだもん」

「気を悪くしないでください。俺もヤクザになる気はありません。ただ、健に会いにきただけです。一晩、泊めてもらおうかって思っただけです」

思案しているのだろうか。女は下唇を人差し指の先でなぞっている。綺麗に切り揃えられた爪のかたちは縦に長くてとても見事だが、指先は水仕事のせいか痛々しいくらいに荒れて皹割れ、血の色が裂けめから覗けていて、しかも白くふやけていた。惟朔はコップの水を飲みほした。

「しばらく待ちな」

「はい。なにか手伝うこと、ありますか」

「いま、なんて言ったの」

「――なにか手伝うことがあるかって」

「あーあ。健に、そのひとことがあればねぇ。あんなに目が飛び出してるくせに、なんにも見ちゃいないんだからさ」

惟朔はちいさく失笑した。女も笑った。女は笑いをおさめると、そのまま座って待つようにと惟朔に命じた。惟朔はいちばん端の目立たない席に移動して、待つことにした。客がふたり連続してやってきた。馴染みなのだろう、適当に愛想の遣り取りをして素早くラーメンを啜り、踵を返すように立ちさっていった。夜勤らしい。

「もう少し、待ってね」

「はい。あの、食器、洗いましょうか」

「客に洗わすわけにはいかないよ」

惟朔は使用済みの丼が沈んでいるブルーのポリ容器から視線をはずした。棚のうえには茶色い革のケースに収まったトランジスタラジオがある。進駐軍放送でも聴きたいものだが、もちろん黙っていた。それほど時間のたたぬうちに、暖簾が揺れた。顔をだしたのはいかにもその筋の者とわかる黒いスーツの男だった。

「姐《あね》さん、御苦労様です。おかわりありませんか」

「うん。ああ、野島。この子。健の友達なんだってさ。ルルドに連れていってくんないかなあ」

男は惟朔を一瞥すると、頷いた。

「わかりました」

「よろしくお願いします」

惟朔は立ちあがり、男に頭を下げてから、姐さんにも頭を下げた。

「ごちそうさまでした」

「うん。おなかがすいたら、そっとおいで。そっとだよ。意味、わかるよね」

言いながら、姐さんが控えめにウインクした。男は暖簾の外にでて背を向けているからそれには気づかない。惟朔は動けなくなっていた。

ウインクをしたその瞬間、姐さんの目尻に皺が刻まれたのだ。とたんに惟朔の胸が軋んだ。惟朔はその皺に、いままで知らなかった種類の強烈な色香を感じたのである。股間がどんより重くなるような居たたまれない感覚が腰のあたりに集中していた。

惟朔の凝視を受けて、姐さんはさりげなく視線をはずすと、唇の端に幽かな笑みを泛かべたまま、使い込んだまな板のうえで葱《ねぎ》を刻みはじめた。惟朔は男に促されて屋台を後にした。さりげなく生唾を呑みこんでから、惟朔は気持ちを切り替えた。

「野島さんとおっしゃるんですか」

「うん。なに」

「いえ」

「おまえは」

「惟朔って呼ばれてます」

「イサクか。少年ケニヤみたいな名前だな」

惟朔は曖昧に頷いた。記憶がはっきりとしないが、少年ケニヤはワタルという名前ではなかったか。どこが少年ケニヤなのかよくわからない。

「野島さん。姐さんの名前は、なんとおっしゃるんですか」

「色気づくなよ、小僧」

野島の口調はゆったりとして抑えられた、まるで諭すようなものであったが、なんともいえない迫力があった。惟朔の肌が一瞬、粟立った。

「申し訳ありません」

恐縮して頭をさげると、しばらくしてから野島が呟いた。

「夏子さんだよ」

惟朔は、はい、と返事をしただけで、黙っていた。まだ肌に緊張が残っている。

「なにもラーメンの屋台なんか引っ張らなくてもいいのにな」

「姐さんですか」

「うん。働き者なんだ。根っからの働き者だ。いつだって軀を動かしてるよ。姐さんには組長はおろか本家の叔父御衆《おじごしゅう》だって頭があがんねえ。とにかく組内のあれこれをきちっとこなしたうえで、屋台引いてるわけよ」

五分も歩かなかっただろう。小田急の線路に沿って建っている店舗の群のなかにルルドはあった。スナックだった。青いアクリルのドアは透明度が低く、店内の様子はまったくわからない。照明は暗く、なにやら妖しい気配がする。どのような店なのかを示す手がかりが一切ないので、気安く入り口のドアを押せる雰囲気ではない。ところが棟続きの隣は不動産屋で、達者な筆文字で書かれた物件の概要が整然と貼りつけられている。

不動産屋の実直な面構えとルルドの妖しさの並列がなんともいえない違和感を醸しだしている。蹴ったわけではないが、野島は両手をポケットに入れたまま、平然と足でドアを押し開いた。惟朔は背後から手をのばして開いたドアを押さえた。

「おまえ、気が利くな」

「はい」

「出世しないぞ」

「はあ」

惟朔はドアを押さえたまま入り口に立ちどまり、野島に訊いた。

「どうすればいいですか」

「うん。簡単だよ。気づかないふりをすればいい。茫洋《ぼうよう》としている、っていうのか。これが、一番だな。たとえば誰かと飲むとするだろう。たとえ相手が目上の方であってもだ、ビールを注いでまわったりするような人間にだけは、なるな」

「ビールを注いではいけませんか」

「いけないねえ。無様だろ。小回りのきく鼠みたいな人間にだけはなるな」

「小回りのきく鼠は、便利じゃないですか」

「だが、しかし、おまえは人間だろう」

「はい」

「いい加減にしろよ。いつまで立ち話するつもりだ。ほら、なかに入れ」

促されて店のなかに踏み入れた。それほど広くはない。ボックス席が四つほど、あとはいちばん奥にカウンターがある。そのカウンターのなかに蝶ネクタイを締めた出目健がいた。健は惟朔が誰だかわからないようだ。野島にむけて幾度も頭をさげ、見えすいた愛想笑いを泛かべた。

「どうだ」

「ちゃんと五時に開けましたけど、お客さん、一組だけです」

「おまえは、カウンターのなかでぼんやり突っ立ってたのか」

「はあ……」

「気のきいた人間ならな、駅にでも行って客引きをするよ」

「でも」

「なにもできないくせに、口答えするんじゃない」

「すんません」

惟朔は野島の背後で遣り取りを聴きながら小さく肩をすくめていた。小回りのきく鼠になるなと諌《いさ》めながら、健には客引きをしろとまで言う。

「おい、おまえに客だ」

惟朔は野島の脇に立った。上目遣いで頭をさげる。

「久しぶりだね」

抑えた声をかけると、健はただでさえ大きな瞳を見開いて、惟朔を凝視した。惟朔はとりあえず笑顔をつくった。健はしばらく惟朔に視線を据えていたが、ようやく誰だかわかったようだ。とたんに頰に引き攣れが疾った。

惟朔は過去に理由もなく健を殴って、青く腫れた両目にメガネの蔓を描きたすという無茶をしたことがある。だから微妙な罪悪感を感じていた。それに姐さんをはじめとする組内の評価はどうであれ、いまや健は本職である。もし復讐をする気になれば、組織的な力をバックにとことん惟朔を壊すことができるのではないか。

「おう……惟朔」

「元気そうだね」

「まあな。なにしにきた」

「いや、山さんからおまえがプロになったってきいたから、どんなものかなって」

「様子を見にきたのか」

「まあ、そんなところだね」

野島が感情のあらわれぬ眼で惟朔と健を見較べていた。惟朔は思案した。野島がいなければ、即座に力で健をねじ伏せてしまうところだが、健には宇喜多組というバックがあるから、そうもいかない。わざとらしい迎合はもってのほかだが、健を苛立たせたり怒らせてはまずい。それに、とりあえず今夜の寝床を確保したい。惟朔は健ではなく、野島に照準を変えた。

「野島さん。健を手伝っていいですか」

「いいけどさ、おまえ」

「はい」

「うちの健に、なにをしたの」

「なにを、といいますと」

「すっかり萎縮しちゃってるじゃない。潮垂《しおた》れちゃってるよ。棄てられて餌にありつけないまま、雨に降られてドブに落ちた哀れな仔犬状態」

「健のことですか」

「ほかに誰がいるかよ」

「すみません」

「健。こいつ、おまえになにをしたの」

しばらく間があった。惟朔は居たたまれなくなって俯いた。とたんに健が居丈高な声をあげた。

「このガキ、俺を意味もなくしばきやがったんですよ」

「やめなよ、へんな関西弁は」

「すんません」

野島が惟朔の顎に手をかけた。冷たい指先だった。俯いていた惟朔はそれで顔をあげさせられて、ひどく狼狽した。

「自己申告しろ。なにをしたの」

「中二のときです。健を殴りました」

「なんで、殴ったの」

「よくわかりません。蒸し暑かったんで」

「おまえは蒸し暑いと人を殴っちゃうの」

「いえ――」

「でも、理由がないんだろ」

「ありません」

「きっぱりと言うなよ」

「はい」

「どんな按排《あんばい》」

「なんの按排ですか」

「莫迦。健をどういうふうに殴ったのかだよ。理由はいいから、健がどんな具合になったか言え」

「はい。両目を殴って」

「どっちが先」

「覚えてませんけど、右利きだから」

「健の左目か」

「そうだと思います」

「両目を殴って、どうしたの」

「アオタンが、ちょうどサングラスのレンズみたいに見えたんで、マジックでメガネの蔓を描きたしました」

ひょっとしたら笑ってくれるのではないかという期待があった。だから剽軽《ひょうきん》な口調を意識していったのだった。しかし野島は一拍おいて舌打ちした。鋭かった。刺さった。とたんに惟朔の背筋が伸びた。掌に浮かんだ汗をほとんど無意識のうちにジーパンの太腿に擦りつけていた。野島はカウンターに腰をあずけ、惟朔を皮肉な眼差しで一瞥してから、健を手招きして、囁いた。

「おい、健。こいつ、震えてるぞ」

言われたとたんに、震えていた。惟朔に震えているという自覚はなかった。ところが、たしかに膝頭のあたりから奇妙に力が抜けていて、惟朔は自分の様子を他人事のように軽い驚きをもって鳥瞰《ちょうかん》している感覚をもった。

「野島さん」

「なに」

「へんです。震えています」

どうしても惟朔は納得がいかないのであった。たしかに畏れてはいる。しかし、震えるほどではない。自分の姿を店の天井隅あたりから客観的に眺めているような感覚も奇妙である。独白した。

「暗示にかかったのかな」

野島がわずかにかがんだ。そっと惟朔の膝頭に手をのばした。とたんに惟朔の膝は力をとりもどしていた。

「おまえ、幾つ」

「歳ですか。健といっしょです。十六ですけど」

「なんでそんなに醒めてるの」

「醒めている」

小首をかしげると、野島が人差し指の先で惟朔の鼻の頭を押した。惟朔は野島の接触にかなりの不快を覚えたが、それを顔にださないようにした。惟朔の鼻に指先を触れさせたまま、野島が言った。

「たしかに、暗示なんだよ」

「震えているってことですか」

「そう。こういうの、俺たちの稼業の得意技なんだけどね」

「それは恐喝《カツアゲ》のときなんかに使うんですか」

「おまえね、そういう率直な言い方はよくないよ」

「まずいですか」

野島は苦笑しながら首を左右にふり、それから溜息をついた。

「おまえ、めずらしいね。めずらしいタイプだよ」

惟朔は頰笑んだ。野島が鼻に触れてきたのにもなんらかの暗示をかけるために意味があったのだろう。震えがおきたのも、惟朔が意識しないうちに野島がなにか仕掛けていたせいなのだ。しかし、それらが暗示にかけるための方策であると気付いたとたんに、もう暗示にかかることはない。

「催眠術みたいな強さはないようですね」

「おまえ、催眠術に詳しいの」

惟朔は首を左右にふった。惟朔の収容されていた施設に催眠術の得意な教官がいた。簡単なものであったが、かけられると肘が固まって曲がらなくなったりして、なんとも不思議な術だった。誰に対しても反抗する惟朔たち収容生であったが、その教官にはなんとなく逆らわなかった。教官は独特な黒眼がちの瞳をしていた。

「催眠術ができる人に言われたんですが、催眠術というのは、まず、頭が足りない奴は絶対にかからないそうです。さらには、かかるまいとする人ほどかかっちゃうって教えられました」

「じゃあ、逆だ」

「逆とは」

「うん。俺たちの脅しに負けちゃうような奴ってのは、最初から暗示にかかりたがってるんだよ」

「それって脅されたいってことなんですか」

「そんな奴はいねえよ。そうじゃなくてな、なんていうのかな。自尊心かな」

「自尊心！」

「どうした、でかい声だして」

「正直に言います。俺は自尊心ていうのをもてあましています」

ふたたび野島が苦笑した。

「おまえ、ほんとうに十六かよ」

「おかしいですか」

「すくなくとも標準じゃないな」

「それは、俺の自尊心をくすぐります」

野島の唇の端には苦笑がわずかにみえたが、もう眼は笑っていなかった。惟朔は野島がなにを考えているのかを読みとろうとした。だが苦笑のなごりも消え、その表情には一切の手がかりがなかった。瞬きはするのだが、眼球がほとんど動かない。それが不気味である。しかも野島は両手をさりげなく軀の背後に隠していた。それに気付いた惟朔は、控えめに尋ねた。

「野島さん。手を隠しちゃったのは、わざとですよね」

カウンターのうえに座っていた野島は、そっと両手を惟朔の前に差しだした。

「観察が細かいな。やっぱ、おまえ、標準じゃないよ。手は意識的に隠したわけじゃない。稼業柄、染みついちゃってるんだよ」

「どういうことですか」

「博奕」

「はあ」

博奕というのは、なにを意味するのだろうか。しかし野島はそれについて説明しようとはせず、惟朔にむけて顎をしゃくり、スツールに座れと命じた。惟朔はスツールがなんであるかよくわからなかったが、見当をつけた脚の長い椅子に腰をおろし、カウンターに片肘をついた。見おろし、見おろされという違いはあるが、ちょうどカウンターのうえに座った野島と斜めに向きあうかたちである。

惟朔は野島に対してある敬愛の念を抱きつつあった。それはこの年頃にありがちなアウトローに対する過剰な賛美が含まれてはいたが、もちろんそれだけではない。カウンター内では健が手持ちぶさたな顔をして、漠然と立っている。しかし健のことなど惟朔の念頭からきれいに消え失せていた。惟朔は野島から学校の勉強などでは得られない身震いしたくなるような知的昂奮を与えられていたのだった。

「野島さん。脅しに負けちゃうような奴っていうのは、なんで最初から暗示にかかりたがっているんですか」

「そりゃあ、俺たちが怖いからだよ」

「でも、怖いからっていったって、なんとかそれを突っぱねようとするでしょう」

野島がコーヒーをふたつと呟いた。さらに気がきかないことを短い言葉で叱責したが、叱られ、指示されたとたんに健は救われたような表情でコーヒーの準備をはじめた。

「よく考えてみな。おまえが突っぱねようとするのは、突っぱねることができる可能性がある相手なんだ」

「はあ」

「おまえは恐喝して警官に捕まったときも突っぱねようとするか」

「悪あがきはするかもしれないけど」

「あきらめるだろう」

「そうですね。やっぱり最後はあきらめると思います」

「でも、健と喧嘩したら、どうだ」

ガスの焰に頰や顎を青く染めている健の姿を惟朔は一瞥した。

「野島さんが好きにしていいっていうなら、ぶっ殺します」

「やめろよ。こんなときに健に脅しをかけるなよ」

「すみません。口がすべりました。ぶっ殺すっていうのは取り消します」

「うん。でも、まあ、とことんやっちゃうだろうな。それはおまえが健よりも優位に立っているからだ。そのとき健は、どうするだろうか」

急に居たたまれなくなった。調子に乗っている自分が嫌らしいし、健の気持ちを思うとたまらない。

「野島さん。すみません」

「なにをあやまる」

「俺が莫迦でした。言うのが苦しくなってきました」

「じゃあ、俺がかわりに言おう。健はおまえにゴロニャンする。ケツの穴だって舐めるだろう」

白いコーヒーカップを手にしたまま、健が硬直していた。ちいさく爆ぜる音がした。アルミの鍋のなかでコーヒーが泡だち、沸騰している。

「だめだよ。沸かしちゃ。コーヒー、台無しだろう」

「すんません」

「それは棄てて、新しくいれて」

「はい」

野島と健の遣り取りを、惟朔は胃のあたりに痼《しこ》りのようなものを感じながらきいていた。沸騰してしまったコーヒーの焦げくさい匂いが胸焼けじみた痼りの感覚を増幅していく。

「惟朔っていったか」

「はい」

「おまえは警官に逆らうだろう。でも、まあ、きりのいいところであきらめる」

「はい」

「なぜ、あきらめるかというと、自尊心がおさまるというか、納得できるからだ」

「お巡りなら、捕まってもしかたないと」

「そういうことだ。相手は拳銃までもってるんだもん。ある程度逆らったら、男も立つってもんだろ」

「そうですね。誰かがいたら逆らうけど、誰もいなかったら、素直に手錠かな」

「うん。で、てめえで言うのもなんだけどさ、時と場合によっては、警官よりも恐れられるのが俺たちだよね」

「そうですね」

「なんで、怖がられるか。警官はいきなり撃ちはしない。でも、俺たちはなにをするかわからないじゃないか。決まりの外にいるからさ」

「決まりの外にいる――」

「そう。警官は規則でがんじがらめ。じつは決まりきった動きしかしないロボットみたいなもんだからさ、逆らわなければ暴力を振るうこともないわけだ。でもさ、俺たちってのは、理屈がないじゃない。大まかな筋道はあるにせよ、どう外れてくるかわからない。そんな俺たちに難癖をつけられたら、もう最初から腰砕け。惟朔、おまえだって、そうだっただろう」

「そのとおりです」

「いいねえ、素直だ。おまえのいちばん変わってるところは、自尊心のかたまりっていうわりに、素直なところだよ」

そうですか、と呟きはしたが、内心はすこしだけむっとしている惟朔であった。野島が皮肉を言っているのか、本心からの言葉なのか判断がつかないからだ。思案していると、野島が軽く睨《にら》みつけてきた。

「蛇に睨まれた蛙って言葉、知ってるか」

「はい。身動きできなくなっちゃうんです」

「それは蛙が蛇に対して本能的に勝ち目がないって悟っているからだろう」

「そうですね」

なんとも嫌な感じのする野島の目つきだった。睨んでいるのだが、惟朔にしてみればなんで睨まれているのか判然としない曖昧さに充ちている。

「俺たちの脅しに負けちゃうような奴ってのは、最初から暗示にかかりたがってるって言っただろう」

「はい。自尊心がどうこうって」

「つまり俺たちの脅しに負けちゃうような奴ってのは、蛙になりたいんだわ。ただ蛙とちがって自尊心があるじゃないか。その自尊心を誤魔化すにはどうするか。俺たちがひょいと仕掛ける暗示に即座に乗ってしまう。震えていると言われれば、即効で震えちゃう。汗をかいていると囁かれれば、おでこにじんわり汗がにじんじゃう」

「わかりました。なんていうのかな。限界まで追いつめられてる自分を演技しちゃう」

「そういうこと。ぜんぜん限界なんかきていないにもかかわらず、俺たちのような奴はなにをするかわからないという漠然とした恐怖に、なにがなんでも蛇に睨まれた蛙になりたがる。相手が蛇で、自分が蛙ならば、諸手をあげて降参しちゃってもしかたがない。そう自尊心を納得させちゃうわけ。だから言われるがままに震えて、汗をかくわけよ」

やはり催眠術の一種なのだ。ただしかけられるほうが必死でかかりたがるという独特の催眠術である。そこまで考えて、惟朔はふと気付いた。

催眠術は頭が足りない奴には絶対にかからないし、かかるまいとする人ほどかかってしまう、という風説こそが催眠術をかける側の仕掛けの第一歩なのではないか。あの教官は肘が固まって動かなくなるといった催眠術をかける前に、とっくに惟朔たちに催眠術をかけていたのだ。

「ヤクザってさ、たしかに暴力の裏付けがあるけどさ、なにかあるたびに暴力を振るってたら幾つ軀があっても足りないじゃない。お巡りさんも暴力にはうるさいよ。一発殴っただけで、俺なんか最低でも二年くらいの実刑を喰らってしまうんだぜ。だから、俺、暴力なんて振るわないもの。たいがいの相手は、言葉と態度と気配で落ちちゃうわけだ」

「俺も落ちかけちゃいました」

それには応えずに、野島は健を叱った。

「てめえ、コーヒーをいれるのにいったい何年かけるつもりだよ」

狼狽する健と、口調とは裏腹に長閑な表情の野島を惟朔は交互に見較べた。野島は真剣に怒っているわけではない。しかし催眠にかかってしまっている健はコーヒーカップをもつ手を無様に震えさせている。惟朔は抑えた声で野島に言った。

「野島さんは、博奕が凄く強いでしょうね」

「まあ、仕事だからね。でも、おまえも鍛えれば、けっこう強くなるよ」

「なりますか」

「うーん。問題はさ、おまえ、たぶん博奕に熱くならないだろうからさ、ぶっちゃけたとこ、接待賭博がうまいタイプだな」

「接待」

「わざと負けてやって、すっげー悔しがってみせるのね、おまえみたいな奴は」

「なんか、かなり嫌な奴じゃないですか」

「おまえみたいな奴はな、年季がはいってくると、負けてやったくせに、目に涙を浮かべたりするんだよ」

「そこまでは、ちょっと……」

失笑気味に頭を掻いて、顔をしかめる。それでも自分が野島に認められているということはなんとなく伝わってくるので、惟朔は嬉しくてたまらない。

健が卑屈な表情で野島と惟朔の前にコーヒーのカップをおいた。野島は投げ遣りな仕草でコーヒーにたっぷりのミルクと、小匙一杯の砂糖をいれた。ブラックで飲んで気取ったりすることの多い惟朔であるが、こうなると野島の飲みかたのほうが恰好よく思えてくる。倣《なら》ってミルクをたくさん注ぎ込み、匙の縁からおちるグラニュー糖の白くちいさな輝きを凝視した。

健が細長いスプーンをぎこちない手つきで弄んでいる。暗い店内に、回転するスプーンの銀色の残像が尾を引いて見える。コーヒーを半分ほど飲みほした野島が、客がこないことを真剣みのない口調で嘆いた。

駅まで客引きに行けと言われることを警戒してか、健はどこか焦りのみえる手つきでスポンジに洗剤を含ませて、コーヒーを沸かしたアルミの小鍋を洗いはじめた。野島はなにやら物思いに耽っている気配である。惟朔が健の丹念で過剰に神経質な手つきを見守っていると、店内の空気が揺れた。

ふたりの女だった。寄り添うように軀を触れさせて入り口に立ち、申し合わせたように小首をかしげると、野島にむけて頰笑みかけた。

その頰笑みといっしょに、かなりきつい香水の匂いが惟朔の鼻腔にまでとどいた。女たちは二十歳過ぎくらいで、きちっとした勤めをしているとも思えないが、さりとて崩れきった印象でもない。だいぶ春めいてきたというのに、片方の女は茶色い長めのコートでぴしっと身を包み、もうひとりは手編みらしいセーターを着て首に派手な黄色のマフラーを巻きつけている。

「ねえ、野島さん、借りていいかなあ」

セーターを着た女のほうが媚びのたっぷり詰まった声で甘えた。惟朔は、野島が一瞬、眉間に嫌悪の縦皺を刻んだのを見逃さなかった。

なるほど、と胸の裡で頷いた。顔をしかめたくなる気持ちもよくわかる。女はどちらもかなり歪んだ、美の基準から大きくはずれた顔をしていた。惟朔にとっては真っ直ぐに視線をあわせることにも抵抗がある。色気のある甘え声も、あらためてその顔立ちを確認してしまうとなんだか腹が立ってくるではないか。

それでも惟朔は怖いもの見たさに似た気分でコートを着た女のおむすびのかたちをした顔の左右に拡がった極端に大きな鼻の穴を素早く一瞥し、頑固で融通のきかない直情的な性格であることを直感して怯みに似た気分を覚えた。セーターの女のほうは、顔中を面皰《にきび》のあとのあばたで覆って、オカメのお面のような細い眼をさらに細くして頰笑み続けている。

「ねえ、野島さんてば」

「はやく行け」

「いいのね」

「知ったことか」

ぞんざいな口をきく野島の横、カウンターの脇をすり抜けて、女たちは控えめな、しかし奇妙に性的な気配のにじむ嬌声をあげながら店の二階にあがっていった。

女たちの気配が遠ざかり、消えたとたんに健と野島が同時に溜息をついた。惟朔は興味津々である。

「なんですか、あのお姉さんたちは」

「レズ」

惟朔は首をかしげた。野島がそんな惟朔の瞳を覗きこむようにした。

「おまえ、レズも知らないの」

「はい。わかりません」

健が泣きそうな声で割り込んだ。

「野島さん。俺の寝床ですよ。勘弁してくださいよ」

どうやら健は、この店の二階に寝泊まりしているようだ。惟朔はなんとなく女たちの消えた階上に視線をやった。野島が投げ遣りな声をあげた。

「自分の寝床が女臭くなるのは悪くないけどさ、あいつらの顔を思い出したら、はっきりいって胸糞が悪くなるよな」

「俺、たまりませんよ。居たたまれない、っていうのかな」

野島の顔に、健に対する同情の気配がみえた。野島がタバコをくわえると、健が即座にマッチを擦った。野島は呼吸するように煙を吸い、そして吐き、揶揄の気配を漂わせて言った。

「健。こいつ、レズも知らないんだってさ」

「しかたがないですよ。惟朔はついこのあいだまで施設のなかに閉じこめられていたんですから」

「以前、おまえが言っていた、卒業したってのに、自分から閉じこめられたってえのがこいつだろう。懲役太郎みたいなもんだろうけどさ、まあ、変わり者だわな」

「変わり者なんですよ。昔から」

「どんな変わり者だ」

「教務主任から忍者って呼ばれてました」

「忍者」

「はい。隠れてこそこそ、悪いことばかりするってんで」

「そりゃ、いいや」

「ずるいんですよ、惟朔は」

健に言われたくはない。しかし、黙っていた。野島が惟朔にむけて、ちいさく頬笑んできた。

「おまえ、女、知ってるの」

「知りません」

惟朔は平然と嘘をついた。野島が頷いた。

「童貞か」

「はい」

返事をしながら、なるほど、このあたりが忍者だとあらためて自覚した惟朔であった。

「レズっていうのはな、なんていえばいいのかなあ、女同士でやっちゃうのよ」

「女同士で――」

「そう。男女がやることを。といっても、おまえには具体的なことはわからないか。とにかく女同士で貝合わせってやつよ。際限なくひっついているわけだ」

道理であの女たちは店内にはいってくるときも過剰に密着しあい、奇妙な雰囲気を放っていたわけだ。

しかし、おぞましい。その顔を思い返しただけで萎《な》えてしまいそうだ。野島は途轍もなく性的なことを語ったわけであるが、惟朔はそこに性のもたらす昂ぶりのかけらも感じることができなかった。

「おまえがなにを考えているかわかるよ。あの女たちの御面相だろう」

「はい。あのひとたちは男に相手にされないから、その、女同士でひっついちゃうんですか」

「微妙なところだな。あんなブスでもさ、健だったら乗っかっちゃうと思うんだ」

「野島さん、勘弁してくださいよ」

「でも、お許しがでたら、目を瞑《つぶ》って乗っちゃうだろう」

「えへへ。なんとも言えません。でも、目を瞑っちゃえばいっしょか」

「まあ、いっしょだわな。案外、道具はよかったりするもんだ。でもなあ、ひどすぎる。一円玉ってやつだ」

「なんですか」

惟朔が尋ねると、野島は吐き出すように言ってのけた。

「これ以上くずしようのないブス」

惟朔は横をむいて吹きだした。すると野島がたたみかけるように続けた。

「砂漠ともいう。果てしないブス。蒲鉾ともいう。板についてるブス。教科書ってのは、見たくもないってやつ。メダカっていうのは、すくいようのないブスってことだ」

それから野島は健と額をつきあわせるようにして抑えた声でタチだのネコだのといった惟朔には意味のわからない言葉を交えて二階の女たちに対する揶揄と軽蔑と憤懣を口にしていたが、どうやらヤクザ者もレズのお姉さんたちにはかなわないようだ。

「あのブスども、あと二時間は降りてこないだろうな。まったくここは連れ込み旅館じゃないってんだよ」

ふっと短く息をつくと、野島は惟朔にむけて顎をしゃくった。

「なかにはいって、健に仕事を教えてもらいなよ。行くところがないんだろ。一宿一飯てやつだ。寝床とメシが欲しいなら、健を手伝え」

「はい。よろしくお願いします」

惟朔はスツールから降りて、頭をさげた。野島は雑に片手をあげると、店からでていった。灰皿には火がついたままのハイライトが残されていて、青白く細長い煙をほぼ垂直に立ち昇らせていた。

なにやら気まずくなった。それは健もいっしょらしかった。惟朔は考えた。ここで突っぱってもしかたがない。あくまでも健は先輩である。

「面倒かけるね。なにをすれば、いいかな」

声をかけながらカウンター越しに歩み寄った。惟朔は柔らかい声を意識したつもりであったが、健の瞳には怯《おび》えがあり、しかも無理やり頬笑もうとしている口許には迎合があった。同級生だったころと健はなにも変わっていない。なんだか哀れになった。同時に罪悪感も覚えた。

「なあ、糸居。なにをすればいい」

「昔とおなじで、健て呼んでくれよ」

「だって、先輩じゃん」

健は惟朔にむけて探るような一瞥をくれ、上体を乗りだして野島がそのままにしていったタバコを丹念に揉み消した。惟朔はとりあえず野島と自分の飲んだコーヒーカップをとりまとめた。ぎこちなかった。まだ、お互いに、どのように応対していいかわからないのだ。

「俺、カウンターの中にはいるな」

すると健は天井のほうに視線をやった。

「バーテンの恰好をしないとまずいんだ」

惟朔は健の首の蝶ネクタイを見つめ、若干の照れを感じた。白いワイシャツに臙脂《えんじ》のチョッキを着て、首には蝶ネクタイである。しかも、それらのすべてが近くで観察するとよれて薄汚れている。

健がふたたび天井のほうに視線をやった。惟朔もその視線を追った。

「服は上にあるのか」

「そうなんだよ」

「一円たちが終わるまでは、しかたがないよな。俺、このままでいいよ」

「二階のさ、部屋じゃなくて、せまい廊下みたいなところの奥にロッカーがあるんだ。そこにあるんだけど」

「じゃあ、そっと取ってくるよ」

「まずいよ」

惟朔は疑問に思っていたことを口にした。

「なんで、野島さんもあんなブスに遠慮してるんだ」

「——本家筋の、よくわからないけど、なんか力のある人のお嬢さんなんだよ」

「どっちが」

さあ、と、健は肩をすくめた。惟朔はあらためて健の恰好を眺めた。やはり、かなり恥ずかしいものがある。こんな恰好はしたくない。しかし、なにやら意固地になっていた。

「健。俺は絶対にバーテンの恰好をする」

「まずいって！　本家筋だぞ」

一応は受け答えをしていたが、惟朔には本家筋の意味がわからない。さらに声をあげようとした健を制して、カウンター脇の階段をのぼった。

薄暗い階段の途中には段ボールの箱が雑然と積まれている。何気なくそのひとつを覗いたら、箱いっぱいに、ところどころに削り取ったあとのある茶褐色の物体がおさまっていた。食品であるとあたりをつけて、惟朔は指先でその固まりをこすりとり、舐めた。懐かしい香りが充ちた。カレーの固形ルーだった。業務用なので常軌を逸した大きさだ。ラードで香辛料を固めてあるのだろう、あまり後味のよいものではない。惟朔は舌を分厚く覆った脂に顔をしかめながら階段をのぼりおえ、耳を澄ました。

駅周辺の物音が潮騒のようにとどく。明確な輪郭をもたないわりに、意外に耳につく。廊下の上方左にある明かりとりの窓からは登戸駅のものと思われるコンクリの電柱が覗けていた。ロッカーは廊下のいちばん奥まったところにあり、その前の天井からさがった裸電球がわびしい光を放っている。二十ワットくらいだろうか。薄暗い。床はところどころリノリウムが剝げて、しかもその下の合板までもが黒ずみ、反りかえっていて、へたなところを踏むと軋み音をたてそうだ。

惟朔は床の状態のよい部分を慎重に選んですすんだ。右が健の寝泊まりしている部屋である。部屋には廊下の明かりとりの窓と向かいあうように窓がしつらえてある。惟朔はその窓の前で息をころして立ちどまった。

人の気配がした。ごく秘めやかなものではあるが、なにやら触れあい、こすれるような音もする。惟朔は胸苦しさに心臓のあたりを押さえ、ずれた曇りガラスの隙間にそっと顔を寄せた。

床に伏せるようにして白く滑らかなものが複雑に絡みあっているのが覗けた。その滑らかでおぼろな白の絡みあう上、登戸駅から射す光の中心に突出しているものがある。尖っている。尖りが目立つ。なにかがわりと規則正しく上下に突きだされているのだ。見つめているうちに、それが肘であることがわかった。くの字形に曲げられた肘が薄闇のなかから浮かびあがっているのだった。

やがて目が慣れてきた。どっちがどっちかよくわからないのだが、上になったほうが自らの黒髪を束ねるようにして持ち、下になった女の臀と思われるふたつのふくらみの谷間を撫でるように動かしている。肘の動きは黒髪をもった手の動きであった。

凝視していると、その白く円《まろ》やかな臀が小刻みに痙攣しているのがわかった。痙攣にあわせて臀の肉自体が上下左右に複雑に振動しているのもわかった。惟朔は喉がからからであることを意識し、得体の知れない居たたまれなさにその場を離れた。

決して軽やかな光景ではない。

根深い。

しかも粘りつく。

はあ、はあ、はあ、はあ、はあ、はあ、はあ、はあ、はあ――。

思いのほか規則正しい喘《あえ》ぎが惟朔の背に迫ってきた。惟朔は一瞬、きつく目をとじ、それからロッカーにとりついた。ビニール袋をかぶったバーテンの衣装が詰まっていた。目を凝らすと、洗濯屋の伝票がはいっているのがわかった。きれいな衣装があるのに、なぜ健はあんなによれよれで汚れたものを着ているのだろうか。そんなことを考えて気をまぎらわそうとしたのだが、吐息と喘ぎは耳鳴りのように惟朔の鼓膜にこびりついてしまい、いまだかつてないほどの昂ぶりをもたらしていた。

蝶ネクタイ。

ワイシャツ。

チョッキ。

ズボン。

黒い先端の尖った革靴は遠慮することにした。一揃え抱えて、惟朔はその場を逃げだした。後ろ髪を引かれる思いではあったが、覗かずに階段をおりた。健が不安そうな眼差しをむけた。

「どうだった」

「べつに」

「だって、あいつら、やってんだろ」

「みたいだけどね。でも、よくわかんなかったよ。なんか変に静かだったぞ」

健の探る眼差しをはぐらかし、ワイシャツのビニールを裂いた。いいかげんにもってきたので、やたらと袖の長いワイシャツだったが、腕まくりしてごまかすことにした。いまごろになって背にたくさん汗をかいていることに気付いた。しかし、こうして階下におりてくると、あの女たちの気配に昂ぶってしまったことに露骨な不快感を覚えた。

「おぞましいね」

「やっぱ、やってたのか」

惟朔は応えなかった。健は階段に視線をやり、ちいさく貧乏揺すりをした。覗きにいきたいという健の気持ちはわからないでもなかった。惟朔はもう少しで薄闇のなかに浮かびあがった肘の動き、髪の毛の刷毛《はけ》について口ばしりそうになったが、不思議なことにこうして身支度を整えてカウンターの中に入ってしまうと、すべてが幻であったかのような気がしてきた。

女と女の愛情交歓には現実味が希薄であった。惟朔は灰皿を磨きながら、幸子との交わりを脳裏に描いた。幸子の臀をそっと頭髪で撫でる。幸子はどのような反応を示すだろうか。臀はともかく、そのあいまを髪で撫でたら、ちくちくしないのだろうか。幸子は過敏だから、じっとしていられないだろう。暴れるかもしれない。

健の視線に気付いた。惟朔は作り笑いを泛かべた。

「お客さん、こないね」

「——いつも、こんなもんなんだ」

「ちょっと退屈しちゃうな」

「客なんてこないほうがいいよ。おっかない人ばっかりだから」

そう呟いた健の口調には実感がこもっていた。惟朔はあえて訊いた。

「おっかないって、どんな」

「人を殺してもなにも感じないような人」

「それならS鑑にもいたじゃないか」

「でも、しょせんは中学生だよ」

「S鑑なんかめじゃないか」

「めじゃない、めじゃない」

「それは相手の痛みとかにとことん無感覚な人っていう意味かな」

「まあ……そうだけどさ、惟朔はあいかわらずなんか難しいよね」

「俺は難しいか」

「おまえさ、ひとりだけ違うところにいるんだよね」

惟朔は口を尖らせた。特別扱いする健の口調にはどこか哀れみじみた気配があった。

「俺は違うかな」

「ときどき、ね」

「どういうふうに」

「うまくいえない。忠告するけど、気を悪くするなよ。いいか。鬱陶しいって思われるからさ、惟朔はやっぱ言葉遣いとかを気をつけたほうがいいよ」

惟朔は頰笑んだ。健は惟朔の頰笑みの意味がわからずに、戸惑いの眼差しをむけ、しかし惟朔と視線があうと、あわてて顔をそむけた。惟朔は頰笑みを凝固させたまま、布巾の上に伏せてある灰皿を揃えた。

あまり地をださないほうがいいだろうということは自覚していた。地をだしすぎると、居場所がなくなる。

周囲に調子をあわせるのは巧みなほうだ。迎合はわりと幼いころからおこなってきて慣れている。ただ迎合して、とことん莫迦に徹すると、逆に歯止めがきかなくなってしまうようなところがある。悪ふざけがとまらなくなって顰蹙《ひんしゅく》を買ってしまうことがままあるのだ。自分をころして無理やり迎合することの歪みが、歯止めがきかない悪ふざけというかたちで弾けてしまうのだろう。

まったく、難しい。

人との付きあいは、難しい。

自分の基準をねじまげて、どうにか世渡りだ。惟朔は人差し指を一本たてて、健からタバコをもらった。カウンターのなかにしゃがみこんで、ハイライトを喫った。喫っているところを見つかると、かなりきつく叱責されるらしい。

カウンター内の床はコンクリートが剝きだしで、しかしコンクリートの上には黒く脂ぎった汚れが分厚く貼りついている。だから靴の底が粘るのだ。たぶん、この汚れは腐っている。発酵している。悪臭ではあるが、どこか気分が安らぐ匂いであり、どうやら幽かな熱さえ発しているようだ。

ハイライトをほぼ根元まで喫い、口のなかがすっかり苦く熱くなった。まだ完全に喫煙が習慣化していない惟朔は、軽い眩暈を覚えていた。健がコンクリートにタバコをねじ込むようにこすりつけた。惟朔もそれに倣って揉み消した。

立ちあがると、ほぼ同時に階上から女たちの絡む気配がとどいた。惟朔と健は顔を見合わせた。健が囁いた。

「今日は早いな」

「そうか。でも、なんか愉しそうな気配じゃないか」

「きつく、いったんだろうな」

「いったか」

「いったな。あのはしゃぎぶりは」

囁きあっていると、女たちがおりてきた。女たちはなぜか惟朔にだけ視線を据えた。惟朔が迎合の愛想笑いを泛かべると、コートの女のほうが、いきなり怒鳴りつけてきた。

「じろじろ見るんじゃねえよ！」

「すみません」

反射的に謝罪して、しかし内心は納得できない。むっとしかけた。ところがセーターにマフラーのオカメ顔のほうが惟朔に意味ありげに頰笑みかけてきたのだった。

覗きがばれてしまっているのだろうか。惟朔は不安になった。どのように対処するべきか思案した。ところが女たちは店からあっさりと出ていってしまい、惟朔と健はふたたび顔を見合わせるのだった。

「なんで怒られたのかな」

「そりゃあ、惟朔がスケベったらしい目で見るからだよ」

「それはお互い様じゃないか」

「いや、惟朔のほうがやらしいの」

「俺の目つきは、やらしいか」

「やらしい、やらしい」

なんだか打ちとけていた。健も大人の相手ばかりで緊張していたのだろう、腰を器用にくねらせながら、はしゃぎだした。やがて客がやってきた。健が言うような、おっかない人、ではなくてふつうのサラリーマン風のグループである。たしかにヤクザスナックなのだろうが、立地的に一般人も客として店を訪れ、大過なく営業しているようだ。

惟朔は意識的に健を立て、健は得意げにカクテルの作り方などを教えてくれた。もっともジンライムだのジンフィズといった飲み物は、ずいぶん投げ遣りな手順でつくられ、惟朔はカクテルに対して誤った印象を抱いてしまった。

カウンターに常連らしい勤め帰りの若い女が座ると、とたんに健はいままでのだらしない笑顔を引っこめて、あれこれ偉そうに惟朔に指図をした。惟朔はその指図に素直に従って、健に敬語を遣った。ところが健は女の視線のとどかないところで惟朔にむかって気弱に手を合わせるのだった。

「新しいバーテンさんは、キリッとしてるけど、ヘアスタイルが変ね。バーテンさんに中途半端な長髪は似合わないわよ」

健が軽く受ける。

「申し訳ありませんね。新入りは、少年院から出てきたばかりなんです」

惟朔が釈明の口調で照れる。

「じつは、丸刈りにされたまま、のばしたんです」

女が年上であることを意識した口調と態度で言う。

「だからよ。ちょっと短く切って、アイパーでもかけたら」

「あいぱーってなんですか」

「やだ。アイパーも知らないの。ほんとに少年院から出てきたばかりみたい」

「だから、そのとおりなんですよ。久里浜帰りです」

そこまで言われると冗談にならなくなってしまう。惟朔は苦笑しながら、たまった洗い物に手をのばした。客がきてからは、ずっと微妙に昂ぶった状態が続いている。バーテンも悪くない。ひとりでニヤニヤしながらライポンFをスポンジに染みこませた。

＊

午前二時近くに解放されて、店の二階の健の部屋に転がった。歯を磨くのも億劫《おっくう》で、バーテンの衣装のまま、汚れた毛布をかぶって横になった。この布団の上で女たちが絡みあっていたのだが、もはやなんの感慨も湧かない。接客の昂ぶりと引き替えの疲労は、かなり根深い感じがした。

「健」

「なに」

「すっかり世話になっちゃったね」

「気にするなよ。俺もひとりのときよりもだんぜん楽だし」

「俺、健に謝らなくちゃ」

「なにを」

「――なんでもない。これからもよろしく頼むよ」

「ああ。もっとわりのいい稼ぎもあるしさ、おもしろおかしくやろうぜ」

そんな遣り取りをしているうちに、墜落するように眠りにおちた。ああ、俺はいま鼾《いびき》をかいている、そんなことを薄ぼんやりと自覚しながら、躯から力が抜けていき、意識を喪った。

＊

ふと目覚めた。

まだ意識には靄《もや》のかかった状態であるが、騒いではまずいということは直感的に悟っていた。

隣の健が、小刻みに揺れている。ときどき抑えた息を洩らし、なにやら突っぱるような気配がとどき、しかも揺れはどんどん烈しくなっていく。

かさこそかさこそ騒がしい。ようやく醒めてきた頭で、健が自慰をおこなっていることを悟った。切実だが、せわしないものだ。いいかげんにしてくれ、と胸の裡で舌打ちをしながらも惟朔は緊張し、硬直して寝たふりをし続けた。まだ、夜は明けていない。

9

水としか思えないものが凄まじい勢いで迸《ほとばし》った。ひどい下痢だった。なんとかそれがおさまって、安堵して、二階にもどって横になったとたんにこんどは吐き気がこみあげた。惟朔は手近にあったスーパーの紙袋を引きよせ、嘔吐した。間一髪であった。紙袋があったことに安堵したが、吐き気は周期的にこみあげてきて収拾がつかない。腹筋がねじれそうに痛む。胃液で喉が灼《や》ける。このままでは紙袋が裂けるおそれがある。

惟朔は口をきつく結んで、ふたたび階段を駆けおりて便所にむかった。濡れた紙袋が心配だったが、わずかに滴り落ちた程度ですんだ。このあたりはまだ下水の整備が不完全らしくスナックの便所は水洗ではない。嘔吐物のはいった紙袋を曖昧模糊が堆積した奈落にむけて投げ棄て、あらためて体勢を整えて、吐いた。

とことん、吐いた。もはや胃液さえでなくなった。吐きおえると痙攣じみた胴震いがおきた。一気に発熱していた。全身がいやな汗で覆われて、胃の芯に幽かだが鋭い痛みがある。食べたものが悪かったのか。熱があることからすると風邪か。原因がわからない。胃液の苦みと灼ける喉に耐え、小刻みに震えながら涎が滴り落ちるのを漠然と見つめていると、ドアがノックされた。健だった。惟朔は苦笑まじりに訴えた。

「もどしちゃった」

「汚ねえなあ」

かえってきたのは軽蔑の眼差しだった。すべてを冗談にしてしまいたくて笑顔をつくりかけたが、胃酸にささくれだってしまった歯の裏側を舌先でさぐるうちに、自分の体調がそれどころではないことを確信した。

惟朔は嘔吐の最中に流れてしまった涙を手の甲で雑に拭い、身震いがおさまらないのを健に気取られないようにして便所からでて、カウンター内の水道でうがいをし、手鼻をかんだ。

入れ替わりに便所に籠もった健が放屁する音が聴こえた。惟朔は手をとめ、力なく健の気配に耳を澄まし、業務用のステンレスの流しで爆ぜる水の濁った銀色を凝視した。溜息をつき、丹念に顔を洗い、涙の痕跡や涎を完全に流した。正午をすこしまわったくらいだろうか。よく晴れわたっているようだ。流しに両手をついて軀を支え、青く抜けた空を思い描いていると、なにやら投げ遣りで虚ろなものが惟朔の全身に取り憑いた。便所からでてきた健に向き直ると、抑揚を欠いた声で告げた。

「俺、寝る」

「冗談だろ」

「カウンターで吐いてもいいか」

見据えて呟くと、健は曖昧に視線をそらした。惟朔は棚から朝刊を抜きとり、二階にもどった。初めのうちは遠慮もあったが、いまや自分の部屋のような気分である。万年床のうえに転がって、新聞を拡げる。都知事選で美濃部《みのべ》派を応援する弁護士たちが秦野《はたの》派の選挙運動を最高検察庁に告発したとある。パトカーの無線を選挙運動の連絡に使っていたらしい。

パトカー無線とは、どういうことなのか。なぜ、警官が秦野という男を応援しているのか。惟朔は転がったまま、しばらく考え込んだが、興味は持続しなかった。まだ嘔吐の予兆と不快感がのこっているので、膝を抱えるようにして軀を丸め、毛玉だらけの垢臭い毛布を引っ張りあげた。

都知事選とは無関係な土地に流れてきたわけだが、外では朝から選挙の宣伝カーが行ったり来たりしていてじつに姦しい。いま駅方面に抜けていった選挙カーなど、割れたラウドスピーカーの音が尋常ではなく、逆にどこの誰の選挙カーなのか、なにを訴えたいのか判然としない。ただ、御声援ありがとうございますという上擦った女の声だけが耳の奥にのこった。

幸子のところから逃げだして登戸にやってきて、一週間ほどが過ぎていた。おもしろおかしくバーテンダーの真似事をしている。しかし惟朔は孤独な時間がもてないことに苛立ちはじめていた。依存心の強い健がいつでもどこでもあとをついてきて、眠るときは健と雑魚寝《ざこね》である。健との相性が悪いわけではないが、なにやら得体の知れない疲労感がたまりつつあった。

ルルドは、奇妙なスナックであった。数日前に初めて顔を合わせたのだが、経営者は棟続きの不動産屋を経営している中肉中背の六十年輩の男だった。宇喜多組というヤクザの組の経営であるとばかり思っていたから、個人経営者の出現に惟朔は店の現状がますます理解できなくなったのだった。ルルドは宇喜多組に食い物にされている。そう惟朔は判断した。

男は印象らしい印象のない、しかし実直そうな態度と物言いで、週給にするか月給にするかを尋ねてくれた。惟朔は瞬間的に判断して、週給にしてもらった。もらえる金は月給になおすと三万円強といったところである。中卒十六歳の給料としては悪くない。男は惟朔にむかって、君は礼儀正しいね、と呟き、店をよろしく頼むと付け加え、あっさり背をむけた。姿が見えなくなってから、惟朔は男が名乗りもしなかったことに思い至ったのだった。

しばらくのあいだ、惟朔は不動産屋の男に思いを馳せた。老人と言い切ってしまうとには微妙な躊躇いを覚えるが、もちろん若さを感じさせるものはなにもない。道端で踏まれて削れて乾いた木片のような姿だ。その木片にすぎない男の眼差しの奥には、意外なほどの思慮深さが見えたような気もするが、いまとなってはその貌《かお》が曖昧にぼやけてしまって、明確な像を結ばない。あえて自ら個性を消し去っているかのような貌である。

惟朔は考えこんだ。男の印象のなさは、あきらめからきているような気がする。自分の店にヤクザ者たちが入りこんでしまって、しかしそれを排除することは不可能であることから無気力になってしまった。

惟朔は自分の推測に納得して、縮めていた軀をのばし、大きなあくびを洩らした。睡眠が足りないわけではない。あくびは倦怠からくるものだ。まだ胃のあたりに違和感があるが、腹這いになった。頭のうえに投げた新聞を一瞥し、健が吸ったと思われるボンドの潰れたチューブを壁際に投げ、湿った喫殻が山盛りの脂臭《やにくさ》い灰皿を押しのけ、周辺に雑然と散らばる雑誌やエロ本をまさぐった。

「青年は荒野をめざす――」

題名を読みあげて、表紙を凝視した。トランペットだろうか、ラッパを吹く男の絵が描かれていて、作、五木寛之とある。文藝春秋という出版社名がその下に印刷されていて、すこし重く感じた。頁を繰ってざっと活字を追ったが、なにも頭にはいらない。本を読むにも体力がいると漠然と考え、面倒になって投げ棄てた。

「荒野」

独白して、天井をむいた。なんだか呼吸が荒くなっていた。

俺は荒野にいるのだろうか。

荒野を歩んでいるのだろうか。

それとも――。

頭の下に腕を組んで、天井を睨みつける。下痢をして、嘔吐して、だらしなく横になっている。荒野どころではない。

斜め頭上を小田急線の列車が抜けていき、室内が上下に振動する。当初は国鉄の南武線であるとばかり思っていたのだが、小田急小田原線の列車である。国電に較べるとモダンな車両だが、線路と車輪がこすれて舞いおちる鉄粉がいつのまにやら室内にまで入りこんでくるのには閉口させられる。

一階のスナック店舗はなんとか体裁を保っているが、この二階は線路の鉄粉が赤錆色にこびりついた芥溜《ごみた》めのようなものだ。荒れ果ててはいるが、荒野といった乾いた気配よりも、人間の脂ぎった汚物と赤錆がこねくりまわされた独特の腐敗に充ちている。

荒野を進んでいるならばともかく、体調の不良を訴えながらも誰にも相手にされず、鉄錆の、血の匂いのする湿った三畳間に転がっているのは無様だ。惟朔はなんだか悲しくなってきた。

幸子と暮らしていたときにあった生活のリズムが、ここでは完全に崩壊してしまっていた。たとえば性的欲求の処理も、思い立ったときに、健に知られぬように便所に籠もって素早く手仕事をしてすます。その寒々とした行為の真っ最中に、惟朔は幾度も溜息を洩らすのだった。しかも本人は溜息をついていることに気付いていない。

「もどしちゃったんだってね。鬼の霍乱《かくらん》てやつか」

その声に惟朔は息を吞み、緊張し、あわてて上体を起こした。物思いに耽っていたせいで、階段をあがってくる物音に気付かなかったのだ。

「姐《あね》さん」

「やめてよ。夏子さんとか、ほかに呼び方ってものがあるだろう」

「姐さんというのは、まずいですか」

「あんたは、ヤクザになる気はないって言ったじゃないか」

「言いましたっけ」

「言った。はじめてあたしの屋台でラーメンを食べた晩」

惟朔には記憶がない。しかし夏子がそう言うのならば、言ったのだろう。

「惟朔がヤクザはいやだっていうから、あたしが親分に言ってあげたんだよ。あの子はヤクザになる気はないって」

「はあ」

「だから、ちゃんとお給料をもらえるようになったはずだよ」

「お給料——」

夏子が頷いた。すっかり色の抜けたジーパンの膝をつき、邪険な口調で横になるように惟朔を促し、その頭上に散るエロ本を一瞥して顔をしかめ、惟朔の額に右の掌を、自らの額に左手をあてる。夏子の手からは洗剤らしい香りが幽かにした。冷たい指先だった。しかも意外な圧迫がある。惟朔は夏子に押されるようにして、万年床にふたたび軀を横たえた。

「熱はないみたいだけど」

「さっきは、ちょっとだけ」

「あった」

「はい。でも、吐いたせいかもしれません」

夏子がしげしげと惟朔の顔を見つめた。

「顔が赤い。やっぱ熱があるんだね」

「いや、これは」

「なに」

「その、なんていうか」

「そうか。あたしの美貌にまいっちゃってるんだな」

「そうです」

正直に呟くと、夏子は中指の先で惟朔の額を軽く弾いた。

「ばか。あんたもしゃれの通じない子だね」

「すみません」

夏子の頬が和らいでいる。軽く小首をかしげた姿から女が匂いたつ。惟朔が目を離せないでいると、夏子が釈明するような口調で言った。

「駅んとこでさ、タクシーが方向転換するとこ、あそこで健がしゃがみこんで退屈そうにタバコをふかしているじゃない。いい若い者がなにしてんだいって小突いてやったら、寂しそうに惟朔が病気だっていうから、お見舞いにきてあげたわけ」

「――どうも」

夏子は一拍おいて、ちいさく頷いた。

「可哀想にね」

「可哀想だよ。俺は可哀想ですか」

「可哀想。子供じゃないか。子供が頑張りすぎたかな。親分が、こんど転がり込んだ子は要領はいまいちみたいだが手抜きがなくて、悪くないって誉めてたよ。あまり誉めない人だからさ、なんかあたしも鼻が高かったな」

「あの」

「なに」

「親分というのは、隣の不動産屋さんのおじいさんですか」

「おじいさんはないだろう。あたしの亭主なんだからさ」

あの男が——。

惟朔は納得できない。不自然だ。いまだって顔を思い出すこともできないあの老人が組長であり、夏子の夫だという。しかし、どこか決まり悪そうな表情の夏子に気づき、惟朔はあやまった。

「すみません」

「うん。まあ、しかたがないか。あたしと三十七、離れてんだよね」

「三十七」

「そうだよ。おかしいか」

「いや、ただ想像がつかないや」

気を許した惟朔が砕けた口調で言うと、夏子は俯き加減で頬笑んだ。惟朔にはその頬笑みがなにを意味するのかわからない。ただ、胸がきゅっと苦しくなった。

「薬、買ってきてやったからさ。もどしたっていうから、一応、胃腸薬。それに風邪薬も見つくろってきたよ。症状は、どうなの。なんかに当たったか、それとも風邪か」

惟朔の枕許に手際よく薬局で買った薬品類が並べられていく。ただ風邪薬も胃腸薬もそれぞれが幾種類もあって、いささか大げさであり、過剰である。惟朔は自分の症状がよくわからないのと、夏子の行き過ぎた薬の買い方に戸惑いの眼差しをむけた。

「わかんないの。しょうがないなあ。とりあえず胃腸薬を服んどくか。水、汲んできてやるよ」

夏子が立ちあがろうとした。その立ち居振る舞い、腰の動きに得も言われぬ女が匂い立った。そこにはあきらかな挑発の気配がにじんでいた。しかも、あきらかであるにもかかわらず、どうとでもとれる曖昧さに充ちているのだ。惟朔は瞬間的に判断し、夏子に合わせる気になった。すがるような眼差しをむける。

夏子は立ちあがりかけたままの中途半端で不自然な姿勢のまま、小首をかしげた。

「なに」

惟朔は消え入りそうな声で訴えた。

「行かないでください」

「まいったな。まだ十六だもんね。お子さまだよね」

そう言いはしたが、夏子の瞳が微妙に潤みはじめているのは、そこに男女の機微が入りこんできた証拠であった。あきらかにいつもより瞳の色が濃く、深い。惟朔は年齢以上にそういった気配を察することに長《た》けていた。しかし夏子が宇喜多組組長の女であるということも頭の片隅にあり、幸子に対するような積極性はもちえなかった。保身から、あくまでも受動的に振る舞おうと考えた。

視線が絡みあう。そのますっと夏子は腰をおろした。独り言のような調子で、

「お子さまだものね。子供だよね」

と、繰り返す。惟朔はそれに合わせていかにも幼いといった表情を意識してつくる。

「行っちゃ、いや？」

「いやです」

「しょうがないなあ。軀は、だいじょうぶなの」

「夏子さんがお見舞いにきてくれたら、ずいぶん楽になりました」

ふたたび視線が絡む。

「惟朔」

「はい」

「じゃあ、膝枕、してあげようか」

「はあ」

曖昧な返事を返す自分はずるい、そう思いつつも、惟朔は期待をこめた眼差しで夏子を見あげた。夏子はその顔から具体的な表情を消し、機械的に惟朔の首や頭の下に手を挿しいれた。惟朔は夏子のなすがままといったふうを装いながら、微妙に自ら移動して夏子の膝に頭を安置した。

「いつもジーパンだ」

「好きなんだ。スカートとかは、気持ちが悪いよ」

「俺、夏子さんのジーパン、大好きだ」

ほんとうは、夏子さんが大好きだ、と言いたいのだ。しかし、それは口が裂けても言えない。こうしていること自体が、かなり危険なことである。それは夏子の無表情からも窺えた。

しかし、惟朔は自らの内部で滾《たぎ》る若さをうまく抑制できなくなりつつあった。だが、一線を超える勇気もなかった。軀の内側でゆらめくもやもやしたものの突きあげは尋常ではない。その折衷が膝枕の体勢をとりつつも、もっと夏子のうえに這いあがるという動作だった。

惟朔は体勢を腹這いに変え、そのまま夏子の太腿のうえを這いのぼった。両手は毛布のなかであるが、その顔は夏子の性にごく間近なあたりにきつく押しつけられた。惟朔はなかば強引に鼻先をコットン地の奥にねじこませた。夏子の芯の香り、性の匂いを狂おしく嗅ぎわける。

やがて幽かな香りを感知した。嫋《たお》やかで控えめな香りであるが、微妙な複雑さに充ちている。その核心を隔ててしまっているコットン地の存在が苛立たしい。惟朔はそこに直接顔を埋めたいという強烈な衝動を覚えた。

夏子が両脚に込めていた力を幽かにゆるめた。とたんに抑制がはずれ、夏子のすべてを吸いつくすような狂おしさに支配されて身をよじった。惟朔はコットン地のうえからぴたりと口唇をあてがった。コットン地に唾液が吸いこまれていくのがわかった。惟朔は毛布のなかにかろうじて隠していた腕を夏子の腰にまわし、腰を抱き、その臀にきつく爪を立て、狂おしげにまさぐっていた。夏子の膝がだらしなく崩れかけた。その直後だ。

「惟朔」

醒めた声だった。

とたんに惟朔も覚醒した。

あわてて手を離し、顔をはずし、名残惜しげに膝からおりた。

「寝なさい」

「うん」

はい、ではない。

どこか不服そうに、うん、である。

「お水、汲んできてあげるから、お薬を服んで」

「いやだ」

「ああ、駄々をこねないで」

「——わかったよ」

惟朔は性的な感情を抑えるために夏子に母に対するような甘え声をあげた。じっと見つめる。夏子も母親のような笑顔をつくって頷きかえし、立ちあがろうとして、ところが中途半端に立ちあがりかけて、そのまま、すとん——と腰をついてしまった。

「どうしたの」

「惟朔のせいで」

「俺のせい」

「そうだよ。惟朔のせいで、立てなくなっちゃったよ」

「立てなく、なっちゃうのか」

「そうだよ。腰が抜けちゃった」

「なぜ」

「ばか」

こんどは、夏子は手を畳について、かろうじて立ちあがり、階段をおりていった。惟朔は脳裏にまだのこっている夏子の香り、記憶の残り香とでもいうべきものをよすがに、毛布のなかで硬直しきった自分をきつく握りしめた。

夏子がもどった。惟朔の枕許に水のはいったグラスがおかれた。胃腸薬の箱をあけ、なかの小瓶から薄黄色の錠剤を三つ掌におき、それを惟朔に示した。その動作のすべてが機械的に感じられた。若干の違和感を抑えて、惟朔は胃腸薬を口に放りこみ、水で流し込んだ。

「もう、寝なさい。親分にはあたしから言っておいてあげるから」

「なにを、ですか」

「今日は休むって」

「ああ、そうか」

もう、体調はもどっているような気がするのである。夏子との遣り取りのあいだに、新たな力が漲《みなぎ》ってきたようだ。しかし休めるならば、それにこしたことはない。

「じゃあ、あたしは行くから」

「夏子さん」

「なに」

「なんでも、ありません」

惟朔は面喰らっていた。一階からもどったとたんに夏子はべつの人間になっていた。先ほどまでの風情のかけらもない。惟朔が戸惑いがちに視線をはずすと、夏子が抑揚を欠いた声で言った。

「世の中を、女を舐めないほうがいいよ」

「なんの、ことですか」

「おまえ、ちょっと薄汚い」

啞然として見あげると、夏子はちいさく口をすぼめ、財布をとりだした。

「小遣い、あげるから。今日は店にでなくていいよ。適当に遊んできなさい」

「はい……」

手わたされたのは真新しい一万円札で、三枚あった。小遣いには多すぎる額だ。惟朔は豹変した夏子の態度が理解できず、唐突な小遣いの意味もわからなかった。しかし夏子はあっさりと部屋からでていってしまい、惟朔は手わたされた三万円を漠然と眺めるのみであった。

やがて下の階から健を叱る夏子の声が聴こえた。健がもどったから、夏子は冷たい態度をとったのだろうか。だが、それだけではないことを惟朔は直感的に悟っていた。

惟朔は三万円をさりげなく穿いているスラックスのポケットにしまった。スラックスは健からもらったＪＵＮというメーカーの、裾が微妙にフレアした、臙脂色をしたパンタロンだった。ここに寝泊まりするようになって惟朔は着の身着のままで眠るようになっていた。健がそうしているから、真似をしたのだが、最初のうちは抵抗があった。しかし三日もすると慣れてしまった。

階下の気配に耳を澄ましているうちに、惟朔はかなり強い空腹を覚えた。吐きもどしてしまったのだから当然であるような気もするが、違和感もある。食欲がもどってしまったことで自分の先ほどまでの状態が、まるで程度の低い演技のように思えてならない。

「ああ、そうか。胃薬が効いてきたんだ」

あえて声にだして言い、飯を食いに起きだすか、もう少し横になって体裁を繕うか、悩んだ。気持ちのうえでは飯を食いたくてしかたがないのだが、嘔吐したばかりである。誰が見ているというわけでもないが、奇妙な羞恥心もあるのだ。

けっきょくは空腹の限界まで我慢をすることにした。頭の下に腕を組んで、ぼんやりと天井を眺め、行き来する電車の振動に身をまかす。階下では、どうやら健が店内の清掃をしているようだ。夏子に叱られたのだろう。ふだんよりも丁寧に床などを磨いているようだ。

もう、夏子の気配はない。額に汗を泛かべて棒束子《ぼうたわし》を使っているであろう健の姿を思い描いて、ざまあみろ、などと呟き、薄笑いを泛かべて倦怠に耐えていると、健がなにやら大声で挨拶する声がとどいた。

組の誰かがやってきたようだ。慌ただしい日である。惟朔は思案して、目をとじた。こういう場合には、死んだふりにかぎる。案の定、誰であるかはわからないが、階段をドスドスと揺らしてのぼってくる。

「汚ねえ部屋だなあ。いくら店を磨いたって意味がないぜ」

聞き覚えがない声だ。惟朔は硬直しながらも寝たふりを続けた。

「おい、小僧」

声をかけられても、あくまでも寝たふりである。

「おい」

もう少し、引きつけよう。

「おい、こら」

声が棘々《とげとげ》しくなった。そこでちいさく呻き声をあげ、身をよじる。だらだらと目をひらいた。

「あんべー、悪いんだってな」

あんべーとは、按排《あんばい》のことであるらしい。惟朔は素早く起きあがって、畏《かしこ》まった。目頭を揉む振りをして、男の顔を見ないようにして言う。

「すみません。朝からあんべー悪くって、ちょっと吐いてしまいました」

「げろげろか」

「そうです」

「げーろげろ。たるんでるからだよ」

「はい。すみません」

年の頃は、二十代なかばといったところだろうか。充実しきった、絵に描いたようなヤクザ者といった感じの痩せた角刈りの男である。欠損している左手小指をなるべく隠すようにあれこれ動かしている。つまり、目立たせている。

「寝ててもできる仕事があんだよ」

「はあ」

「いっちょ、引き受けてやれよ」

「引き受けて、やるんですか」

「そう。引き受けてやれ。男なら」

「はあ」

微妙に言葉遣いがおかしい気がする。しかし、もちろんそれを指摘することなどできない。男の軽率で浮ついた雰囲気が、怖い。

「引き受けてやるか」

「はい。引き受けます」

「よく言った。いいねえ、男のなかの男。理想は女のなかの男だけどな」

とりあえず愛想笑いをかえしておく。男は満足そうに頷くと、惟朔の耳許に顔を近づけてきた。

「よし。物《ブツ》を取りにいくぞ」

「物、ですか」

「物、だよ」

ことさらなひそひそ声で遣り取りをしている最中だ。男がいきなり惟朔の耳の穴に舌を挿しいれてきた。驚愕して、惟朔は思わず声にならない叫びをあげた。男はなんとも嬉しそうに惟朔を指差して笑った。

「しょっぺー耳糞だあ」

しかたなしに惟朔も声をあげて笑った。すると男はふたたび惟朔を指差して言ったのである。

「おまえ、弟橘媛《おとたちばなひめ》」

「俺はおとたちばなひめ」

「ばーか。俺様の弟橘媛だよ」

意味がまったくわからない。しかも男には異様な熱狂のようなものが取り憑いていて対処できない。泣きたくなってきた。おとたちばなひめとはなんであるのか。惟朔は男のつぎの言葉を待った。しかし男は急に真顔になると惟朔についてくるように促し、のぼってきたときと同様に踵《かかと》で階段を踏みならしておりはじめた。

男は階段を最後までおりずに、途中においてある業務用の固形カレールーの段ボール箱を目で示した。

「どうだ、カレー」

「初めて見たときは、驚きました。でかいんで」

「だよね、だよね。でっかいカレールーだ」

「はい。でかいです」

「俺のも歯ブラシの柄がはいってるからでっかいよお」

「はあ……」

「さあ、カレーをつくるぞ」

「はい」

返事はしたものの、男がなにを考えているのか、なにをしようとしているのか、まったく理解できないので、不安と居たたまれなさでいっぱいだ。男の視線からすると、どうやらこのカレールーの段ボール箱を運べということらしい。惟朔は迎合の口調で言った。

「メニューにはカレーってありませんでしたよね」

「そうだっけ。なーんて、とぼけちゃったりして。でもね、少年。裏メニューっていうのかなあ。ちゃーんとあるんだよね、カレー。それもとびきり辛いやつです」

スナック・ルルドのメニューにはカレーがなかった。にもかかわらずカレールーの段ボール箱が階段の途中に積んであることに惟朔は微妙な違和感を覚えていたのだった。

「メニューには載ってなくても、カレーってあったんですね」

「そ。常連だけにだすんだよ。おい、少年。運びな」

惟朔はカレールーの段ボール箱に手をかけた。十キロほどもあるだろうか。重いと騒ぐほどではないが、腰を入れなければ持ちあがらないほどではある。

「おい、どっちに行くの、少年」

「調理場じゃないんですか」

「逆、逆。上、上。おまえの寝床」

天を指差す男を一瞥して、頭を抱えたくなった。ガスはおろか水道さえない三畳間でどうやってカレーをつくるのか。しかし男は横柄に顎をしゃくって、段ボール箱を上に運べという。

上に運んだとたんに、おまえはなにを考えているんだ、と叱られそうな気がする。徒労のあげくの理不尽はたまらない。もういちど改めて上に運んでしまっていいのか尋ねたいところだ。しかし逆らうことはできない。惟朔は投げ遣りさが外に出ないように気を配ってカレールーの段ボール箱を階上に運びあげた。

運びあげたが、どうせ下におろさなければならないのがわかりきっている。惟朔は段ボール箱を床におろさずに保持したまま、その位置にとどまっていた。男が階下の健にむかって声をあげた。

「出目！　包丁、熱くなったか」

「なりましたあ」

「ちゃんと焙《あぶ》ったかってんだ、この野郎」

「はーい。焙りましたあ」

「よおし。よおそろ。もってこい」

「はーい」

なにが、はーい、だ。惟朔は健の甘ったれた声に苛立った。

男が階段をあがってきた。惟朔の顔に視線を据えた。

「てめえ、間抜け。そこで油売ってんじゃねえってば。なに、考えてんだよ」

「はあ」

「はあじゃねえよお、ボケ。とっとと部屋んなかに運べって」

惟朔はむっとしつつ、自棄気味に部屋のドアを足で押しあけ、ルーの段ボール箱を室内に運んだ。さらに足で万年床を部屋の隅に押しやり、そこにできた空間の真ん中にカレールーの段ボール箱を安置した。

男と健がはいってきた。健の手には刃が黒く焦げた包丁が二本、握られている。灼かれた刃からはまだうっすらと煙が立ち昇っている。その一本を男が手に取り、貧乏揺りをするようなせわしない調子で頷いた。

惟朔はふたりの邪魔をしないようにという建前のもとに、実際には関わりになりたくないという気持ちから、押しのけた万年床のうえに座って、ふたりから距離をとった。とはいえ三畳間、しゃがみこんだ健の背中が眼前にある。男が三人でいるにはせますぎる。惟朔は得体の知れない息苦しさに、彼らに気付かれないようにそっと深呼吸した。

「出目、うふふ、おまえ、そっちからな」

「わかりましたあ。行きますよお」

よれて湿った万年床のうえに雑に胡座をかいて、惟朔は奇妙に昂ぶっている男と健を引いて見守った。

男と健は、ほぼ同時にカレールーの固まりに熱せられた包丁を突き立てた。包丁の熱で油脂で固められているルーがじわじわと溶けていき、その刃がめり込んでいく。どうやらカレールーを切断しようとしているようだ。油脂の焦げる匂いと同時に香辛料の香りが部屋一面に充ちてきて、惟朔はいまさらながらに空腹をもてあました。

「いいよ、いいよ、いいわ、いい、そこ、そこよ、いく、いっちゃう、いくいくいく」

「竹田さん、いきそうですか」

「いく、すっごくきつくいくのよ、いっちゃうわあ」

「ああ、たまんねえなあ、俺もいきそうですよ」

いったいどうしてしまったというのだ。惟朔は男と健の遣り取りを呆気にとられて凝視した。

健も男もルーを断ち割るのに夢中で瞬《まばた》きさえしないほどである。しかも男と健はときどき目と目で見交わして、恍惚とした表情を泛かべるのだ。

ぜったいにふたりはなにかおかしなものに取り憑かれている。このせまい空間に狂気が充ち満ちて、温度がどんどん上昇している。しかしこのふたりは包丁を持っているのである。刺激してはまずい。あまりの不安と居たたまれなさに、惟朔は自分ひとりが正気であることを密かに呪った。

「よおし、出目。いいよお、これでいい」

「御登場ですね」

「御登場だ」

「待ち遠しかったなあ」

「カレーなのにしゃぶしゃぶとは、これいかに」

男の言葉に、健がけたたましい笑い声をあげる。惟朔はそっと断ち割られたカレールーを覗きこんだ。ルーの中心から油紙とビニールで厳重に包装されたサッカーボールほどの物体があらわれていた。

狂おしいまでの健の注視のもと、男がその指先をカレールーの油脂で汚しながら丹念に包装を剝がしていく。最後にあらわれたのはサッカーボールよりもひとまわりちいさい大きさになってしまった透明ビニールに包まれた白い物体だった。

ここまでくると、惟朔にもなんとなくそれがなんであるかわかってきた。カレーなのにしゃぶしゃぶとは、これいかに——という男の冗談からして、これは覚醒剤であろう。惟朔はかすれ声で尋ねた。男が即座に答えた。

「そうだよ。マブもマブ、マブすぎるぅ。うーん、とことんマブネタ。純度百パーに近い究極の雪ネタです。ほーら、見てごらん。水晶みたいじゃないの。巷の腐ったプーマニアが泣いて悶えて縋《すが》りついちゃうぜ。それにしても、おまえ」

「はい」

「さすが出目の先輩だけあるな」

「先輩——。同級生ですけど」

「バーカ。先輩だよ。出目はおまえに教わったって言ってたぞ。おまえ、施設に放りこまれてたときから筋金入りのパン僧だったんだろうが」

「ああ、まあ」

「パンはともかく、お雪さんは、まだ、やったこと、ないんだろ」

「ありません」

「でも、一目見てポンだってわかっちゃったじゃんか」

「それは——」

カレーなのにしゃぶしゃぶとは、これいかにという愚にもつかない洒落のせいだ。しかし惟朔はどうとでもとれる笑いを意識してつくり、黙った。そっと健を窺う。健はボール状に固められた覚醒剤に視線を据えて、身じろぎもしない。

惟朔は視線を覚醒剤にもどした。男が注意深くビニールの包みを剝がしていく。あらわれたのは結晶だった。雪などと称しているが純白ではない。半透明ではあるが、ごく幽かに灰色がかっている。男がそのちいさなかけらを指先にのせた。すると結晶は惟朔の見ている前で吸湿していき、その尖りが曖昧になった。

「ほーら、舐めていいよ」

男が健にむけて指先を突きだした。健は男の指先を吸いこんだ。犬に見えた。目を剝いてその指先を舐めまわす。そして苦いものでも舐めたかのように眉間に苦痛じみた縦皺を刻んだ。指先を舐められた男のほうも、痴呆じみた恍惚をその瞳に泛かべて、唇の端から涎を一筋、滴り落ちさせた。惟朔が圧倒されて見つめていると、男が顔をむけた。

「おまえ、手伝うよな」

「と、いいますと」

「これ、粉にしなくちゃならんわけだわー。細かくしないと公正取引委員会に叱られちゃうからねえ、こんな結晶のまま売るわけにはいかないのね」

健が切迫した調子で割り込んだ。

「惟朔、カミソリで削るだけだよ。このマブとナフタリン。はやくビシキメ。ビシキメようぜ」

「ナフタリンて、なんだよ」

「知らねえのかよ。樟脳《しょうのう》だよ」

「そんなことは、知ってるよ。なんでナフタリン、削るんだよ」

男が引きとった。

「ほらー、あんまり濃いやつ射《ぶ》っちゃうと、お客様の躯に悪いじゃない。だからさ、商道徳に則ってナフタリン削って混ぜて薄めてやるってわけよ。ナフタ六の雪三てとこかな。残りの一は各々のチンカスですかあ」

健と男が同時に弾けるような笑い声をあげた。お互いの顔を指差しあって、チンカス、チンカスと連呼している。

覚醒剤に興味がないわけではない。施設のなかでもそれはときどき話題にのぼった。

収容生のなかに、父親の御相伴にあずかっていたという少年がいて、惟朔といっしょにトルエンやシンナー、ボンドを吸引しながら、まだ左腕にのこる線状のケロイドを示し、覚醒剤の強烈さ、その素晴らしさを延々と説いたものだ。彼に言わせるとトルエンなど子供の遊びとのことであった。

男と健は、まだチンカスと騒いで笑い声をあげ続けている。どうもふたりの行動を見ていると、反復というのだろうか、繰り返しが多いような気がする。惟朔は笑い狂うふたりを距離をおいて見つめた。微妙な疎外感と、こんな奴らといっしょになりたくないという保身の混ざった軽蔑の感情を同時に覚えていた。

それにしても、ふたりの様子は尋常ではない。まるで覚醒剤の結晶がトルエンのように気化して、その気体を吸いこんでしまったかのようにみえる。とにかく笑い声の端々にチンカスという言葉をはさみこむふたりの見苦しさは常軌を逸している。惟朔は肚に力を込めて声をあげた。

「竹田さんとおっしゃるのですか」

「竹田さんとおっしゃるんだよー、チンカスゥー」

「だいじょうぶですか」

「誰に口、きいてんだよ。だいじょうぶにきまってんだろ」

竹田は唐突に真顔にもどった。惟朔は上目遣いで頭をさげた。

「すみません。ひとつ、お尋ねしたいことがあるんですよ」

「お尋ねかぁ。いいよぉ、お尋ねて」

「——なんで、これを俺に見せたんですか」

目で覚醒剤を示す。竹田はカミソリを使う手つきをしてみせながら応えた。

「なんでってか。そりゃ君にアルバイトをしてもらうためだよ。具体的な仕事内容を言えばですねえ、削ってもらうためだわな」

「いいんですか。俺なんかにこれを見せてしまって」

「いいんだよ」

「もし、俺が誰かにこのことを喋っちゃったら」

竹田は突きだした人差し指で惟朔を指し、断言した。

「ない。それは、ない。ぜったいに、君は、喋らない」

「なぜ」

「なぜって、いまから、きみにヅケちゃうから」

「ヅケる」

「うん。射《ぶ》っちゃうの」

言いながら竹田がちいさな借金取りバッグから取りだしたのは、胴体にＪＯＹという赤い文字が入った注射器だった。

「射っちゃうからね、射っちゃうよ、うふふ、ふふっ」

そんなことを口ばしり、含み笑いを洩らしながら、竹田は惟朔にむけて注射器の針を指揮棒のように振りまわす。尖った針先を顔面にむけられてはたまらない。惟朔は臆した。皮膚に緊張が疾った。思わずのけぞった。後頭部が壁にあたった。

「竹田さん、眼に刺さっちゃいますよ」

「うっせえなあ、こまいこと気にするんじゃねえよぉ。だいたいてめえは、さっきから人の話の腰を折りっぱなしじゃねえかよ」

「——すみません」

「なにが、すみません、かよ。俺には見えちゃったもんね。おまえがさあ、どんな人間か見えちゃったもんね。おまえはさあ、礼儀正しいけどさ、口だけなんだよね。口先だけ。うわべだけ。誠意ってもんのかけらもない人間だね」

惟朔はのけぞりかけた体勢のまま、凝固していた。喉仏を動かすこともできない。もちろん瞬きも不可能だ。

注射針の先端が、眼球に触れているのである。痛みは感じないが、針先の幽かな圧迫で視界が微妙に歪んでいる。偶然であろうが、ぎりぎりの力加減である。

ほんのわずかでも動いたら——。

すぅ……と眼球に侵入してくるだろう。

もちろん竹田が針先を動かしたら、お終《しま》いだ。

針先に穿《うが》たれた穴であろうか、視界に楕円が大きく拡がっている。眼球に接した部分は黒々として、しかも銀色に輝いてみえる。針穴なのか、圧迫による視神経の錯覚なのかは判然としないが、不明瞭にぼやけた楕円だけに意識が集中してしまっている。その楕円がゆるゆると揺れはじめた。どうやら眼球の表面を流れていく涙のせいらしい。

掌に大量の汗が湧きあがった。汗で掌が畳に接着されていた。いまだかつてない恐怖に胃が極限まで収縮して、胃液が喉を這いあがってくるのがわかった。先ほど吐いて、胃薬を服んだが、その胃薬の味だろう、得も言われぬ苦みが鼻腔にまで充ちはじめている。しかし噎《む》せるわけにはいかない。

怖い男だ。

竹田が怖い。

惟朔の目尻に涙がにじんだ。

すると、とたんに竹田が頬笑んだ。

「泣いちゃったよ、みそっ歯君」

気付いたときには、注射器は竹田の掌のうえにあった。ようやく息をして、涙を手の甲で拭った。

涙をこすりながら惟朔が考えていたのは、有機溶剤吸引で溶けてしまった前歯を治療しようということだった。具体的には差し歯をいれる。幸子から盗んだ金には、まだほとんど手をつけていない。さきほど夏子さんから三万円もらった。あわせて十万円以上あるはずだ。

そんな金勘定をしていることに、ようやく惟朔は気付いた。いまごろになって安堵の息が洩れ、しかも前歯の治療、金銭のこと、そういったいまの現実とはまったく無関係なことを考えている自分を訝《いぶか》しく感じた。竹田にみそっ歯君と言われたせいだろうか。

人の心って、不思議だな――。

他人事のような感慨を覚え、惟朔は立ち直っていた。あまりに恐ろしかったので、現実から逃避したことに気付いていない。ただただ安堵の気持ちに支配され、竹田に支配されていた。曖昧な照れ笑いのようなものを泛かべてはいたが、それこそ竹田にその身をあずけてしまいそうな気分だ。竹田が殺人を命じたら、なんの躊躇いもなく行うような精神状態である。

「おい、少年。おまえ、惟朔っていうんだっけ」

「はい。惟朔っていいます」

「俺な」

「はい」

「登戸および向ヶ丘遊園周辺、ときどき都内にまで捌《さば》きに走るけどさ、まあ、つまり川崎市を仕切る日本一のタネ屋なんだな。タネ、タネ、タネ、タネ、よかっタネ。川柳に曰く川崎を仕切る者は日本を仕切るってな。言うでしょ。川柳じゃねえや、諺《ことわざ》にあったはずだよね。川崎は日本の縮図とかさ。ありゃ、公害病のことか。まあ、いいや。俺ってもともとがミスターセメント横町だけどさ、言うはずだ。知ってるでしょ。わかってるでしょ。あっと驚くタメゴロー、なに？　ってか。つまり俺って宇喜多組に貢献度、大、なのよ。組の重要人物ってやつですか」

たっぷりと迎合の詰まった瞳で健が補足した。

「タネ屋って、タネを売る人な。タネってネタのことな。竹田さんは、タネ屋業界一の大物なのよ。ねえ、竹田さん」

「まあな。出目、てめえもだいぶ物事がわかってきたじゃねえか。タネ齧《かじ》って寝た、なんちゃって。わかる？　洒落だよ、洒落。ちゃんとアンナカも用意してきたしな。しかもアンナカと一緒にエンプロよ。単純にハイポ混ぜたり、樟脳削ったり、味の素いれたりするだけじゃないのよ。樟脳以外にアンナカにエンプロだよ。ここまでする奴はいないって。商道徳の鑑《かがみ》だな。ああ、そこの出目、苦しゅうないぞ。よきに計らえ」

「よきに計らいます。で、竹田さん。これだけで三億はするんですよね」

「まあな。三億ったら、三億円だぞ。三億円事件の三億だぞ。わかっか、おめえ」

同意を求められたので、いくらなんでも三億は大げさではないかと思いながらも、なるほど、といった顔をつくって惟朔は神妙に頷いた。しかし健も竹田も、調子を合わせる惟朔など見ていなかった。惟朔はふたりの視線を追って、いささか投げ遣りにネタこと覚醒剤のボールに顔をむけた。

「出目、まず惟朔君のぶんを削ってさしあげろよ」

「竹田さん、ついでに俺のぶんも……」

「出目。おまえは友達甲斐がないね。童貞君にいちばん美味しいところを真っ先に。そうとも、これが青春だ」

「竹田さん。俺が間違っていました。惟朔のために心を込めて削ります」

先ほどからの竹田と健の遣り取りは、どう考えても正常な者のものではない。失笑したいところであるが、もちろん顔にださないようにした。眼球に針先をむけられてはたまらないし、アンナカだのエンプロだのハイポだのわけのわからない隠語じみた言葉が混じるので、不気味でもある。

惟朔が見守っていると、健はまじめくさった顔で爪を挿しいれるようにしてボール状に固められた結晶を崩し、そのちいさな結晶をさらにカミソリの刃をあてがって削りはじめた。

いつ用意されたのだろう、ちいさな白木のまな板がおかれていて、その上にさらに真新しいブリキの板がわたされている。鈍く輝くブリキの上で、結晶が削られていく。削られた結晶は、なるほど化学調味料に似ていた。惟朔は黙って見守った。

健のすることにしては細心の注意が払われている。ふだんの雑で粗忽な健とは別人のようだ。それほどに健の集中は一途だった。ひょっとしたらこの集中は俺に対する友情からもたらされるものかもしれない、などと惟朔が思いかけたときだ。健がくしゃみをした。削った結晶が見事に散った。

惟朔は健と竹田の顔を交互に見た。

健は笑っていた。苦笑いだ。

ところが、竹田も笑っていた。

惟朔は肩から力を抜いた。

竹田がゆっくりと着ている革のジャンパーを脱いだ。さらにセーターを脱ぎ、襟のひどく汚れたワイシャツを脱いだ。なぜ服を脱ぎだしたのかは見当がつかない。固唾《かたず》を呑んで見守っていると、さらにアンダーシャツを脱ぎはじめたのだが、呆れたことに竹田はアンダーシャツを五枚も重ねて着ていたのであった。

最後の一枚のアンダーシャツは汗でひどく濡れていて、半透明になっていた。それを脱ぎ棄てた瞬間に、強烈な汗と垢の臭いが漂った。しかし、それよりも竹田の濡れた背で嫋《たお》やかな曲線を描いている白衣の女に息を呑んだ。

惟朔の凝視に気付いた竹田が、満面に笑みを泛かべた。

「どう、どう、どう？　俺の弟橘媛《おとたちばなひめ》」

「これが弟橘媛ですか」

「そう、そう、そうなのよ。登戸は二代目彫清《ほりせい》、一世一代の彫り物ですね」

惟朔は恐るおそる訊いた。口が勝手に動いてしまったといっていい。

「触って、いいですか」

「なんだよ、おまえ、そっちの人かよ。いいけどさぁ、尻の穴には触んないでねー」

機嫌のよい声に意を決した。惟朔は竹田の背で暴れる龍の楕円にうねる軀を人差し指の先でなぞっていき、さらに黒ずんだ緑色の龍にまとわりつく藍色と白の波浪の曲線をさぐり、そして白衣の女のふくよかな肉体を確認するかのように着衣の滑らかな線に指を這わせた。

「凄いですね。龍の眼が金色に見える」

「それって龍じゃないのよ」

「ちがうんですか」

「うん。海神《わだつみ》」

「わだつみ」

「海の神様だな。龍でもいいんだけどさ、後学のために正確なことを知っておくのも悪くないですね」

惟朔はあらためて竹田の背中を見直して、唸った。

「凄いですね。汗で濡れて、生きてるみたいだ」

「だろ、だろ。わかってんなー、おまえ。勘がいいじゃん。だから、だからさ、俺っていつも汗をかくようにしてるわけ。風呂に入って濡れてるとき以外は、絶対に汗っかきになってないと気がすまないのね。乾いた彫り物なんてしなびた蜜柑の皮みたいなもんじゃない、許せないでしょ」

「弟橘媛も、なんともいえない……」

「なに、なんでも言えよ。言っていいのよ。さあ、言え」

「はい、あの、色っぽいです」

いきなり竹田が振りむいた。惟朔は身を竦めた。ところが竹田は泣きそうな顔をして惟朔の頭を撫ではじめたのだった。

「おまえ、ほんとうにいい奴だよ。わかるんだね、この子の色っぽさが」

惟朔は調子を合わせた。

「わかりますよ。こんなに色っぽい姿を見たら、現実の女なんて、もう、だめですね」

「いいなあ、少年。惟朔少年。君は偉い。俺の弟橘媛の色気がわかるなんて、もはや君は少年ではない。パンで溶けちゃった前歯がほとんど大僧正ってやつですか、しかも王手飛車取り、歩も取っちゃう、ときんときんときんときん」

意味不明な竹田の言葉にあわせて笑顔をかえしながら、惟朔は尋ねた。

「弟橘媛というのは、どんな方なんですか」

「知らないの、おまえ」

「すみません。無知で」

「いいよ、いいって。知らぬは一時の恥ってね。一円を笑う者は一円に泣く。便所の日めくりに書いてあったんだけどさ、素敵な言葉だよな。一円を笑う者は一円に泣く、だぜ。身に染みたな。ほら、さっきケツを拭きついでに破いてきちゃったんだ。おまえにやるって」

　惟朔の胸元に1971年昭和46年4月7日水曜日友引　壬戌《みずのえいぬ》二黒《じこく》参宿《しんしゅく》軫宿《しんしゅく》一円を笑うものは一円に泣くといった言葉が印刷された薄紙の日めくりカレンダーが押し込まれた。得体の知れない不潔感に喉が鳴りそうだったが、かろうじてこらえた。とりあえず愛想笑いをかえすしかない。

「一円はともかく、五円を笑う者は御縁があります。じゃねえや、知らぬは一時の恥。少年。その意味を教えてあげるよ」

「お願いします」

「うん。この方はね、この方は、日本武尊のお妃《きさき》なんだな」

「ヤマトタケルノミコト」

「そう。穂積氏忍山宿禰の娘」

「ホヅミノウジオシヤマノスクネの娘」

かろうじて鸚鵡返しに繰り返すと、竹田は心底から満足そうな表情で頷いた。

「この弟橘ちゃんはね、ダンナの日本武尊が蝦夷《えみし》をやっつけにいくときにね、海神の怒りを鎮めるためにだな、ダンナに代わって我が身を海に投げたんだよ。湖に、君は身を投げたってか。湖じゃなくて、海だけどね。我が身を犠牲にして荒れた海を鎮めたんだな。これぞ夫婦愛ってやつですか」

そのわりに竹田の背の弟橘媛は目を吊りあげて、鍔《つば》のない刀を振りかぶって龍に斬りかかっている、つまり図柄はどう見ても洋上における龍退治なのだが、もちろん惟朔はよけいなことは言わない。そんなことよりも削った覚醒剤をくしゃみで飛ばしてしまった健への怒りを忘れてくれれば、それにこしたことはない。

「竹田さん、うらやましいですよ。俺も刺青をいれたくなっちゃったです」

「わかるよ、少年。君の気持ちは、痛いほどわかる。もう一息だったんだけどね」

言い終えると同時に、竹田は健の顔面に拳を叩き込んだ。

健の顔が爆ぜた。

乱雑に血が飛んだ。

血はおおむね丸めて除けた布団のうえに滴り落ちたが、覚醒剤のボールのうえにも点々と散った。

「健。おいで」

手招きすると、健を抱きこみ、竹田は健の流す鼻血を丹念に舐めはじめたのだった。それはまるで女とキスをしているかのような光景だった。健は完全に無力化して、微動だにしない。ただ目尻からしずしずと涙が流れ落ちていく。

やがて、ちゅうちゅうと吸う音がした。竹田の唇が血でまだらに染まっていく。竹田が健の鼻の穴に舌を挿しいれているのを見たときには、心底からの不気味さに息を呑んだ。竹田はさらに健の鼻の頭にむしゃぶりつくようにして血を吸い続けている。しかも惟朔のほうをじっと見ているではないか。

刺青にかこつけて健の不始末から気を逸らそうとしていたことを、見事に見抜かれていたようだ。惟朔は心に強く命じた。この男を侮ってはならない。

＊

健は天を仰ぐような体勢で、黒紫色に腫れあがった鼻梁を氷の入ったビニール袋で冷やしている。くしゃみで大切な粉を飛ばしてしまう。まったく絵に描いたような間抜けぶりだ。惟朔は健をさりげなく一瞥して、唇の端を笑いのかたちに歪めた。健には昔からそういうところがあった。当人は大まじめでも、どこか戯画的な結果に陥ってしまう。

竹田は健の飛ばしてしまった結晶のなかでも目につきやすい大きさのものを拾いあげ、ショートホープの先に器用に詰めこんで、それを雑にふかしている。煙として吸引してもそれなりに効きめがあるらしい。惟朔はあらためて竹田の背を見つめた。丸めた背中に飛びだした脊椎の尖りが、ちょうど龍の背の鰭《ひれ》のような部分と一致して見える。これは意図されたものだろう。彫り師の腕の冴えに感嘆の息が洩れた。

「おい、手をやすめるんじゃねえよ。まじめに削れって」

「はい。努力します」

「喰えねえなあ、みそっ歯。努力ときたか。いいか、みそっ歯。努力が評価されるのは小学校に行ってるあいだだけってな。日教組だけだよ、努力なんて戯言《たわごと》持ちあげんのは。努力したってだめな奴はだめなのよ。いいかい、みそっ歯。努力ってのはな、だめな奴の言い訳なの。クズの逃げ場、クズの拠り所なわけだ。べつに出目のことを言ってるわけじゃないけどさ、出目を見てるとわかるじゃない。身に染みるだろ、出目。お言葉が」

神妙な顔の健をちらっと見て、惟朔はまな板に視線をもどして微笑した。自分のぶんは自分でということになって、さきほどから惟朔は結晶を削っている。わたされたカミソリは切れ味が悪く、刃の反対側にあてがった人差し指の先がくっきりと割れたようになってしまって、幽かに痛みはじめていた。

また、指先が奇妙に乾いてしまい、それがよけいに痛みをもたらしているような気がする。吸湿しやすいのだろう、指先の湿り気さえも結晶に吸われていくようだ。そのことを独白の口調で呟くと、竹田が応えた。

「ブツがマブいからだよ」

「だめなのは、だめなんですか」

「うん。これは別格。14Kだからさ」

「14K」

惟朔が繰り返すと、よけいなことを言ったといった表情で竹田は黙り込んでしまった。いままでの躁じみた異様さとはまったく正反対の抑制のきいた表情だった。そのあたりは惟朔も心得たもので、なにも聞かなかったような顔をつくって結晶を削り続けた。

「いいよ、それくらいで。いつまで削るんだよ。多すぎるって。莫迦野郎。まったく俺のぶんまで、ありがとう」

「指についたのは、どうしますか。なんかこびりついてとれないや」

「舐めていいよ。お舐め」

「いただきます」

小学生のころから鎮痛剤遊びに励み、施設内では有機溶剤に夢中だった惟朔である。

親和性があるとでもいえばいいか、覚醒剤を口にいれることになんの抵抗もなかった。

「苦い――」

惟朔が顔をしかめると、竹田が頷いた。

「とことん苦いだろ。14Kだからさ、やっぱ、くるわな。ブツがちがうわ。以前、舐めたら甘いブツがあってさ、俺はピンときたもんね。ったく量を増やすつもりでグラニュー糖かなんか混ぜやがったんだな。愛がないね。せめて混ぜるんだったらさ、ナフタリンだよな。あとで頭痛がひどくて七転八倒しちゃうけどさ、お砂糖よりは効くでしょ、効きめの足しになるでしょ」

14Kとは、なにか。躁的なところのある竹田のお喋りは、ときに本質をはぐらかすためのものでもあるようだ。しかし心のどこかで14Kについて喋りたいとも思っているのだ。蘊蓄《うんちく》を披露したい。惟朔は黙って竹田の顔を見つめた。

「香港にアカ嫌いの組織があってさ」

「アカ嫌い」

「反共組織っていうんだな。共産党をぶっつぶすって組織だよ。14K三合会ってんだけどさ、なぜかブツをつくってんだ」

「香港で」

「いや、バンコックってとこらしいよ、つくってるのは」

「共産党をつぶすためにブツをつくって稼いでるわけですか」

「さあ。どうだろ。まあ、本音と建て前ってあるじゃない、世の中。とりわけヤクザって本音と建て前の世界じゃんか」

「とにかく抜群のブツなんですね」

「そう。うちの組長、帰化してるけど、もともとは、ね」

「中国人なんですか」

竹田は曖昧に肩をすくめてみせた。こんどこそ、それ以上尋ねるな、ということだ。

惟朔は黙ってカミソリの刃を使って削った結晶をほぼ正方形にまとめあげた。丹念に削ったので、わりと端正な台形ができあがった。竹田が人差し指と中指でタバコをはさむ仕草をして、いきなり訊いてきた。

「喫うだろ」

「一応は」

「なに」

「ああ、俺はハイライトかセブンスターですけど」

「これからショッポにしろ」

「ショッポ」

「ショートホープ」

「ハイライトが好きですけど」

「うっせえな。ショッポの銀紙が使えるんだよ。他のは薄くて心許ない」

タバコの包装紙である銀紙をくぼませて小皿のようなものをつくり、そこに惟朔が先ほど削った結晶をせいぜい耳搔き一杯分ほど落とす。竹田は結晶を扱うのに、のばした右手小指の爪を巧みに使った。ちなみに左手小指は、ない。

これだけで効くのだろうかというほどにわずかな量であるが、一回分らしい。するとずいぶんと大量に削ってしまったものだ。竹田が健から氷の入ったビニール袋を奪った。せいぜい一ccくらいだろうか、ビニールの表面で揺れる滴を加減してたらして指先で丹念に溶いていく。滴を吸った結晶は、幽かに爆ぜるように身悶えした。

「これは、悪い例な。真似したらいかんよ。軀のことを考えるなら、ちゃんとお湯を沸かすんだ。で、ヤカンの蓋に湯気がついて滴になるじゃないか。あれを使えばいい。薬局で精製水ってのを買ってきてもいいけどさ、面倒でしょ。だからヤカンの蓋。やっぱヤカンだわな。矢が当たってカン、っていうから、ヤカンだろ。大正天皇がヤカンをかぶってたっていうじゃないか。兜の代わりになるんだな」

矢が当たってカン、はあんまりだ。無視することにした。

「蓋の湯気って、一応は蒸留水みたいなものか」

惟朔が独白すると、竹田が大きく頷いた。その指先はまだ、結晶だった粉をなだめすかすように溶き続けている。いささか強迫的な指先の動きである。

「適当な水で溶くとさ、黴菌《ばいきん》が入るからな。将来ある若い衆が、肝臓腫らしちゃったりするのは見苦しいでしょ。俺の場合は刺青で腫れちゃってるんだけどな」

「肝臓、腫れてるんですか」

「うん。長生きしないよ、俺は」

軽い口調だったが、思いもしなかった諦念が滲んでいた。惟朔は痩せ細った、しかし腹部だけがぽこんと飛びだした竹田の裸体の上半身、その刺青に覆われた、濡れた皮膚を凝視した。

竹田が寂しそうに頬笑んだ。惟朔は思わず頭をさげていた。すると竹田は器用にウインクをかえしてきた。それから注射器を手にとった。健が物欲しげに躙《にじ》り寄ってきた。

竹田が醒めた声で言った。

「出目は、はっくしょんで飛ばしちゃったから、もはや打ちどめでしょう。おまえはね、自分のぶんを畳の目にあげちゃったのね。今日はあきらめちんぽ」

「そんなぁ。竹田さん、俺、なんでもするから。なんでもします。だからヅケてくださいよ」

「うるせえなあ、君の場合はね、目ん玉引っこめてから相談に応じますって」

竹田はタバコのフィルターを千切って、それを注射針の先につけた。銀紙のうえの溶液にフィルターのついた注射針を安置する。しばらく様子を見ていて、おもむろにピストンを引きあげる。

「出目、みそっ歯の腕、縛ってあげな」

「縛ります、竹田さん。だから俺にも！」

竹田はどうとでもとれる笑いをかえし、注射器を中空にむけた。針の先端にごくちいさな球状の液体が揺れている。それを横目で見ながら、惟朔はみそっ歯と呼ばれることに強い抵抗を覚えていた。さきほど夏子の様子が急変したのも、この無様で醜い前歯のせいではないかと考えた。やはり治療しなければだめだ。惟朔は眼前にある注射針よりも、有機溶剤で溶けかけてしまった前歯のことを気にかけていた。

過剰な自己愛に囚われている惟朔である。だからこそ鏡に映った自分の顔から視線をそむけてしまうようなところがある。思いがひとたび自身の外貌のことに至ると、居ても立ってもいられない気分だ。そんな惟朔の鼻先を竹田が弾いた。

「だいじょうぶだよ。気を楽にもてって。パンとちがってラリルレロは言えるからさ」

どうやら覚醒剤の注射器を前に、緊張しきっていると思われたらしい。惟朔は苦笑をかえした。たしかに注射器には圧迫を感じないでもない。しかし、そんなことよりも自分で明確に意識していない自意識過剰と自己愛による外貌に対する思いが、みそっ歯という言葉でいきなり泛かびあがってきてしまって、自身の気持ちの波立ちをうまく抑えられないのだった。

「竹田さん。俺はトルエン吸ってもラリルレロって言えますよ」

「そうか、言えるか、君は偉いね」

揶揄の口調に照れた。有機溶剤が効くとたいがいの者がラリルレロを発音できなくなるのである。そこから、ラリる、という言葉ができた。恥ずかしさに惟朔が俯《うつむ》いていると、竹田が舌打ちをした。

「出目! はやく縛ってあげなってば」

「いや、竹田さんと惟朔が愉しそうに喋ってるからじゃましちゃまずいかと思って」

手にした紐をよじって、健は泣きそうな顔だ。惟朔は可哀想になって、焦り気味に腕まくりをした。左腕を健に差しだす。健が二の腕を細紐で縛ってくれた。どうやら靴紐のようである。バーテン用の革靴の紐を流用しているようだ。

瘦せた惟朔の腕にくっきりと血管が浮かびあがってきた。竹田が惟朔の肘の血管を中指で丹念にこすった。すると垢がヒジキのようにこすれ落ちて、惟朔はふたたび恥ずかしさに俯いた。

「いいか。拇指を手のなかに握りこんでグーをつくりなさい」

「はい」

「ああ、よい御返事ね。じゃ、御褒美」

次の瞬間に、針が血管を持ちあげていた。実際は刺さっていたわけだが、角度のせいだろうか、くすんだ緑色をした血管が引き攣れるように持ちあげられて見える。同時に針のはいったあたりの皮膚から幽かに出血していた。

「この針も、そろそろお終いだな。みそっ歯よお、痛いだろ」

「ちょっと――」

「だろうな。使いすぎて針先が丸まっちゃってるんだ」

「ほんとですか」

「あ、信用してないな。丸くなるんだよ。包丁だって使い続けてれば刃が丸くなるだろ。切れなくなるだろ。それと同じこと。針だって刺さりづらくなるわけよ。まあ、いいか。いま、いれてあげるからね」

「お願いします」

うん、と頷いて、竹田は注射器のピストンを小刻みに上下させた。一息に注入せずにもったいつけている。痛みのあいまに擽《くすぐ》ったいような、奇妙な感覚がある。どうやらそれは快感に分類される感覚らしい。

やがて結晶の溶けた液と惟朔の血が注射器内で混ざりあっていき、嫌な朱色に濁っていった。腐った鉄錆まじりの水である。それを他人事のように漠然と眺めていると、なにやら勝手に顔が持ちあがっていき、頭髪が逆立っていくではないか。

「なんでいれたり出したりするんですか」

「注射器のなかにさ、ブツを残したくないじゃない。だから血でゆすぐわけだわ。ブツを無駄にしたくないという麗《うるわ》しい質素倹約の心だな。ちなみにこれを針貧乏という。覚えておきなさい」

「針……貧乏」

「言えてるだろ、針貧乏。穴貧乏っていう人もいるな。じつはな」

「はい」

「いつも射つようになるとな、水だけの注射でも針を刺したとたんに、効いてるような錯覚が起きるんだ。それが正しい針貧乏だと思うんだがな、まあ、世間一般は、こうして注射器のなかを血で洗うのを針貧乏と仰ってるわな」

竹田の能書きじみた科白を明確に聞き分けている一方で、惟朔は髪の毛をはじめとする全身の体毛が逆立つ異様な昂ぶりを愉しみ、なおかつ自分の視覚がいまだかつてないほどに光を集めていることを実感していた。

世界が眩しい。

すべてが明晰にひらけ、拡がって、一切の曇りが失せて見通しがきく。

しかも見通しには集中と拡散が同時に居座って揺るぎない。

針を刺される以前の惟朔の世界には、分厚く歪んだ、半透明の膜がかかっていた。

惟朔は蛙の卵のような存在だった。黒くちいさな核をもってはいるが、その周囲をくすんだゼリー状の膜で覆われていたのだ。

いま、世界はその姿をすべて露わにした。

それどころか、世界自体が鮮やかに発光して煌《きら》めいている。

瞬《また》いているといってもいい。

しかも重かった軀が奇妙に軽い。

惟朔は核のみの存在となったのだ。

「おい」

「はい」

「どうだ」

「なんかエレベーターで落ちてくみたいですけど」

「毛が立つから、そう思うんだよ」

惟朔は頷いた。腕に刺さった注射器のなかには濁った血が充ちている。それを竹田がそっと血管のなかにもどしてくれた。注射器が離れていった。礼を言おうと思った。吐き気がして、わずかに身構えた。

吐き気に耐えながら、注射針を抜かれた腕を凝視した。血の滲んだちいさな緑色をした穴が穿たれていて、その周辺を中心になんだか皮膚が一息に白くなったような気がした。

白くなっちゃったぞ……。

小首をかしげた瞬間だ。意識と無関係に胸郭が大きく膨らんだような気分になった。なにやらじわりと脊椎を這い昇っていくものがある。それにともなって背筋が無限に伸びていくかのような錯覚が起きた。後頭部に熱がきた。醒めてひどく冷たいのに、確実な熱が脊椎を伝って脳髄に充ちた。

吐き気は遠のき、同時に口中に湧きあがっていた苦いものもどこかに消滅していた。惟朔は頰笑んでいることを自覚した。下痢と嘔吐、かなりの体調不良だったのだ。胃にも不快感が痼《しこ》るように残っていた。それらがきれいに消えていた。

陶酔がある。

爽快感がある。

日常的に漠然と抱いている不安がきれいに消え去ってしまっている。

まあ、なんとかなるでしょう。

そんな投げ遣りな楽天に支配されていた。

惟朔は壁に軀をあずけて、ちいさく吐息をついた。すべてのものに焦点があって、部屋の中に浮かんでいる埃のすべてを見分けているような気分である。

竹田が銀紙の小皿に自分のぶんの結晶をおいている。惟朔に射ったのはそれこそ耳掻き一杯程度だったが、竹田は惟朔の五倍ほどの結晶を溶きはじめていた。どうやら使用しているうちに量が増えていくものらしい。削りすぎを咎められたが、連続して健も射ってもらえるとすると、決して多すぎたともいえない。

健が泣きそうな顔をして竹田を見守っている。惟朔は心臓の鼓動を確認するかのように胸に手をあてがって、みじめな健を見つめていた。竹田は器用に口と右手を使って自らの二の腕を縛りあげ、先ほど惟朔にしてくれたのと同様に注射針を突き立て、針貧乏を行って注射器のなかを血で洗い、ほっ、と息をつくと、健に注射器をわたした。

「すんません、すんません、竹田さん。俺、殴られたところが痛いし、虫歯も痛いから、はやく射たないと」

「はい、はい。虫歯ですか。つまんない理由をもってこなくていいからね、さあ、射ちなさい。ただし、量は加減するんだぞ。こいつはマブだからね。俺みたいにとことん射てるようになるには年季がいるんだからね。調子に乗ってたくさん射つと、心臓が暴れて死んじゃうよ」

惟朔は喉の渇きを覚え、唇をしつこく舐めながら、虫歯の痛みにも効くのだろうか、と小首をかしげた。べつに口に出したわけではない。しかし射ち終えた竹田が即座に反応した。

「効くんだよ。神経痛も虫歯も、肩こりも、みーんな治っちゃう。風邪だって治っちゃうぜ。あとな、酒。酔っぱらったときも、イッパツ射つと不思議だな、酔いがきれいに失せちゃうんだよね。あれはじつに不思議だな。酒が無駄になっちゃう。ジョニ黒一本あけたってのによ、素面《しらふ》にもどっちゃったことがあるぜ、一万円がパーですよ。ははは、とにかく万能薬。なんせぽこちんも熱《いき》りたつ」

　惟朔は頷き、唐突さを心の片隅で意識しながらも言った。

「俺の血と竹田さんの血が注射器のなかで混ざりましたね」

「ああ、そういうことだな。俺とおまえは血を分けた兄弟ってか」

「うれしいです」

「うん。おまえ、俺の弟分な」

「はい」

　やがて健も注射を終えた。中途半端に口をひらいて、陶酔の表情だ。惟朔は我慢できなくなり、階下におりて蛇口に直接口をつけて水をがぶ飲みした。空腹を感じていたはずであるが、水分以外は欲しくない。奇妙に脚が軽く、宙を舞いそうな気分だ。階段の上り下りが快感なのだ。しかもわけもわからず愉しい。自分がここに在る、という実感がなによりも愉しいのだ。気をきかせてピッチャーに水を汲んでもどると、ビニール袋にいれた氷水を竹田が啜っていた。殴られて腫れた健の鼻を冷やすためのものである。

　竹田がピッチャーの水をがぶ飲みすると、傍らで健がビニール袋の水を啜りだした。

それから惟朔たちがなにをしたかというと、覚醒剤のボールを削り、健がロッカーからもってきた樟脳を削ったのだった。なんでも樟脳入りの覚醒剤は、気にいらない組織にまわすのだという。こんなもの射ったら目が廻るくらいに効くけれど、すぐに死んじゃうぜ、などと竹田は平然と言い、健と惟朔は普段だったら絶対に胸の裡で不平不満を洩らすような単純作業を嬉々としてこなしていく。

覚醒剤と樟脳を削り終えたときには、カミソリの刃の背が当たっていた指の腹から血が滲んでいた。痛みは感じない。しかも熱中して削っているうちに三時間もの時間がたっていたのだが、惟朔にはせいぜい十五分くらいの作業を行ったくらいにしか感じられないのであった。

＊

竹田に命じられて、削った樟脳と同量の覚醒剤を混ぜ合わせた。混ぜはじめると、とまらない。単純作業をはじめると、偏執狂的というのだろうか、素面だったらとても耐えきれないようなつまらない作業に夢中になってしまう。竹田に制止されて、ようやく混合を終えることができた。竹田はまだ七割ほど残っているマブな覚醒剤を示した。

「こんどは、こっちにアンナカを混ぜるからさ」

言いながら借金取りバッグから取りだしたのは、微かに黄みがかった粉だった。

「アンナカって、なんですか」

「安息香酸ナトリウム。家畜の興奮剤。農協で買ってきたんだ。生田の農協に出向いてだな、大枚一千五百万円も払ってな」

意味がわからず、小首をかしげる。惟朔は牧場で働いていたが、安息香酸ナトリウムなる薬剤を家畜に用いているところを目撃したことはない。ただ、牛の種付けを行う専門職のおじさんのことをタネ屋さんと呼んでいたのを思いだした。種付けはタネ屋さんに一任されていた。牡牛の精液を充たした巨大な注射器のような器具のことだけは鮮明に覚えている。

「鈍いなあ、おまえ。興奮剤だよ、興奮剤。催淫剤っていうのか。牛や豚のオメコにこすりつけてやんだよ。そうしたら牛さん、豚さん、もう欲しくてたまらなくなっちゃって、モォモォ、ブゥブゥ。家畜さんたちの種付けの必需品だよ。なにしろ人間様とちがって発情期ってきまってるじゃんか。そこで種付けんときに無理やり発情させちゃうわけだ」

「なんで、そんなもんをネタに混ぜるんですか」

「またまた鈍いなあ、おまえは。アンナカやエンプロを混ぜたネタを、シモネタって呼ぶんだよ。シモネタ。そのまんまだろ」

「はあ……」

「ちなみにエンプロは塩酸プロカイン、ハイポはチオ硫酸ナトリウム。覚えましたか。あとね、化学調味料だけど、ネタの効きめを加速する成分がはいっております。グルタミン酸でしたっけ。いずれ君も居ても立ってもいられなくなって、自分で化学調味料を加える日がくるんじゃないかな、うふふふ」

惟朔は曖昧に頷いた。にわか仕立ての化学のお勉強であるが、断片的な名称ばかりで具体性に欠ける。それでも惟朔は、さらに御機嫌伺いをするような調子で尋ねた。

「アンナカって、一千五百万円もするんですか」

「アホ。千五百円だよ。十グラムで千五百円也」

「ああ、よかった。ホッとした」

それからふたたび混合作業がはじまった。薬効によって視力が異常なまでに冴えているので、アンナカの薄黄色を混ぜたネタが、ほんのわずかだが黄みがかってきたのさえはっきりと認識できた。

「錯覚ですか」

「いや、ちゃんと見えてるんだよ。もともとおまえの眼は、それくらい素晴らしい性能を持ってるのに、ちゃんと使ってなかったんだな」

惟朔は溜息をついた。この万能感は、なにものにも代えがたい。

「だからさ、常盆なんかだとみんな射ってるからイーブンだけどさ、街の雀荘なんかで素人衆を相手にすると、もう赤子の手をひねるみたいに勝てるよ。片手間でちょいちょいだね。いろんなもんが見えるからさ。素人の自称雀鬼なんて、ちょろくさくってね。鬱陶しいから二度と立ちあがれなくしてやるんだ。ちなみに我が輩は六日間、眠らずに勝負し続けたことがあるぞ」

「六日間！」

「さすがにそこまでやるとさ、あとのツブレも凄まじいものがあるけどね」

言うだけ言うと、竹田は立ちあがった。竹田が出ていってから、惟朔と健は顔を見合わせた。竹田が上半身裸のまま外に出ていってしまったからだ。

「どこ、行っちゃったのかな」

問いかけると、健は器用に肩をすくめてみせた。福祉施設の外人神父を思わせた。自分もこんな具合に軽く両手を拡げ、肩をすくめるのだろうか。もし、そうならば、矯正したほうがいい。なんとも浮ついた仕草である。日本人には似合わないし、鬱陶しい。反感を買うだけだ。

惟朔はあらためて嘆息した。

「わかんねえなあ、あの人は。なに考えてんだろ」

「筋金入りのポン中だからな」

まだ四月の初旬である。上半身裸というのはまずい。惟朔は思案した。すぐに面倒になった。なるようにしか、ならない。不思議なほどに楽天的な気分である。健は口をすぼめて小首をかしげている。その顔つきも仕草も幼さ丸出しで、先ほどの肩をすくめた恰好とは正反対の愛嬌でいっぱいだ。

「よし。俺、ちょっと様子を見てこよう」

惟朔は立ちあがった。射たれた直後ほどではないが、やはり脚が軽い。膝の関節が滑らかに、しかもカチッと動くのが快感だ。竹田を探しにいくのが目的ではない。じっとしていられないのだ。

水を飲みに駆けおりたときと同様に、ほとんど引力に身をまかせた。落下するのと同じような速さで階下に降り立ち、汚れきったサンダルに足先を突っこみかけて、ふと気付いた。

いま、部屋には樟脳を混ぜた覚醒剤とアンナカを混入した覚醒剤が、そのまま置かれているのだ。健を一人にしておけば、やることは目に見えている。

惟朔はそっと階段をのぼった。四つん這いで、まるで蜘蛛になったような気分だ。蟀谷の脈動が放つ金属質の響きが頭蓋内を抜けていくのを意識しながら、蜘蛛の恰好のまま躯を伏せて部屋の様子を窺った。

案の定、健がアンナカを混ぜたほうの覚醒剤を着服している真っ最中だった。焦った手つきで拡げたビニールの切れ端に覚醒剤をのせていく。ビニールにはカレーの黄色い色がまだらに附着していて、健の指先が油脂で粘るのが見てとれた。着服した覚醒剤はたいした量ではないが、惟朔が用いれば十回分くらいはあるだろう。

健は上がり框《かまち》に脱ぎ散らしたバーテン用の革靴の中敷をめくった。震える手つきで覚醒剤を包んだビニールを安置し、中敷をもどして隠した。もともと飛びだしている眼が、緊張にさらに見ひらかれ、そのまま落下してしまいそうだ。惟朔は失笑を抑えこみ、四つん這いの姿勢のまま後ずさり、後ろ向きにそっと階段をくだった。

あいかわらず食欲はないが、喉の渇きだけは烈しい。唇を舐めながら、水音を立てぬように加減して蛇口をひねった。口をつけ、時間をかけて水を飲んだ。それから、わざと階段を踏みならして部屋にもどった。

「ちょっと通りを見てみたけど、見あたらないや」

「竹田さんは、アレだから」

「アレって、なに」

「いや、アレだよ、アレ」

「なに、汗かいてんだよ」

意地の悪い眼差しをつくって覗きこむと、遠くを行く選挙カーの応援演説に重なるように健の喉の鳴るぎこちない音がした。しかも間抜けなことに健は無意識のうちに舌を突きだして、爪のあいだに入りこんだ覚醒剤の粉をさぐりはじめたではないか。執拗にほじる舌先の動きがせわしない。

よほど、苦いか、と尋ねてやろうかと思ったが考え直した。追いつめるのは得策ではない。惟朔はさりげない表情にもどして、脚を投げだして座り、背を壁にあずけた。湿った壁はひんやりとしているが、足の裏が西日を浴びて、ほんわかと温かい。

数分して、竹田がもどった。四十年輩だろうか、痩せて尖《とが》った雰囲気の、しかし妙な色香のある眼差しをしたひっつめ髪のおばさんを連れていた。白い割烹着を着ているが、白いのは胸から上だけで、下にいくほどひどく汚れて染みだらけだ。主婦なのか。なにか商売をしているのか。全体的に得体の知れない不潔感が漂っている。だが、そんなことよりも、その手に使い込んだアイロンをもち、もう片方の手にアイロンのコードをさげているのがなんとも奇妙である。

「出目は知ってるよな。文《ふみ》ちゃんだ」

健が含羞《はにか》んだ。女は惟朔にむけて丁寧に頭をさげた。

「文です。どうも」

なにがどうもなのかよくわからないが、惟朔は調子よく頭をさげた。文ちゃんは畏まって座っている。白い膝小僧がつるつるしていて年齢を感じさせず、好ましい。そこだけが清潔だ。惟朔は遠慮なしに文ちゃんの傷ひとつない膝小僧を見つめた。

「さてと」

竹田の声に我に返る。惟朔は迎合がすぎないように気を配り、竹田を見つめる。裸の上半身は、てらてらと汗に光っているが、汗に熱を想わせるものはない。竹田の藍色をした肌からは体温が感じられない。

惟朔がじっと見つめていると、竹田は惟朔と文ちゃんに行ったり来たりといったふうな落ち着きのない視線を投げかけ、呟くように言った。

「文ちゃん、初物、いただくか」

「いいんですか、いただいちゃって」

「惟朔、腕、まくれ」

「また、射ってもらえるんですか」

「うん。追い射ち、かけてやる」

惟朔は期待に頬が上気するのを抑えられなかった。追い射ち、追い射ちと小声で繰り返した。そこに水を差すような健の切迫した声が割り込んだ。

「竹田さん、俺は」

「おまえは、いいの」

「そんなこと、言わないでくださいよ。俺だって追い射ちかけてくださいよ」

「だからさ、惟朔はモノホンの童貞君じゃないか。シャブも知らなかったし、女も知らないんだぜ」

女は知っている。しかし、とぼけたほうが得策だ。惟朔は照れたような笑いを泛かべ、自分のしたたかさに酔った。その視線は、健がシャブを隠した革靴をさりげなく舐めている。

物欲しそうな顔をした健が惟朔の二の腕に靴紐を巻きつけた。まるで恨みがこもっているかのような締めつけ方である。惟朔は肘の内側にふたつめの穴があくのを淡々と見守った。人間の感覚はいいかげんなものだ。もはや針を刺されても痛みを感じない。それどころか針先が触れただけで、反射的に頭髪が逆立ったのだった。

追い射ちとはよくいったもので、まだ最初に射たれたぶんが残っているのだろう、その相乗効果で心拍が一気に上昇し、不規則なほどに駆けだした。頭蓋内に響く金属質の音が一段と高まり、心臓に痛みにちかい若干の違和感を覚えたが、それよりも後頭部のあたりだろうか、なにやら漲《みなぎ》って、迫りあがる塊《かたまり》がある。

その塊の動きに意識を集中していると、言葉にならない言葉のようなものが、口から流れ落ちた。球状をしたなにやら白く半透明なものが洩れ落ちたような錯覚が起きた。惟朔は魂を口から吐き出したような気になった。魂が抜けでていったおかげで、惟朔の肉体を支配していた悪霊のようなものまで消え去った気分だ。

結晶のせいで鋭さを増した惟朔の鼻は、女の匂いを嗅ぎわけていた。それ相応に複雑な香りで、悪臭の一歩手前であるが、いい匂いというものは薄められた腐臭であることが直感的に理解できた。腐敗は惟朔の性に直截に突き刺さる。昂ぶりに荒くなりそうな呼吸を必死で抑えこんでいると、背後から竹田の声がした。

「文ちゃん、惟朔に教えてやってよ、とことん」

「はい。あたくしこそ、よろしくお願いします」

なんとも淑《しと》やかな調子である。汚れきった割烹着との落差が大きい。見つめていると、女が膝で躙《にじ》り寄った。惟朔の下半身に手をかける。躊躇いは一切なかった。惟朔は女のなすがままだ。

「おっ、でっかくなってやがるぞ」

「お言葉ですけど、惟朔のなんか、たいしたもんじゃないですよ」

「まあな。出目の目玉には負けるよな」

「いっしょにしないでください」

惟朔は苦笑まじりに健の顔を一瞥した。その突出した眼球に、思いもよらぬ嫉妬のゆらめくのが見てとれた。文ちゃんは委細かまわず惟朔の下半身を裸にし、顔を寄せ、頬ずりしはじめた。

余裕を持てたのは、そこまでだった。指を用いられ、含まれて、惟朔はだらしなく呻いた。文ちゃんは時計の振り子のように規則正しく顔を前後に動かして、ときどき惟朔の顔色を窺うかのような上目遣いの視線を投げかける。

行為には羞恥といったものが一切感じられない。淑やかな口調とは裏腹に、文ちゃんは恥ずかしいといった感覚を完全に喪っているのだ。しかもそこには情感といったものがまったく存在しない。あるのは機械的な刺激であり、惰性によく似た動作と、ときに惟朔の反応を窺う醒めた眼差しだけだった。

密な時間が流れていく。文ちゃんの羞恥のなさをある嫌悪をもって観察している惟朔であるが、自分自身が羞恥心を喪っていることにはまったく気付いていない。

五分ほどたっただろうか。こらえきれなくなった。眼で訴えると、文ちゃんはきつく惟朔の腰を抱いてきた。その密着のさなかに惟朔は爆ぜた。臀の筋肉が硬直して突っ張れるのを他人事のように意識し、身悶えしながら文ちゃんの口のなかをいっぱいにした。

竹田が揶揄した。

「まだ馴染んでねえから、早いねえ」

惟朔は、それどころではなかった。快感は尋常でなく、虐められた犬のような哀れな声が洩れてとまらない。文ちゃんは惟朔を含んだまま離そうとしない。それどころか尿道に舌先を挿しいれるかのような刺激を与えてくる。惟朔は文ちゃんの口から身を捩るようにして逃げた。ところが、はずした惟朔は痛々しいくらいに硬直して、揺るぎない。

文ちゃんは口中にあふれた惟朔の白濁を曖昧に示しながら、スカートの中に手を入れ、剝ぎとるように下着を脱ぐと、手のなかでちいさく丸め、背後に投げ棄て、竹田に媚びのいっぱい詰まった眼差しをくれると、腕をのばし、器用に、素早く中指の先に結晶をのせた。

「文ちゃん、もったいつけねえで見せてくれよ」

竹田の要求に短く頷くと、文ちゃんは指先の結晶に視線を据えたまま、畳の上に直接仰向けになった。スカートがまくれあがり、その痩せた足が大きく拡げられた。刺すような匂いが立ち昇った。

呆気にとられつつ、惟朔は凝視した。文ちゃんの核心はまばらで短い貧弱な体毛で縁取られていて、その左右が不揃いな鶏の鶏冠《とさか》を想わせる扉には、黄色とも茶色ともとれる色に変色して、しかも鹿尾菜《ひじき》のように丸まったチリ紙をこびりつかせていた。

惟朔の鼻は文ちゃんの女の匂いの芯に残っている月経の出血の独特な香りを嗅ぎわけていた。幸子の放つ控えめな血の匂いは愛おしかったが、文ちゃんの血の匂いはその肉体の内側でひどく腐っているらしかった。しかもそこに尿臭、さらには便臭まで加わっているのだ。匂いの坩堝《るつぼ》である。それらの複合した香りは眼に沁みるほどの刺激臭となって惟朔を直撃するのだった。

ここまで汚れた女という性を、もちろん惟朔は知らない。気分が萎えた。ただし薬効で硬直は持続していて痛みを覚えるほどで、肉体と精神の離反に、惨めさと疎ましさの綯いまぜになった感情が湧いた。

ところが、そんな惟朔の気分と裏腹に、竹田と健は大きく拡げられた文ちゃんを凝視しながら、ズボンをおろしているではないか。自らせわしなく、あるいは適当に加減しながら、上下にしごきはじめているのである。

「竹田さん、いただきますわ」

くぐもった声でそう言うと、文ちゃんは顔をねじまげた。なにをいただくのか注視していると、文ちゃんは口中の惟朔の白濁を結晶をのせた指先にたらし、結晶が溶けきらないうちにそっと尻にあてがった。文ちゃんの指が第一関節あたりまで没した。

つまり惟朔の白濁を潤滑液にして覚醒剤の破片を肛門に挿入した、いや、いただいたのである。そして、その光景を喰いいるように見つめながら、竹田と健はお互いが競い合うような勢いで自慰に励んでいる。茫然と惟朔が見守っていると、文ちゃんは同様の手順で幾度か肛門に結晶を挿入した。それから惟朔に視線を据えて、口のなかに残っている惟朔を飲みほしたのだった。

「よかったら、いらっしゃって」

いらっしゃって——。脳裏で復唱して、唖然とした。この汚れきったおばさんは、じつは貴婦人であるらしい。高貴な生まれであり、育ちなのだ。すくなくとも本人はそう思い込んでいるようだ。

文ちゃんは唇をせわしなく舐めまわす。薄い荒れた唇が唾液で中途半端に光る。貴婦人らしくない下品な態度であり、ぬめりである。蛇を連想させるのだ。ところが文ちゃんは惟朔の視線を受けて首を突きだすようにして、さらにせわしなく舐めまわすではないか。そのたびにくすんで艶のない黄色がかった前歯が覗け、血の色に染まった舌先が見え隠れするのだ。惟朔はその仕草に臆してしまった。あらためて嫌悪を覚えた。舌なめずり、という言葉が脳裏をかすめた。

文ちゃんが腰を軽く上下に揺らせた。なにやら白い不透明な体液が畳の上にまで流れている。その大量の液体が胎内から溢れだしたことを悟って、惟朔は彼女に対して居たたまれぬような感情を抱いた。強いて言葉にすれば哀れ、ということか。

「乗っかれ、惟朔、乗っかってやれ」

惟朔は文ちゃんに誘われるがままに、そして竹田に命じられるがままに軀をあずけた。嫌悪は強烈だが、それにも増して抗いがたい衝動がある。濁りきって出口の見えない欲情がある。意志と無関係に軀が作動して、文ちゃんは即座に握り拳を口に押し込むようにして痙攣しはじめた。

「入ってる、入ってる。出目、よく見ろ、童貞が入りこんでるぞ」

「うわっ、むかつくな。むかつきますよ。すっげーむかつく。文ちゃんの中で動いてますよ、こんなの許すんですか」

竹田と健の声が鼓膜を無遠慮に震えさせ、嫌悪ばかりが増幅していく。それなのに惟朔は狂的な性的欲求と常軌を逸した性的快感に絡めとられて軀を動作させていく。恥骨と恥骨がぶつかりあい、こすれあう。その音は砂漠で強風に打たれる漂白された骨の印象を惟朔にもたらしたが、しかし骨の無機的な音よりも体液のあからさまに粘る音のほうが大きくて、砂漠の骨のイメージは無様に消し飛んだ。結晶の効き目がなかったら、惟朔はとっくに萎えていただろう。

＊

夕刻である。文ちゃんの胎内で爆ぜて雄叫びをあげた惟朔は見張り役を命じられていた。困ったことに惟朔の硬直は終局を迎えてもおさまることをしらず、根元には鈍痛がまとわりつき、歩行が困難なほどである。それでも手で位置を整えながら階下におりると、竹田がさげたのだろう、青いアクリルのドアの外には手回しよく〈本日休業〉の札がかかっていた。

休業は竹田の一存では決められないはずである。だから、この覚醒剤の件には組長の息がかかっていると考えるのが妥当だろう。惟朔はドアに鍵がかかっているのを確認して、いったんはカウンターのスツールに腰をおろした。

しかし薬効のせいで、落ち着かない。硬直を指先でこねくりまわしながら、竹田の口にした、いつもシャブをいれていると、やがて半日でも持続するようになる、という言葉を反芻していた。いまは逆に過敏なほどであり、普段よりも早く爆ぜてしまうが、やがて男を全うできるようになるのだろうか。

惟朔は自慰の衝動と闘っていた。際限のない性的欲求に辟易しつつ、しかし激烈な快感に取りこまれて正気を保つことができない。せわしなく貧乏揺すりをはじめ、それに気付いて掌で押さえこみ、文ちゃんと同様に唇を舐めまわしていることに思い至り、これがシャブ中に独特の仕草なのだと納得し、弾みをつけて立ちあがった。

渇くのだ。

ひたすら、渇く。

固形物は見るのもいやだが、軀が水分を欲する。カクテルに使うらしい得体の知れない赤い色をしたシロップを水で薄めて、飲みほした。世間知らずの惟朔でも知っている有名な洋酒メーカーの製造したシロップであるが、その香りと甘みはひどく人工的であった。普段だったら絶対に欲しない化学薬品じみた甘みである。

大量の水分がちゃぷちゃぷと腹を鳴らす。まだ硬直したままでいっこうに衰えることがなく、じつに歩きづらいのだが、惟朔は自分の軀の中から聴こえるおどけた水音に、ようやく和んだ気分になった。

天井越しに上の部屋の狂態の気配が降ってくる。まるでプロレスごっこだ。惟朔は失笑しながら蜂谷を揉んだ。文ちゃんという女性は、覚醒剤に支配される前は、あの口調の示すとおり良家のお嬢さんだったのだろう。

惟朔はちいさく嘆息した。

人間とは弱いものだ。

堕《お》ちていくのは、簡単だ。

汚れるのも、じつに簡単だ。

そんな当たり前のことを、あらためて意識した。

さらに固形カレールーに覚醒剤を仕込むという手の込んだ遣り口に思いが至り、腕組みをして首を左右に振った。心底から感心していた。

麻薬犬という犬がいるそうだ。外国から届く荷物の臭いを嗅いでまわる犬だ。もはや外箱が処分されてしまっているので確認するすべもないが、あの固形カレールーは外国からの輸入品ではないか。そんな気がした。さすがの犬の鼻も、カレーの匂いには誤魔化されてしまうのではないか。そんな推理小説のような筋立てが泛かびあがり、少々得意な気分になって、独白した。

「これって、組の仕事なんだよな」

するとラーメンの屋台を引いている夏子さんまでもが、この穢《けが》らわしい仕事に絡んでいるのだろうか。ラーメンの屋台というどちらかというと地味な商売と覚醒剤。その取り合わせが理解を超えている。だがこのスナック自体が、じつはカムフラージュの役目をもたされているとしたら、ラーメンの屋台にもなんらかの秘密があるのではないか。それどころかスナックの隣で夏子のいう親分こと組長が地道に経営している不動産屋も、なにか危ない裏側の世界にきつく嚙んでいるのではないか。

ふと、我に返る。

どのみちヤクザではないか。危ない裏側に嚙んでいるのは、当然のことだ。それどころか固形カレールーに禁じられた薬物を仕込むことなどは、どちらかというと思いつきと行為自体を愉しんでいるような気配さえ感じられるではないか。

悪いことは、愉しい。

善いことというのは、たいがいが我慢であるとか、苦痛とセットになっている。忍耐が必要だ。

それに較べて、悪いことのための我慢や忍耐は、それ自体が愉しいし、悪いことそのものが絶妙な昂奮をもたらす。

これは、間違いのない真実であるような気がする。

上っ面では道徳的なことを口ばしっても、現実には、大人たちは悪いことばかりしている。惟朔の収容されていた施設の神父のなかには子供に性的な悪戯《いたずら》をする者さえいた。

それなのにすましてミサのときには信者たちに聖体を与え、説教などする。偽善者の群れだった。

文ちゃんの汚れのほうが、わかりやすいだけましではないか。人間の本質とは、もともとが悪であると見定めて、居直っている率直さがヤクザにはある。

悪いことは、気持ちがいい。万引き程度のことであっても、射精感に近い昂ぶりがあるではないか。

だが偽善を纏わない率直な悪いことの問題点は、文ちゃんのようにあからさまに汚れてしまうことだ。悪いことは、たしかに見苦しい。悪いことの放つ甘い匂いは腐臭と紙一重である。溺れてしまうことからくるせわしなさのようなものもつきまとう。善いことの醸しだす落ち着きは、ない。

しかし、だ。善いことをして、自己満足のあげく、余裕たっぷりの微笑を泛かべて夕食など喰らい、その晩、大口をあけて熟睡するような人間にだけはなりたくない。

惟朔はカウンターに頬杖をついて、小刻みに貧乏揺すりをしながら、当たり前といえばあまりに当たり前な想念を弄んだ。

心のどこかではどうでもいいと感じているのだが、とまらない。あれやこれやを御大層にこねくりまわす。これも覚醒剤の薬理効果なのだろう。惟朔には年齢に相応《ふさわ》しくない分析癖のようなものがあり、それが薬理効果によって増幅されているようだ。惟朔は覚醒剤のおかげで奇妙な客観性を獲得して、しかも過剰に高揚しつつ、自分の精神と肉体を支配した白い結晶の効能について、そしてそれに支配されて文字通り汚れきってしまった文ちゃんという女性について分析した。

「まあ、とりあえず、文ちゃんはお風呂に入りなさい」

また、独り言が洩れ、こんどはしばらく声をころして笑った。ところが笑いは急にしぼんでいき、唐突に身を捩られるような寂寥が脊椎を這い昇ってきた。

まだ、陰茎が勃起したままなのだ。

「なんで、俺は――」

小声で絶句した。人間の悲しみとでもいうべきものを、その全てを惟朔は背負ってしまい、嘆息をしつつ目尻に涙を浮かべているのであった。

たしかに善には、悪のもつ悲しみが欠けている。善いことというのは、あまりに平板にすぎる。誇らしげに笑みなど泛かべ、昂然と顔をあげる。だが誰にも後ろ指を指されないからこそ、深みがない。これが善いことの大きな欠点であり、魅力のなさである。悪の粗暴さ、無様さ、自堕落には悲哀が充満していて、だから身につまされる。

惟朔は自分の股間を凝視した。それから手の甲で雑に涙を拭った。階上の動物どもの気配がしない。

「なんだよ、ふたりとも、やたらと早いんだな」

揶揄しながらも惟朔は不安になり、ふたたびスナックの扉の鍵を確認し、忍び足で二階にあがった。

竹田と視線があった。手招きされた。狭い部屋にはさすがに人いきれがこもっていて酸素が薄い。暑苦しく、息苦しい。タバコのフィルターでも燃やしてしまったのか、悪臭が充ちている。

しかし性交のあとの澱んだ修羅場を想像していた惟朔は軽い肩透かしを食った。竹田はズボンを穿いて、それどころかちゃんとアンダーシャツを身に着けていた。健もズボンを穿いて胡座をかいている。

文ちゃんも服を着ていた。しかも畏まって座り、前屈みになってアイロンを手にしてなにやら作業をしているではないか。惟朔は注視した。文ちゃんは透明なセロファンらしきものにアイロンがけをしているように見えるが、集中しきっていて惟朔のことなど眼中にない。怪訝な気持ちを抑えきれずにいると、竹田が説明してくれた。

「文ちゃんはな、パケづくりの名人なんだ」

「パケづくり」

曖昧な口調で繰り返すと、竹田は自分のことのように得意げな表情をみせ、顎をしゃくった。じっくりと文ちゃんの作業を見学しろというわけだ。

まず健が天秤ばかりというのだろうか、天秤の左右に白い皿の載ったはかりで覚醒剤を量る。馴染み深いはかりである。理科室にあったものとまったく同じだ。そのはかりの片方の皿にはごく小さな、平たい錘《おもり》が載っていて、もう片方の皿に、それに釣り合う量の覚醒剤を小匙の先で載せていくわけだ。竹田が指差して呟いた。

「これで、テンハチね」

「てんはち」

惟朔は機転をきかせて天秤ばかりの錘に刻まれた数字を読みとった。

「〇・八グラムか」

「そう。ちなみに一回分が、まあテンゼロサンといったところかな」

惟朔は脳裏で計算した。テンゼロサン——〇・〇三グラムといったところだろうか。なんとなく納得しかけて、やたらと細かいことに思いが至った。〇・八グラムのパッケージをつくるくらいだったら、きりのいいところで一グラムのパッケージにすればいいではないか。しかも一回分が〇・〇三グラムだとすると、〇・八グラムではあまりがでてしまうではないか。

だが中毒者にとっては、覚醒剤のひとかけらが黄金よりも、あるいは血の一滴よりも、あるいは命よりも重要であり、大切なのだろう。だからこそ細かい数字に拘り、丹念に計量し、丁寧に小分けしていく。そう無理やり自分を納得させた。

そんなことよりも、文ちゃんの職人芸だ。健が量ってセロファンの上に点々と置いた覚醒剤に新たなセロファンを蓋をするようにかぶせ、それからおもむろに熱したアイロンの先で線を引く。

線を引いたように見えるのだが、セロファン同士が溶けて、くっついている。

それを幾度も繰り返すと縦横五センチ弱の正方形をしたパッケージができあがる。つまりアイロンの先でセロファンを溶着させていくわけだ。

文ちゃんは腕全体を大きく前後左右に動かして、小分けされた覚醒剤を包装していく。その作業には躊躇いがなく、正確で、仕上がりはじつに美しい。専用の道具を用いているわけではない。家庭用の電気アイロンである。その先端を触れるか触れないかの力加減で操って、真っ直ぐな線を引いていく。線が溶けてセロファン同士を接着し、しかもある程度冷えてからそっと引っ張れば、きれいに分割されていき、パケこと〇・八グラム入りのパッケージのできあがりだ。

惟朔はセロファンの溶けた匂いを嗅ぎ、室内にこもった熱気がアイロンからもたらされたものであることをいまさらのように悟り、感嘆の声をあげた。

「すごいですね。見事です」

すると文ちゃんは作業の手を休めずに頬笑みかえした。

「お褒《ほ》めにあずかりまして」

「いえいえ。感動しました」

奇妙な遣り取りである。微妙にピントがはずれているようでもあり、擽ったくもある。しかし、このとき惟朔は文ちゃんという四十年輩の女性に柔らかな愛情を抱き、同時に心の安らぎを得ていたのであった。

「それはそうと、俺だけが文ちゃんとしちゃったわけですか」

言わずもがなのことを口ばしってしまうのも覚醒剤の薬理効果であろう。胸の裡では、しまった、と声をあげつつも、顔は満面の笑みである。それをあわてて引っこめると、竹田が決まり悪そうな顔をして呟いた。

「俺は、だめなんだよ」

「だめ、とは」

「うん。射ってさえいれば二十四時間でも可能なんだけどさ、いまや終わらなくなっちゃってさ。誰もが俺みたいになるってわけじゃないんだけどなあ、困ったものよ。おまえが下に行ってから試してみたけど、だめだな。すぐにだめだってわかったから、あとは出目にまかせたってわけだ」

「竹田さん」

「どうしたの、神妙な顔して」

「申し訳ありませんでした」

「謝るようなことかよ。俺は、さんざんいい思いをしてきたんだよ。シャブで落とした女が幾人いるか、わからんほどだよ。狙いをつけた女は、必ずモノにしてきた。そして、とことんよがらしたさ。おまえだって気持ちよかっただろう。いくときは一升瓶からどくどくでてくような感じだったはずだ。際限なく気持ちいいってのかな。そうじゃなかったとはいわせないぜ。文ちゃんだって、名家のお嬢さんだったんだぜ。それが俺にはまっちゃって、いまではシャブ欲しさにパケづくりって有様よ」

しかし文ちゃんはアイロンを使う手を休めずに、歌うように応えたのだった。

「あたくしは、後悔してませんわよ。はじめて竹田さんに抱かれたとき、あたくし、血を流したんですの」

「処女……だったんですか」

「いいえ。そんなことはありませんわ。興味はありましたから。それよりも、あたくし、あれほど長い時間、男の方に愛されたことがなくて、しかも、とても烈しいものでしたから、傷ついてしまったんですの。内側がこすれすぎてしまったのかしら。それで最初のうちは透明な桃色をした液体が滴り落ちるのに気付いて、やがて、それがどんどん濃い血の色に変化していくではありませんか。驚きました。けれど、嬉しかったのですよ」

なんとなく理解できた。血が滲みだすほどに愛される。しかも、惟朔自身が覚えた快感から想像すると、文ちゃんの与えられた快感はさらに尋常ではなかったはずだ。竹田さんが精いっぱい愛した女なのだ。これほどまでの体験をした女は、あまりいないはずだ。惟朔は立ちあがった。作業をする皆の姿をしばらく見おろして、竹田に言った。

「俺、下で番をします」

「うん。けっこう時間がかかるからさ、退屈だったら、ラジオをつけな」

＊

階下にもどって、グラスの棚にあるトランジスタラジオに向きあった。仕込みのときにはよく米軍放送を聴く。健がツェッペリンの〈移民の歌〉に合わせて奇妙なステップを踏んでみせたことがあった。サイケデリックかどうかはわからないが、レッド・ツェッペリンはシンナー好きにとって聖歌のようなものだ。

スイッチに手をのばしかけた。けっきょくは、手を引っこめた。どこからか、幽かではあるがラジオの音が流れこんでくることに気付いたからだ。惟朔はカウンターに腰をおろし、鋭くなっている聴力を肯定して彼方の音声を愉しんだ。

外はすっかり暮れていた。さすがの選挙カーも車庫にもどったのだろう。あの姦しいラウドスピーカーの声はやんでいた。そのかわりに、ごく控えめにラジオの音声がとどくのだ。大気に湿り気があるのか、遠い音声のわりに粒立ちはくっきりとしている。

じっと凝固していると、室内を流れる風を感じることができる。肌がゆるんできた。空気には春の気配がじんわりと充ちて、なにやらときめきさえ感じられる。明かりをつけていないのでほとんど藍色に沈んだアクリルのドア越しに、道を行く人々の姿をシルエットのかたちで見ることができる。気のせいか足取りも軽いようだ。

「あ」

ちいさく声が洩れた。

ラジオの音声である。馴染みの歌が聴こえてきたのだ。意識を集中した。長崎の夜はむらさき——昨年、高校を退学になる前後に、ときどきラジオから流れていた演歌である。惟朔は耳を澄まし、ちいさく唱和した。

「雨に湿った賛美歌の……」

すぐに切ない吐息が洩れた。それ以上歌詞が続かない。あのころ惟朔はこの歌に強く惹かれ、武蔵小金井の新星堂を覗いて、シングル盤をさがしたのだった。洋楽にかぶれているせいで、演歌をあさるのはどことなく恥ずかしかったが、すぐに見つかった。瀬川映子という女性歌手の名を確認し、惟朔はそっとレコードをもとにもどし、店外にでた。我がものにしたかったが、なぜか臆してしまったのだ。

いまならその理由がはっきりとわかる。瀬川映子という女性歌手のふくよかな美貌が、どことなく母に似ていたからだ。惟朔は胸の裡で瀬川映子の歌声に唱和した。結晶の効果が薄れてきたのか、切なさばかりが増幅していき、惟朔は自分の奥底に沈みこんだ。

10

登戸から離れて向ヶ丘遊園駅で購入することにした。とはいっても一駅であり、駅と駅の間隔も短く、歩いていける距離である。線路の北西側の狭い道をのんびりと歩いていくと、大正堂という家具屋があった。なんとなく店内を覗いて、売り物の中でも最も安価な三段になったファンシーボックスという合板製の棚の前で立ちどまると、店員が近づいてきたので逃げだした。

家具が欲しいのではない。欲しいのは注射器だ。向ヶ丘遊園駅の北口にあたるのだろうか、惟朔はしばらくいいかげんに彷徨った。やがて、ちいさな薬局を見つけた。家具屋のように気楽に中に入ることはできない。惟朔は呼吸を整え、喫っていたショートホープをドブにむけて投げ棄てた。

「博奕は一年、喝二年、渡世の殺しで五、六年」

竹田が歌うように口にしていた科白を真似て口の中で呟いた。喝二年の喝とは、恐喝の喝である。覚醒剤は何年くらい懲役を喰らうのだろうか。

意を決して薬局の中に踏み入れた。ワックスで磨かれた木の床は黒ずみ、ささくれだっていて、惟朔の重みでちいさく軋んだ。漢方薬の匂いだろうか、店内にはなんだか埃じみた匂いが充ちている。

白衣を着たお婆さんが惟朔を一瞥し、小首をかしげた。惟朔はお婆さんのやたらと突出している指の関節に視線を据え、一息に言った。

「注射器ください」

お婆さんの反応はない。惟朔は、焦り気味に付け加えた。

「できたら、針も幾つか」

一呼吸おいて、お婆さんがしわがれ声で応じた。

「昆虫採集でもするのかい」

「いや、その」

覚醒剤を射つとは言えない。惟朔が掌に浮かんだ汗をスラックスの太腿あたりにこすりつけていると、お婆さんが惟朔を真っ直ぐに見つめて、諭すように言った。

「うちには注射器はおいてないよ。どこにいっても、ないはずだよ」

「ないって、どういうことですか」

「売ることはできないの。本郷の問屋に行ったって、書類がないと手に入れることはできないんだよ」

惟朔は落胆した。お婆さんは入れ歯の位置をなおしながら、惟朔を覗きこむようにして呟いた。

「どうしても欲しいならさ、駅の反対のショッピングワールドにでもいって、玩具の売り場で昆虫採集のセットでも買うんだね。でもね」

「でも？」

「昆虫採集用の注射器か、注射針ね、あんな太いやつを刺したら、血が止まらないから。せっかく射《い》れた大切なオクスリも流れだしちゃうんじゃないのかい」

見事に揶揄する口調である。惟朔が注射器をなにに用いようとしているのかを完全に見透かしている。

「ここいらへんで流行ってるってのはきいたことがあるけどさ、あんた、まだ子供じゃないか。いい加減にしとき。あたしの亭主がヒロポン射って騒いでたことがあったけどね、ある日浮かれて二階から飛び降りて、脚の骨を折ってね、バカ丸出しだよ」

「ヒロポンですか」

神妙な顔をつくって呟きかえすと、お婆さんは薬の棚を示し、惟朔も知っている有名な製薬会社の名前をあげた。

「ヒロポンていうのはね、大日本製薬の製品なの。商品名なのよ。あたしの亭主が生きてたころはね、武田薬品がゼドリンていうのを売り出したんだけどね、ゼドリンよりもヒロポンのほうが効いたわけよ」

「禁止されてる薬じゃないんですか」

「まあね。でもさ、ヘロインだって、最初は一般に売られてたんだよ」

「はあ」

「うちの亭主はさ、ポンだけじゃなくてね、モルヒネにまで手を出してさ。実家が内科医なんだよ。で、死ぬ前はモヒ射て、モヒ射てってじつにうるさかったよ」

惟朔はすっかり毒気を抜かれていた。上目遣いでお婆さんに言った。

「じゃあ、ショッピングワールドっていうのに行ってみます。駅の反対側ですね」

「そう。西友ショッピングワールド。たぶん玩具売り場があるから、蝶々に針刺すとか言って、ねだってごらん」

「ねだるんですか」

「当たり前でしょ。最後にはね、愛嬌が勝つの」

外にでて、背中にたっぷりと汗をかいていることに気付いた。曇っていて、空がやたらと低い。惟朔はお婆さんの姿を思い返し、ちいさな吐息を洩らした。あの年齢の人は、覚醒剤に懐かしさを覚えるらしい。どうも犯罪として裁かれるようになったのは、ある程度時間がたってからのようである。

惟朔は、もう注射器にこだわっていなかった。文ちゃんのように肛門にかけらを挿入すればいい。そう割り切っていた。これから惟朔は向ヶ丘遊園駅の便所にこもり、挿入を試みるつもりだ。

それにしても靴の中敷の下に隠した覚醒剤が消えていることに気付いた健の狼狽ぶりは、いささか哀れになるほどに烈しいものだった。生暖かい南風が惟朔の頰を撫《な》でた。笑みがこぼれた。

遊園地があるせいだろうか、向ヶ丘遊園の駅舎の屋根は赤く塗られていて少々落ち着きがない。しかもその屋根の赤が風雨のせいか、荒れてくすんでしまっていることから微妙にうらぶれた感じがしないでもなかった。

もっとも北口は遊園地に至るモノレールの駅がないほうである。生活の匂いがするのは当然のことかもしれない。それに登戸駅周辺よりは、多少は生活の程度がましであるようだ。駅舎内にはいる決心がつかぬまま、ちっとは文化的だな——と、胸の裡で莫迦にしたように呟いてみた。

風向きが変わったようだ。ななめ向かいの果物屋の店先から、甘く熟れた芳香が漂ってきた。昼日中だというのに、店頭にはたくさんの裸電球がさがり、果物たちをつやつやと輝かせ、包装用のセロファンに黄色い光が乱反射している。

惟朔は駅舎の前にある喫茶店の看板に目をとめた。画廊喫茶とあり、〈紅蓮〉という店名である。GURENとローマ字でふってある。紅蓮の炎という言葉が脳裏に泛かんだ。いままでなんの意識もなく紅蓮の炎という言葉を遣ってきたが、紅蓮とはどういう意味か。画廊喫茶というのはどういうものなのか。

興味を惹かれた惟朔は口のなかで紅蓮、紅蓮と連呼しながら古ぼけた階段をのぼった。世間知らずであるという自覚もあり、喫茶店の扉を押すのも躊躇してしまうようなところがある惟朔であるが、頭のなかは盗んだ覚醒剤のことでいっぱいである。たかが喫茶店、といった気分であった。

未成年ではあるが、コーヒーを飲んでタバコを吸うくらいでは逮捕されるはずもない。ちょうど喉も渇いている。ひと休みしてから尻にかけらを挿入することにした。おいしいものはあとで食べるといった子供じみた心理である。

喫茶店のある二階にあがる階段の壁や天井には一面に鏡が張ってあった。なんとも不思議な気配だ。惟朔は無数に映る自分の顔を睨みつけた。幼いころに遊んだ西武園遊園地の鏡の館を連想した。

しかし鏡面の裏側の銀色は腐食して輝きを喪い、まだらで不規則な波模様が浮かびあがっている。一見したところ黴《か》びたガラスが張りつめられているといった有様だ。そのせいで、清掃は行き届いているのに汚れ放題に感じられてしまう。

建物には幾つか店が入っているようだが、二階左側は空いたままで漠然とした空間が拡がっていた。営業しているのは右側に入り口のある画廊喫茶だけであるようだった。

細長い建物らしく北側に伸びた廊下はずいぶん奥まで続いているが、窓もなく、天井からさがる電灯も消されているので洞窟じみた暗さだ。なんだか探検隊のような気分になって画廊喫茶のドアを押さずに暗がりの奥を観察していると、スナック・ルルドと同様の腐敗臭にちかい匂いが鼻腔に充ちてきた。

熟しすぎて崩れはじめた果物に皮脂や垢を練りこんだかのような不潔でねっとりとした場末の飲食業独特の匂いだ。先ほどの果物屋のような直截な甘い香りではない。ルルドで働いているおかげで、清潔に関してどの程度の気配りをしているかが匂いからわかってしまう。空気に重さがあるかのような独特の悪臭である。

だが、不潔ではあるが不快な匂いであると言い切ることができないのは、腐敗発酵で立ち昇る熱のようなものに微妙な親和性を覚えてしまうからだ。惟朔にとってはたとえば病院の消毒臭よりも、この湿り気のある匂いのほうが馴染むのだ。

木枠に磨《す》りガラスの塡《は》められたドアを押して店内にはいった。換気が悪いのか、天井に沿うように青白くタバコの煙が澱んでいる。それでもコーヒーの芳香が鼻を擽った。客の入りはまあまあだ。窓際に座って駅の北口を見おろしている客が多い。

壁面には点々と油絵がかけられている。惟朔は手製の額におさまった絵を見あげながら店内を移動していった。L字形をした店で全体を見通すことはできない。

かけられている絵は、はっきりいって感心しないものばかりであった。印象派のタッチを真似た安直な作品ばかりである。惟朔は油絵の具をいじったことはない。しかし父親に水彩画を仕込まれたこともあり、幼いころから絵を描くのは好きだった。

ひどいなあ——。

それが率直な感想で、よくも画廊喫茶などと名付けたものだと呆れていた。しかしL字形の店内のいちばん奥までいくと、まったく程度の違う絵がかかっていた。もちいられている色彩は淡く、白っぽい。画題も無難な女性像であるが、控えめなのに、突出して見えた。

他の絵は画面が剝きだしのままで、いかにも素人じみたゴッホもどきのタッチの上に、さらにタバコの脂がかぶさって汚れ、不規則な濃淡があらわれてしまって薄汚く変色しているのだが、この絵だけはガラス張りの抑えた金色をした額におさまって格の違いを誇示していた。

額の下部にはアルミと思われる金属のプレートが打ちつけられていて、小磯良平《こいそりょうへい》という文字が刻まれていた。小磯良平がどのような画家なのかはわからないが、惟朔から見てもその女性像は達者で、巧みだった。

惟朔は小磯良平の絵の近くに座り、あらためて店内を見まわした。南向きの窓が大きいので、思いのほか明るい。向ヶ丘遊園の駅舎の屋根が間近に迫り、鳩が軀を丸めて休んでいる。自然にあくびが洩《も》れた。

お冷やを持ってきたウェートレスは赤いミニスカートを穿いていた。髪の長い、なかなかに可愛い子で、肉付きのよい太腿を誇らしげに剝きだしにしている。ヒールの高い白いサンダルを履いているので、脚が異様なくらいに長く見えた。惟朔は目の遣り場に困ったが、それを気取られないように醒めた顔をつくって尋ねた。

「この店にかかっている絵は、どんな画家が描いたんですか」

すると女の子はカウンターのほうを一瞥して誰もいないことを確認すると、腰をかがめて囁いた。

「ママの息子が描いたのよ」

いったん息をついで、繰り返すように言った。

「素人、素人、ど素人」

惟朔はニヤッと笑いかえした。女の子は指先でまっすぐな髪を弄び、それで微妙に顔を隠すような仕草をしてから棘のある笑顔をかえしてきた。ママの息子を莫迦にしきっているようだ。惟朔は小磯良平の絵に視線をむけた。女の子が惟朔の視線を追った。

「これはプロの絵よ。まちがいなく本物。たしか芸大の先生だったかな」

「やっぱ別物ですね」

「いっしょにしたら、いけないわよ」

頷きながら惟朔はメニューを確認した。コーヒーは百二十円である。注文をきいて離れていく女の子のミニスカートを盛りあげている臀のふくらみを凝視して、惟朔は彼女にかけらを挿入する露骨な妄想を抱いた。

破片の威力は文ちゃんの狂態と、自分自身に訪れた尋常でない快感で熟知している。このウェートレスだって、なんとか破片を挿入できる情況にもっていくことができさえすれば、あとは思いのままにできる。

惟朔は危うい昂ぶりに呼吸を密かに荒らげた。支配者の眼差しで睥睨《へいげい》し、王の鷹揚さで背もたれに軀をあずける。口の端にハイライトを咥え、灰皿のなかの店のマッチを手にとって、天井に焦点の定まらぬ視線を投げる。彼方から女の子がカウンター内にホットひとつ、と声をかけるのが聴こえた。

ウェートレスはコーヒーを運んできて、なにか言いたげに立ちどまった。彼女の滑らかな膝小僧をさりげなく盗み見ながら、惟朔はカップに唇をあてた。コーヒーは思いのほか強い味わいだった。濃く、苦く、深みがあった。

壁の絵は小磯良平をのぞいて悪い冗談のようなものであるが、コーヒーに関してはなかなかの店だった。コーヒー豆からでる脂肪分でドリップのためのネルが酸敗しているにもかかわらず、交換せずにひたすら使い続けているせいでなんともいえない酸っぱい異臭が混じってしまっているスナック・ルルドの投げ遣りなコーヒーとは別物だ。

「おいしい」

ちいさな声で褒めると、女の子は癖なのか長い髪を指先で弄びながら、なぜか囁き声で応えた。

「コーヒーには自信があるの。神戸のホテルの豆なのよ」

神戸のホテルといわれてもあまりに漠然としすぎているが、惟朔は愛想よく頷いた。女の子は執拗に髪を捩っている。指に黒く細い曲線が複雑に絡む。彼女は惟朔が年下であると踏んだのだろう、姉のような顔をつくって頬笑み、気取った調子で、ごゆっくりと言って離れていった。

惟朔は自意識過剰なウェートレスの背を見送り、そのままそっとカウンターに視線を据えた。息子の絵を臆面もなく飾るママとはどのような女性なのか。

次の瞬間、目を疑った。惟朔の目にピンクと白の入れ歯が焼きついてしまったのだ。ママという語感とまったく似つかわしくない女性がカウンター内で入れ歯をいじっていたのである。

白い髪をひっつめにした小柄な老婆はウェートレスとなにやら談笑しながら、そのあいまに手にした入れ歯を口にもどした。惟朔はカウンターから顔をそむけ、手にしたカップのコーヒーを凝視した。濃い褐色が天井の蛍光灯を反射して白々しく揺れている。入れ歯とコーヒー。あまり気分のよい取り合わせではない。それでも惟朔はコーヒーを飲みほし、考えた。あの老婆の息子というと年齢は幾つくらいだろうか。

いろいろな母と子があるものだ、と苦笑しかけて、ふと自分の母を思いだした。惟朔は母が二十歳そこそこのときの子供であった。三十なかばの母は、まだ充分に若い。再婚話もあるようだが、頑なに拒み続けているらしい。

惟朔としては、母が再婚してくれればいいと思う。惟朔は長男である。いい加減な生活をしているという自覚と開き直りがある一方で、それでも微妙な責任感は棄てきれず、また長男の義務を果たせていないという罪悪感も強い。

気付くと、俯いていた。少しだけ湿っぽくなってしまった。だから過剰に勢いよく立ちあがった。ママの視線があるせいだろうか、ウェートレスの女の子は他人行儀にコーヒー代金を受け取った。その事務的な態度がおもしろくない。惟朔は音をたてて階段をくだった。

ちょっとしたきっかけで孤独感にさいなまれる。感情が波立って、収拾がつかなくなりそうになる。惟朔は奥歯を嚙みしめた。あの女の子に軽く頰笑みかけてもらいたかった。去り際に、短く他愛のない言葉を交わしたかった。

惟朔は足早に駅舎にはいり、トイレをさがした。トイレは掃除をしたばかりなのか、コンクリートが剝きだしのままの床が濡れて黒々としていた。惟朔は個室内にこもり、注意深く鍵をかけ、さらに眼と指で鍵がかかっていることをしつこく確認し、結晶のかけらのはいったビニールを取りだした。

履いているバスケットシューズの底が濡れたコンクリートの床を叩いて、濡れた音をたてた。昂ぶりが烈しい。深呼吸をした。薄暗い個室のひんやりと湿った空気を胸一杯に充たし、目を閉じて気持ちを落ち着かせる努力をした。

文ちゃんは畳に横たわり、天井をむいたまま器用に挿入した。しかしここは便所であるから、あの体勢は不可能だ。しばらく惟朔は思案した。けっきょくは排便のときと同様の体勢をとり、中指の先にかけらをのせて、そっとあてがった。

引っかかりがある。とてもじゃないが挿入など無理だ。惟朔は記憶をたぐった。文ちゃんは惟朔の体液を潤滑液としてもちいたのではなかったか。それに思い至り、惟朔は指先の上でやや角の丸くなってしまった結晶に唾液をたらした。

ところが屈《かが》んで、あてがい、さぐっているうちに、便器のなかに落下してしまった。唾液のぬめりだけが残った指先を一瞥して舌打ちした。文ちゃんはあっさりと挿入したが、あれはあれで年季がいるらしい。

あらためてカレーの油脂で汚れたビニールを拡げる。いまごろになって排便の体勢で挿入しようとしている自分の姿が脳裏に泛かび、その滑稽さにちいさく失笑した。手頃な大きさの結晶のかけらを指先でさぐる。

次の瞬間だ。

ビニールが翻っていた。

さらさらと落下していった。

すべてが落下していった。

不揃いな雪が落下していった。

三分の二ほどが水洗便器の中へ、そして残りは黒々と濡れたコンクリートの床の上へ。

茫然と凝視した。

一拍おいて、焦って手をのばしたが、濡れた結晶は罅割《ひび》れはじめ、ちいさなものはそのかたちを喪いつつあった。

惟朔の手が止まった。つまみあげればまだ使用可能な破片もあった。実際に指先はその破片に触れていた。しかし、大きな溜息が洩れて、その手は床から離れていった。ほとんど意識しないまま、天井からさがる水洗の鎖を摑んで引いた。白く泡だつ水流のなかで結晶が舞い踊ったように見えた。それも一瞬で、便器の中に落ちた結晶はすべて流れ去った。それを見送ってから、惟朔はバスケットシューズの爪先で床に散っている結晶の残りを丹念に踏みつけた。

証拠隠滅——。

胸の裡で呟いて、また溜息が洩れた。尻にあてがった指先を顔に近づけた。幽かな便臭を嗅ぎわけて、唇が笑いのかたちに歪んだ。それはそのまま泣き顔に変化した。残ったのは便臭だけである。

健から奪って得意絶頂であった。狼狽する健を秘かに嘲笑っていた。しかし、いちばん無様で愚かでお笑いぐさなのは自分自身だった。この結晶さえあれば、たくさん奴隷をつくれそうな気がしていた。王様になれそうな予感があった。だが、惟朔はトイレの水に結晶をくれてやったのである。

しばらく立ち直れなかった。指先に残された便臭という皮肉があまりにきつく、泣き顔と区別がつかない笑顔を顔に貼りつかせたまま、トイレの冷たい壁によりかかって、行き来する電車の振動に軀を揺すられて、浅い呼吸を続けていた。

どれくらい、そうしていただろうか。意気消沈しきっていた心は、いつの間にか諦めに変化していた。あらためて自分が息をしていることに思い至ったかのような気分だ。眼だけ動かして、結晶のかけらが個室内に残っていないかを確かめた。残っていたら拾いあげようというのではなく、証拠を完全に消せたかどうかを確認したのだ。

「せっかく休みをもらったんだもんな」

独白すると、壁にあずけていた背をゆっくり起こした。トイレ内に撒かれた水が温度を奪っていたのだろう、屋外は意外なほどの蒸し暑さを感じさせた。

「四月とは思えないね」

棄て科白の口調で呟きながら、駅舎から離れた。とたんに足早になった。まるで逃げだすようだ。

前傾姿勢で線路沿いを歩いているうちに雲が切れたようだ。日が射して、影が濃くなった。時計を見ずに、空に視線をやった。日の位置から、まだ昼の二時くらいだと判断し、歩みをゆるめて、向ヶ丘遊園から登戸にもどった。

もうそろそろ健が仕込みをはじめる時刻だろう。だが手伝う気にもなれない。なんとなく登戸銀映の前に立っていた。まだこの灰色をした映画館に入ったことはない。

映画館の前には古ぼけた自転車がたくさん停められているが、人の気配はない。惟朔は自転車のサドルに積もった土埃を指先で何気なくこすって、ちいさく舌打ちをした。汚れた指先を見つめているうちに、なんだか遠近感が狂ってしまったかのような気がしてきた。どうも忘れ去られた場所のようである。締めつけられるような心寂《うらさび》しさが漂っている。

惟朔は上映作品を確認した。上映が終わった映画ポスターを剝がさずに、その上に新しい作品のポスターを無数に貼りつけていくので、かなり分厚く盛りあがっている。

〈タリラリラン高校生〉

〈男一匹ガキ大将〉

〈高校生心中　純愛〉

邦画、三本立てで、すべて大映の作品である。タリラリランはないだろう。声をあげずに失笑した。男一匹ガキ大将は漫画のほうがましな気がする。純愛という文字が鬱陶しい。そのくせ関根恵子の姿から視線をはずすことができない。

「おっ、勝新じゃねえか」

やや大げさに惟朔は呟いた。〈男一匹ガキ大将〉の製作が勝プロダクションであることに目をとめたのだった。勝新太郎は理屈抜きに好ましい。ほんとうは関根恵子の肢体に魅入られたくせに、勝新太郎を自分自身に対する言い訳にして惟朔は映画館内の闇に忍び込んだのだった。

初めて入った登戸銀映は場末の映画館としてもかなり劣悪なものであった。なにしろ観客席の右脇にいきなりトイレがあって、そのドアの下部から流れだした水が館内を濡らしているのだ。小便の臭いと小便器のなかで転がっているであろうナフタリンのボールの臭いが入り交じって鼻を直撃してきた。

惟朔は関根恵子の姿を追いながら、溜息をついた。トイレを示す緑色の照明が気になってしかたがない。しかも数少ない客がトイレに立つと、館内の空気がトイレの扉の動きにあわせて揺れ、洩れてくる蛍光灯の光のせいでスクリーンがしらけた薄ぼんやりとした色にぼけてしまい、濡れた床を靴底が叩くピッチャピッチャという音が響くのである。

さらに選挙戦も押し迫っているのか、それとも映画館の壁が薄すぎるのか、ラウドスピーカーから連呼される候補者の名前が館内にまで侵入してきて、映画の音声が満足に聴きとれない瞬間がある。

　また、どういうわけか惟朔はセーラー服が苦手であった。意地になってしばらくスクリーンを凝視していたが、関根恵子の美貌も野暮ったい藍色の制服のせいで台無しだ。惟朔は嘆息し、目を閉じた。

とたんに瞼の裏側を、白い結晶が落下していった。結晶の残像はしつこく瞼の裏側にこびりついて、消え去ることがない。

　惟朔は意識して自嘲のかたちに唇を歪め、瞼の裏側をスローモーションで落下していく結晶のきらめきをあえて追った。開き直ったのである。

　結晶は水洗便器の湖に落ちて、これみよがしに輝いて溶けて消えていく。落下し、きらめき、溶ける。それが無限に繰り返されていく。きりがないと思いながら、それを追い続けた。

　周囲がざわついている。我に返って目をあけると、館内が明るくなっていた。休憩時間だった。惟朔は瞬きをしながら、あらためて天井から降りそそぐ黄色い貧乏くさい電灯の光を確認した。針が溝を引っ掻く音のほうが派手な藤圭子の歌声が流れている。どうやら瞼を閉じて結晶の落下を追っているうちに眠ってしまったようだ。

　俺は結晶をすべて便所に落とすという出目健以下のドジを踏んで、さすがに深く傷ついていたのだ。けれど寝てしまう程度である。だから問題はない――。そう結論した。

実際は覚醒剤を独りで扱うことからはじまって、注射器入手であるとかトイレでの挿入であるとかいった諸々の重圧がもたらす緊張がすぎて、耐えきれなくなった精神が映画館の暗がりで弛緩してしまっただけであったのだが、なんとなく気が楽になっていた。映画館の諸設備があまりに貧弱で劣悪なものであったのも、いいほうに作用していた。どうせ世界はこの程度だから——というかなり強引かつ自棄気味な悟りが、ある陽気さと緩みを惟朔にもたらしてもいたのである。

また、開き直りは惟朔の得意技というべきか、無意識のうちの悲しい自己保身的な遣り口であったが、自分自身を欺くことがもはや癖のような状態になってしまっていて、だから逆に奇妙な空元気がでてきていた。

藤圭子の怨み節にかわって、んやめてぇ……という鼻にかかった甘い声がスピーカーからこぼれてきた。辺見マリの歌声だ。去年の夏あたりにさんざん聴いた記憶がある。惟朔はいままでかかっていた〈圭子の夢は夜ひらく〉と同じころのヒット曲ではないか。惟朔は中空に視線をやってしばらく題名を思い出す努力をした。

「経験、か。経験だ」

藤圭子のおかっぱも趣味ではないが、辺見マリはその肢体も声も生々しすぎて、あまり好きではない。それなのに歌の題名を思い出すと、なぜか安堵した。前の席から漂ってくるタバコの煙を吸いこんで、急にニコチンに対する欲求を覚えた。

臀ポケットに入れていたせいで湿って曲がってしまったハイライトをつまみだす。真っ直ぐになおし、人差し指と中指の根元にはさんで、惟朔は前の席で盛んに煙を吐いている男の肩に軽く触れた。

「すんません。火を貸してください」

すみません、ではなく、すんません。そういった具合に相手に応じて言葉を使いわけるくらいの知恵はもっていた。作業服の男は振りかえると、黙って自分が咥えていたタバコを突きだしてくれた。

惟朔は火を移して、男の無精髭に覆われた顔を真っ直ぐ見つめ、どうも、と短く礼を言い、上目遣いで頭をさげた。男は無感情な顔つきで幽かに頷くと、前を向いた。

ハイライトを半分ほど喫ったところで辺見マリの声がしぼんでいき、じわりと館内が暗くなった。ハイライトの先端の朱色の火を見つめていると、次の映画がはじまった。〈タリラリラン高校生〉だった。

火を貸してくれた男のように脚を前の席の背もたれの上にあげたかったので、惟朔は咥えタバコのまま館内を移動した。トイレの照明があまり目にはいらない位置の座席に浅く座り、前の席の背もたれに組んだ脚を投げだす。

あんまりな題名だ、と高を括っていたのだが〈タリラリラン高校生〉は主演の峰岸隆之介の顔つきが惟朔好みであることもあって、思いのほか愉しめた。タリラリランなわりに意外と生真面目な映画でもあった。

結晶を水洗便所にくれてやったことも忘れてスクリーンに見入っていたが、やがて、あらためて軽い疲労を覚えた。惟朔は、もうくよくよしないと決心して、館内が明るくなる前に立ちあがった。身を潜めていた映画館の闇をあとにした。

外にでると、暮れていた。

ひんやりとした空気に、なんともいえない違和感があった。

明るい時刻に映画館にこもったので、なんだか一息に時間を飛び越えて、いきなり夜のど真ん中に立っているかのような錯覚がおきていたのだった。

いまスナック・ルルドにもどれば、絶対に手伝わされることがわかりきっている。だから惟朔は無目的に登戸駅周辺を歩きまわり、やがて脹脛《ふくらはぎ》に懈《だる》さを覚えて駅前のベンチに腰をおろした。

空腹を意識しないまま、腹に手がいっていた。腹を押さえながら思案した。夏子さんの屋台でラーメンを食うか。それとも他のものを食べるか。

気持ちの定まらぬまま、だらけてベンチに座っていると、立川方面からの電車が軋みをともなって滑りこんだ。圧搾《あっさく》空気でドアが開いて閉じる音を漠然と聴いていると、乗客たちが足早に改札を抜けてくる。

惟朔は目を凝らした。乗客の中に文ちゃんらしき姿を見つけたからだ。はじめのうちは人違いかとも思ったが、あれほど汚い割烹着を着ている女もめずらしい。間違いなく文ちゃんだった。

文ちゃんは、いかにも結晶が効いているといったせわしなさで他の乗客たちを邪慳《じゃけん》に押しのけ、追い越して、津久井道のほうにむかっていく。硬直した前屈みの姿勢で、手ぶらである。このあいだ結晶を削ったときとまったく同じ服装をしている。

躯を斜めにし、肘で押しのけるようにして前にでる文ちゃんに強引に追い越された乗客のなかには、その瞬間にムッとした表情をする者もいたが、文ちゃんの汚れに気付くと、曖昧に顔をそむけた。

やがて乗客がばらけてまばらになり、ちいさな商店街の光も間遠になっていくと文ちゃんの歩度はますます速まっていった。惟朔は小走りに文ちゃんを追った。

多摩川の河原に近づいて、街灯と街灯の間隔が拡がって闇が勝っているあたりまでやってくると、文ちゃんの薄汚れた割烹着がようやく白っぽく感じられた。歩行が速くてぎこちないうえに川風が吹きつけるので、ふわふわとまるで幽霊のように揺れている。

もっとも幽霊といっても、そのふわふわぶりはどちらかというと〈オバケのQ太郎〉じみていて、どこかユーモラスだった。しかも歩行のしかたがどうも人間離れしている。歌舞伎の役者のように、右脚と右手、左脚と左手がいっしょに動いている。だから肩が大きく揺すられている。

よくも、あんなに器用な歩き方ができるものだ。失笑を抑えこんであとを追う。奇妙な歩行ではあるが、速度はたいしたものだ。惟朔にとっては、文ちゃんの存在自体がどうも現実のものとは思えないような気がしてならなかった。

尾行がばれたらばれたでいいと惟朔は考えて雑にあとを追っていた。ぱたぱたと足音も大きいままである。しかし、文ちゃんは前傾姿勢のまま、なにかを思い詰めたような様子で、まったく周囲に対する意識や気配りをせずに歩き続けている。

川縁の、多摩川の土手よりもかなり低いところに五軒ほどのアパートが密集していた。アパートはどれも同じ規格の二階建てで、申し合わせたように壁のモルタルが黒ずんで罅が縦横にはしっているのが、黄色く弱々しい街灯の光でもわかる。文ちゃんは、そのアパート群のいちばん手前の部屋の扉の前に立った。

惟朔は土手の上、羽虫の乱舞する街灯の傍らで一息ついて見おろしていた。部屋の鍵はかかっていないようで、文ちゃんは扉を勢いよく引きあけた。

文ちゃんの姿が部屋に消えたのを見守ってから、惟朔は川面とアパートを見較べた。土手から手をのばせば、アパートの屋根を叩けそうだ。どうやら建物のほうが川よりも相当に低い位置にあるようだ。増水して堤をこえて水が流れこんだら、床下浸水どころではないだろう。

川風の運ぶ水と草の香り、そして頭上で野方図な放物線を描いている羽虫たちの放つ青臭い匂いにつつまれて、惟朔は空腹を意識しながらも、なんとなく和んだ気分になっていた。

文ちゃんにも棲処《すみか》がある。そんな当たり前の感慨をもって、もう帰ろうかと踵を返しかけたときだ。文ちゃんの部屋の明かりが灯った。同時になにか物の壊れる音が響き、文ちゃんの怒声が堤を迫りあがるようにして惟朔の耳にまでとどいた。

「ばかやろお、なんなんだよ、この臭いはよお！　つぶれて洩らしてんじゃねえよ、この役立たずがよお」

惟朔は土手を駆けおりた。文ちゃんの部屋の脇、密接した隣のアパートとの壁面の、人ひとりがやっとの隙間に軀をねじこんだ。その間も狂的な怒声はおさまらない。文ちゃんの絶叫に似た、しかし奇妙にくっきりとした大声が、惟朔の耳を打つ。

「ええ、カスが。つぶれ入って、寝てたってかよ。いい根性してるなあ、カスよお。アンポン咬《か》んで、けったおれて、糞を洩らしてつぶれましたってかよ。そりゃあなあ、あたいだってアンポン咬んじゃいるけどな、ちゃんと立川の抜けきった競輪バカどもから金取ってきたんだぞ。抜けきってんだぞ、奴らはなあ。そんなしんどい思いしてなあ、宇喜多のアンポン仕切ってな、あたいは必死こいてるんだよ、カス！　てめえ、福岡に追い返してやろうか。アンポンのかわりにマグロの腹に詰め込んで凍らせて韓国に送り返すぞ、ばかやろお。玄界灘に沈めたろかってんだ。なんとか言えよ、カス。ああ、つぶれちゃいましただ？ それ以外に喋れねえのかよお。標準語で喋るんじゃねえよお。気持ちがわりいんだよ。だいたいな、そんなんが通用すると思ってるのか、カス。いいか。てめえはな、うんこと小便洩らしてんだぞ。うんことションベンだぞ。わかってんのかよお。赤ん坊以下なんだよ、貴様はな。ったくアンポン咬まなきゃ、ちんこも満足に立たんくせしやがってよお、この包茎カス。五十の腐れチンカス野郎！ なんとか言え、カス、カス、カス、カス。どーすんだよ、ショーベンだけならともかくうんこまで布団にこすりつけやがってよお、おまえなあ、五十になるんだぞ。五十だぞ。わかってんのか、カス野郎」

間違いなく文ちゃんの声である。しかし、結晶を削っていたときのですます口調とはべつものの凄まじい悪態ぶりである。しかも覚醒剤の影響下にあるのか、異様なまでに声が大きく、くどい。

さすがに悪態の内容は単調になって単純な繰り返しが多くなってきたが、それでも声の大きさはかわらない。惟朔は息を呑んで鳥肌が立っている腕をさすっていた。

怒声はさらに五分ほど続いただろうか。ふたたびなにやら物が壊れる音が響き、怒声は唐突にやんだ。男のものと思われる泣き声だけが残った。惟朔がそっと息を吐くと、それに呼応するように文ちゃんのぼやき声がとどいた。

「あー、むかつく。めそめそしやがって。おい、いつまでもつぶれてんじゃねえよ。起きてあたいのポン、削れ」

するとしばらく間をおいて、しわがれた男の声がした。衰弱しているのだろうか、文ちゃんの声とちがってひどく弱々しい。

「あのさ、ちゃんとつぶれるまえに削っといたから」

「なに言ってやがんでえ。てめえがいっぱつ射《ぶ》つつもりだったんだろおが。まあ、いい。わかった。はやく。はやく溶いてあたいのさねに塗れ」

「どれ、あれ、もう脱いでんのか。いつの間に脱いだんだ。よし、塗ってやる。おさねの皮、剝けよ」

「横着すんな、カス。てめえが剝けよ」

「うん。けど元気でねえなあ。いまいちだなあ。つぶれがきたら歳だからつらいんだよ。息すんのもいやんなるもんな。ほら、ちんちんがしかとおしてやがる」

「てめえの魔羅《まら》なんて、しかとおばかりじゃねえか」

「これはこれで、役に立つんだな。いまはこれでも、アンポン咬ませば、すぐだって」

「わかったよ。先にちんちんの穴にいれろ。無駄遣いするんじゃねえぞ」

「うん。ちょっとまってくれ。おまえ、時計でぶっ叩いたから、眼が腫れちゃってよく見えねえんだよ」

「もったいねえよな。針があんなとこに飛んでんぞ。完全に壊れちゃったな。おまえ、ガラス、のけとけよ」

「のけるけどよ、置き時計なんかで叩くもんじゃないって。血も出てるぞ」

「うるさい! ちんこにいれたら、とっとと塗れ」

「あのな、ちんちんに糞がついてる」

「いいよ」

「いいかな。いれちゃうんだぞ」

「いいよ。もう、おまんこぎりぎりしてんだよ。だめだ、ほら、汁。凄いだろ。塗るだけじゃ気がすまねえよ。よし、さねに追い打ちかけてくれよ」

「痛くねえのか。こんなとこに針刺して。好きだよな、おまえは。とことん好きだ」

「はっ、落ちめ落ちめのまっさかさま、イチニッサンの小便ヤクザに言われたくないよ。てめえの取り柄は糞のついたカリだけじゃねえか」

「男って生き物はなあ、みんな、ちんこの先に借りがあるんだよ」

やがて、男女の絡みあう気配がとどいてきた。それは情愛の醸しだす労りや秘めやかさのかけらもなく、なにやら発情期の動物が連続して雄叫びをあげているかのような常軌を逸したものであった。

最初はなにを口ばしっているのか判然としなかったが、どうやら文ちゃんは、突け突け突け突け突けと野太い声で連呼しているようだ。そして、そこに泡を噴きそうな苦しげな男の呻きが重なる。

やはり文ちゃんは、見てくれどおりの女だったのだ。竹田はわかっていたはずだ。わかっていて文ちゃんの妄想を受け入れ、合わせてやっていたのだ。竹田のような男であっても、いや竹田だからこそ文ちゃんの荒唐無稽な演技を嗤うことなく真顔で付き合ってやっていた。文ちゃんも痛々しいが、そんな竹田も切ない。

惟朔は石灰臭い壁面に頬を押しあてるようにして、あらためて上流階級から没落したという文ちゃんの見え透いた嘘を反芻した。軽蔑の思いよりも、胸のあたりに痛みに似た苦しさを覚えた。

突けと連呼する文ちゃんの声にあわせて惟朔は自らをしごいた。泣きそうな気分で自慰をした。なぜ勃起してしまうのか。なかば茫然としていた。

やがてモルタルの壁に派手に精が散った。それが重力に負けて徐々に垂れ落ちていくのを目を凝らして見つめているのは、惨めで悲しかった。

文ちゃんと男の狂態は終わることがない。突け、以外の言葉を喪った文ちゃんと男の苦しげな喘ぎと呻きが奇妙な一体感をもって迫ってくる。

もう溜息をつく気にもなれない。手を汚した精を惟朔はアパートの壁面に雑になすりつけた。ざらついてはいるが、ぽろぽろと崩れていくモルタルの、じつにひ弱な感触が自分にふさわしい。

踝《くるぶし》が凝固してしまったかのような不快感がある。陰茎を握り、こすりあげた手指にも同様の嫌な凝固感がのこっていた。重い脚を引きずるようにして堤の上にあがり、川風に押されるようにして登戸駅にもどった。

通勤帰りの時刻もすぎたのだろう、あたりは閑散としていた。駅舎から洩れる明かりがよそよそしい。文ちゃんを発見するまで座っていたベンチにもどると、細長く折り畳まれた新聞があった。

傍らに座り、手にとり、何気なく拡げた。聖教新聞だった。自慰のあとの虚脱のせいか眼の焦点が合いづらい。それでも意地になって活字を追ったが、一切の言葉が素通りしていってしまい、最後に向ヶ丘遊園という文字だけが脳裏に残った。

惟朔はいったん目を閉じ、前屈みになって瞼のうえからしばらく眼球を揉んだ。焦点が合うように時間をおいて、あらためて見直すと、それは求人欄だった。向ヶ丘遊園駅徒歩五分の松山乳業という森永牛乳の販売店が牛乳配達を募集しているのだった。

「月三万二千円以上、歩合有り、支度金、日払いも可……か」

呟いて、足許に新聞を投げ棄てた。膝に手をやって立ちあがり、だらだらとした足取りで夏子さんの屋台にむかうことにした。空腹は限界に近く、耐え難い。しかし微妙な不安があった。

下痢をしたあの日、見舞ってくれた夏子さんとの関係は、最初のうちはたしかに親しい男女のものだった。そこには性的な気配さえ濃厚であった。

それなのに、夏子さんが薬を飲ませるための水を階下から汲んでもどったとたんに関係は激変していた。夏子さんは惟朔にむかって、お前は薄汚いと言い放ったのである。

たしかに、どちらかといえばかなり薄汚いほうだろう。惟朔は自分の狡さを自覚しきっていた。自覚して、居直っていた。俺は狡いんだよ、文句あるか——といった調子で反省もしなければ、矯正する気もない。しかし夏子さんのような女にそれを面と向かって言われるのはつらい。

屋台の明かりが近づいてきた。路上で立ってラーメンを啜る作業員風の男のシルエットの背後から、夜目にも温かな湯気が立ち昇っている。惟朔は臆してしまった。歩く速度が鈍くなっていき、けっきょくは路肩に立ちどまってしまった。

「文ちゃんのほうが、よっぽど薄汚いじゃないか」

まるで糾弾するかのような調子で呟き、泣きそうに顔を歪める。なんとなく直観的にわかっていることは、文ちゃんの汚さと自分の汚さは共通したところも多いが、その根っこの部分で微妙にちがうということだった。

惟朔は上流階級から脱落したかのような言辞を吐くことはない。もっと巧みなまやかしをする。ばれてしまうような嘘は、自分から告白して赦《ゆる》しを請うようなところがある。

ついた嘘を自分から明かせば、周囲は正直者であると評価する。

世の中なんて、そんなものさ——といった醒めた気持ちがたしかにある。ばれない嘘はつきとおす。ばれる嘘は、自ら明かす。性根《しょうね》の曲がった子供たちを収容している施設で覚えた唯一といっていい世渡りである。

臍《へそ》の下に力を込めた。立ち読みした空手の本にあった。臍下《せいか》丹田《たんでん》とかいうのだ。気合いを込めてラーメン屋台の暖簾をくぐる。そんな自分がちょっと可笑しい。可愛らしい。惟朔はなかば意識的に自己愛を纏って笑顔をつくり、頭をさげた。

「お休みをもらいました」

夏子さんは気負いのない眼差しで惟朔を見つめ、顔にかかった髪を指先でのけた。

「なんだか機嫌がいいわね」

「はい。俺、ちゃんと就職することに決めました」

「就職」

「牛乳配達です。ちょっと地味ですけど」

「なんで、また」

「だって以前、夏子さんがヤクザになんかなるもんじゃないって」

「うん。それは、そうね。でも、なんで牛乳屋なのかな」

「地道にやりたいんですよ。みんなが寝てるときに起きて、配達です」

ぽんぽんと言葉の遣り取りをして、惟朔は狼狽した。俺はいったいなにを口ばしっているのだ――。それなのに満面に笑みをつくって善良で快活な少年を演技している。

（下巻へつづく）

百万遍《ひやくまんべん》 青《あお》の時代《じだい》 (上)

新潮文庫　は－30－7

平成十八年九月一日発行

著者　花《はな》村《むら》萬《まん》月《げつ》

発行者　佐藤隆信

発行所　株式会社 新潮社

郵便番号 一六二―八七一一
東京都新宿区矢来町七一
電話 編集部(〇三)三二六六―五四四〇
読者係(〇三)三二六六―五一一一
http://www.shinchosha.co.jp

価格はカバーに表示してあります。

乱丁・落丁本は、ご面倒ですが小社読者係宛ご送付ください。送料小社負担にてお取替えいたします。

印刷・大日本印刷株式会社　製本・憲専堂製本株式会社

ISBN4-10-101327-6 C0193